SIRI MITCHELL

Der Duft von Karamell

Aus dem amerikanischen Englisch
von Susanne Naumann und Sieglinde Denzel

SCM
Hänssler

SCM

Stiftung Christliche Medien

Der SCM-Verlag ist eine Gesellschaft der Stiftung Christliche Medien, einer gemeinnützigen Stiftung, die sich für die Förderung und Verbreitung christlicher Bücher, Zeitschriften, Filme und Musik einsetzt.

FSC www.fsc.org MIX Papier aus verantwortungsvollen Quellen FSC® C006701

SCM Hänssler im SCM-Verlag GmbH & Co. KG · 71088 Holzgerlingen
Internet: www.scm-haenssler.de · E-Mail: info@scm-haenssler.de

Originally published in English under the title: *Unrivaled*

Published by Bethany House, a division of Baker Publishing Group, Grand Rapids, Michigan, 49516, U.S.A.
Cover art used by permission of Bethany House Publishers.

Übersetzung: SuNSiDe, Reutlingen
Umschlaggestaltung: OHA Werbeagentur GmbH, Grabs, Schweiz; www.oha-werbeagentur.ch
Titelbild: Mike Habermann, Photography
Satz: Satz & Medien Wieser, Stolberg
Druck und Bindung: CPI – Ebner & Spiegel, Ulm
Gedruckt in Deutschland
ISBN 978-3-7751-5565-6
Bestell-Nr. 395.565

Für meinen Süßen

1

September 1910
St. Louis, Missouri

Lucy

Bald, bald, bald, dachte ich im Takt der Pferdehufe. Ich schaute aus dem Fenster, während die Kutsche durch mein geliebtes St. Louis rumpelte, vorbei am Cave Ballroom, dem großen Bau der Morgens Brothers mit seinen hohen, rotbraunen Fenstern und den Ford-Werken. Und dann die vielen Schuh- und Stiefelläden! Durch das Fenster auf der anderen Seite hätte ich einen Blick auf den St. Louis Club erhaschen können.

Ein Werbeplakat für Royal Taffy stach mir ins Auge: *Mach der Königin deines Herzens ein königliches Geschenk.* Am Rand des Plakats wiederholte sich sehr hübsch das freche Rot der länglichen Verpackung. Es war schon die dritte Plakattafel, die ich sah, während wir durch die Olive Street fuhren. Ich fragte mich, wie viele wohl insgesamt in der Stadt hingen. Und ich fragte mich auch, warum ich nirgendwo eine Werbung für Fancy Crunch, die Süßigkeit, die mein Vater herstellte, entdecken konnte.

Die Kutsche hielt mit einem Ruck an. Du meine Güte, mittlerweile sah man aber sehr viel mehr Autos als vor knapp einem Jahr, als ich nach Europa abgereist war! Diese Vehikel waren wirklich eine Plage.

Und die Hitze! Ich hatte ganz vergessen, wie feuchtheiß es in Missouri war. Mein weißer Seidenkragen klebte mir am Hals, obwohl er nach der neuesten Mode offen gearbeitet war, und meine dunkelblaue Bluse hatte bestimmt schon feuchte Flecken auf dem Rücken. Neugierig rutschte ich auf dem Sitz etwas weiter nach vorn. Die

Straßenbahnen und Autos glitten an uns vorbei – sie erinnerten mich an die Schiffe, die ich auf dem Mittelmeer gesehen hatte.

Männer und Frauen strebten eilig die Straße hinauf und hinunter, vorbei an von Markisen beschatteten Schaufenstern. Mir fiel auf, wie groß die Gebäude alle waren, und Stolz wallte in mir auf: Neben meiner wunderschönen Geburtsstadt konnte nicht einmal Europa mit all seiner Pracht bestehen.

Ich hatte schon überlegt, ob mir meine Heimat jetzt, nach meiner Rückkehr, vielleicht langweilig und provinziell vorkommen würde, ob sie irgendwie kleiner wirken würde nach all dem Glanz, den ich gesehen, und den berühmten Orten, die ich in der Alten Welt besucht hatte. Doch das Gegenteil war der Fall. Meine geliebte, teure Heimat! Ich hätte am liebsten alles umarmt, einfach alles. Es gab Dutzende Dinge, die zu tun ich kaum abwarten konnte, und Hunderte, von denen ich erzählen wollte: von der Linzer Torte, die ich in Österreich gegessen, von den Gletschern, die ich in der Schweiz gesehen, und von dem Kaffee, den ich in den kleinen Bars in Italien getrunken hatte.

Bald, bald, bald.

Ich war um die halbe Welt gereist, doch diese letzte Fahrt vom Bahnhof bis zu meinem Elternhaus schien kein Ende nehmen zu wollen.

Ich schaute auf die Zeitung, die ich in der Hand hielt und vor Ungeduld beinahe zu einem Strick zusammengedreht hatte, und beschloss, wenigstens so zu tun, als würde ich geduldig warten. Es war eine Ausgabe der Chicago Tribune, die irgendjemand im Zug liegen gelassen hatte. Eine Schlagzeile in Fettdruck sprang mir ins Auge: *Verdächtiger im South-Side-Mordfall verhaftet*. In dem Artikel darunter hieß es: *Ein zweiundzwanzigjähriges Mitglied eines der berüchtigten Clubs in South Side wurde kürzlich verhaftet. Der Mann wird des Mordes an Micky Callahan verdächtigt*. Wie furchtbar!

Meine Augen wanderten von dem Artikel zu dem Bild des abgebrühten Verbrechers, der mich mit seinen Knopfaugen anstarrte. Ich schauderte. Hoffentlich sperrten sie ihn für lange, lange Zeit ins Gefängnis! Dann faltete ich die Zeitung wieder zusammen und legte meine Hände darauf.

Auf der Bank mir gegenüber wechselten meine Tante und mein Onkel einen Blick. Ich hatte mich in Europa an diese Blicke gewöhnt, ja mehr noch, ich hatte mich sogar an den Austausch von Zärtlichkeiten zwischen den beiden gewöhnt. Ich konnte nur hoffen, dass mir eines Tages eine ebenso liebevolle Ehe beschieden sein würde wie diesen beiden.

Noch vier Blocks.

Noch drei Blocks.

Da war es! Das anmutig geschwungene, auf beiden Seiten mit hohen Säulen bewehrte Tor, das Vandeventer Place vor der Außenwelt schützte. Ich kannte jedes Blütenblatt der Metallblumen, die sich an dem Eisengitter emporrankten. Als die Räder der Kutsche über die Torschwelle auf die glatten Granitplatten rollten, hörte endlich das knochenbrecherische Rütteln auf, das uns bis hierher geplagt hatte. Mein Herz hüpfte vor Freude, als es das Plätschern des Springbrunnens auf der anderen Seite vernahm, und beim Anblick der Statue, die ihn schmückte, traten mir Tränen in die Augen. Leda und der Schwan. Und – da! Der alte Mr Carleton saß noch immer in dem gleichen Schaukelstuhl auf seiner Veranda und überwachte das Stutzen seiner Rosen. Ich musste grinsen und winkte ihm übermütig mit dem Taschentuch zu.

»Vielleicht solltest du dich lieber wieder richtig hinsetzen, Liebes.« Trotz der Zurechtweisung, die ihre Worte enthielten, lächelte meine Tante mich an. Auf der ganzen Reise hatte sie mein Betragen immer wieder auf diese Weise korrigiert. Und sie hatte recht damit; vielleicht sollte ich mich wirklich ordentlich hinsetzen. Vater und Mutter sollten schließlich nicht denken, dass meine Manieren in Europa gelitten hätten.

Ich konnte es kaum erwarten, sie zu sehen!

Doch sosehr ich mich freute, der Gedanke an meinen Vater löste plötzlich Schuldgefühle in mir aus. Er hatte mir erlaubt, meine Tante und meinen Onkel auf ihrer Reise zu begleiten, weil er hoffte, dass ich als eine Lady zurückkommen würde. Eine Lady brach nicht in Begeisterungsstürme aus, wedelte nicht mit Taschentüchern herum und vor allem trat sie nicht in das Geschäft ihres Vaters ein.

Auch dann nicht, wenn es als Kind ihr höchstes Glück gewesen war, mit ihm am Herd zu stehen, sich neue Süßigkeiten auszudenken und sich dabei den Erfolg auszumalen, den die Leckerei ihnen bescheren würde.

Wie lange hatten wir auf diesen Erfolg gewartet …

Doch jetzt war ich in Europa gewesen. Ich hatte die Herrlichkeiten dieses Kontinents gesehen und hatte unzählige europäische Süßigkeiten gekostet. Dabei war mein Entschluss, in das Geschäft meines Vaters einzutreten, immer unumstößlicher geworden. Schließlich hatte ich mir einen Plan ausgedacht. Ich würde meinen Vater an all meinen Entdeckungen teilhaben lassen. Ich hatte Etiketten von Pralinenschachteln und anderen Verpackungen gesammelt und in mein Album geklebt, um sie ihm zu zeigen. Und natürlich hatte ich ihm auch ein paar ganz besondere Leckereien mitgebracht. Das würde ich als Allererstes tun: ihm meine Schätze zu kosten geben. Und dann würde ich ihn überreden, eine neue Artikelgruppe in unser City-Confectionery-Sortiment aufzunehmen: europäische Premium-Süßwaren. »Was meint ihr, wie viele neue Süßigkeiten hat Vater sich ausgedacht, während ich fort war?«

»Nun …« Meine Tante wandte unbehaglich den Blick ab und schien leicht die Lippen zusammenzupressen. »Ich weiß nicht, aber … Lucy, mein Liebling? Es gibt da etwas, das du wissen solltest.« Sie schaute wieder meinen Onkel an.

Da war es, am Ende der Auffahrt: unser Haus, mein geliebtes Zuhause. Das Haus, das mein Großvater erbaut hatte, mit seinem Giebeldach und dem Säulenvorbau. Es bedurfte meines letzten Quäntchens Selbstbeherrschung, um nicht aus der Kutsche zu springen und die Stufen hinaufzurennen.

»Lucy!«

Ich straffte die Schultern und hob die Hand, um meinen neuen Strohhut zurechtzurücken. Der kleine Schmuck aus Straußenfedern schwankte leicht, als ich den Kopf wieder sinken ließ und die Hände erneut gesittet in meinem Schoß faltete. »Ja, Tante?«

»Wir müssen dir etwas … äh …«

Mein Onkel räusperte sich. »Deinem Vater ist etwas zugestoßen.«

Die letzten Meter schienen eine Ewigkeit zu dauern. Der Kutscher musste mir beim Aussteigen geholfen haben, denn plötzlich stand ich im Haus in unserer Eingangshalle und dann lag ich auch schon in den Armen meiner Mutter. »Papa …?«

»Er ruht.«

»Darf ich ihn sehen?«

»Nicht jetzt. Lass ihn lieber schlafen. Vielleicht morgen …«

Ich sah unseren alten, vertrauten Garderobenständer und roch den Duft der Hefebrötchen, die Mrs Hughes zum Abendessen gebacken hatte. Doch ich hörte weder die raschen Schritte meines Vaters noch spürte ich seine warme, feste Umarmung, die ich so sehr liebte. Obwohl meine Handflächen eben noch in meinen neuen Kalbslederhandschuhen geschwitzt hatten, waren meine Hände jetzt plötzlich kalt wie Eis. Ich raffte meinen Rock zusammen und stellte einen Fuß auf die Treppe, die nach oben führte. »Ich schaue nur ganz kurz nach ihm. Er wird mich gar nicht hören, ich passe auf, dass ich ihn nicht aufwecke.«

Doch meine Tante legte mir einen Arm um die Schultern und schob mich mit sanfter Gewalt in Richtung Salon. »Ich versichere dir, dass dein Vater Fortschritte macht. Sein Zustand ist stabil.«

Warum unternahm denn niemand etwas? Wie konnten sie alle so ruhig bleiben? »Aber – was ist denn überhaupt passiert?«

»Er hatte einen Anfall. Einen Herzanfall.«

Ich riss mich von meiner Tante los, doch meine Mutter legte erneut die Arme um mich. Sie duckte sich unter meinen Hutrand und küsste mich auf die Wange. »Es ist nicht schlimmer geworden. Und wir dürfen nicht vergessen, dass es erst drei Monate her ist.«

Drei Monate! Das bedeutete – ich überlegte, wo ich im Juni gewesen war. Ich hatte eine Skizze der Berner Alpen angefertigt und war in der Schweiz auf einem Boot über den Thuner See gefahren. »Ihr hättet es mir sagen müssen! Warum habt ihr es mir nicht gesagt?«

Mutter rückte meinen Hut zurecht. »Wir wollten dich nicht beunruhigen. Und außerdem hättest du sowieso nichts tun können.«

Tante Margaret tätschelte mir den Arm. Dann nahm sie meine Hand und zog mich endgültig in den Salon hinein.

Ich schnappte vor Überraschung nach Luft. Sie hatten den Raum renovieren lassen. Fort waren das schimmernde, melassebraune Holz und die kirschrote Tapete. Die Einrichtung war jetzt cremeweiß und die Wände zeigten ein ganz besonderes, zartes Hellgrün. Es sah so … schlicht aus. Und blass. »Warum habt ihr es streichen lassen?«

Mutter blinzelte und schaute sich im Salon um. »Ich finde es sehr hübsch. Und gestrichene Möbel brauchen nicht poliert zu werden. Das spart so viel Zeit, dass ich eines der Mädchen entlassen konnte.«

Sie hatte eines der Mädchen entlassen? »Wen?«

Meine Tante hatte inzwischen einfach weitergeredet. »Und weißt du nicht mehr, Lucy? Wir waren damals gerade in Interlaken. Wir hätten nach Frankreich zurückfahren müssen und versuchen, von dort aus die Überfahrt zu buchen. Es wäre alles viel zu mühselig gewesen.«

Sie hatten es mir nicht gesagt, weil es unbequem gewesen wäre?

Sie drückte meinen Arm. »Es hätte dir die ganze Reise verdorben. Und dir völlig sinnlose Anstrengungen auferlegt.«

Die Reise verdorben? Anstrengungen? Völlig sinnlos? »Ich bin kein Kind mehr!« Ich blinzelte die Tränen zurück, die mir die Sicht zu nehmen drohten. »Ich bin kein Kind mehr. Es wäre mir sehr viel lieber gewesen, wenn ich Bescheid gewusst hätte.«

»Jetzt komm erst einmal her.« Mutter zog mich aufs Sofa. Wir setzten uns. Die Sprungfedern protestierten quietschend. Dann kam auch schon Mrs Hughes mit einem Teetablett herein. Meine Mutter schenkte uns ein und reichte erst meiner Tante und meinem Onkel und dann auch mir eine Tasse. Sich selbst schenkte sie zuletzt ein, ließ ihre Tasse jedoch auf der Untertasse stehen. »Erzähl mir von deiner Reise. Ich bin schon so gespannt! Erzähl mir einfach alles.«

Mutter wollte wahrscheinlich ermutigend klingen, doch die Angst in ihren Augen strafte ihre Worte Lügen. Ich sah keine Gemeinsamkeit mehr zwischen der Mutter, die ich vor einem Jahr hier zurückgelassen hatte, und der Frau, die jetzt vor mir saß, mit dem Grau, das sich wie Staub über ihr Haar gelegt hatte, und der fleckigen Schürze, die sie über Bluse und Rock trug. Sie sah abgehärmt, müde und erschöpft aus.

Tante Margaret und Onkel Fred saßen uns gegenüber in zueinanderpassenden Lehnstühlen. Alle schauten mich an, als könnten sie es nicht erwarten, dass ich loslegte, doch meine ganze Aufregung und Freude über meine Reise waren verschwunden. Wie hatte ich unzählige Museen besuchen, wie über die Possen der Guignol-Handpuppen in den Tuilerien-Gärten lachen können – wie hatte ich mich überhaupt freuen können, während mein Papa von seinem Herzen im Stich gelassen wurde?

Ich nippte an meinem Tee, dann stellte ich die Tasse wieder zurück auf die Untertasse. »Ich … ich weiß nicht … wo ich anfangen soll …«

Meine Tante setzte ebenfalls ihre Tasse ab und lächelte mit hochgezogenen Brauen, so wie sie es getan hatte, als ich in einem Restaurant in Athen Tintenfisch bestellt hatte. Ich hatte nicht gewusst, dass er mitsamt den vielen Armen und winzigen Tentakeln serviert wurde. »Vielleicht fange ich an, dann kannst du erst einmal deine Gedanken ordnen.«

Ja. Genau das brauchte ich. Die Möglichkeit, meine Gedanken zu ordnen.

Sie erzählte Mutter von München und Florenz. Von der neuen Bergbahn zur Jungfrau hinauf. Und dann sprachen sie darüber, wann genau sie und mein Onkel nach Denver weiterfahren würden, wo sie lebten.

Plötzlich hielt sie inne und lächelte mich an. »Du musst sehr müde sein, meine Liebe, aber erzähl doch deiner Mutter noch von dem Besuch bei der Schneiderin in Paris.«

Meine Mutter.

Plötzlich erschien mir die ganze Reise so unsinnig, so grausam. Wie musste meine Mutter sich gefühlt haben, als Vater einen Herzanfall hatte, während ich auf der anderen Seite der Weltkugel in seliger Ahnungslosigkeit über Prachtstraßen flanierte? Welches Recht hatte ich gehabt, mich zu amüsieren, während sie hier ganz allein mit Vaters Krankheit fertig werden musste? »Tut mir leid, ich glaube, ich brauche noch einen Moment.« Ich stand auf und verließ das Zimmer. Es kostete mich meine ganze Selbstbeherrschung, nicht zu rennen. Ich ging nach oben, mit ruhigen, gleichmäßigen Schritten.

In meinem Zimmer nahm ich den Hut ab. Da ich den Hutnadelhalter nicht finden konnte, steckte ich die Nadel einfach in die Krempe. Ich zog meine Handschuhe aus, einen nach dem anderen, und legte sie zusammen, so wie der Handschuhmacher in Florenz es mir gezeigt hatte. Und dann warf ich mich aufs Bett und weinte wie das Kind, das ich, wie ich soeben erkannt hatte, nicht mehr war.

2

Charlie

»Charlie Clarke!« Ich hörte, wie der Aufseher seinen Schlagstock laut klappernd über die Gitterstäbe der Zellentüren zog, an denen er entlanggging. Der Widerhall seiner schweren Schritte dröhnte durch den Gang.

Ich schloss die Hand um einen Gitterstab. »Hier. Hier bin ich.« Jedenfalls war ich das gewesen, als ich das letzte Mal nachgesehen hatte: in einer Gefängniszelle in South Side, Chicago. Ich wollte, ich könnte sagen, dass es das erste Mal war.

Die Schritte hielten inne, der Aufseher schaute mich durch die Gitterstäbe an. Er zog einen Schlüssel aus seiner Tasche und fummelte am Schloss herum. »Du wirst gesucht.«

Das war mir nicht neu. Sonst wäre ich ja wohl kaum verhaftet worden. Ich wurde gesucht wegen Mordes an Micky Callahan, mit dem ich nicht das Geringste zu tun hatte. Doch den Cops war das egal. Ich gehörte zum selben Club wie Manny White, der im Gegensatz zu mir sehr wohl etwas mit diesem Mord zu tun, ja der ihn sogar geplant hatte – und das genügte ihnen. Ich wusste, dass sie mir nicht beweisen konnten, dass ich es getan hatte, und dass Manny mich irgendwann hier rausholen würde, ich hatte nur nicht gedacht, dass er es so schnell schaffen würde.

Ich streifte meine Hosenträger über die Schultern und setzte meine Melone auf. Dann nahm ich meinen Mantel, holte meinen Gummikragen aus der Tasche und knöpfte ihn an.

Der Cop hatte währenddessen die Tür geöffnet und schlug ungeduldig mit seinem Schlagstock gegen das Gitter. »Wird's bald? Oder willst du noch länger bleiben?«

»Bin schon fertig.« Manny war sehr penibel, was Kleidung betraf. Es war nicht ratsam, ihm ohne Kragen unter die Augen zu treten. Meine Schuhe hätten dringend geputzt werden müssen, aber das würde er mir hoffentlich nachsehen. Immerhin hatte ich ihm einen Gefallen getan. Ich hatte mich festnehmen lassen, damit er abhauen konnte.

Ich pfiff Bill Bailey, während ich hinter dem Cop herging. Doch meine gute Laune verflüchtigte sich schlagartig, als der Aufseher die Tür am Ende des Gangs aufschloss. In diesem Moment erblickte ich nämlich den Ehrenwerten Andy.

Den gewaltigen Körper in einen der wackligen Gefängnisstühle gezwängt, starrte er mich über den langen, zerkratzten Holztisch an. Dann warf er dem Wärter, der hinter mir stand, einen Blick zu. »Ich mach das schon, Gordy.«

Der Aufseher nickte und verschwand. Ich war beinahe versucht, ihm nachzulaufen und zu betteln, dass er mich wieder in die Zelle brachte, aber ich war zweiundzwanzig und damit aus dem Alter heraus, in dem man um etwas bettelte. Normalerweise genügte es, mein Grübchen-Lächeln aufzusetzen, und ich bekam, was ich wollte. Wenn nicht, dann tat die wohlplatzierte Faust ein Übriges.

Der Ehrenwerte Andy deutete auf den Stuhl ihm gegenüber.

»Ich stehe lieber.«

»Wie du willst.«

Er war zwanzig Jahre älter als ich, aber gute fünfundzwanzig Zentimeter kleiner und gebaut wie ein Profiboxer. Genau das war er auch gewesen, bevor er fromm geworden war. Jetzt sprach er nur noch mit leiser Stimme und schleppte immer einen albernen großen Spazierstock mit, wo er auch hinging. Der Ehrenwerte Andy war der einzige Cop, den Manny White nicht kaufen konnte.

Er sah mich mit Augen an, die tief in meine Seele zu blicken schienen. »Willst du mir erzählen, was passiert ist?«

»Nein.« Manny war mit ein paar der Jungs zu Micky Callahan gegangen. Sie hatten ihn mit hinausgenommen in eine stille Gasse und verdroschen, und dann war Manny mit seinen Nagelschuhen auf ihn draufgesprungen. In diesem Moment kam ich dazu. Ich hatte meine Runden gedreht, rein beruflich, und Plakate mit der Ankündigung eines Boxkampfs aufgehängt, und betrat ausgerechnet in diesem Moment jene Gasse. Doch es gab nichts, was ich dem Ehrenwerten Andy erzählen wollte über einen Mann, der so schrecklich gestorben war. Mir wurde jetzt noch schlecht, wenn ich daran dachte. Und noch schlechter, wenn ich daran dachte, dass ich mit Micky aufgewachsen war.

Andy kaute auf seinem Schnurrbart herum und betrachtete mich nachdenklich. Dann faltete er seine Hände und legte sie auf den Tisch. »Du bist ein guter Junge, Charlie …«

»Ich bin kein Junge mehr, Andy.«

»Das hier passt nicht zu dir.«

»Ich bin, wie ich bin.« Ich war dem Club beigetreten, weil ich keine andere Wahl hatte. Um in der South Side Geschäfte zu machen, waren gewisse Voraussetzungen nötig. Wenn ich Manny für die Plakatbestellungen, die ich erhielt, bezahlen musste, dann war das eben der Preis dafür, hier arbeiten zu dürfen. Jedenfalls verhinderte ich damit, dass mir das Gleiche passierte wie Micky.

»Deine Vergangenheit ist nicht so wichtig wie deine Zukunft. Wusstest du das? Du kannst nicht mehr ändern, was du gewesen bist, aber du kannst bestimmen, wer du sein wirst.«

Das hatte ich schon oft gehört. Sehr oft. Zu oft. So oft, dass es mich nervös machte.

»Wusstest du, dass Gott …«

»Ich kann mir nicht vorstellen, dass Gott mit jemandem wie mir irgendetwas zu tun haben will.«

»Ah!« Ein Glitzern trat in seine Augen, während er sich vorbeugte. »Genau da irrst du dich! Trotz allem, was du getan hast, bist du seiner Liebe genauso würdig wie …«

»Wenn du nur gekommen bist, um mir eine Predigt zu halten, gehe ich lieber wieder zurück in die Zelle.«

Er seufzte. »Na gut. Aber ich soll dir sagen, dass deine Mutter sich Sorgen um dich macht.«

Musste er jetzt auch noch meine Mutter ins Spiel bringen? »Ich bin anständig ihr gegenüber. Sie hat sich nie beklagt.«

»Es ist ja nicht so, dass sie nicht zu schätzen wüsste, was du geleistet hast.«

»Ich habe dafür gesorgt, dass wir ein Dach über dem Kopf haben, oder?« Das war mein Hauptziel gewesen. Und ich hatte es für uns alle getan: für meine Schwester, meine Mutter und mich.

»Ich glaube, es ist mehr das Wie als das Was, das ihr Sorgen macht.«

»Und das willst du mir also unter die Nase reiben, Andy? Bist du deshalb gekommen?«

»Ich bin gekommen, weil ich das alles satthabe. Du gehörst nicht hierher. Deshalb ... habe ich für dich unterschrieben. Sie haben dich zu meinem Mündel gemacht.«

Wie bitte? »Ich bin über das Alter hinaus, in dem ich einen Vormund brauche.« Und vor allem wollte ich nicht ausgerechnet ihn als Bürgen haben.

»Dann betrachte mich doch einfach als jemanden, der Interesse an deiner Zukunft hat.«

»Die übergeben mich also deiner Obhut?«

»Genau.«

»Hab ich auch was dabei zu sagen?« Ich konnte mir nichts Schlimmeres vorstellen, als in Andys Schuld zu stehen.

»Klar. Du kannst hierbleiben und deiner Mutter das Herz brechen. Wäre dir das lieber?«

»Nein.« Das Herz meiner Mutter war bereits gebrochen. Es war immer und immer wieder gebrochen worden. Er kannte meinen wunden Punkt, und das nützte er jetzt aus.

»Wenn du also mit meinen Bedingungen einverstanden bist, hole ich dich hier raus.«

»Was für Bedingungen?«

Er lächelte. Dann setzte er seine Mütze auf und erhob sich. »Die sage ich dir, wenn sie dich mir übergeben haben. Wenn wir uns beeilen, schaffen wir es noch zum Abendessen nach Hause zu deiner Mutter. Dann reden wir.«

Zuhause war zwar besser als das Gefängnis, aber seine Gesellschaft war es nicht. Wir waren gut miteinander ausgekommen, meine Mutter und ich, bis Andy sich in sie verguckt hatte. Das wäre nicht schlimm gewesen, wenn sie seine Gefühle nicht erwidert hätte. Sie war müde und ausgelaugt gewesen, bis Andy aufgetaucht war, dann blühte sie mit einem Mal auf wie eine Blume in der Sonne.

Ich hatte nichts gegen ihn … nur gegen die Tatsache, dass er dauernd an Orten war, wo er nichts zu suchen hatte. Und dass er sich in Dinge einmischte, die ihn nichts angingen.

»Folgendes.« Wir saßen zusammen am Tisch und er nahm die Hand meiner Mutter.

Sie sah ihn an und errötete.

»Ich habe deine Mutter sehr gern, mein Sohn.«

Sohn. Das gefiel mir gar nicht. Ich hatte mich daran gewöhnt, keinen Vater zu haben, und legte nicht den geringsten Wert darauf, jetzt noch einen zu bekommen. Aber anscheinend hatte meine Mutter Andy ebenfalls ins Herz geschlossen. Um des lieben Friedens willen – und um nicht zurück ins Gefängnis zu müssen – setzte ich also mein freundlichstes Lächeln auf. »Ich nehme an, über deine Absichten brauche ich mir keine Sorgen zu machen.«

»Ich lüge nicht, wenn ich sage: Es sind die allerehrenwertesten.«

Etwas anderes hätte ich auch nicht von ihm erwartet. Er war einer der besten und lästigsten Cops von ganz Chicago. Ständig ging er einem auf die Nerven mit Fragen nach dem Geschäft und steckte seine Nase in Dinge, die ihn nichts angingen.

»Wir möchten aber trotzdem etwas mit dir besprechen.«

Wir?

Mutter kaute auf ihrer Unterlippe herum.

Der Cop räusperte sich.

Hoffentlich kam jetzt nicht das, was ich befürchtete. Ich hatte zwar damit gerechnet, dass er ihr eines Tages einen Heiratsantrag machen würde, aber ich war alles andere als glücklich darüber – und das ging mir noch stärker gegen den Strich. Doch wenn das Glück meiner Mutter nun mal davon abhing, dass ich ihr meinen Segen gab, würde ich nach Kräften versuchen, den Eindruck zu erwecken, dass ich mich darüber freute. Ich lächelte wieder, diesmal mit Grübchen. »Falls du mich fragen willst, ob du sie heiraten darfst – ich habe keine Einwände.« Es entsprach ganz bestimmt niemandes Vorstellung von Glück, ständig am schlüpfrigen Rand der Armut in einem Haus zu wohnen, das jeden Moment über einem einzustürzen drohte. Ich hatte größere Pläne – und Träume für uns alle. In erster Linie aber für mich. Doch man brauchte Geld, um es in dieser Welt zu etwas zu bringen, und Geld gehörte zu den Dingen, die bei uns immer Mangelware waren.

Mutter errötete noch heftiger, doch dann beugte sie sich zu mir herüber und küsste mich auf die Wange. »Gott segne dich, Charlie. Ich hoffe von ganzem Herzen, dass er es tut. Aber wir wollten eigentlich über etwas ganz anderes mit dir reden.«

Der Ehrenwerte Andy räusperte sich abermals. »Du weißt, dass ich Polizist bin, mein Sohn.«

»Ja.« Jeder wusste, dass er Polizist war, und insbesondere ich wurde jeden einzelnen Tag gnadenlos damit konfrontiert.

»Das könnte die Sache etwas verkomplizieren.«

Mir verging das Lächeln. »Verkomplizieren für dich – meinst du das?«

»Und auch für dich.«

Ich blickte von meiner Mutter zu ihm, während ich über seine Antwort nachdachte. Aus dieser Perspektive hatte ich es noch gar nicht gesehen, doch es war nicht von der Hand zu weisen. Andy war nicht käuflich. Und da er nicht käuflich war, musste er jederzeit damit rechnen, die Folgen dafür tragen zu müssen. Wenn ich je in eine Situation geriet, in der man von mir verlangte, ihn zu verraten … Ich blickte zu meiner Mutter hinüber.

Sie sah mir direkt in die Augen, was sie gewöhnlich vermied, wenn ich oder jemand anders auf meine Mitgliedschaft im Club zu sprechen kam. »Ich bin dir dankbar für alles, was du für mich getan hast, Charlie. Ich kann dir gar nicht sagen, wie dankbar ich dir bin für das Geld, das du nach Hause bringst, dafür, wie du für deine Schwester sorgst oder wie du das Haus instand hältst. Aber ich glaube, es wird Zeit, darüber nachzudenken …«

»Lass uns ehrlich sein, Sohn. Du musst dir andere Freunde suchen.«

Als Vorbedingung für meine Mitgliedschaft im Club hatte Manny von mir verlangt, gelegentlich etwas für ihn zu erledigen. Ich sollte dafür sorgen, dass seine alten Freunde zufrieden waren, und ihm helfen, neue zu gewinnen. Ich war gut darin, Freundschaften zu schließen. Ich war auch gut darin, Geld einzutreiben und abzuliefern. Und ich hatte nichts dagegen, hin und wieder eine oder zwei Nächte im Gefängnis zu verbringen und damit anderen dieses Schicksal zu ersparen. Anders als die meisten Leute dachten, hatte ich nie mit irgendwelchen Schießereien zu tun und brach auch niemandem die Kniescheibe. Dafür hatte Manny andere Leute. »Was … was wollt ihr denn von mir?« Ich machte mir keine Illusionen über mich. Ich hatte nur zwei Talente: mein gewandtes Auftreten und mein gewinnendes Lächeln. Weitere Fähigkeiten besaß ich nicht. Außer vielleicht beim Pokern. Dann hatte ich noch ein ganz gutes Ohr für Ragtime und auf dem Tanzboden machte ich auch keine schlechte Figur – was mir wiederum half, Freundschaften zu schließen. Und das half mir beim Verkauf von Werbeplakaten und beim Eintreiben und Abliefern von Mannys Geld.

»Wir möchten dich bitten, eine andere Arbeit in Erwägung zu ziehen.« Mutter griff nach Andys Hand. »Ich will, dass du etwas aus dir machst, Charlie.«

»Etwas Ehrenwertes.« Der Ehrenwerte Andy warf mir einen Blick zu, der mir zeigte, dass er mehr wusste, als ich angenommen hatte. »Das ist eine meiner Bedingungen.«

»Ihr wollt, dass ich … ja, was soll ich denn eurer Ansicht nach tun? Soll ich irgendwo im Büro arbeiten?« Insgeheim beneidete ich all die ehrlichen Männer, über die ich mich lustig zu machen pflegte. Die, die jeden Tag neun Stunden auf einem Stuhl saßen und dann mit reinem Gewissen nach Hause zum Essen gingen. Ich war noch nie stolz auf Mannys Geschäftsmethoden gewesen, aber die persönlichen Ansichten und das, was man anderen gegenüber äußerte, waren zwei völlig verschiedene Dinge, und ich dankte es weder meiner Mutter noch Andy, dass sie mir das Gefühl gaben, ein zweitklassiger Gangster zu sein.

»Ich habe mir erlaubt, an deinen Vater zu schreiben. Er hätte eine Stellung für dich.«

»Du hast – warte mal – was?« Mein Vater? Mein Vater, der uns im Stich gelassen hatte, als ich sieben war? Mein Vater, der seine Frau und seine Kinder einfach sitzen gelassen hatte? Der meine Mutter nicht nur verlassen, sondern ihr dann auch noch die öffentliche Schmach angetan hatte, sich scheiden zu lassen?

Davor hatte er uns von einer Stadt in die andere geschleppt, wild entschlossen, erfolgreich zu werden, ganz gleich, was für einen Blödsinn er gerade zu verkaufen versuchte. Als ich klein war, hatten wir zwar kein Brot und keine Milch im Haus, dafür aber dutzendweise Schnürsenkel und Uhrentaschen und Flaschen mit Haarwasser.

Ich wollte damals die Schule sausen lassen, doch davon hatte meine Mutter nichts hören wollen. Sie sorgte dafür, dass ich durchhielt … und ich sorgte dafür, dass ich nach dem Unterricht so schnell wie möglich vom Schulhof kam. Ein paar Jahre lang verkaufte ich als Zeitungsjunge Zeitungen, dann arbeitete ich als Laufjunge für einen Drucker. Auf diese Weise hatte ich mich allmählich hochgearbeitet. Jetzt nahm ich Aufträge für die Verteilung und das Ankleben von Werbeplakaten in ganz South Side an.

Meine Mutter presste die Lippen zusammen. »Dein Vater hat dir eine Stellung angeboten.«

»Als was? Soll ich Federreiniger verkaufen?«

»Er hat es weit gebracht. Er besitzt jetzt eine Firma. Eine richtige Fabrik.«

Eine Firma? Mein Vater besaß eine Firma, während wir immer noch jeden Penny dreimal umdrehen mussten? »Schön für ihn.«

Andy drückte ihre Hand. »Wir wollen, dass du sein Angebot annimmst. Das ist ebenfalls eine meiner Bedingungen.«

»Wo ist diese Firma? Hier?«

»In St. Louis.« Die zarte Röte war aus Mutters Gesicht gewichen; jetzt sahen ihre blauen Augen wieder erschöpft und traurig aus.

Andy lehnte sich auf seinem Stuhl zurück. »Es ist eine einmalige Chance, die du unserer Ansicht nach ergreifen solltest.«

Klar, dass er es so sah. Dann hatte er meine Mutter ganz für sich allein. »Ist es … in seiner Fabrik?«

Meine Mutter zuckte die Achseln. »Es ist eine Stellung. Eine respektable … und du bist schon immer nach deinem Vater gekommen.«

Ich hatte meinen Vater mein ganzes Leben lang gehasst, doch ich konnte nicht leugnen, dass meine braunen Augen und mein dunkles Haar nichts von der sanften, blonden Schönheit meiner Mutter erkennen ließen.

»Du hast eine Begabung, Charlie. Eine ganz seltene und besondere Gabe. Du erreichst die Menschen, sie hören auf dich. Du kannst sie zu allem bewegen. Aber du solltest diese Gabe nutzen, um anderen zu helfen, und nicht, um ihnen zu schaden.«

»Ich habe noch nie jemandem geschadet.« Einige von den anderen hatten Dinge getan, derentwegen ich mich schämen würde, noch einen Fuß in eine Kirche zu setzen, aber so weit war ich nie gegangen. Nicht, dass ich Zeit gehabt hätte, in Kirchenbänken herumzulungern.

»Aber hast du jemals jemandem geholfen? Außer mir? Irgendjemandem, der es verdient hätte?«

Hier in South Side hatte man nicht viele Möglichkeiten. Ich war ziemlich sicher, dass mir nie etwas Respektableres angeboten werden würde als der Job, den mein Vater mir vorschlug. Auch, wenn es Fabrikarbeit war. »Wenn ich schon arbeite, kann es genauso gut eine ehrliche Arbeit sein, das willst du doch sagen?«

Sie sah mich einfach nur unverwandt an.

Ich zuckte die Achseln und versuchte, mir nicht zu sehr anmerken zu lassen, wie weh es mir tat, dass sie mich los sein wollten. »Ich kann's ja mal versuchen. So schlimm wird's auch wieder nicht sein.«

Sie lächelte, dann schlug sie die Hand vor den Mund und fing an zu weinen. »Danke.«

3

Lucy

Ich erwachte davon, dass meine Mutter mir sanft übers Haar strich, und nahm den Arm von den Augen, damit ich sie sehen konnte. »Wird er wieder gesund?«

Sie hörte einen Moment mit dem Streicheln auf. »Ich weiß es nicht. Das kann man im Moment noch nicht sagen.«

»Warum ist es passiert?«

Sie nahm die Hand von meinem Kopf und legte sie an ihren Hals.

Ich setzte mich auf. »Mutter?«

Sie seufzte und schüttelte den Kopf. »Es lag daran, dass er besessen ist von den Süßigkeiten. Er hat eine so große Begabung, hätte so viel erreichen können. Er hätte … Salben herstellen können. Oder Gesichtscremes. Oder meinetwegen auch Gebäck. Warum konnten wir keine Bäckerei aufmachen?«

Doch sosehr meine Mutter es sich auch wünschte, mein Vater hätte nie etwas anderes als Süßigkeiten kreieren können. Für etwas anderes war er nicht geschaffen. Royal Taffy, sein größter Erfolg, hatte ihm alles bedeutet … bis man ihm die Firma und das Recht, dieses Produkt herzustellen, genommen hatte. Er hatte zwar eine neue Süßwarenfirma gegründet und sich neue Süßigkeiten ausgedacht, doch den Erfolg von Royal Taffy hatte er nie wieder erreicht.

Mutter streckte eine Hand aus und hinderte meine Finger daran, an den Fäden meiner Matelassé-Decke zu zupfen.

»Standard hat eine neue Werbekampagne für Royal Taffy gestartet. Du weißt doch, wie er sich immer darüber aufregt.«

Und ob ich das wusste.

»Der Arzt sagt, sein Herz hält das nicht mehr aus. Er will, dass dein Vater ein paar Dinge ändert.«

»Was soll er ändern?«

Sie antwortete nicht.

»Mutter?«

Sie warf mir einen Blick zu. »Man hat uns geraten, das Geschäft zu verkaufen.«

»Aber – das kann er nicht!« Mein Vater – seine Firma verkaufen? Was sollte er ohne sie denn anfangen?

Sie griff nach meiner Hand. »Im Moment ist es das Wichtigste, dass er sich nicht aufregt. Und das schafft er nicht, wenn er in der Fabrik in der Küche steht und mit Süßigkeiten experimentiert oder wenn er ständig nach einer Möglichkeit sucht, Royal Taffy mit Werbung auszustechen.«

»Aber …«

»Wir brauchen uns keine Sorgen zu machen. Ich habe mit einem Anwalt gesprochen.«

»Mit einem Anwalt!« City Confectionery war keine Firma, es war unser Leben. Unser Fancy Crunch verkaufte sich zwar nicht besser als Royal Taffy, doch uns blieb immer noch die Hoffnung, dass Papa eines Tages eine Süßigkeit kreierte, der das gelingen würde. Ich verstand nicht, wie er das alles einfach aufgeben konnte. Doch als ich Mama anschaute, regte sich ein Verdacht in mir. Auf einmal wirkte sie gar nicht mehr so alt und müde. Im Gegenteil, sie erschien mir unaufrichtig, ja durchtrieben. »Du hast es ihm gar nicht gesagt, oder?«

Sie sah mich so enttäuscht an, dass ich beinahe rot geworden wäre. »Dazu besteht nun wirklich kein Anlass. Wenn er es wüsste …«

»Wenn er es wüsste, würde er es niemals erlauben! Es ist nicht deine Firma, es ist seine!«

Sie stand auf, die Lippen zu einem dünnen, geraden Strich zusammengepresst. »Aber sie könnte genauso gut mir gehören. Es war das Geld meines Vaters, mit dem er die Firma gegründet hat, und es war dieses Haus, mein Elternhaus, das unter seinen verrückten Plänen zu leiden hatte.« Ich sah, wie sie sich traurig in meinem Zimmer umschaute, und merkte erst jetzt, dass die Hälfte der Einrichtungsgegenstände verschwunden war. Die Waschgarnitur, die auf dem Waschtisch gestanden hatte, stand jetzt auf der Frisierkommode. Und der große geschliffene französische Spiegel, der darüber gehangen hatte, war fort. Als ich mich im Nachmittagslicht, das durch die Spitzenvorhänge hereinfiel, weiter umblickte, entdeckte ich noch mehr Veränderungen. »Mein Teppich!« Und mein seidener Polsterstuhl.

Sie ließ die Schultern hängen. »Ich habe sie verkauft.«

»Aber …!«

»Und es ist nicht nur das Haus, Lucy. Es sind meine … *meine* Träume, die den Süßigkeiten geopfert wurden, genauso wie seine. Wenn ich gewusst hätte, wie weit er in seiner Dickköpfigkeit gehen würde …«

»Manche Leute bezeichnen seine Dickköpfigkeit als Leidenschaft.«

»Nicht, wenn sie auch nur ein bisschen Geschäftssinn haben.«

Ich konnte ihr keine Vorwürfe machen. Sie konnte nichts dafür. Sie war keine Kendall, sie war eine Clary. Sie hatte keinen Sinn für Süßigkeiten, nicht so wie mein Vater und ich; jedenfalls hatte mein Vater mir das immer durch den nach Zucker duftenden Dampf zugeflüstert, der aus unseren Kupfertöpfen aufstieg. Sie stammte aus einer Familie von Bankiers und Kaufleuten. Wenn mein Vater mit seinen Buchhaltern gestritten hatte, weil sie verlangten, dass er Royal Taffy teurer verkaufte, oder wenn er darauf bestanden hatte, seine Arbeiter wie Familienmitglieder zu behandeln, hatte meine Mutter ihm an den Kopf geworfen, dass er ein Dummkopf sei. Sie hatte ihn sogar gedrängt, seine Süßwarenfirma aufzugeben und sich einen anderen Beruf zu suchen; wahrscheinlich hatte sie gehofft, dass er in die Bank ihres Vaters eintreten würde.

Mutter hatte immer gewollt, dass Papa ein anderer wäre, als der, der er war. Papa hatte immer mehr haben wollen, als er hatte, und ich hatte immer etwas sein wollen, das ich nie sein konnte. Ich wollte keine Tochter sein. Ich wollte sein Geschäftspartner sein.

Ich wollte mit meinem Vater zusammen in der Firma Süßwaren

herstellen. Doch meine Mutter hatte darauf bestanden, dass die Küche kein Platz für eine Dame sei, und mein Vater hatte mir, nachdem ich die Highschool beendet hatte, sogar verboten, die Fabrik weiterhin zu betreten. »*Kinderspiele sind gut und schön, solange man ein Kind ist, aber die Herstellung von Süßigkeiten ist ein ernstes Geschäft*«, hatte er gesagt.

Keiner von uns hatte bekommen, was er wollte. Die Familie Kendall, so schien es, war eine Familie von Versagern. »Gibt es einen Käufer?«

»Ich habe einen im Auge. Und ich hoffe, den Verkauf bis Weihnachten über die Bühne gebracht zu haben.«

Ich schaute zum Fenster hinüber. Als wir wie die Zigeuner durch Europa gezogen waren, hatte ich mich manchmal nach meinem Zimmer gesehnt. Ich hatte das vertraute Quietschen der Bettfedern vermisst und die Passionsblumen, die sich auf meinen Tapeten emporrankten. Den tröstlichen Duft nach Zitronenseife … und sogar den leichten Kampfergeruch, der noch aus der Zeit stammte, als mein Großvater das Zimmer ganz hinten auf dem Flur bewohnt hatte. Doch jetzt war ich wieder da und konnte es fast nicht ertragen. »Müssen wir wirklich verkaufen?«

»Seit dein Vater krank ist, macht die Firma Verluste. Ich dachte, wir schaffen es, bis er wieder auf dem Damm ist, aber … ich weiß nicht, was wir sonst tun könnten. Und dein Vater ist ohnehin nicht mehr in der Lage, viel zu tun.«

Plötzlich stand das Bild mit der Royal-Taffy-Werbung vor mir wie eine mittelalterliche Schlachtfahne. Mutter hatte recht: Wenn Vater bei Kräften gewesen wäre, hätte er diese Plakate niemals einfach so hingenommen. Er hätte eines seiner eigenen direkt daneben aufgestellt. »Ich könnte den Betrieb übernehmen.«

»Lucy, nein!« Sie wirkte genauso schockiert, wie Papa es gewesen war, als ich ihm sagte, dass ich nach meinem Schulabschluss in die Firma eintreten wollte.

»Doch, ich kann das.« Schon während ich die Worte aussprach, klopfte mein Herz vor freudiger Erregung. Das war die Chance, auf die ich gewartet hatte! Ich konnte Papa beweisen, dass er unrecht gehabt hatte. Dass ein Mädchen, wenn man ihm nur die Möglichkeit gab, eine Hilfe in der Firma sein konnte und nicht nur eine Behinderung. »Ich habe so viele Süßigkeiten aus Europa mitgebracht. Gib mir ein paar Wochen und ich werde etwas absolut Göttliches entwickeln! Etwas, das noch nie jemand geschmeckt hat!«

»Dein Vater würde niemals …«

»Was er nicht weiß, macht ihn nicht heiß. Und stell dir vor, ich hätte Erfolg!« Ich würde Erfolg haben. Ich brauchte nur eine Chance.

»Nein.«

»Bitte!«

»Nein. Schluss, aus. Ich will nichts mehr davon hören. Im Übrigen bin ich heraufgekommen, um etwas mit dir zu besprechen.« Sie nahm einen Umschlag von meiner Frisierkommode und reichte ihn mir mit einem Lächeln. »Du wurdest zur Königin des Veiled-Prophet-Ball ernannt!«

Wie konnte sie in einer solchen Zeit an Bälle denken?

»Es ziemt sich nicht für eine Dame der besseren Gesellschaft, Handel zu treiben wie ein gewöhnlicher Mensch. Es ist dein Debüt, Lucy.« Sie verzog das Gesicht. »Du bist sowieso schon ein Jahr zu spät dran. Alle deine Freundinnen wurden bereits in die Gesellschaft eingeführt und die meisten sind auch schon verheiratet. Aber vielleicht hat das Schicksal es ja gut gemeint, dass du gerade jetzt debütierst, wo dein Vater und ich dich brauchen. Eine vorteilhafte Heirat würde uns allen nützen.«

Heirat? Ich hatte gar nicht gemerkt, dass ich ihr meine Hand entzogen hatte, bis sie sie wieder nahm und sagte: »Ich versuche doch nur, an deine Zukunft zu denken.«

»Und ich versuche, an unser aller Zukunft zu denken. Wenn du mich nur ließest …«

»Das Geschäft muss verkauft werden.« Sie sprach langsam, als hätte ich sie das erste Mal nicht verstanden.

»Ich kann nicht fassen, dass du einfach aufgeben willst – ohne auch nur zu versuchen, es zu retten! Das hätte Vater nicht gewollt.«

»Dein Vater hat jahrelang getan, was er wollte, und alles, was es ihm eingetragen hat, ist ein Herzanfall. Findest du nicht, dass es Zeit wird, etwas anderes zu versuchen? Einen anderen Weg zu finden?«

Ich sprang auf und marschierte zur Tür. »Ich werde es ihm sagen. Ich sage ihm, was du vorhast.«

In ihren Augen blitzte etwas auf. Angst? Schuldgefühle? »Tu's nicht.«

»Wenn du mir die Chance gibst, die Firma zu retten, wenn du mir Zeit gibst, eine neue Süßigkeit zu entwickeln, dann tue ich es nicht.«

Sie sah mich lange und fest an, doch plötzlich schien sie vor meinen Augen in sich zusammenzusacken. »Gut. Ich gebe dir einen Monat. Aber du musst mir eines versprechen: Du musst am Veiled-Prophet-Ball teilnehmen. Und zwar richtig, Lucy. Du musst dich dieser Sache mit ganzer Kraft widmen. Du kannst es dir nicht leisten, dir diese Gelegenheit entgehen zu lassen.«

Ich überlegte kurz, dann nickte ich. Wenn mir eine neue Süßigkeit einfiel, wäre der Ball die perfekte Gelegenheit, sie einzuführen. Da konnte Standard Candy Manufacturing nicht mithalten. »Ich denke gar nicht daran, sie mir entgehen zu lassen.«

Am nächsten Morgen durfte ich meinen Vater sehen.

Er war wach, als meine Mutter mich in sein Zimmer führte, doch die Vorhänge waren zugezogen.

»Lucy. Meine Zuckerfee.« Er war totenblass und seine Augen waren tief eingesunken. Sogar seine Stimme schien irgendwie dünner zu sein. Ich war erschrocken, als ich das erste Mal von seinen Herzproblemen gehört hatte, doch jetzt bekam ich es wirklich mit der Angst zu tun.

»Papa.« Ich war gekommen in der Hoffnung, die Kluft, die sich zwischen uns aufgetan hatte, zu schließen, in der Hoffnung, ihm zu beweisen, dass ich etwas wert war. Jetzt traute ich mich nicht einmal, ihn zu berühren, aus Angst, ihm wehzutun.

Er streckte den Arm nach mir aus. »Du bist nach Hause gekommen. Endlich.«

Ich hatte ihn noch nie im Nachthemd gesehen. Er sah so … anders aus. Schwächer. Kleiner. »Ja.« Ich stand mit gefalteten Händen an seinem Bett.

»Setz dich. Bleib ein Weilchen bei mir. Hast du etwas Süßes mitgebracht?«

Mutter half ihm, sich aufzusetzen, schüttelte seine Kissen auf und drückte ihn sanft nach hinten, damit er bequem saß. »Keine Süßigkeiten. Anordnung des Arztes.«

»Hast du vielleicht mal daran gedacht, dass ein kleines Stückchen mir die Kraft geben könnte, die ich brauche, um mich zu erholen? Man kann keine süße Versuchung kreieren, ohne zuvor einer erlegen zu sein.« Er versuchte mir zuzulächeln.

Mutter zog ein Taschentuch aus dem Ärmel und tupfte die Schweißperlen ab, die ihm auf der Stirn standen. »Sie sind es nicht wert, dass du dich deswegen aufregst.«

»Aber man braucht etwas, das es wert ist, sich aufzuregen. Etwas anderes als die lauwarme Suppe und das trockene Brot, das ich ständig essen muss.«

Mutter strich ihm das Haar aus der Stirn und ging hinaus, nicht ohne mir einen warnenden Blick zugeworfen zu haben.

»Sie lässt mich nicht einmal Butter essen. Oder Sahne.« Er zuckte zusammen, dann schien er sich wieder zu entspannen. »Erzähl mir von deiner Reise.«

»Es war hübsch.«

Er hob eine Braue. »Hübsch? Du fährst um die halbe Welt und das Einzige, was du sagst, ist, dass es hübsch war?«

Ich spürte, wie meine Lippen sich zu einem Lächeln kräuselten. Mir war gar nicht bewusst gewesen, dass ich die ganze Zeit die Luft angehalten hatte. »Es war … erstaunlich. Alles war so anders. Es gab so viel zu tun und zu sehen.«

Ich erzählte ihm von den Ballsälen in Wien und den Kathedralen in Frankreich. Ich beschrieb ihm das Gefühl, auf der Jungfrau zu stehen und die Welt zu betrachten, die einem zu Füßen lag. Ich erzählte ihm, dass ich Muscheln und Aale und Schnecken gegessen hatte.

»Sie haben köstlich geschmeckt! Und doch war es kein Vergleich zu den Süßigkeiten. In jedem Dorf schien es mindestens ein Dutzend Bäckereien und Konditoreien zu geben. Ich kann dir gar nicht sagen, wie viele Süßigkeiten ich probiert habe. In Florenz gab es sogar ein …«

Vom Bett erklang ein heiseres Schnarchen.

»Papa?« Er war eingeschlafen, sein Kinn war ihm auf die Brust gesunken.

Ich zog die Decke glatt, legte seinen Kopf zurück aufs Kissen und überließ ihn seinen Träumen. Dann ging ich über den Flur in mein Zimmer und packte meine süßen Schätze aus. Ich nahm eines meiner Lieblingsstücke in die Hand, eine Salzburger Mozartkugel, wickelte sie aus und biss hinein. Wieder bewunderte ich die Vielzahl der Schichten, die unter dem dunklen Guss verborgen lagen. Wie schafften sie es bloß, die Kugel so vollkommen rund zu machen? Meine Zunge trennte und identifizierte die Aromen: Pistazie, Marzipan und Schokolade. Mein Mund genoss die gegensätzlichen Konsistenzen. Cremig und knusprig zugleich, weich mit genau der richtigen Festigkeit. Ich seufzte, während die Kugel in meinem Mund schmolz, und fragte mich, ob ich wohl jemals wieder einen Menschen finden würde, der mit mir zusammen Süßigkeiten aß.

Ich griff in den Koffer und nahm die Geschenke heraus, die ich ausgesucht hatte. Das Spitzentischtuch für Mutter. Eine bayerische Pfeife für Papa. Gestickte Kopfkissenbezüge und Spitzendeckchen für meine Freundinnen. Ich sollte sie in meine Aussteuertruhe legen, ordentlich zusammengefaltet und in Papier eingeschlagen, statt in meine Unterwäsche gewickelt.

Ich bat ein Mädchen, mir ein paar alte Zeitungen zu bringen, und ging dann nach unten, um Mutter zu suchen. Ich fand sie im Wohnzimmer, das ihr zugleich als Büro diente. Sie sprach mit meiner Tante. Als ich eintrat, blickten beide auf. »Ich würde gern Annie Farrell besuchen. Ich habe ihr etwas von der Reise mitgebracht.«

Tante Margaret entschuldigte sich. »Ich gucke mal, was dein Onkel so treibt.«

»Annie Farrell …?« Meine Mutter hob die Brauen. »Ach so, Annie Wagner! Sie hat geheiratet, als du fort warst.«

»Sie hat … was? Aber wen denn? Wen hat sie geheiratet?«

»Roy Wagner.«

»Wer ist Roy Wagner? Ich glaube nicht …«

»Er ist ein entfernter Cousin von ihr. Mütterlicherseits, aus Kansas City. Sie sind im Frühjahr dorthin gezogen.«

Ich keuchte auf. »Weg? Fort von hier?«

»Aber natürlich! Seine Firma ist nicht hier, sie ist in Kansas.«

Annie war fort? Und ich hatte mich nicht einmal von ihr verabschieden können. »Haben … noch mehr? Geheiratet, meine ich?«

»Aber sicher! Harriett Marcus. Und Julia Shaw.« Sie hielt inne, als überlege sie, ob sie weiterreden sollte. Als sie sprach, war es nur ein Flüstern. »Julia ist … durchgebrannt.«

Entsetzlich! Ich tastete nach einem Stuhl und setzte mich hin, völlig verwirrt. Annie und Julia waren meine besten Freundinnen gewesen. Sie hatten geheiratet – waren sogar durchgebrannt! – ohne dass ich davon gewusst hatte. »Hat auch irgendjemand *nicht* geheiratet?« Gab es denn keine mehr, die war wie ich?

»Cora Taylor ist aufs College gegangen. Aufs Vassar … oder war es Swarthmore? Ich kann sie nie auseinanderhalten. Und Stella Lawrence ist in den Orient gegangen; sie will Missionarin werden, kannst du dir das vorstellen? Ich weiß nicht, was die jungen Mädchen von heute sich so denken.«

Plötzlich kam mir St. Louis trostlos und verlassen vor.

Das Mädchen kam und brachte mir die Zeitungen, um die ich sie gebeten hatte. Von der ersten Seite starrte mir der grässliche Mörder entgegen. Ich drehte sie schnell um, damit ich ihn nicht mehr sehen musste.

»Harriett Marcus würde sich bestimmt freuen, dich zu sehen; sie heißt jetzt allerdings Harriett Patterson. Sie empfängt dienstagnachmittags Besuche.«

Ich wollte ihr keinen förmlichen Besuch abstatten, ich wollte sie *sehen.* Mit ihr auf ihr Zimmer gehen und tanzen, während wir uns Grammofon-Aufnahmen anhörten. Ich wollte nicht in einem steifen Salon sitzen und über ... über das reden, worüber verheiratete Leute so redeten. »Wen hat sie geheiratet?«

»Archie Patterson.« Mutter sprach den Namen mit hochgezogenen Brauen aus, als wollte sie mich warnen, etwas Missbilligendes zu sagen.

Ich hatte Archie Patterson nie leiden können. Und jetzt lebte Harriett mit ihm irgendwo in einem neuen Haus, empfing dienstags Besucher und ... saß am Sonntag neben ihm in der Kirchenbank! Ich hatte alle meine Freundinnen verloren.

»Aber Winnie Compton ist noch da. Sie ist auch nicht verheiratet.« Mutter streckte die Hand über den Tisch und tätschelte meine Hand. »Wir können Annie dein Geschenk nach Kansas schicken. Ich bin sicher, sie freut sich sehr, von dir zu hören.«

Wahrscheinlich hatte sie mich völlig vergessen ... so wie ich sie vergessen gehabt hatte. Ich hatte geglaubt, in eine Stadt zurückzukehren, die gleich geblieben war, doch während meiner Abwesenheit hatte sich alles verändert.

4

Charlie

Ich verschlief fast die ganze Zugfahrt nach St. Louis. Tags zuvor war ich noch auf der Hochzeit meiner Mutter gewesen und hatte das Grab meiner kleinen Schwester besucht, die vor ein paar Jahren gestorben war. Ich hatte niemandem gesagt, dass ich fortging. Es war besser, wenn niemand wusste, wo ich leben würde.

Ich hatte mich entschlossen, es mit der Firma meines Vaters zu versuchen. Letztlich war er mir das schuldig. Wenn es mir nicht gefiel – womit ich eigentlich rechnete –, würde ich die Stadt verlassen und weiterziehen nach Seattle. Oder vielleicht auch nach San Francisco.

Allmählich verringerten sich die Entfernungen zwischen den Städten und die Weizenfelder, die vor dem Zugfenster vorüberglitten, wichen Straßen und Schornsteinen. Ich setzte mich aufrechter hin, spuckte in die Hände, fuhr mir glättend über das Haar und richtete mir im Spiegelbild des Fensters die Krawatte.

Dann setzte ich meine Melone schneidig-schräg auf, drückte sie kaum merklich herunter und begutachtete mein Spiegelbild. Ein Club-Mann starrte mich an. Ich griff nach der Hutkrempe und rückte den Hut gerade. Dann tastete ich nach meinem Gummikragen, reckte den Hals und richtete den Knoten. So war es besser. Jetzt war ich der gute alte Charlie Clarke, der alles sein konnte, was er wollte. Ich blickte mich im Zug um und betrachtete die Männer, die mit mir im Abteil saßen.

Da war keiner, der den gleichen Stil wie Manny hatte. Keiner trug seinen Hut so schräg, keiner hatte sein Fluidum. Andererseits hatte wahrscheinlich auch noch keiner von diesen Männern je einen anderen in einer leeren Gasse zu Brei geschlagen. Ich griff unauffällig an meine Krawatte und versuchte, den Knoten kleiner zu binden. Fester. So wie alle anderen ihre Krawatte gebunden hatten.

Ich hätte gern mein blaues Hemd gegen ein weißes eingetauscht – das trugen nämlich all diese achtbaren Leute. Stattdessen machte ich mich auf meinem Sitz so klein wie möglich und starrte vor mich hin, während die Welt draußen vorbeisauste.

Ich hatte meinen Vater seit fünfzehn Jahren nicht gesehen. Vielleicht war das Ganze doch keine so gute Idee. Hatte Mutter ihm von Manny erzählt? Nein, das war unmöglich. Wenn sie es getan hätte, hätte er mir nie die Stelle angeboten. Ich überlegte, ob es wohl stimmte, dass er nach mir gefragt hatte. Dass er mich haben wollte.

Er hatte mich doch vorher auch nicht gewollt. Warum sollte das jetzt plötzlich anders sein?

Während ich so dasaß und aus dem Fenster starrte, dachte ich an alles, was ich in den vergangenen fünfzehn Jahren getan hatte. Da war nichts, aber auch gar nichts, worauf ich stolz war. In meinem Magen plätscherte eine altbekannte Welle der Angst. Dieses alte Gefühl von Verhängnis. Der Gedanke, dass ich nichts tun konnte, um die Billigung meines Vaters zu finden. Ich zog meinen Flachmann aus der Tasche und nahm einen tüchtigen Schluck Whiskey. Dann rief ich mir in Erinnerung, dass ich unterwegs war zu einem Neuanfang, zu einer neuen Chance. Und ich sagte mir, dass ich sie dieses Mal nicht in den Sand setzen würde.

Er war nicht da. Die Leute, die auf den Zug gewartet hatten, zerstreuten sich und ich war allein. Aber was hatte ich eigentlich erwartet? Dass er auf mich warten und mich aufnehmen würde wie einen lange entbehrten Sohn? Wo er mir doch in all den Jahren nicht den kleinsten Gruß hatte zukommen lassen?

Ein drahtiger alter Mann in einem Anzug mit glänzenden Messingknöpfen kam auf mich zu und schielte an mir hoch. Dann griff er nach meiner Reisetasche, die ich in der Hand hielt. »So wie Sie aussehen, sind Sie Mr Clarkes Sohn. Ich nehm Sie mit nach Hause.«

Ich folgte ihm hinaus zu einem Tourenwagen, dessen Verdeck geöffnet war. Das dunkelgrüne Chassis war auf Hochglanz poliert. Die weißen Reifen spiegelten das Sonnenlicht so intensiv wider, dass ich blinzeln musste. Es war die Art Wagen, in dem zu fahren ich mir schon immer erträumt hatte. Nicht einmal der Bürgermeister von Chicago hatte ein so schönes Auto.

Der Mann öffnete mir den Schlag. Ich stieg ein. Der schwarze Ledersitz war so lang und bequem, dass ich mich darauf hätte ausstrecken und einschlafen können. Und es roch … es roch einfach nach Geld.

Obwohl ich die ganze Fahrt über aus dem Fenster starrte, hätte ich hinterher nicht sagen können, was ich gesehen hatte. Irgendwann bremste der Fahrer ab und bog in eine Straße ein, die gesäumt war von den größten Häusern, die ich je gesehen hatte. Ganz am Ende der Straße hielt er an.

»Das ist das Haus meines Vaters?« Es war zu groß, mit zu vielen Säulen, zu vielen Stufen und zu vielen Fenstern. Hier konnte ich nicht leben.

»Portland Place 54. Ich nehme an, jetzt ist es auch Ihr Haus.«

Mein Haus.

Nein. Es würde nicht mein Haus sein. Es würde nie mein Haus sein. Mein Haus war in Chicago, in der South Side. Leute wie ich lebten nicht an Orten wie diesem.

Der Fahrer stieg aus und kam nach hinten, um mir den Schlag zu öffnen.

Ich wollte aber nicht aussteigen.

»Kommen Sie, Sir?«

Natürlich kam ich. Ich war kein siebenjähriges Kind mehr. Wovor hatte ich Angst? Was konnte mein Vater mir noch antun? Er hatte mir bereits das Schlimmste angetan. Wenn jetzt jemand fortging, war ich das. Vielleicht hätte ich es gleich tun sollen, denn als der Fahrer nach meiner Tasche griff, ging auch schon die Tür der Villa auf und mein Vater trat heraus.

Er hatte sich kaum verändert seit dem Abend vor fünfzehn Jahren, an dem ich ihn zuletzt gesehen hatte, aber jetzt wusste ich doch, wie ich aussehen würde, wenn mein dunkles Haar grau wurde und meine ohnehin sehr dichten Brauen quasi verfilzt waren. Der Mund, über dessen Lippen so leicht die Versprechungen geflossen waren, und die Augen, die so vergnügt zwinkern konnten, hatten Linien auf seinen Wangen hinterlassen.

Er blieb stehen. Dann lächelte er.

Es war dasselbe Lächeln, das ich, als ich noch jünger war, im Schlaf vor mir gesehen hatte. Das Lächeln, das mir stets das Gefühl gegeben hatte, dass alles gut war. Das Lächeln, das mich zum Weinen gebracht hatte, wenn ich aufwachte und feststellen musste, dass ich es nie wiedersehen würde.

Er kam mir entgegen, die Auffahrt herunter – mit ausgebreiteten Armen.

Ich streckte ihm die Hand hin.

Er ergriff sie mit beiden Händen und bewegte sie auf und ab wie einen Pumpenschwengel. »Schön, dich wiederzusehen.«

Ich verbiss mir die erste Antwort, die mir in den Sinn kam: *Schön, auch dich wiederzusehen*. Ich war die ganze Zeit da gewesen, wo er uns damals verlassen hatte. Er hätte mich jederzeit sehen können, wenn er gewollt hätte. Anscheinend hatte er nicht gewollt.

Irgendeine wohlriechende Pomade hatte es endlich fertiggebracht, das Haar, das ihm immer in die Stirn gefallen war, zu bändigen. »Du siehst gut aus.« Er schlug mir auf den Oberarm. »Komm rein. In ein paar Minuten brechen wir auf, ins Theater, bis dahin kannst du dich noch ein wenig eingewöhnen.« Er legte mir die Hand in den Rücken und schob mich mit sanftem Druck vorwärts.

Ich beschleunigte meinen Schritt, um seine Berührung loszuwerden, doch das bedeutete, dass ich das Haus als Erster betreten musste. Drinnen wusste ich dann erst einmal nicht, was ich tun sollte. Ich befand mich in einer wahren Höhle aus schimmerndem Holz, die sich über zwei Stockwerke in die Höhe erstreckte.

Mein Vater blieb stehen, um kurz mit dem Mann zu reden, der die Tür geöffnet hatte. Dann kam er zu mir und streckte die Hand nach meiner Tasche aus.

Ich packte sie fester.

»Ist das alles, was du mitgebracht hast?« Er betrachtete sie stirnrunzelnd. »Der Butler wird dich nach oben bringen und dafür sorgen, dass du alles hast, was du brauchst. Die Küche hält das Abendessen für dich bereit, wann immer du essen willst.« Er zog eine Uhr aus der Tasche. »Ich wollte noch etwas trinken und eine Zigarre rauchen, bevor ich aufbreche. Wenn du mir Gesellschaft leisten möchtest – ich bin in der Bibliothek, gleich da hinten.« Er nickte tiefer in die Halle hinein.

Das wollte ich nicht, deshalb folgte ich dem Butler eine lange, geschwungene Treppe hinauf. In meinem Zimmer verstaute ich in aller Ruhe meine Sachen. Nach unten ging ich erst, als ich ganz sicher war, dass er fort war.

Ich erwachte beim Geräusch von – gar nichts. Ich hatte einfach die ganze Nacht durchgeschlafen. Draußen hatten keine Straßenkämpfe stattgefunden. In der Wohnung nebenan keine lauten Streitereien. Genau genommen gab es überhaupt keine Nachbarwohnung. Und jetzt war Morgen, doch es ratterten keine Karren durch die Straßen. Kein Hufgeklapper war zu hören. Keine Kühe, die in ihren Ställen muhten, während sie darauf warteten, in die Schlachthäuser der South Side transportiert zu werden.

Vielleicht war das das Schönste, was man sich kaufen konnte, wenn man reich war: Stille.

Mein Magen knurrte. Ich beschloss herauszufinden, was reiche Leute zum Frühstück aßen. Ich ging durch mein Zimmer und öffnete mehrere Türen, bevor mir wieder einfiel, welche ins Badezimmer führte. Im Bad drehte ich an einem Hahn und aus dem Hahn floss Wasser in ein Becken, das an der Wand befestigt war. Man stelle sich vor! Ich spritzte mir ein bisschen Wasser ins Gesicht und rasierte mich. Dann säuberte ich meinen Gummikragen mit einem Tuch, befestigte ihn an meinem blauen Hemd und kleidete mich an. Zum Schluss bürstete ich meine Jacke ab und nahm sie dann vom Kleiderständer, auf den einer der Diener sie gehängt hatte. Ganz zum Schluss schloss ich das Häkchen an meinem Gummikragen.

Unten war ebenfalls alles vollkommen still – es schien niemand da zu sein.

Gestern Abend hatte ich ganz allein gegessen, in einem Esszimmer, das geblitzt und gefunkelt hatte vor kostbarem Porzellan und schimmernden Gläsern. Heute Morgen war das ganze Zeug fortgeräumt, doch auf einer Anrichte standen ein paar silberne Deckelschüsseln. Ich hob einen der Deckel an.

Eier.

Ich hob einen anderen hoch.

Schinken.

Ich schaute unter einen dritten.

Toast.

Also aßen reiche Leute genau das Gleiche wie die Armen. Es wurde ihnen lediglich auf kostbarem Geschirr serviert.

»Kann ich Ihnen helfen, Sir?«

Ich fuhr herum und sah ein Mädchen in der Tür des Esszimmers stehen. »Ich … äh … ich wollte nur … Frühstück?«

Sie öffnete einen Schrank mit Glastüren und nahm einen Teller heraus, den sie dann aus den Silberschalen füllte. Ich ging hin, um ihn ihr abzunehmen, doch sie trat um mich herum und stellte ihn auf den Tisch. »Bitte schön, Sir.« Sie deutete auf den Stuhl.

Ich setzte mich hin.

Sie brachte mir eine Tasse und eine silberne Kanne, gefüllt mit irgendetwas. »Ist das …?«

»Kaffee. Hätten Sie gern etwas anderes, Sir?«

Ich hätte tatsächlich gern etwas anderes gehabt, aber ich wusste nicht, was es noch gab. »Nein, danke.«

Sie ging zur Tür, doch ich wollte noch etwas klarstellen. »Ich bin Charlie.«

Sie nickte.

»Und Sie sind …?«

»Sir?« Zum ersten Mal schien ihr ruhiges Selbstbewusstsein ins Wanken zu geraten.

»Ihr Name?«

»Jennie, Sir.« Doch sie flüsterte ihn so leise, dass ich sie kaum verstand.

»Wie lange arbeiten Sie schon hier?«

»Fünf Jahre.«

Ich wollte gerade noch etwas sagen, als eine Frau hereinkam. Sie trug die Art Kleid, die meine Schwester immer bewundert hatte, und ihr blondes Haar war auf dem Oberkopf zu einem lockigen Dutt aufgesteckt.

Ich stand auf.

Jennie – falls sie tatsächlich so hieß – neigte den Kopf und verließ das Zimmer.

Die Frau lächelte mich an, dann setzte sie sich ans Fußende des Tisches, ein paar Plätze von mir entfernt. »Charles. Ich wollte dir noch sagen, wie sehr wir uns alle freuen, dich hier zu haben.«

Wenn sie sich wirklich freute, konnte sie es gut verbergen. Ich versuchte ebenfalls zu lächeln. »Ich freue mich auch, hier zu sein … aber Sie sind im Vorteil. Ich glaube nicht, dass wir uns bereits vorgestellt wurden.«

»Ich bin Augusta.« Sie sagte es, als bedeute es irgendetwas.

»Schön, Sie kennenzulernen, Augusta.« Mein Vater hatte also wieder geheiratet. Ich wusste nicht, warum mich das so überraschte. Meine Eltern waren schon lange geschieden. Und ich hatte vor gerade mal zwei Tagen der Wiederverheiratung meiner Mutter beigewohnt.

Sie runzelte die Stirn. »Dein Vater hat mir gesagt, dass ihr bisher kaum miteinander gesprochen habt, aber ich hätte nicht gedacht, dass …« Sie legte den Kopf schräg, als ob sie über etwas nachdachte. »Ich hätte nachfragen sollen, aber Warren ist immer so beschäftigt …« Sie seufzte. »Es muss sehr seltsam für dich sein, aber du kannst dir wohl kaum vorstellen, wie seltsam es für mich ist, Charles.«

»Charlie. Bitte nennen Sie mich Charlie.«

Ihr Stirnrunzeln vertiefte sich. »Ich denke, Charles genügt. Aber wir werden uns überlegen müssen, wie wir deine Anwesenheit erklären.«

»Wie wäre es mit: Mein Vater hat seine Familie vor fünfzehn Jahren verlassen und jetzt will er die verlorene Zeit nachholen?« Ich spießte ein Stück Schinken auf, das um meine Eier drapiert war.

»Ich glaube, du verstehst mich nicht. Die Leute tratschen gern. Solche Skandale …«

»Hören Sie, ich habe nichts gegen Sie, Augusta. Sie scheinen eine ganz nette Dame zu sein. Aber wenn Sie Mitleid erwarten, müssen Sie woanders suchen. Während Sie hier in dieser … Villa lebten, habe ich versucht zu verhindern, dass der ersten Frau Ihres Mannes und seinen Töchtern das Haus über dem Kopf einstürzt. Ich hoffe, Sie verstehen, dass es mich nicht weiter kümmert, was die Leute sagen.«

Sie sah mich lange an, dann nickte sie. »Ja, ich glaube, ich verstehe dich. Es tut mir leid, dass er euch Kummer gemacht hat. Das war nicht richtig. Wenn ich es früher gewusst hätte, hätte ich … hätte ich etwas unternommen.«

Sie hatte leicht reden.

»Ich hoffe, wir können Freunde werden. Dein Vater hat mich übrigens gebeten, dir zu sagen, dass er dich nach dem Frühstück gern sehen möchte.«

Er hatte auf mich gewartet? Ich nahm den Schinken und bugsierte damit das Ei auf meine Gabel. Als ich mich über den Teller beugte, um das Ganze in den Mund zu schieben, blickte ich kurz auf.

Sie beobachtete mich mit zusammengezogenen Brauen. Sie war nicht viel jünger als meine Mutter und eigentlich auch nicht hübscher. Sie war nur … passender. »Wir haben eine gewisse Stellung in der Gesellschaft, dein Vater und ich. Wir haben beide hart gearbeitet, um sie zu erreichen, und es wäre sehr, sehr schade, wenn wir sie verlieren würden.«

Für sie vielleicht. Ich stand auf, faltete meine Serviette zusammen und legte sie auf den Tisch, wie meine Mutter es mich gelehrt hatte. »Bitte entschuldigen Sie mich.«

Sie nickte. »Der Fahrer wartet vor dem Haus auf dich.«

Es war derselbe Fahrer wie am Tag zuvor. Gestern hatte ich die ganze Zeit aus dem Fenster gestarrt, doch heute ging ich ihm mit ausgestreckter Hand entgegen. »Ich bin Charlie. Danke für die Fahrt gestern.«

Er blickte fast erschrocken von der Kurbel hoch, dann richtete er sich auf und bot mir ebenfalls die Hand. »Mein Name ist Nelson, Sir.«

»Ich habe noch nie ein Auto gefahren. Ist es schwer?«

»Nein, gar nicht. Sie brauchen einfach nur das Steuerrad dahin drehen, wo Sie hinwollen.«

»Also leichter als bei einem Pferd.«

»Nein, das habe ich nicht gesagt!« Er klopfte auf einen Scheinwerfer und bückte sich, um ihn genauer zu inspizieren. Dann zog er seinen Hemdzipfel heraus, spuckte auf das Messing und polierte es. »Auch das Auto muss gefüttert und gewaschen werden. Man muss es polieren und ihm gut zureden. Es hat mehr Sattel- und Zaumzeug als sämtliche Pferde, die der Boss je hatte. Und hin und wieder hat es auch seine Launen.« Er stopfte den Hemdzipfel zurück in den Hosenbund. Dann zog er seinen Mantel mit den Metallknöpfen aus, hängte ihn über einen Scheinwerfer und beugte sich wieder über die Kurbel.

»Erzählen Sie mir ein bisschen was, Nelson. Arbeiten Sie schon lange für die beiden?«

»Seit sie hier sind.«

»Wie lange sind sie schon verheiratet?«

Er warf mir einen langen Blick über die Schulter zu, bevor er antwortete. »Etwa zehn Jahre, aber das wissen Sie doch sicher.«

Ich zuckte die Achseln. »Haben sie Kinder?«

»Nein, Sir.«

»Augusta war sicher nicht erfreut, als sie von meiner Existenz erfahren hat.«

»Die Missus? Oh ... das weiß ich nicht. Sie war wohl eher überrascht, würde ich sagen.«

Als das Auto stotternd und spuckend zum Leben erwacht war, ging Nelson um es herum und öffnete mir die Tür. Ich trat auf das Trittbrett, zog den Kopf ein und ließ mich in eine Ecke der gepolsterten Bank gleiten. Dann betrachtete ich die Häuser, an denen wir vorüberfuhren. All der Luxus, all der Reichtum ... von Rechts wegen hätte er meiner Mutter gehört. Und mir. Doch mein Vater hatte uns verlassen. Wenn er nur ein einziges Mal an uns gedacht hätte, wenn er uns nur ein Zehntel dessen gegeben hätte, was er seither verdient hatte, wäre vieles sicher ganz anders gekommen.

Schon bald wichen die großen Rasenflächen und die Häuser mit den Ecktürmchen kleineren, aber immer noch sehr hübschen Häusern und Gärten. Dann machten diese allmählich einfachen Reihenhäusern Platz. Nelson drehte sich um und sah mich an. »Wir fahren nach South St. Louis.«

Ich schien meinem Schicksal nicht entkommen zu können. Anscheinend hatte ich die South Side von Chicago nur hinter mir gelassen, um mich auch hier in der South Side wiederzufinden.

»Da vorn steht die Fabrik. Den Schornstein können Sie schon sehen, gleich hier vor uns.«

Ich beugte mich nach vorn, um durch die Frontscheibe zu schauen, schob den Kopf vor und las die Aufschrift Standard Manufacturing, die in weißer Farbe auf die Seite eines roten Schornsteins geschrieben war.

Nelson hielt vor der Vordertreppe eines großen, Rauch ausstoßenden Gebäudes an. Er stieg aus und öffnete mir den Schlag.

»Sind Sie schon einmal da drin gewesen?

»Ja, Sir.«

»Wissen Sie, wo ich hingehen muss?«

»Gehen Sie einfach die Treppe rauf und geradeaus durch, bis nach oben. Da ist das Büro vom Boss. Ich warte hier auf Sie.«

Ich tippte an meinen Hut, dann ging ich die Treppe hinauf und durch die Tür.

Drinnen wies man mir den Weg zu seinem Büro. Mein Vater saß auf einem Stuhl hinter einem großen Schreibtisch. An den Wänden standen Bücherregale aus schimmerndem Holz, auf dem Boden lagen dunkle Teppiche. »Setz dich, Charles.«

»Charlie.«

Er betrachtete mich einen Moment. »Charlie ist der Name eines kleinen Jungen. Du bist jetzt ein Mann. Charles klingt doch ganz hübsch, findest du nicht?«

Er deutete mit seiner Zigarre auf den Stuhl, der gegenüber von seinem stand. »Deine Mutter meinte, du seist ein bisschen in Schwierigkeiten geraten.«

Ich setzte mich hin, schlug die Beine übereinander und packte die Armlehnen. »Ich würde es nicht als Schwierigkeiten bezeichnen.« Natürlich nicht.

»Erzähl mir davon.«

Ich hätte ihm die Ausreden auftischen können, mit denen ich normalerweise meine Mutter beschwichtigte, doch irgendetwas an seinem Blick bewahrte mich davor. Also tat ich etwas, was ich normalerweise nicht tat: Ich sagte die Wahrheit. »Als du weg warst, ist einiges schiefgelaufen.«

Er schlug die Augen nieder.

»Ich nahm jede Arbeit an, die ich kriegen konnte. Vor ein paar Jahren wurde ich befördert. Zum Verkauf.«

Er blickte auf und lächelte. »Verkauf! Wie der Vater, so der Sohn.

Ich muss sagen, ich bin stolz, dass du die Familientradition fortgesetzt hast.«

Ich ignorierte ihn. »Um in der South Side Arbeit zu finden, brauchte ich Beziehungen. Also trat ich einem Club bei.«

Seine Augen wurden schmal. Er zog an seiner Zigarre.

»Ein Mann wurde getötet und ich wurde verhaftet. Es war ein Zufall. Ich habe nie jemanden verletzt, falls dir das Sorgen macht.«

»Ich mache mir keine Sorgen wegen eines Mannes, der tot ist. Ich mache mir Sorgen um dich.«

Dafür war es ein bisschen zu spät.

»Außerdem habe ich nichts gegen Loyalität. Im Gegenteil, ich verlange sie von meinem ganzen persönlichen Stab. *Vor allem* von meinem persönlichen Stab.«

Persönlichen Stab?

»Du weißt, womit ich handle, Charles, oder?«

Ich nickte. Inzwischen wusste ich es. Schien, als ob jeder es wusste.

»Ich handle mit Geld. Mit viel Geld, nur dass das klar ist. Wie ich gehört habe, hast du ebenfalls mit Geld gehandelt.«

Was genau hatte meine Mutter ihm erzählt?

»Ich brauche jemanden, auf den ich mich verlassen kann; ich will nämlich noch ein bisschen mehr Geld machen. Mein Geschäft ist kein Kinderspiel. Ich nehme es sehr ernst.«

Er schien eine Antwort zu erwarten. »Natürlich.«

»Meine Frau hat keine Kinder und Familie ist wichtig.«

Seit wann?

»Ich kann dir gar nicht sagen, wie glücklich ich bin, dass du da bist.« Er lehnte sich zurück und lächelte mich an.

Ich erwiderte sein Lächeln nicht.

Er zog eine Schublade auf, nahm eine Karte heraus und schob sie mir über den Schreibtisch zu. Ich beugte mich vor und nahm sie.

»Das ist der beste Herrenausstatter in der Stadt. Geh hin. Mein Sohn darf schließlich nicht wie ein zweitklassiger Vertreter aussehen. Dreffs soll dich ausstatten und mir die Rechnung schicken.«

Ich hätte auf diese Beleidigung reagieren sollen, doch ich entschied mich, sie zu überhören. Die Entscheidung, nicht beleidigt zu sein, hatte mir in der South Side mehr als ein Mal das Leben gerettet. Und außerdem konnte mein Vater mich nicht noch mehr verletzen, als er mich bereits verletzt hatte.

Ich suchte den Laden auf. Dreffs Herrenausstatter. Dabei trug ich schon meine besten Klamotten: meinen grau karierten Anzug, mein modernes blaues Baumwollhemd und meinen einzigen Hut. Ich fragte nach Mr Dreffs. Einen Augenblick später kam ein Mann hinter einem Vorhang hervor. Er warf einen einzigen Blick auf mich und drehte sich auf dem Absatz um, als wollte er gleich wieder dorthin zurückgehen, wo er hergekommen war.

Ich trat einen Schritt auf ihn zu. »Mr Clarke schickt mich. Er meinte, Sie würden mich fein machen. Sie sollen alles auf seine Rechnung setzen.«

Er drehte sich erneut um. »Mr … Stephen Clarke?«

»Mr Warren Clarke.«

Er zog eine Braue hoch. »Mr Warren Clarke von Standard Manufacturing?«

»Genau.«

Der Mann schürzte die Lippen, dann entschuldigte er sich. Ich sah, wie er am anderen Ende der Theke einen Telefonhörer aufnahm. »Standard Manufacturing, bitte.« Dann sagte er längere Zeit nichts, starrte mich aber unentwegt über den ganzen Laden hinweg an. »Ja. Hier ist Mr Dreffs von Dreffs Herrenausstatter. Ich habe hier einen jungen Mann – ja, natürlich. Aber hier ist ein junger Mann, der ein paar Sachen braucht, und er sagt, dass Mr Clarkes Konto damit belastet werden soll.« Noch eine Pause. »Oh. Ja. Verstehe.« Eine längere Pause. »Natürlich. Ja, natürlich. Ich danke Ihnen.«

Er legte auf, kam hinter der Theke hervor und verbeugte sich gewandt vor mir. »Ich wusste nicht, dass Mr Clarke einen Sohn in der Stadt hat.«

Wenn St. Louis nur im Entferntesten wie Chicago war, würde es bald jeder wissen.

»Ich hoffe, Sie vergeben mir …«

Ich lächelte und streckte die Hand aus. »Nichts für ungut!«

Er schüttelte sie. »Das ist sehr gütig von Ihnen, Sir.« Er nahm ein Maßband aus einer Schublade und winkte einen Assistenten herbei. »Wenn Sie freundlicherweise das … das ablegen würden.«

Ich ließ mir von dem Assistenten aus dem Jackett helfen. Dann nahm Dreffs meine Maße und der Assistent schrieb sie in ein kleines Buch, das er dicht an seine Brust gedrückt hielt, als seien die Zahlen geheim. Danach holte Dreffs ein anderes Maßband und hielt es aus verschiedenen Winkeln an meine Schulter. »Die rechte Schulter ist einen guten Zentimeter kürzer als die linke.«

Der Assistent kritzelte es in sein Buch.

»Sind Sie sicher? Das ist mir noch gar nicht aufgefallen.« Hätte ich das denn nicht merken müssen?

Er warf mir über seine Brille einen Blick zu. »Und dem Schneider, der Ihren Anzug genäht hat, ebenfalls nicht.«

»Das waren Sears, Roebuck and Company.« Ich blinzelte dem Assistenten zu.

Er verzog keine Miene.

»Wir wollen nichts mehr hören von Sears. Und auch nicht von Roebuck. Die Kleidung, die sie machen, mag gut genug sein für den kleinen Mann, doch an Mr Clarke ist nichts Kleines. Und die Tatsache, dass er Sie hierhergeschickt hat, bedeutet, dass Sie, junger Mann, einen großen Schritt vorangetan haben in der Welt.«

Er legte seine Maßbänder weg und fing an, ein Buch mit Stoffmustern durchzublättern.

»Sie brauchen drei Straßenanzüge. Einreihig. Drei Knöpfe. Einer in dunkelgrauem Kammgarn, einer in schwarz-grauem Glencheck-Karo und einer in gestreiftem Kammgarn-Köper. Einen Smoking mit Seidenrevers. Einen Abendanzug mit Frack. Einen Freizeitanzug aus Tweed. Einen einreihigen Überzieher. Zwei Paar Knickerbocker aus Wolle und zwei Tweedhosen.« Er holte tief Luft. »Das müsste genügen für Herbst und Winter. Im Frühjahr machen wir dann einen Überzieher in Grau und ein paar leichte Anzüge. Dafür werden Sie dann zur Anprobe vorbeikommen müssen.« Er holte abermals tief Luft und fuhr fort: »Er braucht sieben Hemden mit langer Hemdbrust, fünf schlichte und zwei gefältelte.«

»Könnten Sie mir eins in Blau und eins in Rot machen?« Ich würde wohl kaum die ganze Zeit so noble Kleidung tragen.

»Nein.« Er diktierte weiter. »Er braucht zwei Paar schwarze Oxford-Halbstiefel, ein Paar schwarze Lacklederschuhe und ein Paar Gamaschenschuhe.«

»Ich habe schon Schuhe.«

»Gibt es irgendetwas, das für sie spricht? Sind sie vielleicht aus Kalbsleder? Oder wenigstens teilweise aus Kalbsleder?«

Ich zuckte die Achseln.

»Er wird die Schuhe brauchen. Alle. Und ein Paar Tennisschuhe.«

»Ich spiele nicht.«

»Sie werden. Jeder im Club spielt Tennis.«

Ich hätte ihm sagen können, dass ich keinem einzigen Club hier in der Stadt angehörte, doch er hatte mir die ganze Zeit nicht zugehört und würde das wohl auch jetzt nicht tun.

Als Nächstes holte er ein paar Gürtel und Hosenträger unter der Theke hervor und ließ mich verschiedene Hüte aufprobieren. Dann reichte er seinem Assistenten meine Clip-Krawatte und wandte sich schließlich an mich: »Keine Clip-Krawatten mehr. Von jetzt an werden Sie richtige Krawatten tragen. Ein kultivierter Herr bindet seine Krawatte selbst.« Er entnahm einer Schublade eine Auswahl an Krawatten und Einstecktüchern und ließ sie von seinem Assistenten binden. Dann wählte er einen Seidenzylinder, zwei Homburger und eine flache Mütze. Danach verschwand er in einem Hinterzimmer und kam mit einem Anzug wieder, den er mir reichte. »Er passt nicht perfekt, aber es wird gehen, bis die zwei anderen fertig sind. Wenn Sie sich bitte hier umkleiden wollen …«, er deutete auf einen Vorhang, der im Hintergrund des Raumes quer über die ganze Breite verlief, »ich kümmere mich dann um Ihre alten Sachen.« Meinen

Gummikragen und meine Melone hatte er bereits an sich genommen und in einen Mülleimer geworfen. »Die restlichen Sachen lasse ich Mr Clarke liefern.«

Als ich mich umgezogen hatte, brauchte ich einen Moment, bis ich mich an mein neues Ich gewöhnt hatte. Die Person, die mir entgegensah, war nicht der alte Charlie Clarke aus Chicagos South Side. Und es war auch nicht der neue Charlie aus dem Zug. Der mich da aus dem Spiegel anstarrte, war ein Mann. Der alte Charlie war für immer fort, all seine rauen Kanten waren glatt geschliffen. Seine Stelle hatte ein korrekter, ja geradezu spießig wirkender Charles eingenommen.

Dreffs schob den Vorhang beiseite und begutachtete mich. »Exzellent. Und jetzt sage ich Ihnen etwas, an das Sie bitte denken werden.« Er tippte der Reihe nach mit dem Finger auf jeden einzelnen meiner drei Jackettknöpfe. »Immer. Manchmal. Nie.«

Immer, manchmal, nie … was?

»Sie müssen immer den obersten Knopf Ihres Mantels schließen. Sie können manchmal den mittleren Knopf Ihres Mantels schließen, aber Sie dürfen niemals, unter keinen Umständen, den untersten Knopf schließen.«

Gut, aber wozu war das blöde Ding dann überhaupt da?

Mr Dreffs stattete mich noch mit Socken, Taschentüchern und mehreren Mützen aus. Er sagte mir, was ich zur Arbeit, was in die Oper, zu einer Dinnerparty und zum Golfspiel anziehen sollte.

Hoffentlich erwartete er nicht, dass ich mir das alles merkte.

Außerdem überreichte er mir drei Rollkragenpullover, über die ich mich immer lustig gemacht, dabei aber insgeheim bewundert hatte. »Die tragen Sie mit Tweedhose oder Knickerbockern, niemals unter einem Anzug. Und auf gar keinen Fall mit Kammgarn!« Er musterte mich erneut über seine Brille hinweg und befahl mir dann, seine Vorschriften zu wiederholen. Zum Schluss wählte er noch eine schlichte, aber schwere Taschenuhr und drei Paar Handschuhe.

Eine Stunde später wanderte ich die Olive Street hinunter und hatte das Gefühl, St. Louis sei das Paradies. Wo sonst bekam ein

Mann die Chance auf ein völlig neues Leben? Ich hatte Manny White und meine Vergangenheit hinter mir gelassen. Jetzt musste ich zwar für meinen Vater arbeiten, doch das war in Ordnung für mich. Er war es mir schuldig. Und wenn ich erst einmal ein wenig Geld gespart und das Gefühl hatte, dass wir quitt waren, würde ich ihn verlassen. Nur ein einziges Mal wollte ich ihn genauso verlassen, wie er mich verlassen hatte.

5

Lucy

»Huch!« Meine Handtasche rutschte mir vom Handgelenk, als ich auf der Olive Street mit einem Mann zusammenstieß. Wegen der breiten Krempe meines neuen, wie ein riesiger Pilz wirkenden Hutes hatte ich ihn übersehen.

Nur seine Hand an meinem Ellbogen bewahrte mich davor, hinzufallen.

»Es tut mir so leid!« Ich blickte in die köstlichsten Augen, die ich je gesehen hatte. Sie waren wie Teiche aus feinster Milchschokolade … mit Karamellwirbeln in der Mitte.

Er lüftete seinen Hut. »Ein so hübsches Mädchen kann niemals im Unrecht sein.« Er setzte ein strahlendes Grübchen-Lächeln auf und bückte sich, um meine Handtasche aufzuheben.

»Ich …«

»Lucy?« Meine Tante war zuerst ohne mich weitergegangen, doch inzwischen war sie umgekehrt und kam zurück. »Lucy?«

Ich nahm ihm die Handtasche ab und lächelte dankbar. Als ich ihm in die Augen sah, kam er mir irgendwie bekannt vor. Ich war ihm doch aber noch nie begegnet – oder? Daran würde ich mich ganz bestimmt erinnern. Diese Grübchen und diese Augen hätte ich nie vergessen können. Ich spürte, wie ich errötete.

»Kann ich Ihnen helfen?« Da war meine Tante. Sie blickte ihn finster an, als müsse sie einen schmutzigen Straßenjungen auf dem Forum Romanum vertreiben.

Der Mann trat einen Schritt zurück. »Nein. Verzeihung. Ich habe nur …«

Ich streifte meine Tasche über das Handgelenk und legte meiner

Tante eine Hand auf den Arm. »Er war so freundlich, mir zu helfen, nachdem ich ihn umgerannt hatte. Es war meine Schuld.«

Doch der junge Mann war bereits im Weggehen.

»Danke!«, rief ich ihm noch nach, doch er hörte mich wahrscheinlich nicht mehr.

»Tut mir leid, Lucy.« Meine Tante hängte sich bei mir ein. »Auf den ersten Blick … na ja, wir sind nicht mehr in Europa, aber ich bin trotzdem lieber vorsichtig. Obwohl – so wie er gekleidet war, hätte ich wissen müssen, dass er harmlos ist.«

Ich schaute mich noch einmal um, doch die große Hutkrempe nahm mir die Sicht. »Komisch … irgendwie habe ich das Gefühl, ich müsste ihn kennen. Als seien wir uns schon einmal begegnet.«

»Wenn nicht und wenn er hierhergehört, wirst du ihm mit Sicherheit wieder begegnen. Wir müssen deine Mutter fragen, ob irgendwelche heiratsfähigen Junggesellen hergezogen sind, während du fort warst.«

Ich verdrehte die Augen. Heiratsfähige Junggesellen waren ein häufiges Thema auf unseren Reisen gewesen. Ich hatte eigentlich gehofft, jetzt, da wir wieder zu Hause waren, nichts mehr davon hören zu müssen. Außerdem hatte ich keine Zeit, an Junggesellen zu denken. Ich musste eine neue Süßigkeit erfinden, und zwar schnell!

Meine Tante und mein Onkel wollten noch eine Woche bleiben und dann nach Hause weiterfahren, nach Denver. Am Sonntag besuchten wir alle zusammen den Gottesdienst und am Montag gingen meine Mutter, meine Tante und ich zu Vandervoort. Ich sollte mein Kleid für den Veiled-Prophet-Ball anprobieren. Meine Mutter hatte es schon vor ein paar Monaten bestellt, als sie von meiner Wahl erfahren hatte, doch es war jetzt erst so weit, dass ich es anprobieren konnte.

»Was ist es denn für ein Kleid?« Meine Tante wollte zweifellos nur ein wenig Konversation machen, doch ich musste sofort an unsere Anproben bei der Schneiderin in Paris denken.

»Ein Semi-Prinzesskleid.« Der Tonfall meiner Mutter wirkte leicht defensiv.

»Das dachte ich mir schon.« Die Antwort klang ein bisschen verächtlich, doch ich glaubte nicht, dass meine Tante unhöflich sein wollte. Heutzutage waren alle Kleider Semi-Prinzesskleider, das hieß, die langen, schmalen Linien der bis jetzt üblichen, engen Kleider waren durch eine Naht zwischen Mieder und Rock in der Taille unterbrochen.

»Mit eckigem Ausschnitt. Und Keulenärmeln.« Mutter schien sehr stolz auf sich zu sein.

»Kurze Ärmel?«, fragte die Tante mit hochgezogenen Brauen.

»Lange.«

Meine Tante runzelte die Stirn.

»Der Ball ist im Oktober. Abends.« Mutter sah mich um Zustimmung heischend an. »Es hat eine Spitzendraperie über der Brust. Sie haben gesagt, das sei die neueste Mode.« Es klang zaghaft, als hoffte sie, nicht enttäuscht zu werden.

Ich lächelte, was sie zu beruhigen schien. Mir war schon aufgefallen, dass die neueste Mode in Amerika immer ein bisschen hinter der neuesten Mode in Europa hinterherzuhinken schien. Ich fragte: »Ist es … weiß?«

Mutter sah mich an, als hätte ich plötzlich den Verstand verloren. »Natürlich ist es weiß!«

Ich war im letzten Jahr so weit gereist und hatte so viel gesehen … ein weißes Kleid zu tragen, schien mir eine Leugnung all dessen, was ich erfahren und gesehen hatte. Als ich mit den beiden den Laden betrat, schien es mir eine geradezu sträfliche Zeitverschwendung, mich auf Kleider und Bälle konzentrieren zu müssen, wo ich doch so viel Wichtigeres zu tun hatte.

Der Schneider holte das Kleid und breitete es schwungvoll vor uns aus. »Nur das Allerkostbarste für die Königin der Liebe und Schönheit!«

Mutter bedeutete ihm, zu schweigen. »Es soll doch noch keiner wissen!«

Er beugte sich vor und flüsterte: »Es weiß auch keiner … außer mir!«

»Ist das Marquisette?« Meine Tante beugte sich auf ihrem Stuhl vor und begutachtete das Kleid, das auf der Theke lag.

»Es ist Tüll. Auf Satin.«

»Oh. Aber wäre ein Marquisette nicht besser gewesen? Vornehmer?«

Der Schneider hatte die Brauen in schwindelnde Höhe hochgezogen. »Besser wofür? Für ein Sommerkleid?«

»Ein Prinzesskleid in Marquisette hätte besser zum Anlass gepasst.«

Mutter mischte sich ein. »Vielleicht in Frankreich, aber wir leben in St. Louis, falls du es noch nicht bemerkt hast.«

Meine Mutter und meine Tante redeten immer weiter und meine Gedanken gingen auf Wanderschaft. In einem gläsernen Schaukasten auf der Ladentheke lag ein Stoffmuster aus Moiré-Seide in einem herrlichen Grünton, der mich an die Pistazien erinnerte, die wir in Wien probiert hatten. Welcher Geschmack passte am besten zu Pistazien?

Orangenblütensirup!

Mir lief das Wasser im Mund zusammen. Andererseits … vielleicht war das eine Spur zu exotisch. Vielleicht lieber … Honig? Ich könnte ein Pistazienbonbon mit Honig und Nugat machen. Aber … bevor ich nach Europa gekommen war, hatte ich noch nie eine Pistazie gesehen. Ob sie wohl teuer waren? Aus was auch immer die neue Süßigkeit bestehen würde, sie musste preisgünstig in der Herstellung sein und sich leicht verkaufen lassen.

Ich durfte mich nicht auf etwas Kompliziertes versteifen. Also keine Schokolade.

Aber ich konnte Nugat machen. Das ließ sich leicht herstellen. Nugat war einfach. Man brauchte nur Wasser, Zucker und Eiweiß. Und Honig und vielleicht Pistazien. Aber … Nugat war langweilig.

Und meine Erfindung musste etwas völlig Neues sein. Etwas ganz Besonderes.

Meine Mutter legte mir eine Hand auf den Arm. »Was würdest du vorziehen?«

Alle sahen mich an und warteten auf meine Antwort. »Verzeihung, ich habe nicht zugehört.«

»Nächsten Montag oder Dienstag?«

»Wofür?«

»Für die nächste Anprobe.«

Das war doch völlig unwichtig. Nichts, was wir hier machten, war wichtig. Wichtig war nur die Süßigkeit. Ich brauchte eine Süßigkeit, die anders war als alle anderen Süßigkeiten, die es gab. Eine, die aus dem Rahmen fiel. Hier ging es nicht einfach um irgendein weißes Kleid für irgendeinen Debütantinnenball. Ich brauchte etwas noch nie Dagewesenes, noch nie Gekostetes.

Meine Mutter hätte mich die ganze Zeit nur zum Tanzunterricht und auf Besuche geschickt, wenn ich sie nicht hartnäckig an ihr Versprechen erinnert hätte.

»Aber du darfst deine Pflichten nicht vernachlässigen. Du darfst dir diese Chance auf keinen Fall entgehen lassen!«

»Ich will sie mir ja gar nicht entgehen lassen.« Aber ich fing an, sie zu verachten. Dabei hing alles von meiner Teilnahme ab … und von der erfolgreichen Einführung meines neuen Naschwerks.

Nach den obligatorischen Morgenbesuchen lief ich auf mein Zimmer, zog mein Kleid aus und schlüpfte in eine schlichte Bluse und einen Rock. Dann ging ich in die Küche und half Mrs Hughes, das Feuer zu schüren. Als Nächstes band ich eine Schürze um. »Heute brauche ich den großen Kupfertopf, Mrs Hughes. Wir machen etwas Süßes.«

Unsere Köchin hatte immer begeistert mitgemacht, wenn wir in unseren Naschwerk-Abenteuern geschwelgt hatten, und war stets die erste Verkosterin aller neuen Rezepte gewesen. Doch heute schob sie meine Hand weg, als ich nach dem Topf greifen wollte. »Erst muss ich meine Kartoffeln kochen.«

»Wie bitte?«

»Wenn du Süßigkeiten machen willst, kannst du ja in die Fabrik runtergehen.« Der Anflug von Bedauern in ihren Augen milderte dabei die Strenge in ihrem Gesicht.

Die Fabrik … wo alle meinen letzten Streit mit meinem Vater mit angehört hatten! Da war es vielleicht doch besser, zu warten. Ich setzte mich auf einen Stuhl und strich schon mal ein Blech mit Butter ein. Dann half ich Mrs Hughes beim Kartoffelschälen.

Ich wollte meine Idee für ein Nugat ausprobieren und sehen, wie es mit einem Aroma schmeckte. Der Trick dabei war, das Eiweiß zur gleichen Zeit fertig zu haben wie den Sirup. Während ich darauf wartete, dass die Kartoffeln kochten, fand ich ganz hinten in einem Schrank Rosenwasser, das ich einmal mit meinem Vater zusammen benutzt hatte. Das schmeckt zwar nicht nach Orangenblüten, aber ich konnte wenigstens prüfen, ob die Konsistenz stimmte. Als Nächstes maß ich ein wenig Butter ab und gab sie auf eine Untertasse, die ich aufs Fensterbrett stellte, damit die Butter in der Sonne schmelzen konnte. Dann fing ich an, Eier zu trennen und das Eiweiß in einer Schüssel zu sammeln.

Als Mrs Hughes die Kartoffeln abgegossen und den Topf gereinigt hatte, stellte ich ihn wieder auf den Herd und gab Zucker, Wasser und Honig hinein. Dann rührte ich die Masse, bis sich der Zucker aufgelöst hatte. Die Kristalle, die sich dabei bildeten, nahm ich sorgfältig mit einem feuchten Tuch ab.

Ich hörte, wie die Fliegengittertür am Hintereingang der Küche geöffnet wurde und wieder zufiel. »Irgendjemand hat mir gesagt, dass Lucy wieder da ist.«

Ein breites Lächeln trat auf mein Gesicht. »Sam!« Ich drehte mich um.

»Lucy.« Er tippte sich an die Mütze und zwinkerte mir zu.

Sam stand ganz oben auf der Liste der Menschen, die ich während meiner Zeit in Europa vermisst hatte. Er war der Sohn des Vorarbeiters meines Vaters und hatte fast ebenso viel Zeit in der Fabrikküche verbracht wie ich. Er lieferte unsere Süßigkeiten in der ganzen Stadt aus und erledigte kleinere Arbeiten im Haus. Groß und schlaksig, bewegte er sich mit ruhiger Bedachtsamkeit. Seine Taschen waren ständig ausgebeult von Fancy Crunch. Aber wenigstens schauten seine Handgelenke nicht mehr unter den Manschetten hervor – oder falls doch, konnte ich es nicht sehen, weil er die Ärmel hochgekrempelt hatte und dabei muskulöse Unterarme entblößte, die mir nie zuvor aufgefallen waren.

Ich betrachtete ihn genauer. Wo waren die Ecken und Kanten und schlaksigen Gliedmaßen geblieben? Irgendwie schien er aus sich selbst herausgewachsen zu sein. Als er näher kam, fühlte ich mich plötzlich schüchtern und … klein. In meiner Abwesenheit war ein Mann aus ihm geworden.

Ich schluckte.

Er lächelte und dieses Lächeln fegte alle Unsicherheit und Verlegenheit, die ich empfunden hatte, beiseite.

»Ich mache ein neues Konfekt. Hilfst du mir?«

»Ich weiß nicht, Lucy. Ich sollte vielleicht lieber ein andermal wiederkommen.« Er war schon auf dem Weg zur Tür.

»Wie bitte?«

»Wie lange wird es denn dauern?«

»Nicht lange. Nicht so lange, wie Toffee zu machen.«

Ich befahl ihm, auf den Topf mit dem Zuckersirup aufzupassen, während ich einen Schneebesen nahm und anfing, das Eiweiß zu schlagen. Die Zeit in Europa hatte mir nicht gutgetan. Obwohl ich die Hände mehrmals wechselte, wurden meine Arme rasch müde und ich musste Sam bitten, den Platz mit mir zu tauschen.

Als ich den Löffel anhob, lief der Sirup in einem dicken Faden herunter. Fast fertig. Ich nahm den Löffel vollends heraus und ließ ein paar Tropfen Sirup in ein Glas mit Wasser fallen. Dann fischte ich die kleine Kugel, die sich gebildet hatte, heraus und drückte sie zwischen Daumen und Zeigefinger. Sie wurde rasch hart, aber ich spürte, dass sie trotzdem noch ein wenig nachgab: Zeit für das Eiweiß. »Kannst du die Schüssel bringen, Sam? Schnell!«

Er kam, die Schüssel in der Armbeuge gegen die Brust gedrückt.

Ich holte einen Schöpflöffel aus der Schublade und ließ ein wenig Sirup in das Eiweiß tröpfeln. »Schlag das weiter. Hör nicht auf.«

»Mir fällt gleich der Arm ab! Ich dachte, du hättest das Konfektmachen aufgegeben!«

Warum dachten bloß alle, meine Leidenschaft für Süßigkeiten sei etwas, aus dem ich herauswachsen würde? »Mach einfach weiter.« Ich tröpfelte mehr Sirup in die Eiweißschüssel.

»Fertig?«

»Noch nicht.« Ich nahm ihm die Schüssel ab und schlug das Eiweiß, bis es wieder steif war. Dann drückte ich sie ihm wieder in die Hand und schaute nach dem immer noch kochenden Sirup. Die Sirupfäden mussten das Stadium erreichen, in dem sie zerbrachen wie Glas, bevor ich Sirup und Eiweiß zusammengeben konnte.

Ich wartete, dass sich die Farbe veränderte, dann tauchte ich einen Löffel hinein und ließ wieder ein bisschen Sirup in das Wasserglas tröpfeln. Diesmal bildete der Sirup dünne Fäden, als er aufs Wasser traf. Als ich einen dieser Fäden herausholte, zerbrach er. Perfekt!

Ich schlug ein Tuch um den Griff und stieß Sam den Ellbogen in die Rippen. »Setz die Schüssel einen Moment ab, aber schlag weiter. Ich lasse den Sirup jetzt hineintröpfeln.«

Er gehorchte. Ich gab den Sirup zum Eiweiß. Dann stellte ich den Topf weg und fing an, die Mischung in der Schüssel selbst zu schlagen. Nach einer Weile trennte sie sich in Schlieren, wenn ich den Schneebesen hindurchzog. »Kannst du genau das tun, was ich sage, und zwar genau dann, wenn ich es sage?«

»Habe ich das nicht immer gemacht?« Obwohl er die Worte nur gemurmelt hatte, hörte ich sie.

»Gib ein paar Tropfen Rosenwasser zu der Mischung. Aber langsam! Und dann die Butter, die auf dem Fensterbrett steht. Und danach ein paar Körnchen Salz.«

Er goss das Rosenwasser und die flüssige Butter in die Schüssel, während ich weiterschlug. Doch als er das Salzfässchen nahm und einen Teelöffel hineintauchte, zog ich die Schüssel fort. »Ich habe gesagt, ein paar Körnchen!«

Er setzte das Salz ab und nahm mir die Schüssel und den Schneebesen weg. »Wenn du so pingelig damit bist, mach es lieber selbst.«

Ich fügte eine Prise Salz hinzu und nahm ihm die Schüssel wieder ab. Als die Mischung abermals anfing, Schlieren zu bilden, goss ich sie auf das Tablett. Dann schmierte ich mir die Hände mit dem Rest der Butter von der Untertasse ein und presste das Nugat zu einer dünnen, flachen Schicht. »So! Jetzt können wir es die Nacht über ruhen lassen.«

»Die ganze Nacht? Ich darf also nicht probieren? Wo ich so schwer gearbeitet habe?«

Meine Güte! »Also gut. Streich ein Messer mit Butter ein.«

Sam kramte in einer Schublade herum, fand ein Messer, öffnete den Kühlschrank und rammte es in die Butterdose.

Mrs Hughes schrie auf.

»Tut mir leid. Ich habe nur getan, was Lucy gesagt hat.«

Das Nugat war noch lange nicht fertig, aber ich schnitt trotzdem ein Stückchen heraus und gab es Sam. »Probier das und sag mir, was du davon hältst.« Mrs Hughes bekam auch ein Stück.

Er nahm das Stück, das ich ihm anbot, kaute einen Moment und schluckte. Ein Mal. Zwei Mal.

»Und?«

»Schmeckt gut.«

»Gut?«

Er zuckte die Achseln. »Es schmeckt gut.«

»Es soll nicht gut schmecken, Sam. Es soll köstlich schmecken! Göttlich!«

»Es schmeckt nach … Rosen.«

»Ich weiß. Ich habe Rosenwasser benutzt.«

Er wühlte wild in seiner Tasche herum und zog ein Taschentuch hervor. Dann streckte er die Zunge heraus und wischte sie ab. »Wenn ich Rosen essen will, hätte ich mir welche bei Mrs Carlton geholt.«

»Das heißt … du würdest so etwas nicht kaufen?«

»Wenn ich einer Dame Blumen mitbringen wollte, würde sie doch bestimmt richtige Blumen vorziehen, meinst du nicht?«

»Und für dich selbst würdest du es auch nicht kaufen?«

»Damit mich alle in der Fabrik auslachen? Weil ich Rosen esse?« Er schnüffelte an seinen Fingern. Verzog das Gesicht. Wischte die Finger an seinem Hemd ab.

»Ich finde, es schmeckt gut, Miss Lucy.« Mrs Hughes steckte sich noch ein Stückchen in den Mund. »Und es riecht einfach wunderbar. Meine Mutter würde ein ganzes Tablett davon kaufen.« Dabei sah sie Sam bedeutsam an.

»Hier.« Ich gab ihr das Tablett. »Sie können ihr das hier mitnehmen.« Ich wollte keine Süßigkeiten für alte Damen kreieren, ich wollte eine Süßigkeit erschaffen, die alle essen wollten. Etwas nie Dagewesenes. Etwas wie Royal Taffy, den Riegel, dessen Namen ich nicht einmal mehr erwähnen durfte, geschweige denn, ihn essen.

Und doch war es eine Süßigkeit, die mich verfolgte, so wie sie meinen Vater verfolgte. Er hatte die letzten zehn Jahre seines Lebens versucht, einen Riegel zu kreieren, der die samtige Süße, den sahnigen Schimmer und die knusprige Kernigkeit von Royal Taffy übertraf. Und ich hatte ihm dabei geholfen. Selbst als ich das köstlichste Konfekt probierte, das Europa zu bieten hatte, hatte ich immer Royal Taffy im Hinterkopf.

Jedermann liebte es. Standard behauptete, es sei die meistverkaufte Süßigkeit Amerikas. Normalerweise glaubte ich ihnen zwar kein Wort, doch das glaubte ich. Auf jeden Fall hatte es die breiteste Käuferschaft. Zeitungsjungen gaben ihr schwer verdientes Geld dafür aus. Schulmädchen sparten ihre Pennys dafür. Ich hatte sogar gesehen, wie Männer es ganz offen aßen, ohne die geringste Verlegenheit zu zeigen.

Ich brauchte eine Süßigkeit, die mit dem cremigen, knusprigen, im Mund schmelzenden Royal Taffy mithalten konnte. Das gelang bis jetzt nicht einmal unseren süßen, bunt überzogenen Nüssen. Und Rosenwasser-Nugat würde es auch nicht gelingen. Ich knabberte versuchsweise an einem Stück und schloss die Augen, während ich die Konsistenz analysierte. Es war leicht und knusprig, fest und luftig zugleich, so wie ich gehofft hatte.

Es war perfekt.

Aber es konnte nicht mit Royal Taffy mithalten. Ich musste mir etwas anderes ausdenken.

6

Charlie

Wenn sie doch nur noch einmal mit mir zusammenstoßen würde. Dieses Mädchen in der Olive Street. Sie war eindeutig das Beste, was mir bis jetzt in dieser Stadt begegnet war. Und als ich sie angelächelt hatte, hatte ich mich zum ersten Mal wieder wie ich selbst gefühlt.

Aber dann hatte diese Frau mich behandelt wie einen Taschendieb.

Natürlich hatte sie es nicht gesagt, dafür war sie viel zu höflich. Das waren diese vornehmen Leute immer. Und Gott wusste, dass ich Schlimmeres auf dem Gewissen hatte. Trotzdem wünschte ich, ich wüsste den Namen des Mädchens; dann wüsste ich wenigstens, von wem ich träumte.

Ich seufzte.

Besser nicht mehr an sie denken. Es war nur gut, dass sie ohne mich weitergegangen war.

Ich blickte hinüber zu Mr Mundt, dem Sekretär meines Vaters, doch er gab sich alle Mühe, mich zu ignorieren. Ich schlug meine Beine übereinander, verschränkte die Arme auf der Brust und lutschte ein Bonbon.

Es war bereits Dienstag und obwohl mein Vater davon gesprochen hatte, dass er mich in seinen persönlichen Stab aufnehmen wollte, hatte ich bis jetzt noch keine Ahnung, welche Arbeit ich zu Hause oder in seinem Büro für ihn verrichten sollte. Ich war noch nie ein Langschläfer gewesen, war aber dennoch nie früh genug aufgewacht, um mit ihm zusammen zu frühstücken. Abgesehen von einem Augenzwinkern dann und wann und einem freundschaftlichen Schlag auf den Rücken, wenn er und Augusta abends ausgingen, hatte ich ihn überhaupt noch nicht weiter zu Gesicht bekommen. Ich fragte Augusta, ob sie irgendetwas für mich zu tun hätte, doch sie sagte nur, er würde mich schon rufen lassen, wenn er mich brauchte.

Ich hätte mir die Stadt angucken können, doch meine neuen Klamotten passten nicht an die Orte, die ich normalerweise aufgesucht hätte, und ich wusste nicht, wo die reichen Leute sich die Zeit vertrieben. Außerdem wollte ich mich nicht zu weit von meinem Vater entfernen. Ich wartete noch einen Tag ab, dann bat ich Nelson, mich in die Fabrik zu fahren.

Ich war nicht sicher, ob Mr Mundt überrascht war. Ehrlich gesagt glaubte ich, dass ihn nie etwas überraschte. Mit seinem bleichen Teint konnte er dreißig oder sechzig oder irgendetwas dazwischen sein. Er blinzelte nur, als ich hereinspazierte, und hielt mir eine Schachtel mit Bonbons hin. Ich nahm mir ein paar heraus, setzte mich auf einen unbequemen, steifen Lederstuhl, las die Zeitung und blätterte die Werbebroschüren der Firma durch. Doch mein Vater kam weder aus seinem Büro heraus noch klingelte er nach dem Sekretär. Ich hatte mein ganzes Leben lang auf ihn gewartet und jetzt reichte es mir. Wenn ich für ihn arbeiten sollte, musste ich einen Einblick in seine Geschäfte bekommen. Ich aß das Bonbon auf, knüllte das Papier zusammen und warf es in Richtung Papierkorb. »Mr Mundt?«

Er markierte mit dem Finger eine Stelle in dem Kontobuch, das er gerade las, und blickte auf. »Ja, Sir?«

»Ich würde mich gern ein bisschen umschauen. Drüben in der Fabrik.«

Er blinzelte wieder, einen Ausdruck des gelinden Erstaunens in seinen blassblauen Augen. »Jetzt gleich, Sir?«

Ich zuckte die Achseln. »Warum nicht?«

Er runzelte die Stirn. »Der Boss geht nie in die Fabrik.«

Ich blinzelte ihm zu. »Der Boss hat mich geholt, damit ich ihm helfe, also gucke ich mir am besten einmal an, wie der Laden hier läuft.«

Er zögerte kurz, dann nickte er. »Ich rufe den Vorarbeiter an. Er soll Sie herumführen.«

Der Vorarbeiter erschien fünf Minuten später. Er kam durch die Tür, ganz rot im Gesicht und nach Atem ringend. »Der Boss will mich sprechen?«

Mr Mundt schüttelte den Kopf. »Nicht der Boss. Der Sohn vom Boss. Mr Clarke.«

»Da bin ich aber froh!« Er fächelte sich mit dem Arbeitsschurz Luft zu und tupfte sich dann damit den Schweiß ab, der auf seiner Stirn stand.

Als er dann fertig war, streckte ich ihm die Hand hin. »Ich bin Char…les. Charles. Ich bin Charles Clarke.«

Er wischte sich die Hand an dem Schurz ab, bevor er sie mir reichte. »John Gillespie, Sir.«

»Mr Gillespie, angeblich sind Sie der Richtige, um mir zu zeigen, was ich brauche, um in diesem Geschäft erfolgreich zu sein.«

»Geschäft? Sie meinen … Sie wollen in die Fabrik hinübergehen?«

»Warum nicht?«

»Der Boss hat nichts dagegen?« Die Frage richtete sich an Mr Mundt.

Mundt zuckte kaum wahrnehmbar die Achseln.

Mr Gillespie seufzte. »Na gut. Okay.« Er band den Schurz auf, streifte ihn sich über den Kopf und reichte ihn mir. An den Stellen, welche die Schürze nicht bedeckt hatte, waren seine Ärmel und Hosen grau. »Bringt vielleicht nicht viel, aber Sie wollen sich doch sicher nicht Ihren vornehmen Anzug ruinieren.«

Ich band den Schurz um und folgte ihm durch die Tür hinaus zu einer Treppe ganz hinten in dem langen, düsteren Gang. Wir stiegen nach unten und liefen durch ein wahres Labyrinth an Gängen, treppauf, treppab. Irgendwann traten wir hinaus ins Sonnenlicht. Vor uns lagen mehrere Eisenbahngleise. Er wies mit dem Kinn hinüber zu einer langen Reihe von Türen in dem Gebäude auf der anderen Seite der Gleise. »Dort treffen die Rohstoffe ein, die wir verarbeiten.«

»Aus …?«

»Von überallher. New Orleans, Chicago, Cincinnati.«

Ich blickte die Gleise hinauf und hinunter. »Was ist das für eine Strecke?«

»Es ist ein Privatgleis. Der Boss hat es bauen lassen. Es verbindet uns mit der Hauptstrecke am Bahnhof. Wenn die Rohstoffe ausgeladen sind, beladen wir die Waggons mit unseren Produkten. So liefern wir unsere Ware aus.«

»Wohin?«

»Überallhin. Royal Taffy ist die meistverkaufte Süßigkeit in den ganzen Vereinigten Staaten.« Ein Hauch von Stolz und Befriedigung schwang in seinen Worten mit.

Ich hatte schon immer Royal Taffy gegessen, aber mir war gar nicht aufgefallen, dass praktisch jeder es aß. »Also ... die Rohstoffe treffen ein. Was passiert dann damit?«

»Von da an wird's interessant.« Wir überquerten die Gleise und gingen zu dem Fabrikgebäude auf der anderen Seite. Er deutete auf eine Laderampe, die aus der Wand herausragte. Ich versuchte zu vergessen, dass ich Mr Dreffs je begegnet war, trat einen Schritt zurück und sprang mit einem großen Satz auf die Rampe.

Der Vorarbeiter ging auf die andere Seite der Rampe und kletterte eine Leiter hinauf, die ich gar nicht gesehen hatte.

Es wäre ganz gut gewesen, wenn ich von ihrer Existenz gewusst hätte. »Ich dachte ...« Jetzt waren meine Hände schmutzig und ich konnte sie nur an der Schürze abwischen.

Der Vorarbeiter sah mich fragend an. »Ich hätte vielleicht angenommen, dass Sie selbst schon hin und wieder an einer Rampe gearbeitet haben – wenn ich nicht gewusst hätte, dass Sie der Sohn vom Boss sind.«

Doch ich hatte tatsächlich noch nie auf einer Rampe gearbeitet, hatte allerdings mehr als genug Rampen gesehen, während ich meiner Arbeit in der South Side nachging. Ich räusperte mich. »Also, was passiert, wenn die Rohstoffe da sind?«

Gillespie führte mich an der Türreihe entlang und öffnete schließlich eine Tür, die in einen riesigen Raum voller Licht, Lärm und

Bewegung führte. »Das hängt davon ab, für welchen Teil in der Herstellung sie bestimmt sind«, rief er mir über den Krach der Maschinen zu.

Ich beugte mich näher zu ihm. »Nennen Sie mir ein Beispiel.«

»Nun … da drüben sind die Schmelztöpfe. Die sind für den Zucker – braunen und weißen, Essig und Wasser. Die Butter wird später hinzugefügt.« Er trat an ein schweres Gitter, über dem an einem Metallgestänge riesige Kessel aufgehängt waren. Unter den Kesseln loderten Feuer, es war glühend heiß. Dazwischen gingen Männer über gefährlich schmale Stege und schauten immer wieder in die riesigen Kessel.

Ein Schweißtropfen rann mir über den Nacken und versickerte zwischen meinen Schulterblättern.

»Für das Schmelzen brauchen wir Männer, Jungen sind nicht groß genug und Mädchen halten die Hitze nicht aus. Nach ein paar Stunden, wenn er heiß genug ist, gießen wir den Sirup in diese Kübel.« Er deutete auf eine Reihe von Karren, in denen Eimer standen. Wir sahen zu, wie zwei Männer, die Masken und wattierte Handschuhe trugen, einen Kessel kippten und einen Teil seines Inhalts in Eimer gossen, die in einem der Karren standen. Ein Junge fuhr den Karren fort, das Gesicht vom Dampf abgewandt. Sofort nahm ein anderer seine Stelle ein. »Die Jungen bringen die Eimer dort rüber zur Mischmaschine, wo die Aromen beigefügt werden.«

»Rüber« bedeutete fast quer durch die ganze Halle zu einer Stelle, wo Männer auf Leitern standen und den Inhalt der Eimer in riesige Bottiche leerten. Zumindest hielt die Prozession der Jungen, die die Karren schoben, darauf zu. Dabei mussten sie jedoch einer anderen Prozession von Karren ausweichen, die auf einer Art Schienen vorangeschoben wurden, welche in den Boden eingelassen waren.

Der Verkehr in dieser Halle war das Schlimmste, was ich seit meiner Ankunft in St. Louis gesehen hatte. Mit den offenen Feuern unter den Kesseln und dem feinen Staub, der die ganze Halle überzog, war der Raum eine richtige Feuerfalle.

Gillespie deutete auf eine andere Maschine, die hinter der Mischmaschine stand. »Wenn alles untergemischt ist, holen die Jungen große Tabletts und die Männer ziehen diesen Stöpsel unten aus dem Mischer. Das Toffee fließt heraus und wird dort hinübergebracht, um abzukühlen.« Er deutete von dem Mixer fort in eine Ecke der Halle, in die die Tabletts, die man auf eine Art Servierwagen gestellt hatte, gebracht wurden. »Es kühlt ein Weilchen ab, aber nicht zu lange. Dann werden die Tabletts zu den Auswellmaschinen hinübergefahren.«

Die brauchte er mir nicht zu zeigen. Die mechanischen Arme winkten wie Wahnsinnige.

»Wenn die Masse in Form gebracht ist, wird sie mit den Schubkarren zu den Tischen befördert. Ein paar Männer markieren die Schnittstellen, dann ist das Schneiden dran. Die Schneider werfen die fertigen Riegel zurück auf die Tabletts und dann werden sie weitertransportiert, zum Verpacken.« Er deutete in die vierte Ecke, wo ich ein Dutzend Frauen mit weißen Hauben sah, die die länglichen Stücke von den Tabletts nahmen, in rotes Wachspapier wickelten und die rechteckigen Riegel dann auf den Tischen hinunterschoben. Unten an den Tischen fegte eine Armee von Mädchen die Riegel in Schachteln und stellte die Schachteln dann in größere Kisten.

»Und weiter?«

»Die Kisten werden auf Loren verladen.« Er nickte in die Richtung einer der auf Schienen fahrenden Loren, die gerade an uns vorbeirollte. »Damit bringen sie die Kisten hinaus auf die Laderampen, wo Männer stehen, die sie auf Paletten stapeln.«

Ich schaute in die Ecken der Halle, wo Royal Taffy seinen verwirrenden Weg durch die Fabrik nahm. »Wäre es nicht sinnvoller, die Packerinnen näher zur Rampe zu verlegen? Und den Mischer dichter an die Schmelzkessel?«

Er zuckte die Achseln. »Und wo sollen wir dann damit hin?« Er deutete auf einen riesigen Trichter mit verschiedenen Rohren, die absolut nichts mit dem Prozess zu tun hatten, den ich gerade beobachtet hatte.

»Was ist das?«

»Das ist ein Mahlwerk.«

»Und was hat das mit Royal Taffy zu tun?«

»Nichts. Das ist für etwas anderes. Etwas Neues. Das Mahlgut muss allerdings zur Weiterverarbeitung nach nebenan gebracht werden.«

Dies war eines der größten Gebäude, die ich je gesehen hatte, und daneben stand noch eins? »Wenn es nach nebenan muss, warum steht das Mahlwerk dann nicht auch nebenan?«

Der Aufseher zuckte die Achseln. »Drüben haben wir keinen Platz dafür.«

Wir schritten durch die Prozession der Kinder mit den Karren, an den Packerinnen vorbei zur Tür hinaus, ein paar Stufen hinunter und betraten das nächste Gebäude. Es wirkte neuer als das erste, aber genauso riesig. Eigentlich wäre es heller gewesen, doch eine Art trüber Dunst hing wie eine Wolke im ganzen Raum.

Der Aufseher gab mir eine Gazemaske.

Ich legte sie an. »Was ist das für ein seltsames Geräusch?« Hier drin war es nicht so laut wie in dem ersten Gebäude, doch die Halle war erfüllt von einem pochenden Vibrieren, das meine Worte in den Brustkorb zurückzupressen schien. Ich musste mich richtig anstrengen, um sie herauszubekommen.

»Das ist der Pulverisierer.«

Ich sah, dass dies das Reich der Kinder war, obwohl die staubbedeckten kleinen Gestalten eher wie Phantome aussahen. »Gibt es noch mehr Gebäude?«

»Nein. Nur dieses und das, in dem wir gerade waren.« Er deutete in die Richtung, aus der wir gekommen waren. Wir gingen zurück in Richtung des ersten Gebäudes. »Ich bringe Sie raus.«

Bei dem Dunst, der hier in der Luft hing, und dem seltsamen Anblick der Kinder, die durch die Düsternis glitten, hätte ich hier noch stundenlang herumirren können, ehe ich die Tür fand, durch die wir hereingekommen waren.

Als wir zur Eisenbahnrampe kamen, fuhr gerade ein Zug vor. Wir drückten uns an die Wände, während von überallher Männer herbeieilten, um die Waggons abzuladen. Sie nahmen Kisten hoch und trugen sie in die Gebäude. Als der Zug wieder abgefahren war, gab ich Mr Gillespie die Schürze zurück, stapfte über die Gleise und irgendwann fand ich auch den Weg zurück vor das Bürogebäude.

Es gab weitaus Schlimmeres, als für meinen Vater zu arbeiten, doch nach dem zu urteilen, was ich gerade gesehen hatte, gab es bei den Arbeitsabläufen auch sehr viel Raum für Verbesserungen.

7

Lucy

Meine Tante und mein Onkel fuhren am Tag nach meiner zweiten Anprobe bei Vandervoort ab und ich arbeitete den Rest der Woche an der neuen Süßigkeit. Dabei hatte ich Sam um Hilfe gebeten.

Er kam am Freitagnachmittag in die Küche und machte ein bedrücktes Gesicht. »Ein Viertelpfund Pistazien kostet mehr als ein Viertelpfund Erdnüsse und Walnüsse zusammen.«

Meine Hoffnungen fielen in sich zusammen. Ich hatte mit Honig-Nugat experimentiert in der Hoffnung, es mit Pistazien verfeinern zu können. »Du hast deinem Vater doch nicht etwa gesagt, woran ich arbeite, oder?« Ich wollte nicht, dass mein Vater oder irgendjemand anders davon erfuhr, bevor ich selbst die neue Süßigkeit auf dem Ball vorgestellt hatte.

»Nein … aber es war nicht einfach, das Telefon unten in der Fabrik zu benutzen, ohne dass er es merkt. Und wenn die Rechnungen kommen, findet er es sowieso heraus.«

»Ich muss es aber vorerst noch geheim halten.«

»Bleibt es ja auch. Noch zwei Wochen. Ich versprech's dir.«

»Keiner darf es wissen, außer dir und mir.« Ich musste mich auf die Zehenspitzen stellen, um ihm diese Worte ins Ohr zu flüstern, was meinen Eindruck, dass er gewachsen war, noch verstärkte.

»Keiner außer dir und mir und Mrs Hughes, meinst du?«, flüsterte er zurück und deutete dabei mit dem Kinn auf die Köchin, die unsere Arbeit im Laufe der Woche beobachtet und dabei immer wieder Verbesserungsvorschläge gemacht hatte. Sie nahm auch jetzt an unserem Gespräch teil und beugte sich fast so dicht zu Sam vor wie ich.

Ich fuhr mir mit dem Unterarm über die Stirn, um die feuchten Löckchen zurückzustreichen, die sich aus der Haube gelöst hatten, die ich zum Kochen trug. »Ja, natürlich.« Diesmal bemühte ich mich, nicht zu flüstern, ja ich wusste gar nicht mehr, warum ich vorhin überhaupt geflüstert hatte. Die Köchin wusste über alles Bescheid, was bei City Confectionery vorging – schon immer. »Und Mrs Hughes.«

Diese lächelte und fuhr fort, eine Pfanne abzutrocknen. Dann drehte sie sich zu einem Schrank um.

»Glaubst du …?« Honig war sehr mild im Geschmack, nicht sehr markant. »Wie fändest du etwas, das nach Veilchen schmeckt? Veilchencreme zum Beispiel?«

»Nein!« Seine Augen waren riesengroß vor Entsetzen.

»Aber …«

»Nein! Keine Blumen, ich flehe dich an!« Er tat so, als wolle er niederknien.

»Aber du hast doch noch gar nicht … warte!« Ich hatte eine Inspiration. »Rühr das mal weiter und warte hier eine Minute.« Ich lief aus der Küche zur Hintertreppe.

»Wo sollte ich auch bitte schön hingehen?«, hörte ich ihn hinter mir herrufen.

Ich ging auf mein Zimmer, wobei ich in der Halle sorgfältig die knarrenden Dielen vermied, um Papa nicht aufzuwecken. In meinem Zimmer kniete ich mich vor meinen Koffer und holte ein paar von den Süßigkeiten heraus, die ich aus Europa mitgebracht hatte. Ich legte sie auf ein Taschentuch, das ich zu einem kleinen Beutel zusammenknotete. Dabei fiel mir auch das Geschenk in die Hände, das ich Sam aus Deutschland mitgebracht hatte. Ich hatte es für Weihnachten aufheben wollen, aber er hatte mir so treu in der Küche geholfen, dass ich keinen Grund sah, noch länger zu warten.

Ich ging wieder in die Küche und zeigte ihm meine Schätze.

Er wandte den Blick vom Topf ab und betrachtete sie. Dann sah er mich an. »Schmecken sie gut?«

»Es sind die besten von den vielen, die ich auf der Reise probiert habe.«

»Was ist das?« Er deutete auf einen kleinen Würfel, der in Wachspapier gewickelt war.

»Ein Karamell. Willst du mal kosten?«

Er blickte auf den Topf hinunter, in dem er rührte, dann sah er mich an. »Ja, schon.«

Ich nahm den Würfel, wickelte ihn aus und steckte ihn ihm in den Mund.

Er kaute und sein Gesicht veränderte sich.

»Das ist Karamell mit Pinienkernen.«

Er sah aus, als wollte er das Bonbon jeden Moment ausspucken, doch er überlegte es sich anders und kaute weiter. Als er schließlich schluckte, sah er beinahe erleichtert aus. »So schlimm war es gar nicht.«

Ich gab ihm ein hartes Bonbon.

Er nahm es mit seiner freien Hand, warf es sich in den Mund und lutschte daran. Dann zog er die Brauen hoch. »Das mag ich. Es schmeckt … anders.«

»Ich weiß. Da ist eine Prise Pfeffer drin. Chilipfeffer nennen sie ihn.«

Er verzog das Gesicht. »In einem Bonbon?« Er zerbiss es und schluckte es runter.

»Versuch mal dieses. Mach die Hand auf.« Ich nahm ein Päckchen aus dem Taschentuch, öffnete es und schüttete ihm ein bisschen Pulver in die Handfläche.

Er sah mich an. »Was soll ich damit machen?«

»Essen, du Trottel!«

Er schüttete sich das Pulver in den Mund und gleich darauf weiteten sich seine Augen vor Überraschung. Er öffnete den Mund gerade weit genug, um reden zu können. »Was ist das?«

»Brausepulver. Es ist …«

»Sprudelig! Was halten Sie davon, Mrs Hughes?« Er drehte sich zur Köchin um und ließ ein wenig Schaum auf seine Lippen treten, als sei er ein tollwütiger Hund.

Ich zupfte ihn am Ärmel. »Hör auf mit dem Unsinn, Sam. Das ist ein ernstes Geschäft.« Ich nahm ihm den Löffel weg und legte ihn hin.

Er schlürfte den Schaum ein und schluckte ihn. »Ich glaube nicht, dass du – was hast du gesagt, wie es heißt? – machen solltest!«

»Brause. Versuch das hier.« Ich nickte zu meinem Taschentuch. »Das Quadratische. Ich will eigentlich nichts aus Schokolade machen, das wäre zu aufwendig, aber das da musst du trotzdem versuchen.«

Er nahm ein Stück von dem, was die Engländer Schottische Täfelchen nannten.

»Sieht aus wie Fondant.«

Ich nickte.

Er biss ein Stückchen davon ab. »Das fühlt sich komisch an. Es ist …«

»Der Zucker ist kristallisiert, deshalb ist es knusprig.«

»Wer will schon knuspriges Fondant?«

»Du magst es also nicht?«

Er sah mich entschuldigend an. »Nicht so sehr, nein.«

Mochte er überhaupt irgendetwas von meinen Sachen? Nichts von meinen sorgfältig gesammelten Schätzen schien ihm zu schmecken. Er hatte die besten Süßigkeiten, die Europa anzubieten hatte, verschmäht. »Ich nehme an, du möchtest kein Geleebonbon mit Geraniengeschmack probieren?«

»Keine Blumen! Ich meine es ernst. Wenn du mir noch einmal Blumen zu essen gibst, helfe ich dir nicht mehr.«

Ich wählte noch ein hartes Bonbon aus und hielt es ihm hin. »Wie wäre es mit einer sauren Pflaume?«

»*Saure* Pflaume? Willst du mich vergiften? Nicht umsonst nennt man diese Dinge Süßigkeiten. Sie müssen süß sein!«

Ich seufzte und steckte mir die Pflaume selbst in den Mund. Meine Geschmacksknospen explodierten förmlich und der Speichel lief mir im Mund zusammen. Dann folgten ein angenehmes Zusammenziehen des Inneren meiner Wangen und ein Prickeln auf der Zunge.

»Ist das alles, was du mitgebracht hast? Ich meine, es ist ja nicht schlecht, aber ich hatte gehofft … ich hatte auf etwas Neues gehofft. Etwas … Großartiges.«

Ich seufzte. Das hatte ich auch. Ich mochte die neuen Geschmacksrichtungen und Konsistenzen der Süßigkeiten, die ich mitgebracht hatte, aber es war nichts dabei, was wirklich großartig war.

»Weiter hast du nichts?«

»Nun …« Nicht mehr. »Es gab noch eine Schachtel Haselnusskrokant, aber die habe ich alle aufgegessen.« Ich hatte mir die ganze Schachtel in meiner ersten Nacht zu Hause einverleibt, als ich allein im Dunkeln in meinem Zimmer lag und mir Sorgen um die Gesundheit meines Vaters machte.

»Dann solltest du das machen. Vergiss das ganze andere Zeug. Mach das, was du selbst am liebsten essen würdest.«

»Meinst du?«

Er warf mir einen Blick zu, den ich noch aus der Zeit kannte, als er der Meinung gewesen war, dass Jungs in jeder Hinsicht unendlich weit über Mädchen stünden. »Du konntest unter allen wählen und für welche hast du dich entschieden?«

Haselnusskrokant. Das würde ich machen. Falls Haselnüsse nicht zu teuer waren und ich die Geräte nutzen konnte, die wir bereits besaßen, lag mein Traum in Reichweite vor mir. »Sam? Könntest du vielleicht …?«

»Haselnüsse besorgen?«

Ich nickte und umarmte ihn.

»Dann muss ich wohl noch ein paar Telefonate führen.«

»Bevor du gehst …« Ich zog das Geschenk aus der Tasche, das ich ihm mitgebracht hatte.

Er löste das Band und öffnete die Schachtel. Dann schlug er das Papier zurück, holte das Geschenk heraus und legte es auf seine Handfläche. Es war eine Pfeife in Gestalt eines Kuckucks. Sie hatte mir so gefallen, als ich sie in einem Dorf im Schwarzwald gesehen hatte, doch jetzt, da er sie in der Hand hielt, erkannte ich, was für ein dummes Kinderspielzeug sie war. »Ich habe sie gesehen und … an dich gedacht. Tut mir leid, Sam …«

»Sie ist perfekt. Ich weiß auch schon, was ich damit mache.«

»Lucy?« Ich hörte die Schritte meiner Mutter in der Halle.

Sam nahm das Päckchen mit Brausepulver aus dem Taschentuch. »Hast du was dagegen, wenn ich mir noch ein bisschen nehme?«

Ich hatte absolut nichts dagegen. Mein Geschenk gefiel ihm! Vielleicht konnte ich meinen Instinkten ja doch vertrauen.

»Lucy – da bist du ja!« Irgendwie gelang es meiner Mutter, beim Anblick von Sam die Stirn zu runzeln und gleichzeitig mich anzulächeln, während sie sich vorbeugte, um an Mrs Hughes Apfelkuchen zu schnuppern. »Hast du den Tee bei den Gilbertsons vergessen?«

Hatte ich.

»Unser Abkommen hat vorgesehen, dass du an gesellschaftlichen Ereignissen teilnimmst.«

»Aber ich bin noch nicht fertig! Ich brauche noch eine halbe Stunde.« Mindestens.

»Wir haben aber keine halbe Stunde mehr. Du hast fünfzehn Minuten, um dich zu waschen und umzuziehen, dann müssen wir fahren.«

»Aber …«

»Ich will nichts mehr hören. Die Süßigkeiten interessieren mich nicht. Sie werden dir keinen Heiratsantrag machen und auch nicht dafür sorgen, dass wir etwas zu essen auf dem Tisch haben.«

Sam sah mich an und wackelte mit den Augenbrauen.

Ich schlug die Hand vor den Mund, um nicht aufzulachen. Vielleicht hatte er sich doch nicht so sehr verändert.

Mrs Hughes band mir bereits die Schürze ab, während Mutter noch sprach. Als ich sie mir über den Kopf streifte, verlor ich meine Haube.

»Hinauf mit dir.« Mutter ging mir voraus in die Halle. »Aber sofort!« Das Wort klang wie das Klatschen eines Lineals am Mary Institut, wo ich zur Schule gegangen war.

Ich hätte beinahe Mrs Hughes umgerannt. »Den Sirup könnten Sie vielleicht für Pfannkuchen nehmen.«

Sie tätschelte mir den Arm.

Mutter wartete unten an der Treppe auf mich. »Ich möchte dich nur daran erinnern, dass Samuel Blakely kein passender Begleiter für ein Mädchen in deiner Stellung ist.«

Vor meiner Reise war er noch recht gewesen.

»Und ich will doch nicht hoffen, dass du zu deinen Verabredungen in Europa auch immer zu spät gekommen bist!«

Waren wir nicht. Im Gegenteil, meistens waren wir so neugierig auf alles Neue gewesen, dass wir viel zu früh dran gewesen waren. »Nein.«

»Dann erweise bitte denen, die dich nicht begleiten konnten, dieselbe Ehre.«

8

Charlie

Am Montagmorgen klingelte das Telefon. Ich hörte, wie Augusta abnahm. Eine Minute später kam der Butler zu mir ins Wohnzimmer, wo ich an einem Plan zur Verbesserung der räumlichen Aufteilung der Fabrik gearbeitet hatte. Daran saß ich nun schon seit über einer Woche und war fast fertig.

Er verbeugte sich. »Sie werden am Telefon gewünscht.«

Augusta stand in der Halle neben dem Telefon. »Es ist dein Vater. Er möchte dich sprechen.«

Ich hatte so ein Ding noch nie benutzt.

Sie deutete auf etwas, das aussah wie ein Horn.

Ich nahm es, hatte aber keine Ahnung, was ich damit anfangen sollte.

Sie seufzte und drückte es mir ans Ohr.

»Hallo?« Lustig. Ich hörte ein brummendes Geräusch, aber es war keiner da. »Hallo?«

Sie tippte mir auf die Schulter und deutete auf ein Metallstück, geformt wie ein Kerzenleuchter.

Oh. Vielleicht … ich beugte mich vor und sprach hinein. »Hallo?«

»Mr Clarke?« Ich sprang hoch, als die Stimme an mein Ohr drang, und zwar nicht aus dem Kerzenleuchter, sondern aus dem Horn, das ich ans Ohr gepresst hatte. »Hier ist Mr Mundt. Der Boss möchte Sie im Büro sehen. Sofort.«

»Oh. Gut …« Ich sprach ins Horn. Augusta nahm den Kerzenleuchter und hielt ihn mir vor den Mund. Ich beugte mich darüber und drückte mir das Horn wieder ans Ohr. »Gut. Gleich. Danke.«

Aus dem Horn kam ein Klicken und das Brummen hörte auf. Ich streckte es Augusta hin. Sie nahm es mir ab und hängte es in den

Haken, der dafür vorgesehen war. »Wenn du in der Fabrik gebraucht wirst, kann Nelson dich hinfahren.«

Obwohl man mir gesagt hatte, dass mein Vater mich sofort zu sehen wünschte, musste ich fast eine ganze Stunde warten, bis Mr Mundt mich endlich in sein Büro winkte. Manche Dinge änderten sich anscheinend nie.

Mein Vater deutete mit der Zigarre auf einen Stuhl.

Ich setzte mich.

»Ich hatte gehofft, dass du mir helfen kannst.«

Und ich hatte gehofft, dass er fragen würde. »Ich habe an einem neuen Plan für …«

»Ich bin ein bisschen in der Zwickmühle. Ich schulde jemandem einen Gefallen und es wird Zeit, ihn zu erwidern. Doch das bedeutet, dass ich einen Konkurrenten absägen muss.«

Wenn man in Chicago jemanden absägen musste, bedeutete das, ihm die Kniescheiben zu brechen oder ihn von einer Brücke zu werfen. Ich war ziemlich sicher, dass man hierzulande nichts so Drastisches darunter verstand. Wenigstens … hoffte ich es.

Er sah mich über seine Zigarre hinweg an. »Also: Ich habe eine Werbekampagne angeordnet. Neue Plakate, weil die alten verblasst sind. Ich mag keine halben Sachen. Schnell und sauber. Es ist das Beste für uns und für sie, wenn wir gleich das ganze Geschäft übernehmen können. Ich brauche dich, du musst dafür sorgen, dass die Plakate an den strategisch wichtigen Stellen in der Stadt aufgehängt werden. Über denen meines Rivalen, das wäre nicht schlecht.«

St. Louis war zwar größer als die South Side in Chicago, aber das konnte ich schaffen. Wie genau, würde ich mir noch überlegen. »Ich wollte noch kurz mit dir über die Fabrik reden.«

Doch er hatte seine Aufmerksamkeit bereits einem Stapel Papieren zugewandt, die vor ihm auf dem Tisch lagen. »Für Fabrikangelegenheiten ist Gillespie zuständig.«

»Mit dem habe ich schon darüber gesprochen. Jedenfalls habe ich ihn darauf hingewiesen.«

»Und?«

»Die Fabrik ist nicht gut organisiert. Wenn deine Maschinen besser aufgestellt wären, könntest du die Produktion steigern. So würden die Arbeiter nicht so viel Zeit mit Wegen verschwenden ...«

»Mir liegen keine Klagen über die Produktion vor. Wir verkaufen mehr Süßigkeiten als alle anderen.«

Verkaufen. Meinem Vater war es immer nur um den Verkauf gegangen. Aber das Leben war mehr als Geld. »So wie es ist, werden die Arbeiter nur unnötig ermüdet. Wenn du mal runtergehen würdest und einen Blick ...«

»Zeitverschwendung. Gillespie wird dafür bezahlt, dass er sich um das alles kümmert. Das Geld wird mit dem Verkauf gemacht.«

»Aber er könnte mehr Riegel herstellen, die du dann verkaufen könntest, wenn du ...«

»Du warst schon immer dickköpfig. Wenn du dir erst mal was in den Kopf gesetzt hast, lässt du nicht mehr locker. Um nichts in der Welt.« Er lächelte und zwinkerte mir zu, dann nahm er eines der Schriftstücke auf, die vor ihm lagen.

»Warum bist du weggegangen?«

Seine Brauen flogen hoch.

Ich war mindestens genauso erschrocken über die Frage wie er.

Als er sich die Zigarre in den Mund steckte, zitterte seine Hand. Er nahm einen tiefen Zug und stieß eine Rauchwolke aus. »Schnee von gestern.«

»Aber ich möchte es wissen. Ich habe das Recht, es zu erfahren.«

»Spielt es denn eine Rolle? Du hast dich doch ganz gut gemacht, oder? Und du hast für sie alle gesorgt, wie ich mir gedacht hatte.«

Was für ein Mann musste man sein, um die Verantwortung für seine Familie einem Siebenjährigen zu überlassen?

»Wahrscheinlich hast du es sogar besser gemacht, als ich es gekonnt hätte.«

»Aber warum?«

Er legte die Zigarre in einen Aschenbecher. »Warum?« Er zuckte die Achseln. »Warum hätte ich bleiben sollen?« Er versuchte zu lächeln. »Ich glaube kaum, dass du mich vermisst hast.«

»Dich vermisst? Du bist ja nie da gewesen!«

»Glaubst du, das war leicht für mich? Glaubst du, es hat mir gefallen, dass ich nicht für meine Familie sorgen konnte? Sosehr ich es auch versuchte? Sosehr ich mich beim Verkaufen auch anstrengte? Jedes Mal, wenn ich durch die Tür kam, sprang mir mein Versagen ins Gesicht. Was ich auch tat … was ich auch versuchte … es war nie genug.«

»Du hast uns also einfach … aufgegeben? Willst du mir das sagen?«

»Ich habe euch doch sowieso nichts genützt!«

»Du hast uns alle aufgegeben … und dann bist du weggegangen und hier einfach so hineingeraten.« Es hatte nicht den Anschein, dass er sehr gelitten hatte. Nicht so, wie wir gelitten hatten. Es klang, als hätte er uns verlassen und keinen Gedanken an uns verschwendet.

»Können wir … können wir das alles nicht einfach vergessen? Es ist es doch nicht wert, dass wir uns daran erinnern, oder? Außerdem bist du ja jetzt hier.«

Ich war hier, doch davor war ich viele Jahre dort, in Chicago, gewesen.

»Manchmal muss man die Vergangenheit hinter sich lassen und einen neuen Anfang machen«, fuhr Vater fort.

»Aber was ist mit uns? Wir hatten nie eine Chance, weil du gegangen bist.«

»Ich sage ja nicht, dass es richtig war …«

»Warum bist du nicht zu uns zurückgekommen?« Warum waren wir ihm nicht wichtig gewesen?

»Und was hätte ich sagen sollen? Was hätte ich deiner Ansicht nach sagen sollen?«

»Es tut mir leid?« Das wäre ein ganz guter Anfang gewesen.

Mein Vater ließ die Schultern hängen. »Es tut mir tatsächlich leid. Es hat mir immer leidgetan. Aber das hätte euch damals auch nichts genützt. Deshalb … wollen wir uns auf das konzentrieren, was ich dir jetzt bieten kann, einverstanden?« Er stand auf und streckte mir die Hand hin.

Als ich sie nicht nahm, steckte er sie in die Tasche. »Ich weiß, dass ich keine zweite Chance verdiene, aber ich hoffe, du gibst mir trotzdem eine.«

Eine zweite Chance.

Er wollte nur, dass ich ihm bot, was er mir gab, doch irgendwie schien es nicht fair zu sein. Was hatte er je getan, dass er das verdiente? Ich schuldete ihm nichts. Er schuldete mir alles. Also war es leichter, seine Bitte erst einmal zu ignorieren und stattdessen über die Aufgabe nachzudenken, die zu erledigen er mich gebeten hatte. Es klang nicht allzu schwierig – bis Mr Mundt mir sagte, dass etwa tausend Plakate darauf warteten, aufgehängt zu werden.

Tausend Plakate.

An strategischen Stellen aufhängen.

Gab es in dieser Stadt überhaupt tausend Orte, an denen man Plakate aufhängen konnte?

Am Nachmittag fuhr ich mit der Straßenbahn in die Stadt hinein und schlenderte eine ganze Weile herum. Ich kämpfte mich durch den Strom der Kauflustigen auf der Olive Street, schob mich durch die vollen Läden auf der Washington Street, zählte sämtliche Royal-Taffy-Plakate, die ich entdeckte, und suchte nach neuen Orten, wo man welche aufhängen konnte. Mir war heiß und ich hatte Durst, deshalb entschloss ich mich, eine Pause zu machen und mir an einem Ort namens Chestnut Valley ein bisschen Ragtime anzuhören. Der Ort war nichts Besonderes, aber sobald ich die Musik hörte, fühlte ich mich zu Hause.

Ich geriet mitten in einen Improvisationswettstreit und mischte mich unter die Menge, die zwei Klavierspielern zujubelte, die sich auf dem Klavier abkämpften. Jeder versuchte, den anderen durch abrupte Wechsel der Tonart und Melodie auszustechen. Irgendwann hatte der eine den anderen an die Wand gespielt. Der Verlierer stand von seinem Klavier auf und holte sich ein Bier von der Bar, bevor er zu uns anderen kam und den Sieger hochleben ließ.

Dann machte ich mich wieder auf den Weg. Ich sah kaum Poster anderer Süßwarenhersteller und die wenigen, die ich sah, hingen neben Anzeigen für Boxkämpfe oder Wahlplakaten, zumeist in Wohnstraßen oder an Hauswänden. Ich würde sie alle einfach mit den Plakaten von Standard überkleben, das war zunächst das Einfachste. Doch ich musste noch ein paar bessere Plätze finden, wo wir unsere Werbung aufhängen konnten. Orte, an denen die Menschen sie gar nicht übersehen konnten.

Wo kamen viele Leute zusammen?

Der Bahnhof war ein solcher Knotenpunkt, aber wo sonst noch? Abends fragte ich Nelson: »Wo gehen Sie hin, wenn Sie freihaben?« Dabei schaute ich ihm zu, wie er die großen, runden Messingscheinwerfer des Autos polierte, das er, wie ich mitbekommen hatte, Louise nannte.

»Na ja … an den Sonntagnachmittagen gehe ich ganz gern in den Forest Park. Dort gibt es Bären und die große Voliere, in die man hineingehen kann. Die ist von der Ausstellung übrig geblieben. Und man kann ein Boot mieten. Meistens steht auch jemand auf der Bühne und macht Musik. Es macht eigentlich immer Spaß, in den Forest Park zu gehen.«

»Und was machen die anderen hier Ihrer Ansicht nach am liebsten? Wo gehen sie samstags und sonntags hin?«

»Kommt drauf an. Drüben auf dem Delmar gibt's einen Swimmingpool und einen Tanzpavillon.« Er richtete sich kurz auf und legte eine Hand in seinen Rücken. »Manche gehen auch rüber nach Chestnut Valley und hören ein bisschen Ragtime.« Er zuckte die Achseln. »Die Leute gehen überallhin, denke ich.«

Wie konnte ich dafür sorgen, dass sie überall, wo sie hingingen, die Werbung von Standard sahen?

Am nächsten Tag hatte Augusta einen Frauenklub zum Tee, deshalb verdrückte ich mich und fuhr wieder mit der Straßenbahn in die

Stadt. Wir passierten Häuser, Schulen und Kirchen. Bei jedem Halt nahmen wir Mütter und ihre Kinder auf. Schon bald war die Straßenbahn gerammelt voll. Einer der kleinen Jungen neben mir lutschte an einem Riegel Royal Taffy.

Als er sah, wie ich ihn anschaute, umklammerte er ihn fester.

Die Royals waren nicht billig. Sie waren etwas Besonderes, auf das man sparte. Eine Belohnung, von der man träumte. Ich sah, wie mir gegenüber ein Mädchen seine Pennys zählte, während sie immer wieder begehrliche Blicke auf den Jungen und seinen Bonbonriegel warf.

Wenn ich bestimmen durfte, wo die Plakate hängen sollten, würde ich dafür sorgen, dass Kinder sie sahen.

Ich wusste, was es hieß, ein Kind zu sein und gegen alle Vernunft darauf zu hoffen, dass etwas Gutes passiert. Ich kannte das Triumphgefühl, das sich mit jedem gesparten Penny einstellte, und die Erwartung, mit der man sich auf den Weg zum Laden machte, wenn man genügend Geld beisammenhatte. Doch das Beste war die Befriedigung, wenn der Royal Taffy dann genau so schmeckte, wie man ihn sich erträumt hatte. Ein zähes, klebriges, cremiges Stück Himmel. Auf Royal Taffy hatte ich mich im Gegensatz zu meinem Vater immer verlassen können. Die Süßigkeit hatte mich nie enttäuscht. Nicht so, wie er es getan hatte.

Wenn unsere Plakate einem kleinen Jungen, wie ich es einst gewesen war, einen Grund gaben, auf etwas zu hoffen, an etwas zu glauben, dann waren sie meiner Ansicht nach die Arbeit wert.

9

Lucy

Die Veiled-Prophet-Parade, die dem Ball vorausging, schien kein Ende zu nehmen. Ich wollte nur noch, dass es vorbei war. Inzwischen hatte ich zwei Wochen an meinen Bonbons gearbeitet. Es waren kleine Würfel. Sie waren fertig in Zellophan verpackt und unten im Keller versteckt. Zum Ball wurden etwa zehntausend Besucher erwartet. Heute würde ich endlich die Chance haben, der Stadt mein Haselnusskonfekt vorzustellen!

Ich lächelte und winkte mit den anderen Mitgliedern des Hofstaats, während unser Schauwagen die Olive Street entlangfuhr. Immer wieder explodierten Feuerwerkskracher, die Luft war erfüllt von Konfetti.

Ich erhaschte einen Blick auf Sam, winkte ihm zu und warf eine Blume in seine Richtung, doch er sah mich nicht. Er war völlig in Anspruch genommen von einem Mädchen, das neben ihm stand. Ich dachte zuerst, sie wäre noch ein Kind, so klein war sie – nur sah sie ihn nicht an, wie ein Kind ihn angesehen hätte. Und ihre Figur füllte ihr Kleid auf eine Weise aus, wie ich nur hoffen konnte, dass meine es eines fernen Tages ebenfalls tun würde.

»Winken! Lächeln!« Eines der anderen Mädchen wedelte mit ihrem Blumenstrauß vor meinem Gesicht herum.

Windböen wehten uns die Röcke unserer weißen Kleider um die Beine und lösten die Haare aus unseren mit Blumenkränzen geschmückten Frisuren. Man konnte sich nur durch Schreien verständigen. Allerdings hatte ich den anderen Mädchen auch nicht viel zu sagen. So beobachtete ich die Menge und nahm an, dass die anderen das ebenfalls taten, bis der Wind sich urplötzlich für einen Moment legte und ich hörte, was sie sagten.

»… bloß, weil sie im Ausland war … vielleicht tat sie ihnen auch leid, wegen ihres Vaters …«

»… hält sich für was Besseres … Kleid aus Paris …«

»Warum? Ist Vandervoort nicht gut genug?«

Ich wurde rot, als ich die Satzfetzen zusammensetzte. Schließlich konnte ich doch nichts dafür, dass man mich zur Königin erwählt hatte! Und mein Kleid stammte gar nicht aus Paris. Es war von Vandervoort, genauso wie ihre Kleider vermutlich auch. Dachten sie, dass ich sie nicht hören konnte?

Eine von ihnen blickte über die Schulter zu mir herüber und feixte.

Sie wussten, dass ich sie hören konnte?

Na schön. In Ordnung … gut! Mein Kinn fing an zu zittern. Ich hob meinen Arm und winkte heftig, vielleicht zu heftig. Nach einer Weile standen mir kleine Schweißperlen auf der Stirn, und als ich mir über die Lippen leckte, schmeckte ich Salz. Aber mit dem hoch vor meinem Kopf erhobenen Arm und dem Schweiß, der mir über das Gesicht lief, sah wenigstens keiner meine Tränen.

Irgendwann war die Parade vorbei und einer der Streifenpolizisten der Stadt fuhr mich mit dem Auto nach Hause. Froh, meinen Hofstaat los zu sein, verdrängte ich die boshaften Kommentare der anderen Mädchen und konzentrierte mich auf den Abend.

Wenn ich mich beeilte, hatte ich meiner Ansicht nach noch genügend Zeit, Sam bei den Süßigkeiten zu helfen, bevor ich mich auf den Weg zum Ball machen musste. Doch bis ich mir das Gesicht gewaschen, mich neu frisiert und ein anderes, prächtigeres Kleid angezogen hatte, war er bereits halb fertig.

»Vergiss nicht, Sam, sie rauszubringen …«

»… wenn die Leute eintrudeln, bevor der Hof vorgestellt wird. Ich weiß!«

»Glaubst du … es wird dich doch keiner bemerken, oder?«

»Nein. Es sei denn, du stößt sie mit der Nase darauf, weil du dir solche Sorgen machst und alle sich fragen, wo um alles in der Welt du die ganze Zeit hinstarrst.« Er klang gekränkt und leicht verärgert.

»Glaubst du, es ist schon einmal vorgekommen, dass eine Veiled-Prophet-Königin in Ohnmacht gefallen ist?«

Er warf mir einen schrägen Blick zu. »Erwartest du darauf wirklich eine Antwort?«

»Nein.«

Er lächelte. »Du wirst die Hübscheste von allen sein. Mach dir keine Sorgen.«

»*Darüber* mache ich mir keine Sorgen. Ich mache mir *darüber* Sorgen.« Ich deutete auf die Schachteln mit den Süßigkeiten, die ich in den Lieferwagen gestellt hatte.

»Es wird schon klappen.«

Es musste klappen. Ich warf einen letzten Blick auf die Süßigkeiten, dann drehte ich mich um. Jetzt lag alles bei Sam. Ich nahm seine Hand. »Danke. Du bist ein wahrer Freund.«

Als ich die Falte zwischen seinen Brauen sah, rutschte mir das Herz in die Hose.

»Was ist los?« Irgendetwas musste schiefgelaufen sein.

»War deine Frisur wirklich so gedacht?«

Ich legte meine Hand an mein Haar und stellte fest, dass sich auf der einen Seite die Haarnadeln gelöst hatten und das Haar jetzt lose über meine Schulter fiel. »Nein!« Verflixt, ich hatte es doch neu festgesteckt! »Kannst du – kannst du mir rasch helfen?« Mutter konnte ich nicht fragen. Sie hätte wissen wollen, wie es kam, dass ich in einem solchen Zustand war.

Das letzte Mal, als ich sie gesehen hatte, hatte ich ihr versichert, dass ich fast fertig sei. Sie hatte sich zwar inzwischen daran gewöhnt, mich in der Küche zu sehen, doch ganz bestimmt war sie nicht auf meine Pläne für heute Abend gefasst – und noch viel weniger würde sie sie billigen. Ich war sicher: Sie würde es niemals gutheißen, dass ich den Ball als Gelegenheit für das Debüt meines Bonbons missbrauchte.

Sam schaute erst ratlos drein, doch dann hellte sich sein Gesicht auf. »Warte mal kurz.« Er flitzte zurück in die Küche, die Fliegengittertür fiel hinter ihm zu, doch er war sofort wieder da. Dann fummelte er an meinem Haar herum, zupfte hier und zog da und erklärte schließlich, dass er fertig sei.

»Meinst du, es wird halten?«

»Es müsste. Ich habe Karamellsoße benutzt.«

»Was?!«

»Mrs Hughes hat gerade welche gemacht und sie war noch nicht abgekühlt. Besser als jeder Klebstoff!«

»Die Königin der Liebe und Schönheit debütiert mit Karamell im Haar!«

»Es hat die gleiche Farbe wie dein Haar. Das merkt bestimmt keiner!«

Das merkt bestimmt keiner? Warum sollten sie nicht! Ich holte tief Luft. Jetzt war es zu spät, um noch etwas zu unternehmen. Ich konnte es nicht mehr auswaschen, mein Haar brauchte zu lange, um zu trocknen. »Vergessen wir mein Haar und denken an heute Abend. Gehen wir's noch mal durch. Sobald die Ausrufe kommen, wie gut meine Süßigkeit schmeckt, sagst du …?«

Er straffte die Schultern und warf sich in die Brust. »Ich sage: Ich habe gehört, das ist das neue erstklassige Bonbon von City Confectionery.«

»Richtig. Und hast du das Rezept?«

Er klopfte sich auf die Manteltasche. »Hier drin. Sobald ich nach Hause komme, gebe ich es meinem Vater.«

»Und …?«

»Und sag ihm, dass er gleich morgen früh mit der Produktion beginnen soll.«

Die Leute würden nach Hause gehen und dabei nur über mein Bonbon reden. Mit etwas Glück wäre in der morgigen Zeitung davon die Rede. Und morgen Abend würden die Bewohner der ganzen Stadt nach meinem Bonbon verlangen. Die Zukunft der Firma war gesichert!

»Kein Grund, nervös zu sein.«

Das wäre ich auch nicht gewesen, wenn meine Mutter mir nicht unablässig versichert hätte, es sei nicht nötig. Und wenn das Auto, in dem wir saßen, nicht von zwei Polizisten auf Motorrädern eskortiert worden wäre, die die ganze Zeit hupten wie die Verrückten.

Mutter strich glättend über die Schleppe meines Kleides, die über meinem Arm lag. Dann streichelte sie den Hermelinbesatz meines Capes. »Ich glaube, du hast ihn seit deiner Rückkehr noch nicht wiedergesehen, aber der Minard-Junge hat sich sehr zu seinem Vorteil verändert, seit du weg warst.«

Nicht so sehr, vermutete ich, dass er seinen fatalen Hang, überlaut und mit sich überschlagender Stimme zu reden, überwunden hätte. Andererseits – wenn er mein Bonbon mochte, würde er das jedem der Anwesenden mit seinem durchdringenden Organ mitteilen.

Am Coliseum geleiteten die Polizisten uns die Treppe hinauf. Ich wusste nicht, was mir auf dem Weg vom Auto zum Gebäude hätte zustoßen können, doch ich kam sicher an. Drinnen erwartete uns mein alter Tanzlehrer aus der Schulzeit, Mr Mahler. Sein Haar war mit Pomade zurückgestrichen und er trug wie üblich Kniehosen, heute Abend jedoch nicht wie sonst seine schwarzsamtenen Ballettslipper. Und trotz all seiner Bemühungen herrschte das blanke Chaos.

Die Mädchen, die meinen Hofstaat bildeten, drängten sich um mich, bewunderten mein Kleid und machten mir Komplimente, die, wie ich genau wusste, nicht ehrlich gemeint waren. Eine von ihnen sagte etwas über mein köstliches Parfum. Ich widerstand der Versuchung zu prüfen, ob meine Frisur noch saß, und sagte ihr, es stamme aus einem exklusiven Geschäft in Paris.

Mr Mahler ließ uns alle noch mehrmals knicksen und Verneigungen üben, bis er endlich mit uns zufrieden war. Dann drillte er uns ein letztes Mal auf die Schritte des Veiled-Prophet-Lanciers und auf seinen eigenen Tanz, den Ostend. Ich hatte das Ganze seit Monaten nicht mehr geübt, doch meine schulische Ausbildung bemächtigte sich meiner Füße. Zum Glück wurden die Feinheiten der Tanzschritte ohnehin durch meine langen Röcke verborgen. Als Mr Mahler mich dann endlich in die Ehrenloge hinaufschickte, wo ich den Beginn der Feier abwarten sollte, war ich gerüstet.

Von hier oben hatte ich einen prächtigen Überblick. Allmählich füllte sich der Saal mit den Gästen. Einige von ihnen blickten sich kurz um und steuerten dann sofort den Tisch mit den Erfrischungen an. Ich erspähte Sam. Er stand hinter den Tischen und – ich sah es ganz deutlich! – hatte bereits meine Bonbons ausgelegt. Sie wurden auf einem Silbertablett präsentiert; das Zellophanpapier glitzerte im elektrischen Licht.

Ich hielt den Atem an, als ein Mann in einem vornehmen Frack sich zwei Bonbons nahm. Er steckte sich eines in den Mund und gab das andere der Frau, die neben ihm stand. Am liebsten hätte ich vor Freude in die Hände geklatscht. Wenn ich zur Königin gekrönt wurde, hatte sich die Nachricht von meiner neuen Süßigkeit vielleicht schon im ganzen Saal verbreitet. Heute Abend würde ich Triumphe feiern!

10

Charlie

Dienstag, der vierte Oktober, war der Tag meiner Einführung in die Gesellschaft. Die Woche davor war ich damit beschäftigt, Plakate anzubringen. Mein Nacken war noch ganz steif, weil ich die ganze Zeit an Hauswänden und Telegrafenmasten hochgestarrt hatte. Die Hand, mit der ich den Kleistereimer gehalten hatte, war ganz schwielig geworden. Aber ich hatte zahllose Straßenbahnfahrer überredet, auf ihren Wagen meine Plakate ankleben zu dürfen, und meinen Vater überzeugt, dass mehrere Dutzend Plakate an strategischen Orten in South St. Louis keine Verschwendung meiner Zeit und seines Materials waren. Wenn Royal Taffy ein Leckerbissen war, dann mussten auch die Zeitungsjungen und Fabrikarbeiter davon träumen dürfen. Und jetzt waren eintausend Plakate in der Stadt aufgehängt.

An diesem Abend zog ich nach dem Essen meinen Frack an. Ich rasierte mich sorgfältig, wobei ich vor allem auf die Narbe auf meinem Kinn achtete, und polierte meine Schuhe auf Hochglanz. Nach drei Versuchen saß meine weiße Krawatte endlich so, wie sie sollte, und dann war es auch schon zwanzig Uhr.

Ich spuckte in die Hand und presste sie auf die Schmachtlocke über meiner Schläfe. Einen Moment lang lag sie schön flach an, doch dann sprang sie auch schon wieder hoch. Ich sah den Charles im Spiegel stirnrunzelnd an und überlegte, ob er heute Abend wohl so fad und piefig sein würde, wie er aussah.

Dann nahm ich meinen Hut aus der Hutschachtel und verließ mein Zimmer. Nach einer schnellen kleinen Tanzeinlage streifte ich meine Handschuhe über und schritt in – wie ich hoffte – würdevoller Manier die Treppe hinunter. Eines Tages, wenn keiner da war, würde ich das lange, geschwungene Geländer hinunterrutschen.

Aber nicht heute Abend.

Nicht, wenn mein Vater und Augusta zusahen.

Mein Vater klemmte sich die Zigarre zwischen die Zähne, grinste mich an und nickte anerkennend. Ich versuchte mir nicht anmerken zu lassen, wie stolz seine Billigung mich machte. Ich folgte den beiden, als sei es die selbstverständlichste Sache der Welt.

Nelson fuhr uns zum Coliseum. Die Gebäude waren noch mit bunten Wimpeln geschmückt von der Parade, die früher am Tag stattgefunden hatte, und die Straßen waren übersät mit Konfetti. Wir hatten zugeschaut, alle drei, von einem Privatzimmer in einem Hotel aus. Aber jetzt waren keine Prozessionen mehr. Keine Festwagen oder lenkbare Luftschiffe. Wir reihten uns ein in die lange Schlange der Autos, die darauf warteten, vor dem Gebäude vorfahren zu können. Während wir dasaßen, in dicke Rauchschwaden gehüllt, beugte Augusta sich plötzlich vor, um mich um meinen Vater herum ansehen zu können.

»Die führenden Familien der Stadt werden da sein. Wir müssen dafür sorgen, dass du allen vorgestellt wirst. Das Beste ist, wir bringen die Vorstellungen gleich hinter uns. Ich will nicht, dass jemand denkt, wir hätten etwas zu verbergen.«

Das hatte sie heute Abend schon zwei Mal gesagt.

»Der Veiled-Prophet-Ball ist eines der wichtigsten Ereignisse des Jahres.«

Das war mir ebenfalls bekannt. »Wer ist er eigentlich?«

Sie runzelte die Stirn. »Wen meinst du?«

»Den verschleierten …«

»Propheten. Das weiß keiner. Es ist ein Geheimnis.« Sie legte eine Hand an ihren Kopf und rückte die Federn zurecht, die in ihrem Haar steckten. »Du kannst doch den Lancier tanzen?«

Ich versicherte ihr, dass ich es konnte. Tanzen war eine gute Methode, sich in kalten Winternächten warmzuhalten. Trinken ebenfalls. Ich zwang mich, nicht mehr an die Kneipen zu denken. Ich musste lernen, Charles zu sein, so zu werden, wie ich aussah. Und zwar so schnell wie möglich.

Wir betraten einen Raum, der noch größer war als die Fabrikgebäude von Standard. Ganz oben, fast unter der Decke, verlief eine Empore, deren Balustrade mit bunten Wimpeln geschmückt war. An der Wand gegenüber dem Eingang befand sich eine Bühne, die mit kostbaren Teppichen ausgelegt war. Darauf stand ein Thron, umgeben von Topfpflanzen und hohen Federbüschen. Ich stand da und fühlte mich verlorener denn je, doch auf einmal begann mein Vater, mich den Anwesenden als seinen Sohn vorzustellen, der endlich heimgekehrt war. Als sei meine Abwesenheit mein Fehler und nicht seiner gewesen.

»Das sind Mr Gray, Mr Campbell und Mr Perry.«

Sie waren *wichtige Leute*, wie ich an ihrem Auftreten sehen konnte – als trügen sie jeden Abend Frack und gingen auf Bälle. Als ich ihnen die Hände schüttelte, trat ein anderer, jüngerer und größerer Mann zu ihnen.

»Und das ist Mr Alfred Arthur.«

Ich lächelte und schüttelte auch ihm die Hand.

Mr Perry warf meinem Vater unter zottigen Brauen hervor einen Blick zu. »Ihr Sohn? Ich habe schon davon gehört.« Er sah mich mit geschürzten Lippen an. »Sie sollten ihn gelegentlich mal mitbringen in den Club, Warren.«

Mr Gray wandte sich an mich: »Sie spielen doch Golf, oder?«

Golf? Das war mir neu. Ich hatte nie Gelegenheit dazu gehabt. »Selbstverständlich. Natürlich spiele ich Golf. Mit dem …« Wie hießen die Dinger noch mal? »… Bat reicht mir so schnell keiner das Wasser.«

Alle lachten. Alle außer Arthur. Er zwinkerte mir zu. »Das ist eine ausgezeichnete Idee. Wer hat sich nicht schon einmal gewünscht, den Bat zu nehmen und einen Homerun das Fairway hinunterzuschlagen?« Er klopfte mir auf die Schulter, nickte und ließ mich stehen.

Ich stand ein Weilchen einfach nur herum, die Hände auf dem Rücken, und hörte zu, wie sie über Steuern und Telefone und Gaswerke sprachen. Als mein Kragen zu jucken begann und meine Füße allmählich anschwollen, entschuldigte ich mich und verließ den Raum. Draußen vor der Tür befand sich eine Treppe. Es war dunkel und still, deshalb beschloss ich nachzusehen, wo sie hinführte. Kurz darauf betrat ich die Empore.

Hier ließ es sich besser aushalten. Es war nicht so schwül und ich musste nicht so sehr darauf achten, Charles zu sein.

Ich fuhr mit dem Finger zwischen Krawatte und Kragen und ruckelte ein bisschen. Dann drehte ich vorsichtig den Hals. Es knackte.

Ich überlegte, ob ich mich jetzt den Rest meines Lebens so fühlen würde: Verzweifelt bemüht, mich den Reichen anzupassen und ständig befürchtend, dass es mir misslingen könnte. Meine Mutter hatte gesagt, dass ich ein Talent hätte, und das war mir nicht neu gewesen. Die Leute hatten mich immer gemocht. Aber das war in South Side gewesen.

Ich wusste nicht, ob es hier auch funktionierte.

Der Ballsaal hatte sich allmählich gefüllt und der Geräuschpegel der Gespräche näherte sich allmählich dem ohrenbetäubenden Krach, der in der Fabrik geherrscht hatte. Doch dann spielte das Orchester eine Melodie, die ein neues Ereignis ankündigte, und die Gespräche verstummten. Irgendjemand trat auf die Bühne und kündigte den Verschleierten Propheten höchstpersönlich an. Ich stützte meine Ellbogen auf die Balustrade, faltete die Hände und schaute zu. Ich brauchte noch ein paar Minuten, um mich wieder wie … wie mein neues Selbst zu fühlen.

Charles Clarke. Der Sohn von Warren Clarke von Standard Manufacturing.

Wenn mich doch nur Manny White jetzt sehen könnte!

Bei dem Gedanken musste ich grinsen.

Ein Mann trat auf die Bühne. Er trug ein Tuch um den Kopf, zusätzlich einen Schleier, und war in ein langes Gewand gekleidet, das mit allen möglichen Quasten und Troddeln besetzt war. Er stieg wieder von der Bühne herunter und stolzierte quer durch den Saal, hinauf und hinunter. Drei Mädchen in weißen Kleidern folgten ihm.

Schließlich führte er sie zurück auf die Bühne. Oben blieben sie stehen und wandten sich zu den Gästen um. Dann löste sich ein viertes Mädchen aus der Zuschauermenge und schritt auf sie zu.

Die Königin der Liebe und Schönheit.

Jedenfalls musste sie es sein. Zwei Jungen trugen die lange Schleppe ihres Kleides. Sie hielt sich sehr gerade, doch als ich sie genauer anschaute, hatte ich den Eindruck, dass sie sich weit fortwünschte.

Sie sah aus, wie ich mich fühlte.

Und wer konnte ihr – oder mir – einen Vorwurf daraus machen? Es war einfach albern, sich in Turbane und Schleier zu wickeln.

Man setzte ihr eine Krone auf. Dann sagte der Verschleierte etwas, das ich nicht verstand, und dann wurde ihr eine Schärpe umgelegt. Und dann lächelte sie.

War das nicht …? Ich blinzelte in dem Versuch, sie genauer zu sehen, als sie im hellen elektrischen Licht stand. War das nicht das Mädchen, das auf der Olive Street mit mir zusammengestoßen war? Noch bevor ich mir sicher sein konnte, begann das Orchester wieder zu spielen und der Verschleierte Prophet bat sie zum Tanz.

Einem Lancier.

Wenn sie meine Partnerin gewesen wäre, hätte ich sie um einen Walzer gebeten. Beim Walzer konnte man ein Mädchen richtig in die Arme nehmen und ihr zeigen, dass man ihre Nähe zu schätzen wusste. Ein Lancier dagegen bedeutete eine Menge Verbeugungen und Schleifschritte und Partnerwechsel. Dieser Tanz war etwas für Leute, die sich nicht entscheiden konnten, mit wem sie tanzen wollten, und die zu langweilig waren, um irgendetwas richtig genießen zu können. Es mochte unhöflich sein, so zu denken, doch das war mir egal.

Nach der Zeremonie ging ich zurück in den Saal. Ich musste Leute kennenlernen; das war, wie Augusta gesagt hatte, *wichtig*. Ich setzte mein bestes Charles-Gesicht auf: den leicht gelangweilten, unduldsamen Ausdruck, den all die reichen Typen hier zu tragen schienen.

Ich schüttelte Hände, während Augusta mich vorstellte, und trug mich in die Tanzkarten der Mädchen ein, die sie mir zeigte.

»Ich würde dich gern Winnie Compton vorstellen, Charles.« Sie deutete auf ein Mädchen mit einer Unmenge strohblonden Haars und einem breiten Lächeln. »Sie ist eine der Comptons von Compton Consolidated Company. Versuch bitte, dich in ihre Tanzkarte einzutragen.«

Ich ließ mich von Augusta vorstellen und fragte sie, ob sie noch einen Tanz freihätte, wobei ich versuchte, die Wörter *Vergnügen*, *erfreut* und *glücklich* im selben Satz unterzubringen.

Sie warf einen Blick auf ihre Karte. »Ja. Ich habe noch einen Twostepp übrig, falls Sie das mögen.«

Ich mochte nicht. Ich mochte mit überhaupt niemandem tanzen, doch das durfte ich vermutlich nicht sagen. Stattdessen lächelte ich sie an, als sie mir ihren Stift reichte.

»Es muss ziemlich anstrengend sein, Gegenstand aller Gespräche im Ballsaal zu sein.«

Ich blickte auf und sah, dass sie lächelte. Ich lächelte ebenfalls, weil ich nicht wusste, was ich sonst tun sollte. »Ich … das habe ich gar nicht gemerkt.«

»Alle reden nur über Sie! Aber keine Sorge, wenn sie mich fragen, sage ich, dass Sie ein vollendeter Gentleman waren.«

Wollte sie damit sagen, dass ich es nicht war? Sollte ich ihr jetzt danken?

Irgendwann kamen die Leute von sich aus zu mir und stellten sich vor. »Ich habe gehört, Sie sind Warrens Junge.« Sie sagten es, als wüssten sie nicht so recht, was sie von mir halten sollten. Wenn ich dann lächelte, lächelten sie ebenfalls. »Ich finde es großartig, was Ihr Vater für Sie getan hat.« So konnte man es auch sehen. Ich wusste, dass sie nur höflich sein wollten, aber allmählich fühlte ich mich genauso wie damals, als ich noch Mannys Laufjunge war. Als schuldete ich meinem Vater einen Dienst für einen Gefallen, den ich gar nicht gewollt hatte … und den ich mit Sicherheit nie würde vergelten können.

11

Lucy

Die Krönungszeremonie wurde von greller Fanfarenmusik begleitet. Ich machte Mr Mahler alle Ehre, verneigte mich tief vor dem Verschleierten Propheten und stand stocksteif aufgerichtet, während die Königin des Vorjahres mir ihre Krone auf den Kopf setzte. Dann tanzte ich den Veiled-Prophet-Lancier und damit war der Ball offiziell eröffnet.

Nach dem ersten Tanz entzog ich mich so höflich und unauffällig wie möglich den vielen Glückwünschenden und Freunden. Ich sah, wie die Leute am Buffet neugierig meine Bonbons probierten, und wollte gerade hinübergehen, doch meine Mutter kam dazwischen. Sie hatte einen Gentleman im Schlepptau. Ich dachte … er kam mir bekannt vor, aber sein Name wollte mir beim besten Willen nicht einfallen.

»Schau mal, wer da ist, Lucy!« Sie lächelte strahlend. »Das ist Mr Alfred Arthur.«

Ich biss mir auf die Lippen, um nicht zu kichern. Meine Freundinnen und ich hatten immer darüber gespottet, welcher der beiden Namen sein Vor- und welcher der Nachname war. Er war gut zehn Jahre älter als ich und seinem Vater gehörte die Elektrizitätsgesellschaft der Stadt. Er war so ziemlich bei allen gesellschaftlichen Ereignissen anwesend, zog es jedoch meistens vor, zuzusehen statt mitzumachen. *Angenehm* war das Wort, das ich gebraucht hätte, um ihn zu beschreiben; es war jedenfalls zutreffender als attraktiv oder gar elegant.

Er nickte mir zu. »Ich habe gehört, dass Sie wieder zurück sind, Miss Kendall, und freue mich, dass Sie zu unserer Königin gekrönt wurden.«

»Vielen Dank.« Trotz seines Alters war ich geschmeichelt, dass er sich die Mühe machte, mir das selbst zu sagen.

Die Mutter einer meiner Freundinnen näherte sich, nahm meine behandschuhten Hände in die ihren und küsste mich auf die Wange. Als sie ging, nahm sogleich eine andere Frau ihre Stelle ein, die aufgeregt über den Gesundheitszustand meines Vaters plapperte. Mr Alfred … oder Arthur … trat zurück und verschwand in der Menge.

Auf einmal stand Walter Minard vor uns, nahm kühn meine Hand und drückte einen Kuss darauf.

Ich schwor mir, den Handschuh wegzuwerfen, sobald ich wieder zu Hause war.

»Sie hätten überhaupt keine andere wählen können. Sie sind die Königin der Stadt. Der Inbegriff unberührter Schönheit.«

Die Alpen waren unberührt, aber mir war unverständlich, wie man diesen Begriff auf einen Menschen anwenden konnte. Walter war noch nie besonders helle gewesen. Nur schrecklich laut.

Er fletschte lächelnd seine großen gelben Zähne.

Ich hatte ganz vergessen, wie kriecherisch er sein konnte. »Zu freundlich von Ihnen, Walter. Aber so etwas dürfen Sie nicht sagen. Mein Hofstaat könnte Ihre Komplimente als Brüskierung empfinden.« Ich versuchte, einen Blick über seine Schulter zu werfen. Wenn ich doch nur zu Sam gelangen könnte! Ich musste unbedingt wissen, was die Leute über mein Konfekt sagten.

»Wenn ich Ihnen einen guten Rat geben darf.« Er beugte sich so dicht zu mir herüber, dass ich seinen üblen Atem roch. »Ich würde mich lieber vom Buffet fernhalten. Auf einem Tablett in der Mitte liegt ein ganzer Berg irgendwelcher seltsam schmeckender Pralinen.«

Es war, als hätte er mich geschlagen, so hart, dass mir einen Moment die Luft wegblieb. »Das ist aber nicht nett, Walter. Irgendjemand hat sich sicher viel Mühe bei der Herstellung gegeben.«

»Natürlich.« Wieder fletschte er in der Parodie einer Entschuldigung seine grässlichen Zähne. »Aber seien Sie froh, dass es nicht City Confectionery war! Bitte, empfehlen Sie mich Ihrem Vater.« Er grüßte und ging.

Seltsam schmeckend? Na und! Man hatte Walter Minard noch nie nachsagen können, dass er Geschmack hätte. »Ich brauche ein Glas Punsch.« Ich ließ Mutter stehen, bevor sie mich daran hindern konnte, und bahnte mir einen Weg zu Sam.

Oder versuchte es jedenfalls.

Bei jedem Schritt hielt mich jemand auf, um mir zu gratulieren. Oder mich wieder in der Stadt willkommen zu heißen. Oder mir sein Bedauern über die Krankheit meines Vaters auszudrücken. Hin und wieder konnte ich einen Blick auf Sam erhaschen, doch er schaute nie in meine Richtung.

»Lucy!« Eine Frau nahm mich bei den Schultern und umarmte mich.

Kannte ich sie?

»Erinnerst du dich nicht an mich?«

»Aber natürlich.« Ich lächelte und hoffte, dass es mir wieder einfiel, bevor es peinlich wurde.

»Alice Fulton.«

»Fulton …?« Die Alice, die ich gekannt hatte, war eine Bingham gewesen. Als ich meine Reise antrat, war sie noch ein schlaksiges, hoch aufgeschossenes Mädchen gewesen, keine Frau mit vollschlanker Figur.

»Ich bin so froh, dass du wieder da bist!«

Ihre Stimme klang richtig. Und ihre Augen hatten den hübschen Braunton, an den ich mich erinnerte. Sie musste es sein … oder?

»Man stelle sich vor! Die Königin der Liebe und Schönheit. Letztes Jahr hätte ich zum Hofstaat gehören können, aber ich war damals schon verheiratet.«

»Verheiratet?« Die Alice Bingham, die ich gekannt hatte, hatte über keinen Jungen sprechen können, ohne in Kichern auszubrechen.

»Wusstest du es noch nicht? Mit Peter Fulton.«

Die Vision von einem flachsblonden Jungen, der sie mit einem Frosch in der Hand die Straße hinunterjagte, erschien vor meinem inneren Auge.

»Du musst mich unbedingt besuchen. Irgendwann diese Woche. Wir können … oder vielleicht … nein. Ich habe vergessen, dass Georgie eine Darmgrippe hat. Vielleicht nächste Woche, dann müsste er es überstanden haben. Ich werde es dir rechtzeitig mitteilen.« Sie küsste mich auf die Wange und ging. Ich starrte ihr nach.

Wer war Georgie?

Eine winkende Hand schob sich in mein Blickfeld. »Juhu!«

Ich hatte keine Schwierigkeiten, das Winken zu erkennen. Oder auch die Stimme: Winnie Compton. Ich griff nach der Hand der Frau, die neben mir stand, und schüttelte sie. »Wie schön, Sie heute Abend hier zu sehen!«

Sie sah mich überrascht an und zog dann konsterniert die Brauen zusammen. »Kennen wir uns?«

Nein. Wir kannten uns nicht. Aber es war sehr viel besser, mit einer Fremden zu plaudern als mit Winnie Compton. Ich hoffte, die Frau würde sich gezwungen fühlen, etwas zu sagen – irgendetwas!, doch sie raffte nur ihre Röcke zusammen und wandte sich ab.

Ich spürte, dass jemand seine Hand auf meinen Arm legte. »Lucy Kendall. Du bist es doch, oder?«

Was sollte ich sagen? Natürlich war ich es. Wer sollte es sonst sein? Mit Winnie zu sprechen, machte mich immer ganz nervös. Und gereizt.

»Du bist also wieder da.« Sie lächelte mich an. Sie lächelte immer. Ich dachte mir, selbst wenn einer ihr drohte, sie zu ermorden, würde sie ihn anlächeln und ihm danken.

»Ja.«

»Und du bist dieses Jahr die Königin.«

Ja. War ich.

»Wir sind die beiden Einzigen aus unserer Klasse, die noch nicht verheiratet sind. Oder als Missionare in den Orient gegangen. Oder aufs College. Oder …« Sie neigte sich näher zu mir. »Durchgebrannt. Nur wir beide.«

Ich wünschte mir inständig, verlobt zu sein. »Es war nett, mit dir zu reden, Winnie, aber ich muss jetzt gehen.«

Ihr Lächeln wirkte plötzlich ein wenig unsicher. »Oh. Na gut. In Ordnung.« Noch ein Grund, warum ich Winnie am liebsten erwürgen würde: Sie gab mir immer das Gefühl, sie enttäuscht zu haben. Und sie war ja auch wirklich nett. Sie hatte niemals irgendjemandem etwas getan, außer ihn anzulächeln. Ich war ein schrecklicher Mensch.

»Wann sind denn deine Zuhause-Tage, Winnie?«

»Diese Woche?«

Ich bereute schon jetzt, was ich gleich sagen würde, aber ich nickte trotzdem.

»Ich empfange donnerstags. Von vierzehn bis sechzehn Uhr.«

»Ich komme dich mal besuchen.«

»Wirklich?« Ihr Lächeln wurde noch breiter, ihre Augen noch größer.

Ich nickte. »Ich versprech's.«

Endlich gelangte ich ans Buffet. Als ich meine Blicke darüberwandern ließ, besserte sich meine Laune beträchtlich. Es war nicht ein einziges Bonbon übrig. Ich presste die Hände auf die Brust und sah Sam an. »Es war ein Erfolg, oder? Sieht aus, als hätten sie alles aufgegessen!« Während ich sprach, räumte einer der Diener ein leeres Tablett ab.

»Nein, Lucy, es ist …«

Der Diener hielt Sam irrtümlich ebenfalls für einen Diener und sagte zu ihm: »Das schreckliche Konfekt ist endlich weg, geh doch bitte in die Küche und hol was anderes und stell es hin.«

Hatte er wirklich gesagt …? »Haben Sie gesagt …?«

Der Diener verbeugte sich. »Ja, Miss. Irgendjemand hat uns Süßigkeiten gebracht, die es nicht wert waren, gegessen zu werden, aber wir haben sie alle weggeschmissen, keine Sorge.«

»Sie waren es nicht wert …? Aber …«

Sam zog mich am Ellbogen fort.

»Sie waren es nicht wert, gegessen zu werden?« Ich sah zu ihm auf. »Was stimmte denn nicht mit ihnen?«

»Lucy …«

»Keiner mochte sie?«

»Die Leute mochten einfach den Geschmack nicht. Vielleicht …«

»*Keiner*?« Keiner hatte meine Bonbons gemocht? Mein Vater hatte recht gehabt. Ich hatte in der Fabrik nichts zu suchen. Und das lag nicht etwa daran, dass ich ein Mädchen war. Wahrscheinlich hatte er einfach nur die ganze Zeit versucht, mich vor der Wahrheit zu schützen. Die Wahrheit war, dass ich keinen Geschmack hatte. Ich war genau wie der schreckliche Walter Minard … und das kränkte mich am meisten. Ich trat einen Schritt von Sam zurück.

»Lucy, warte doch …«

Ich konnte nicht warten. Ich wollte nicht warten. Ich drehte mich um, raffte meine Schleppe zusammen und lief.

12

Charlie

Ich blickte an dem Mann vorbei, der sich mir gerade vorgestellt hatte. Die Königin der Liebe und der Schönheit stand am Buffet und sprach mit einem der Diener. Ich versuchte die ganze Zeit, ihr Gesicht besser sehen zu können, doch es wollte mir einfach nicht gelingen. Nachdem ich von der Empore wieder nach unten gekommen war, war ich fast so weit, zu ihr zu gehen und mich ihr vorzustellen. So repräsentativ wie heute Abend würde ich bestimmt nicht so bald wieder aussehen. Doch noch während ich zu ihr hinübersah, schlug sie plötzlich eine Hand vor den Mund und wandte sich von dem Diener ab. Dann raffte sie ihren langen Rock und die Schleppe zusammen und lief aus dem Saal.

Ich wartete erst einmal ab, ob ihr jemand nachlief, doch anscheinend hatte das Orchester mit seinem langsamen Walzer alle in Tiefschlaf versetzt.

Ich streckte meinem Gegenüber, Besitzer eines Ladens oder was auch immer er war, die Hand hin und strahlte ihn an. »Hat mich sehr gefreut, Sie kennenzulernen. Wenn Sie mich jetzt bitte entschuldigen wollen.« Ich hätte außen an der Wand entlanggehen können, doch der kürzeste Weg zur Tür führte über die Tanzfläche, also nahm ich den Walzerrhythmus auf, schlüpfte zwischen den tanzenden Paaren hindurch und duckte mich, als ich das Mädchen sah, mit dem ich den nächsten Tanz tanzen sollte.

Ich hatte damit gerechnet, die Königin draußen in der Halle zu sehen, doch die einzigen Leute dort waren die Fahrer, die auf das Ende des Balls warteten. Wo wäre ich hingegangen, wenn ich keinen mehr hätte sehen wollen?

Ich hatte schon ein Mal die ganze Empore umrundet, ehe ich sie fand. Sie hatte sich in eine Ecke gedrückt, mit dem Rücken zur Wand, so weit wie möglich von den Lichtern des Ballsaals entfernt, und weinte, wie meine kleine Schwester geweint hatte, als meine Mutter ihr sagte, dass es den Weihnachtsmann nicht gab.

Ich blieb bei ihr stehen und zog mein Taschentuch heraus. »Das klingt aber nicht nach Freudentränen.«

Sie wandte den Kopf ab.

Ich drückte ihr mein Taschentuch in die Hand. »Nehmen Sie das. Ich habe es nur dabei, weil sich das für Gentlemen gehört, wie mir gesagt wurde.«

Sie wollte es mir zurückgeben.

»Bitte, sagen Sie nicht, man hätte mir die Unwahrheit gesagt.«

Sie sah mich zwar immer noch nicht an, doch ihre Finger griffen nach dem Tuch und sie hob es an ihre Wangen.

Wenn sie mich doch nur ein einziges Mal richtig anschauen würde! Vielleicht war sie es. Das Mädchen von der Olive Street.

»Die meisten Mädchen wären hin und weg, wenn man sie zur Königin ernannt hätte.«

»Ich bin nicht wie die anderen.« Sie sagte es fast wütend und starrte mich über das Taschentuch an, als müsste ich das wissen.

»Wenn Sie nicht weinen, weil Sie Königin sind, warum weinen Sie dann?«

Ihr Kinn zitterte, als sie mich anschaute. »Keiner hat mein Konfekt gemocht.« Sie hatte kaum zu Ende gesprochen, als sie auch schon wieder zu schluchzen begann, so verzweifelt, als hätte ich gerade erklärt, dass die Sonne nie mehr aufgehen würde. Wahrscheinlich hätte ich es nicht tun sollen, aber ich legte ihr einen Arm um die Schulter. Ich wusste, wie es war, wenn man enttäuscht wurde.

Sie klammerte sich an mich, schluchzte in meine schimmernden seidenen Frackaufschläge, drückte den Kopf an meine Schulter und kitzelte mich an der Nase mit dem vielen Haar, das sie auf ihrem

Kopf aufgehäuft hatte. Einen süßen Moment lang lag sie in meinem Arm, doch dann stieß sie sich ab und drehte sich wieder um, als wollte sie ihre Tränen verbergen.

»*Keiner* hat sie gemocht?« Mochte denn nicht jedermann Süßkram? Was stimmte nicht mit den Leuten in St. Louis?

Sie ließ den Kopf hängen. »Sie haben sie alle weggeworfen.«

Irgendetwas ergab hier absolut keinen Sinn. »Sie meinen, Sie haben Bonbons gemacht und mit hierhergebracht? Auf den Ball?«

Sie hielt sich das Taschentuch vor Mund und Nase und nickte.

Ich fand es irgendwie seltsam, dass eine Ballkönigin Bonbons machte. »Ich hatte gar nicht die Gelegenheit, sie zu versuchen. Dabei bin ich ein Experte, was Süßigkeiten betrifft.«

»Wirklich? Sie mögen Süßigkeiten?«

»*Mögen*? Man könnte sagen, dass sie mein Beruf geworden sind.«

»Wären Sie … wären Sie bereit, eines zu probieren?« Der Lichtschein aus dem Ballsaal spiegelte sich in den Tränen, die ihr über die Wangen gelaufen waren. Wenn sie den Kopf nur noch ein kleines Stückchen drehte … vielleicht würde ich sie dann wiedererkennen.

»Es gibt nichts, was ich lieber täte.«

Ihr Kinn hob sich und ein etwas zittriges Lächeln erschien auf ihrem Gesicht. Sie tat einen tiefen, zitternden Atemzug und sah mich zum ersten Mal an diesem Abend richtig an.

Sie war es.

Als sie mich anschaute, wurden ihre Augen groß. »Aber … ich kenne Sie, nicht wahr?«

Ich strahlte sie an und verbeugte mich. »Ich glaube, wir sind uns schon begegnet.«

»Sie sind … Sie sind der Mann von der Straße! Der, in den ich hineingelaufen bin.« Ihr Lächeln erlosch. Sie trat aus dem Schatten heraus und wollte zur Treppe gehen. »Und jetzt habe ich Sie schon wieder belästigt. Sie müssen mich für sehr ungezogen halten.«

Ich trat vor und nahm ihre Hand. »Gehen Sie nicht. Noch nicht. Sie haben mir doch versprochen, dass ich Ihr Konfekt probieren darf.«

Einen Augenblick sah sie aus, als wollte sie weglaufen, doch dann hielt sie ein hübsches Beutelchen hoch, das an ihrem Arm baumelte, und wühlte darin herum. Als sie die Hand wieder herauszog, hatte sie sie zur Faust geballt.

Ich streckte ihr die offene Hand hin.

Sie ließ etwas hineinfallen.

Meine Finger schlossen sich darum, doch nicht schnell genug, um ihre Hand zu fassen zu kriegen. Ich nahm das Bonbon und biss davon ab. Kaute. »Hmmm.«

Sie hatte mich beobachtet. Bei meinem Kommentar lief ihr eine silbrige Träne aus dem Augenwinkel. »Sie mögen es auch nicht.«

»Das habe ich nicht gesagt. Ich habe ›hmmm‹ gesagt. Ich habe nur noch nie so etwas gegessen.« Und ich war nicht gerade wild darauf, es wieder zu tun.

»Es sind Haselnüsse.«

Ich nickte.

»Und Nugat.«

Ich schluckte den Rest hinunter, damit ich nicht weiterkauen musste. Es schmeckte irgendwie dumpf und modrig. »Haben Sie dran gedacht, es mal mit Erdnüssen zu versuchen?«

Ihr Kinn zitterte, doch dann hob sie es wieder. »Mit Erdnüssen machen es alle. Ich wollte etwas Neues machen.«

Sie war so hübsch mit dem Haar, das ihr in die Stirn fiel, und diesen großen blauen Augen. »Das ist Ihnen gelungen.«

Ihre Augen verdunkelten sich einen Moment, doch dann musste sie lächeln. Ein überwältigendes, atemberaubendes Lächeln. »Das ist das Netteste, was ich heute Abend gehört habe.«

Ich erwiderte ihr Lächeln. »Die Konsistenz ist … ebenfalls etwas völlig Neues.«

»Ich weiß! Das Krokantige der Nüsse und die zähe Weichheit des Nugats. Ich habe schon einmal so etwas gegessen und wollte versuchen, es nachzumachen.«

»Und ist es Ihnen gelungen?«

Sie schien über meine Frage nachzudenken. Dann sah sie mich

offen an. »Ich denke – ich dachte, dass meine Erfindung sogar noch besser ist.«

»Spielt es dann eine Rolle, wenn sie sonst niemandem geschmeckt hat?«

»Aber darum geht es doch. Nur darum! Ich wollte etwas machen, das allen schmeckt.« Ihre Mundwinkel sanken schon wieder nach unten.

»Tun Sie das oft? Sich Sachen … ausdenken?« Normalerweise waren die Menschen ja zufrieden, immer das Gleiche auf immer die gleiche Weise zu tun.

»Ständig! Als mein Vater noch …« Ein Schatten flog über ihr Gesicht. Ihr Strahlen schien plötzlich zu erlöschen. »Das habe ich ständig getan, als es meinem Vater noch gut ging. Als ich noch ein Kind war.«

»Ich habe keine Ahnung, wie man Bonbons macht.« Zumindest nicht ohne Fabrik und ohne eine Armee von Arbeitern. »Aber ich esse sie für mein Leben gern.«

Die ersten Anzeichen eines Lächelns zupften an ihren Lippen. »Dann gehören Sie zu den Menschen, die mir am liebsten sind.«

»Sie machen es wirklich gern, nicht wahr? Süßigkeiten?«

»Es ist das Einzige, was ich schon immer tun wollte: meinem Vater helfen, Süßigkeiten zu machen.«

»Dann wäre es eine Schande, wenn es denen da unten gelingen würde, es Ihnen auszureden.«

Ihre Schultern sackten nach unten. »Aber warum sollte ich es überhaupt noch einmal versuchen, wenn ich nicht gut darin bin?«

»Sind Sie das wirklich nicht? Auch die besten Süßigkeitenhersteller machen manchmal Fehler.«

Sie lächelte wieder, doch diesmal schien das Lächeln nicht bis zu ihren Augen zu gelangen. »Sie sind sehr freundlich.« Sie gab mir mein Taschentuch zurück. Dann schaute sie sich auf der Empore um. »Sind Sie mir … nach hier oben gefolgt?«

Ich zuckte die Achseln. »Irgendjemand musste es ja tun. Außerdem gehöre ich nicht zu denen da unten, zu dem ganzen vornehmen Volk.«

Sie schaute mich an. Ihr Blick wanderte von meiner elegant gebundenen Krawatte bis zu meinen blanken Schuhspitzen. »Warum nicht?«

»Ich bin nicht wie sie. Nicht wirklich. Mit den richtigen Kleidern kann man sich ausgeben, für wen auch immer man will.« Ich drehte mich zur Balustrade um und blickte auf die Leute hinunter, die unten im Ballsaal tanzten.

Sie legte mir eine Hand auf den Arm.

Ich wollte sie nehmen und küssen, doch ich tat es nicht. Es war etwas, das Charles nie tun würde, da war ich ganz sicher.

»Sie sollten wieder nach unten gehen. Sie brauchen sie dort unten. *Ich* brauche Sie dort unten. Sie sind anders.«

Ich lächelte sie strahlend an. Was Anderssein betraf, kannte ich mich aus. »Anders ist nicht immer besser.«

»Sie sind der Einzige, der mich heute Abend wirklich wahrgenommen hat. Ich habe es ernst gemeint: Sie sind wirklich sehr freundlich.«

Nun hatte sie es schon zum zweiten Mal gesagt. Und heute Abend war das erste Mal, dass überhaupt jemand so etwas zu mir sagte. Außer meiner Mutter, aber Mütter zählten nicht. Die sagten ständig solche Sachen.

Sie drückte meinen Arm, doch dann zog sie ihre Hand fort, bevor ich nach ihr greifen konnte. »Außerdem, wen kümmert es schon, was die anderen denken? Das haben Sie mir doch gerade erklärt.«

Ich richtete mich auf und sah sie an. »Sie haben leicht reden. Ich wette, Sie sind mit denen aufgewachsen.«

»Stimmt.« Sie wandte den Blick ab. »Aber jetzt ist alles anders. Ich gehöre auch nicht mehr wirklich dazu.«

Damit waren wir schon zu zweit.

Ich schaute sie an. Sie weinte nicht mehr. Bald würde irgendjemandem da unten auffallen, dass die Königin fehlte. Sogar dem alten Charlie war klar, dass sie nicht mit Charles auf einer dunklen Empore entdeckt werden durfte. Ich deutete auf die Tür, unter der ein blasser Lichtschein von der Treppe schimmerte. »Gehen wir?«

Ich ließ sie als Erste gehen und wartete ein paar Minuten, ehe ich ihr folgte. Ich wusste, was mit Mädchen geschah, die ihren Ruf ruinierten. Ich wusste zwar nicht, wie diese Dinge in der vornehmen Gesellschaft gehandhabt wurden, doch ich glaubte kaum, dass man hier nachsichtiger damit umging als in der South Side.

Leider wartete mein Vater unten an der Treppe auf mich. »Ich weiß nicht, wie man das in Chicago hält, doch hier in St. Louis ist das einzige Mädchen, mit dem du im Dunkeln allein bleiben darfst, eine Hure. Oder deine Verlobte.« Er runzelte die Stirn. »Hier gelten andere Regeln. Ich gehe eine Menge Risiken ein mit meinem Versuch, dich in die Gesellschaft einzuführen. Benimm dich also bitte wie ein Gentleman, solange du hier bei mir in der Stadt bist.«

»Ich war nicht …«

Er machte eine wegwerfende Bewegung mit der Hand. »Und halte dich insbesondere von diesem Mädchen fern.«

»Aber …«

»Wenn ich dir einen Rat geben darf: Ein Gentleman ist, wer sich wie ein Gentleman verhält. All diese Menschen hier behandeln dich gern wie einen Gentleman, solange du ihnen keinen Grund gibst, anders von dir zu denken. Diese Stadt kann dir eine zweite Chance im Leben geben, so wie sie sie mir gegeben hat. Hier kannst du alles sein, was du willst.«

»Das weiß ich zu schätzen, aber ich war nur …«

Er trat ganz dicht an mich heran und sagte: »Ich weiß, wovon wir reden. Ich habe die Vergangenheit hinter mir gelassen. Sie ist endgültig vorbei. Und du kannst das auch, wenn du es dir nicht verdirbst.« Damit drehte er sich um und ging zurück in den Saal. Hinter ihm hing eine Wolke beißenden Rauchs in der Luft.

13

Lucy

»Ist alles in Ordnung, Lucy?« Sam hatte gesehen, dass ich zurück in den Ballsaal gekommen war. Leider hatte meine Mutter es auch gesehen.

Ich schaute mich um in der Hoffnung, einen Blick auf den Mann zu erhaschen, mit dem ich geredet hatte. In dem Moment trat er durch die Tür und tippte sich grüßend an die Stirn, als er mich sah. Und dann schenkte er mir sein strahlendes Grübchen-Lächeln.

Ich erwiderte sein Lächeln, noch ehe ich recht wusste, was ich tat. Wahrscheinlich war es keine gute Idee gewesen, dort oben auf der Empore mit ihm allein zu bleiben.

»Lucy?« Meine Mutter stand neben mir und nahm meinen Arm. »Als Ballkönigin hast du heute Abend bestimmte Pflichten. Alle wissen, dass du gerade erst aus Europa zurückgekommen bist. Du musst ihnen zeigen, dass du kultivierter geworden bist, und darfst keinesfalls den Eindruck erwecken, als hätten deine Manieren gelitten.«

»Aber ich bin ja kultivierter.« Natürlich war ich das. Ich blickte mich noch einmal um, während meine Mutter mich durch die Menge bugsierte, doch der Mann war verschwunden.

Etwas später fuhren Mutter und ich durch die von Gaslicht erleuchteten Straßen nach Hause. Um uns herum brummten die Automobile, die uns überholten. Ich grub meine Finger in die gepolsterten Sitze der Kutsche. Wir schwiegen beide. Vor dem Haus half der Kutscher uns beim Aussteigen. Als wir zum Eingang gingen, deutete Mutter auf das Fenster von Vaters Zimmer. Das Licht brannte. »Er hat nicht gut geschlafen. Jedenfalls nicht letzte Nacht. Warum gehst du nicht zu ihm und erzählst ihm von heute Abend?«

Mein Vater hätte mir den Ausgang sicher voraussagen können. Es konnte nichts Gutes dabei herauskommen, wenn ein Mädchen sich ins Geschäft einmischte.

Mutter schob mich mit fester, wenn auch sanfter Hand zur Treppe. »Geh schon.«

Ich klopfte an die Tür, leise genug, um ihn nicht zu erschrecken, falls er schlief, aber laut genug, dass er es hörte, falls er wach war.

Er antwortete und ich trat ein.

Ein Lächeln erhellte sein Gesicht. »Zuckerfee! Meine Königin der Liebe und Schönheit!« Sein Lächeln war das einzige Anzeichen, dass er noch lebte. Alles andere an ihm – sein Haar, seine Augen, sein Gesicht – war grau. »Wie war es?«

Schrecklich. Entsetzlich. Demütigend. »Schön.« Wenigstens hatte meine Mutter nichts von meinem Debüt als Confiseurin gewusst.

»Ich wäre so gerne dabei gewesen! Ich hätte so gern miterlebt, wie du zur Königin gekrönt wurdest. Ich bin sicher, es war ein voller Erfolg.«

Es war ein abgrundtiefer Misserfolg.

Doch ich hatte noch immer die Worte des Mannes im Ohr: *»Spielt es dann eine Rolle, wenn sie sonst niemandem geschmeckt haben?«*

Ja, das tat es … und gleichzeitig auch wieder nicht. Wenn ich das Konfekt nicht kreiert hätte, um die Firma zu retten, hätte ich mich einfach an der Tatsache gefreut, dass ich eine Süßigkeit gemacht hatte, die besser schmeckte als die europäische Leckerei. Doch das war ein schwacher Trost angesichts der Tatsache, dass niemand sie essen wollte. Was nützte eine Süßigkeitenerfinderin, wenn sie nichts erfinden konnte, das allen schmeckte?

»Was hast du denn, Zuckerfee? Du siehst aus, alle hätte dir jemand sämtliche Bonbons geklaut.«

Ich verspürte plötzlich den wilden Drang, zu lachen. Jemand hatte sie tatsächlich geklaut. Hatte sie genommen und alle weggeworfen.

»Erzähl es mir.«

Ich beugte mich vor und küsste ihn auf die Wange. »Es gibt nichts zu erzählen. Ich hatte einen Traum und heute Abend wurde mir klar, dass er niemals Wirklichkeit werden wird.«

Er seufzte. »Das tut mir leid. Du kannst Zuckerwatte nicht mehr retten, wenn sie zu schmelzen beginnt, aber du kannst etwas anderes daraus machen.«

Etwas anderes. Ich wollte aber nichts anderes. Ich klopfte ihm sanft auf die Hand, dann machte ich das Licht aus.

Mutter hatte recht. Sie hatte schon immer recht gehabt. Eine Dame gehörte nicht in die Versuchsküche. Und Vater hatte auch recht, sie gehörte auch nicht in eine Firma. Ich hätte nicht nach Europa reisen müssen, um diese Lektion zu lernen, ich hatte sie hier gelernt. Ich musste meiner Mutter gestehen, dass ich versagt hatte. Es hatte keinen Sinn, den Verkauf der Firma noch hinauszuschieben.

Aber ich wusste einfach nicht, wie ich es ihr sagen sollte.

Mir selbst einzugestehen, dass ich versagt hatte, war schwer genug gewesen. Und nun schaffte ich es einfach noch nicht, es auch vor den anderen zuzugeben. Bis auf Sam. Er wusste es bereits, hatte allerdings wohl kaum Mitleid mit mir.

Als ich am nächsten Morgen zu ihm ging, fegte er gerade die hintere Veranda. Jetzt hielt er inne. »Du musst zugeben, dass es schwer ist, Royal Taffy zu übertreffen. Dein Vater versucht es nun schon seit zehn Jahren.«

»Ich muss gar nichts zugeben. Und ich dachte eigentlich, dass du mich verstehst.« Er hatte sich ganz eindeutig verändert, als ich fort gewesen war – und zwar nicht zum Besseren. Offenbar stand ich tatsächlich allein auf weiter Flur. Ich spürte, wie mir eine Träne über die Wange kullerte und wünschte mich einen Moment lang in die tröstenden Arme des Mannes auf dem Ball. Was für eine verrückte Vorstellung! Und warum hatte ich ihn eigentlich nicht gefragt, wie er hieß? »Ich habe … du hast nicht zufällig ein Taschentuch?«

Er blickte von seinem Besen auf und sah mich überrascht an. »Ich … äh, doch. Natürlich.«

»Kann ich es mal haben?«

»Ich wollte es eigentlich aufheben.«

»Sam!«

Geknickt schob er die Hand in die Tasche. Als er sie wieder herauszog, kam ein rotes Einwickelpapier mit zum Vorschein und flatterte zu Boden.

»Ist das ein …«

Er griff danach und stopfte es wieder in die Hosentasche.

»Ist das ein … ein …«, ich trat vor, damit ich flüstern konnte, »ist das ein Royal-Taffy-Papier?«

»Äh …« Er blickte unbehaglich um sich. »Das gehört nicht mir.«

»Nicht? Warum ist es dann in deiner Tasche?«

»Weil … weil … das möchte ich lieber nicht sagen.«

»Ein Royal Taffy? Sam!« Einen schlimmeren Verrat gab es überhaupt nicht.

»Ich muss … gehen. Jetzt gleich. Bis später dann.« Er stellte den Besen fort und lief davon in Richtung Stall.

»Sam!«

Die einzige Antwort war das krachende Geräusch der zufallenden Fliegentür.

Ich wischte mir mit seinem Taschentuch die Tränen ab. Als ich es wieder zusammenfalten wollte, sah ich, dass es bestickt war. Die Initialen *SHB* waren mit brauner Seide in den Batist gestickt.

SHB?

Sam hatte einen zweiten Vornamen? Natürlich musste er einen zweiten Vornamen haben. Aber ich hatte es nicht gewusst. Seine Mutter war gestorben, als er noch ein Baby war, und außerdem war das Material so fein und glänzend, dass es nicht von ihr sein konnte. Wer kannte also Sams zweiten Vornamen? Und warum hatte sie ihm ein Taschentuch gestickt?

Ich konnte mir mehrere Antworten auf diese Frage vorstellen und keine davon gefiel mir.

Was mir auch nicht gefiel, war die Tatsache, dass ich Winnie versprochen hatte, sie zu besuchen. Das Schlimmste daran war, dass sie es ihrer Mutter erzählt hatte und diese hatte es meiner Mutter gesagt und so kam es, dass ich am nächsten Tag auf einem gelben Seidensofa neben ihr in ihrem Wohnzimmer saß. Sie hatte mich neben einem grünen Sittich platziert, der farblich zum Sofa passte. Wenn er mich nicht gerade mit Körnern bombardierte, flog er wie wild auf einer quietschenden Schaukel auf und ab.

»Stört er dich?«

Ja. »Nein.«

»Ich habe Vögel schon immer gemocht. Wusstest du, dass Sittiche fast zwanzig Jahre alt werden können?«

Gott bewahre!

Winnie lächelte. Hörte sie denn nie auf zu lächeln?

Sie hatte gelächelt, als sie mich begrüßt hatte. Sie hatte gelächelt, als wir uns hingesetzt hatten. Sie hatte gelächelt, als man uns Tee brachte. Und – falls das überhaupt möglich war – sie lächelte noch breiter, wenn sie mich ansah. »Lucy, hast du es schon gehört? Du musst. Ganz bestimmt hast du es gehört.«

Ich wartete, dass sie fortfuhr, aber es kam nichts mehr. Ob ich was gehört hatte? »Ich … ich glaube nicht.«

»Weil es eine solche Überraschung war!«

»Was?«

»Dass es so was überhaupt gibt!«

Winnie Compton konnte einem wirklich den letzten Nerv rauben! »Aber was denn?« Ich hatte das Gefühl, als hätte ich einen Teil des Gesprächs verpasst.

»Den zweiten Mr Clarke natürlich.«

»Es gibt einen … einen zweiten Mr Clarke?« Mr Clarke von Standard Manufacturing? Ich dachte einen Moment über dieses Rätsel nach, kam aber rasch zu dem Schluss, dass ich mich verhört hatte.

Ich stellte meine Teetasse ab. »Winnie, ich habe keine Ahnung, wovon du sprichst.«

»Mr Clarkes Sohn.«

»Er hat einen Sohn?«

»Er war auf dem Ball. Du musst ihm doch begegnet sein.«

»Nein.« Eine Ausgeburt des Teufels konnte man nicht vergessen. Ganz bestimmt würde ich mich an ihn erinnern.

»Er heißt Charles.«

Charles. Das klang schrecklich fad und steif.

»Er wurde praktisch jedem vorgestellt.« Sie warf mir einen Blick zu und ihr Lächeln wäre beinahe kurz erloschen. »Ich bin sicher, sie haben dich nicht mit Absicht übersehen. Es waren ja auch so viele Menschen da. Du musst zugeben, dass man da leicht einen oder zwei übersehen kann.«

Ja. Vor allem mich mit meiner riesigen Krone auf dem Kopf.

»Ich bin sicher, es hat nichts zu bedeuten. Aber wie schade, dass du ihn nicht kennengelernt hast! Er ist furchtbar gut aussehend. Allerdings schien niemand gewusst zu haben, dass Mr Clarke überhaupt einen Sohn hat. Ist das nicht komisch?«

Alles an diesem Mann war komisch. Schlimmer als komisch!

»Ich verstehe nicht, wie man einen Sohn haben kann und dann vergessen kann, dass man ihn hat, und sich dann wieder daran erinnern …« Sie legte eine Hand an den Kopf, als hätte sie plötzlich Kopfschmerzen bekommen. »Das ist alles so verwirrend. Aber er war sehr nett.«

Wie Mr Clarke es gewesen war, bevor er uns unseren Verkaufsschlager gestohlen hatte. Wie der Vater, so der Sohn! »Wahrscheinlich gab es irgendwann einmal eine skandalöse Scheidung und der Sohn ist irgendwo in einem Slum in einem rattenverseuchten Haus aufgewachsen und musste ins Gefängnis wegen eines abscheulichen Verbrechens und wurde erst kürzlich freigelassen. Deshalb haben wir nichts von ihm gehört.« Ich schlug meine Hand vor den Mund. Was hatte ich da gerade gesagt? Das musste an den vielen Romanen liegen, die ich auf der Reise nach Europa und wieder zurück gelesen hatte.

Winnie machte große Augen, doch dann brach sie in ihr klingelndes Lachen aus. »Ach so! Du machst Spaß, Lucy. Einen Moment lang dachte ich, du meinst es ernst!« Sie legte ihre Hand auf die meine und hörte auf zu lachen. »Ich bin so froh, dass du vorbeigekommen bist. Eigentlich habe ich dich nie so recht leiden können, aber jetzt merke ich, dass das ein Missverständnis war. Du bist überhaupt nicht gemein und rechthaberisch und egoistisch. Ist es nicht komisch, wie lange ich diesen Eindruck hatte?«

Sie hatte mich nicht leiden können? Winnie Compton hatte mich nicht leiden können? Ich stieg in die Kutsche.

Ich hatte *sie* nicht leiden können!

Wie konnte sie die Unverfrorenheit besitzen, mich nicht leiden zu können!

Gemein und rechthaberisch und egoistisch. War ich wirklich so?

Wen konnte ich fragen? Sam?

Nein. Er wäre wahrscheinlich der gleichen Meinung wie Winnie.

Mutter legte ihre Hand auf meine. Ich hatte gar nicht gemerkt, dass ich schon wieder am Sitzbezug gezupft hatte. »Ich bin sehr zufrieden damit, wie es heute Nachmittag lief.«

Ich nicht.

»Ich finde es hübsch, dass du eine Gefährtin für die Saison hast.«

Ich nicht. Nicht, wenn diese Gefährtin Winnie Compton hieß.

Nachdem ich an einem so schönen, strahlenden Tag eine Ewigkeit in einem düsteren Salon gesessen hatte, juckte es mich in den Fingern, endlich etwas zu tun. Etwas herzustellen. Deshalb ging ich, sobald meine Mutter in ihrem Zimmer verschwunden war, in die Küche. Mrs Hughes hatte gerade einen Braten aus dem Ofen gezogen. Ich setzte mich auf den Tisch, überschäumend vor Tatendrang.

»Lucy, Liebes, kannst du mir bitte eine Schöpfkelle geben?«

Ich gab ihr eine.

Als sie sie entgegennahm, sah sie mich an. Dann stemmte sie eine Hand in die Hüfte. »Ich kenne diesen Blick. Du hast was Süßes im Sinn. Da wird es wohl das Beste sein, ich verziehe mich und überlasse dir die Küche.«

»Ich will dich nicht vertreiben. Ich kann gut um dich herumarbeiten.«

»Nein, nein.« Sie hielt die Pfanne schräg und löffelte die Soße vom Fleisch in eine Schüssel.

»Wenn du diesen Topf nicht brauchst …?« Ich nahm ihn vom Haken und zog den Kopf ein, als ich mir eine Schürze überstreifte.

Ich wollte etwas … etwas machen, das mich daran erinnerte, wie ich mich gefühlt hatte, als ich diesem Mann in die Augen sah, gestern Abend auf dem Ball. Als er mir das Gefühl gegeben hatte, dass alles gut werden würde. Aber es musste gleichzeitig etwas sein, das meinen Drang befriedigte, Winnie Compton den Kopf abzureißen. Etwas Magisches und Leichtes … und zugleich mürbe.

Eine Meringe!

Perfekt. Ich musste also wieder Eiweiß schlagen, doch das war es mir wert. Ich nahm mehrere Eier, etwas Zucker und eine Flasche Vanilleextrakt. Dann holte ich ein paar Schneidebrettchen heraus und feuchtete sie mit einem Waschlappen an.

»Mrs Hughes? Wissen Sie, wo das Pergamentpapier ist?«

»Das Papier …? Und was machst du da überhaupt mit meinen Schneidebrettchen?«

»Ich wollte Meringen machen.« Meringen gehörten zu Mrs Hughes' Lieblingsgebäck. Ich drückte ihr einen Kuss auf die Wange. »Ich verspreche auch, Ihnen welche aufzuheben.«

»Und Mutter auch?«

»Und Ihrer Mutter auch.«

Sie lächelte. »Dann geht es in Ordnung. Was wolltest du noch mal haben?«

»Papier.«

»Das braune Papier? Das ist irgendwo in der Speisekammer.«

»Irgendwo« entpuppte sich als der Boden unter einem der Regale. Ich zog das Papier heraus und wischte den Staub ab, dann schnitt ich ein paar Bögen ab und räumte es wieder fort, diesmal oben auf ein Regal.

Ich trennte die Eier, nahm einen Schneebesen und fing an, sie zu schlagen. Als mein Arm langsam brannte, wanderten meine Gedanken wieder zu dem Mann auf dem Ball. Ich dachte an das verwirrende Gefühl, als ich ihm in die Augen gesehen hatte.

Du meine Güte – hoffentlich hatte ich ihn nicht zu lange angestarrt! Was musste er nur von mir denken?

Er war absolut anständig gewesen, doch die Gefühle, die er in mir ausgelöst hatte, waren … alarmierend. Alarmierend? Na ja, vielleicht nicht alarmierend. Alarmierend war nicht ganz das richtige Wort.

Ich hielt inne, um die Konsistenz des Eiweißes zu prüfen. Es floss noch ganz leicht vom Schneebesen, also schlug ich weiter.

Alarmierend war nicht das richtige Wort – er war ja schließlich kein Verbrecher. Meine Gefühle waren … anders gewesen. Aber anders hieß ja nicht automatisch schlecht. Stark. Vielleicht war das das richtige Wort. Ich hatte sehr stark auf ihn reagiert.

Genauso wie ich in Europa auf Brausepulver reagiert hatte. Das fremdartige, perlende Sprudeln war … herrlich gewesen. Verwirrend. Ergötzlich. Köstlich.

Ich spürte, wie ich rot wurde. Er war ein Mann, keine Süßigkeit!

Ich rief mich zur Ordnung, schlug das Eiweiß steif, fügte den größten Teil des Zuckers hinzu und schlug noch ein wenig weiter. Als die Masse wieder steif wurde, gab ich die Vanille und den Rest des Zuckers dazu und schlug sie dann, bis sie glänzende Spitzen bildete.

Der Backofen war noch heiß vom Braten, deshalb öffnete ich die Tür, damit er abkühlen konnte. Da ich die Zeit dazu hatte, füllte ich die Meringenmasse in einen Spritzbeutel und drückte ihn dann in Fantasiegebilden auf die Brettchen.

Küsse.

Ich spürte, wie ich wieder rot wurde. Ich nahm eine Untertasse und fächelte mir damit Luft zu. Hätte ich den Mann doch nur gefragt, wie er hieß!

Ich bückte mich, schob die Brettchen in den Ofen und schloss die Tür. Dann nahm ich ein Handtuch und half Mrs Hughes abtrocknen.

Wenigstens hatte ich Mr Clarke nicht kennenlernen müssen – auch wenn er laut Winnie nett und gut aussehend war, doch das sagte sie eigentlich von jedem. Außer von mir; ich war ja gemein und rechthaberisch und egoistisch.

Eine halbe Stunde später waren die Meringen fertig. Und noch eine halbe Stunde später waren sie genügend abgekühlt, um gegessen zu werden. Ich biss in eine hinein. Sie war wunderbar knusprig. Und als sie in meinem Mund schmolz, schmolz auch mein Zorn auf Winnie. Wer interessierte sich schon für Mr Clarkes Sohn? Ich wollte nur den Mann von der Empore wiedersehen. Den, den ich auf der Olive Street umgerannt hatte.

Er hatte so etwas Gewisses in den Augen.

Ich nahm mir noch eine Meringe und dann noch eine und steckte sie in meine Schürzentaschen. Dann schlich ich auf Zehenspitzen zur Hintertreppe und ging zu Vater ins Zimmer.

»Gott segne dich, Zuckerfee.« Er steckte sich die Meringe in den Mund, kaute und schluckte sie auf einmal hinunter, mit geschlossenen Augen, dem Geschmack völlig ergeben. »Ich fand immer, dass eine Meringe so etwas ist wie Hoffnung, nur zusammengehalten von warmer Luft. Ein bisschen angeberisch am Anfang, findest du nicht?« Er legte sich eine Hand auf die Brust. »Aber lass die Hoffnung warten, lass sie ein Weilchen hart werden … lass die Ofentür zu und etwas Wunderbares geschieht. Du musst nur bereit sein, darauf zu warten.« Er lächelte. »Apropos Hoffnung, ich stelle fest, dass ich hoffe … du hast nicht zufällig noch eine dabei?«

Das Einzige, worauf ich diese Woche hoffte, war, diesen Mann wiederzusehen. Und wenn ich ihn wiedersehen würde – falls ich ihn wiedersah, würde ich ihn nach seinem Namen fragen.

Auch im Gottesdienst gelang es mir nicht, meine Gedanken auf das Ewige zu richten. Ich war noch ganz erfüllt von Bällen und Tanzen und überlegte, wer der Mann wohl war, zu welcher Familie er gehörte. Das lenkte mich so sehr ab, dass ich beinahe in die Richtung der Clarkes geschaut hätte, als sie zu ihrer Kirchenbank gingen. Doch im letzten Moment dachte ich noch daran, den Kopf abzuwenden. Vater hatte auf keinen Fall in eine andere Gemeinde wechseln wollen, nachdem Mr Clarke die Fabrik übernommen hatte. Es war schlimm genug, dass sie ihm seinen Lebensunterhalt genommen hatten, doch er schwor sich, dass sie uns nicht auch noch unsere Gemeinde nehmen würden.

Ich versuchte, während des Gottesdienstes unauffällig unter meinem Hut hervorzuspähen und zu gucken, ob der Mann vielleicht zufällig hier war, doch die Krempe war zu groß. Als der Pfarrer die Worte des Sündenbekenntnisses sprach, knabberte ich bereits an meinen Fingernägeln vor Ungeduld. Ich beugte zwar pflichtbewusst den Kopf und faltete die Hände, doch ich fragte mich wie jedes Mal, ob das Bekenntnis wirklich notwendig war. Wenn Gott alles wusste, brauchten wir ihm doch nicht eigens zu bekennen, was wir an Unrecht getan hatten. Deshalb sprach ich stattdessen ein Gebet – eigentlich einen Wunsch – den Mann betreffend. Obwohl – das war genauso lächerlich. Aber ich hatte sonst niemanden, mit dem ich über den Ball sprechen konnte, und ich wusste nicht, wer der Mann war.

Bitte Gott, darf ich ihn wiedersehen?

Als das Gebet zu Ende war und die Orgel die Einleitung für das nächste Lied spielte, hatte ich ein schlechtes Gewissen und kam mir ziemlich albern vor, dass ich die Zeit für das Bekenntnis, an das ich nicht glaubte, genutzt hatte, um einen Gefallen von einem Gott zu erbitten, von dem ich nicht einmal wusste, ob er zuhörte.

14

Charlie

Es war Montagnachmittag und ich trat ein paar Schritte zurück, um den Werbetext zu lesen, der gerade auf ein Gebäude an der Grand Avenue gemalt worden war. Jetzt gab es in der ganzen Stadt keine Werbung für Süßigkeiten außer unserer. Es war gar nicht so viel anders gewesen als in Chicago: Finde heraus, wo der andere Typ seine Werbung aufgehängt hat, und häng deine darüber. Doch da wir in einem freien Land lebten, wusste ich, wenn ich nicht aufpasste, würde der andere bei der nächsten Gelegenheit seine Werbung über meine kleben.

Nelson fuhr mich zurück in die Fabrik, wo ich eine halbe Stunde bei Mr Mundt wartete, bis mein Vater mich in sein Büro bat. Er stand vor dem Fenster und schaute über die Gleise zur Fabrik hinüber. »Wenn die Kisten mit Royal Taffy die Fabrik verlassen, gehen sie ins ganze Land.«

Er drehte sich um, ging langsam zu seinem Schreibtisch und drückte seine Zigarre fast gewaltsam im Aschenbecher aus. Dann nahm er sich eine neue Zigarre und schnitt die Spitze ab. »Standard hat einmal jemand anders gehört. Wusstest du das?«

Ich wusste überhaupt nichts darüber, was mein Vater in St. Louis getrieben hatte.

»Er hatte keine Ahnung vom Geschäft. Er besaß das Rezept, er hat Royal Taffy erfunden, aber er hätte es genauso gut ins nächste Gully werfen können. Keinerlei Verstand. Ich weiß nicht einmal, ob ihm überhaupt bewusst war, was er da erfunden hatte. Aber er hat mir immerhin meinen ersten Job in dieser Stadt gegeben.« Er zündete ein Streichholz an und hielt es an die Zigarre. Dann nahm er einen tiefen Zug und stieß den Rauch mit einem zufriedenen Seufzen wieder aus. »Er hat mich eingestellt, damit ich seine Süßigkeiten für ihn verkaufe und ihm die Buchhaltung mache.« Er nahm den nächsten tiefen Zug. »Eines hatte ich schon immer: einen Blick fürs Wesentliche. Er hingegen schien sich ständig irgendwie in Schwierigkeiten hineinzulavieren. Hat nicht aufgehört zu experimentieren und immer neue Zutaten für dieses oder jenes bestellt.«

»Ich dachte, durch Experimentieren kann man eine Süßigkeit nur verbessern.« Ich dachte an die Königin der Liebe und Schönheit und ihre Bonbons.

Mein Vater machte ein finsteres Gesicht. »Warum muss etwas immer noch besser werden? Warum können die Leute es nicht einfach so lassen, wie es ist, und sich darauf konzentrieren zu verkaufen, was sie haben?«

»Aber verkaufen sich die Sachen nicht noch besser, wenn sie besser werden?«

Er schüttelte den Kopf, als hätte ich Unsinn geredet. »Royal Taffy hat sich gut verkauft. Auch damals schon. Ich habe Provision bekommen und scheffelte praktisch Geld. Und dann, als sich die Gelegenheit bot, habe ich die Firma übernommen. Ich hatte ihm Geld geliehen und mir dafür einen Anteil an der Firma gesichert. Als er mehr Geld brauchte, bekam ich mehr Anteile. Und so gelangte ich schließlich in den Besitz des Rezepts. Nicht lange, und er arbeitete für mich. So macht man das, Charles. Du wartest ab, du beobachtest und wenn sich dir eine Gelegenheit bietet, packst du zu!«

»Was hast du mit ihm gemacht?«

»Ich habe ihn rausgeworfen. Das gehörte zum Abkommen.«

Mir blieb der Mund offen stehen. »Er war damit einverstanden? Aus seiner eigenen Firma rausgeworfen zu werden?«

»Er hat es verdient, wirklich. Er hätte mit dem Rezept sein Glück machen können, doch alles, was er seither getan hat, war, seine Firma beinahe zu ruinieren. Er war völlig unfähig.«

»Aber wenn das Rezept eigentlich ihm gehört hat …? Du hast doch nicht … ich meine … du musst es ihm doch wenigstens abgekauft haben.«

Er schüttelte den Kopf. »Nein. Mir hat ja sowieso alles gehört. Dafür haben wir gesorgt.«

Wir? »Wer …?«

»Du musst lernen, dass Gefühle im Geschäft nichts zu suchen haben, Charles. Sieh dir an, was ich aus dem Chaos, das ich vorfand, gemacht habe.« Er drehte sich mit seinem Sessel um und starrte wieder zur Fabrik hinüber.

»Aber was ist aus ihm geworden?«

»Wie meinst du das?«

»Wo ist er? Wo ist er hingegangen, was hat er gemacht?«

»Er hat gemacht, was er immer gemacht hat. Er hat seine Zeit verschwendet und versucht, noch mehr Süßigkeiten herzustellen, die keiner kaufen wollte, ohne den geringsten Gedanken an die Kosten zu verschwenden. Wenn er clever gewesen wäre, hätte er etwas anderes gemacht. Etwas völlig anderes. Hätte man jedenfalls annehmen sollen.« Er zog wieder an seiner Zigarre und starrte zur Decke hoch. »Manchmal habe ich ein schlechtes Gewissen deswegen, aber dann sage ich mir: Du kannst jemandem eine Chance geben, aber du kannst nicht dafür sorgen, dass er sie nutzt.«

»Aber … wenn du ihm seine Erfindung weggenommen hast?«

»Ich habe sie ihm nicht weggenommen. Guckst du mich deshalb mit offenem Mund an? Weil du denkst, dass ich sie ihm gestohlen habe?«

So sah es jedenfalls aus.

»Ich habe sie rechtmäßig erworben. Er hat jedes Mal, wenn er sich Geld von mir geliehen hat, einen Vertrag unterschrieben.«

»Aber vielleicht hat er nicht verstanden …«

Mein Vater zuckte die Achseln. »Das spielt keine Rolle. Es war alles völlig legal.«

»Und das ist dein Rivale? Der Mann, den du aus dem Geschäft drängen willst? Ein zweites Mal?«

»Genau. Das ist der Gefallen, von dem ich dir erzählt habe.«

»Hast du dir überlegt, dass er das vielleicht gar nicht gut aufnimmt? Wenn du ihm zum zweiten Mal seine Firma wegnimmst?«

»Es steckt noch mehr dahinter, als ich dir jetzt sagen kann, aber glaub mir: Es ist auch zu seinem eigenen Besten.«

Mir wollte das Ganze nicht so recht schmecken. Es war irgendwie nicht in Ordnung.

»Deshalb brauche ich dich. Wir müssen die Sache so schnell wie möglich über die Bühne bringen.«

Mein neues Hemd kratzte mich am Hals. Ich fuhr mit dem Finger in den Kragen und versuchte, ihn zu lockern. Egal, was Mr Dreffs sagte, Gummikragen waren schlicht und einfach bequemer.

»Je eher die Leute vergessen, dass es je einen Francis Kendall gab, desto besser. Für ihn und für uns. Schon im Januar wird sich keiner mehr daran erinnern, dass es seine Firma je gegeben hat.«

Ich konnte nicht anders, mir tat der Mann leid.

Mein Vater drückte einen Knopf auf seinem Schreibtisch. »Ich möchte, dass du an der Sitzung teilnimmst, die gleich stattfindet, und dann … warum nimmst du dir morgen nicht frei? Ja … warum nehmen wir uns morgen nicht beide frei? Und gehen zu der Flugvorführung draußen auf dem Flugplatz? Machen uns einfach mal einen schönen Tag? Was hältst du davon?«

Mr Mundt erschien in der Tür.

Mein Vater nickte ihm zu. »Ich brauche Sie, Sie müssen sich Notizen machen.«

Der Sekretär kam herein und setzte sich auf einen Stuhl in der Ecke.

»Also. Als Erstes müssen wir dafür sorgen, dass die Sachen von City Confectionery aus den Läden der Stadt verschwinden.«

Ich beschloss, ein wenig Feldforschung zu treiben. Das hatte ich auch in Chicago immer dann gemacht, wenn das Geschäft flau war und ich neue Kunden brauchte: Ich hatte Kontakt mit den Konkurrenten aufgenommen. Ich bat Nelson, mich zu City Confectionery zu fahren.

»Ist lange her, dass ich Fancy Crunch gegessen habe«, meinte Nelson.

»Was ist denn das?«

»Fancy Crunch? Na ja … das sind Nüsse, mit einer bunten Glasur überzogen, rosa, grün, gelb – einfach bunt. Die Glasur kracht, wenn man draufbeißt, und die Nüsse krachen dann noch mehr.«

»Schmecken sie gut?«

»Ja, ganz gut.«

Ganz gut? Mit »ganz gut« hatte noch nie jemand etwas verkauft. Jedenfalls nicht lange.

»Doch, sie sind gut. Vor allem sind sie ausgefallen.«

Ich bat Nelson, am Ende der Straße zu halten. Dann nahm ich die Krawatte ab, zog meinen Mantel aus, ließ beides auf dem Rücksitz liegen und stieg aus. Ich ging an dem Gebäude vorüber, rollte im Gehen meine Ärmel auf und bog um die Ecke in eine schmale Gasse ein.

Auf der Rückseite des Gebäudes befand sich eine breite Tür, vor der eine Menge Kartons aufgestapelt waren. Ich hob einen auf und drückte mit der Schulter gegen die Tür. Sie schwang auf und ein Schwall warmer, nach Zucker duftender Luft drang heraus. Ich trat in eine große Küche. Alles war weiß: die Böden, die Wände, die Kleidung und die Mützen der Arbeiter. Die einzige Farbe lieferten Unmengen von Nüssen, die in große Metallpfannen geschüttet wurden. Das Klappern, das dabei entstand, war sehr laut, kam aber bei Weitem nicht an den Lärm bei Standard heran. Ich sah, dass die Arbeiter sich trotz des Lärms bei der Arbeit unterhielten, miteinander lachten und redeten.

Wenn die Fabrik meines Vaters die Hölle war, dann war dies ganz bestimmt ein Paradies.

»Wo soll ich das hinstellen?«

Einer der Männer setzte die Pfanne ab, die er in der Hand hielt, und kam zu mir.

»Was ist das?«

Ich versuchte, den Karton hochzuhalten, damit ich das Etikett lesen konnte, doch die Aufschrift sagte mir gar nichts. »Da bin ich überfragt.«

Der Mann nahm ihn mir ab und ging damit hinaus.

Ich folgte ihm. »Was stellen Sie hier eigentlich her? Irgendeine Süßigkeit?«

Er lächelte. »Wenn Sie eine Tüte Fancy Crunch wollen, gehen Sie ruhig hoch und fragen.«

»Sie schenken mir einfach eine?«

»Klar. Bedienen Sie sich. Machen wir alle so.«

»Alle?« In der Küche waren mindestens ein Dutzend Leute gewesen.

Er zuckte die Achseln. »Klar. Wir nehmen uns, was wir wollen.«

So lief das hier? Gillespie ließ die Arbeiter in der Fabrik nicht ein einziges Royal Taffy nehmen; allerdings war ich sicher, dass in den Manteltaschen gelegentlich welche rausgeschmuggelt wurden. »Und das Geld, das Sie dabei verlieren, kümmert Sie nicht?«

»Wenn ein Mann ohnehin essen muss, kann er auch Fancy Crunch essen, sagt Mr Kendall.«

Jetzt war mir klar, warum es der Firma nicht gut ging. »Muss ein netter Typ sein, dieser Mr Kendall.«

»Der Beste!«

»Arbeiten Sie schon lange hier?«

»Fünf Jahre. Aber das ist noch gar nichts. Die anderen sind fast alle sehr viel länger hier. Könnten Sie das mal kurz halten?« Er hielt mir den Karton hin.

Ich nahm ihn und er räumte ein Fach in einem Regal frei. »Da draußen stehen noch mehr von diesen Kartons.«

»Ich werde mal sehen, wie ich sie verstauen kann«, meinte er und ließ seinen Blick über die Fächer wandern. Dabei kam er ganz bestimmt zu dem gleichen Schluss wie ich: Er musste ein anderes Regal dafür finden. Weil es aussah, als könnte er ein bisschen Hilfe gebrauchen, holte ich die restlichen Kartons herein und half ihm, sie auf einem Gang zu verstauen. Als ich ging, wusste ich alles, was ich über City Confectionery wissen musste.

Nach der Sitzung am Morgen und nach dem Besuch bei City Confectionery ging ich zurück ins Haus meines Vaters und fühlte mich schmutziger und beschämter als je zuvor in der Zeit, als ich noch für Manny gearbeitet hatte. Mr Kendall mochte vielleicht kein gewiefter Geschäftsmann sein, doch seine Angestellten liebten ihn. Der Plan, das Geschäft dieses Mannes zu zerstören, war irgendwie skrupellos und blutleer zugleich. Beinahe kam es mir ehrenhafter vor, jemanden in einer Hinterhofgasse zusammenzuschlagen oder ihm die Beine zu brechen. Wenigstens konnte er dabei sehen, was auf ihn zukam, und hatte die Chance, sich zu wehren.

Als Nelson mich absetzte, wartete Augusta bereits, weil sie irgendwohin gefahren werden wollte, deshalb beschloss ich, noch ein paar weitere Nachforschungen anzustellen. Kaum denkbar, dass wir in einer schäbigen Hütte in Chicago gehaust hatten, während mein Vater hier in einem der größten Häuser der Stadt residierte!

Die Eingangshalle im unteren Stockwerk war dicht an dicht mit verschiedenen roten Teppichen ausgelegt. Die holzgetäfelten Wände und die Treppe dufteten nach der Politur, mit der die Dienstmädchen sie regelmäßig behandelten. Die Wände im Esszimmer waren weiß getäfelt. Ganz oben unter der Decke zog sich ein goldenes Muster ringsum durch das ganze Zimmer.

Hinter dem Haus befand sich ein Anbau, den ich noch nicht besichtigt hatte. Er hatte ein Dach aus Buntglas. Ich hielt ihn für Augustas Reich, denn er war gestaltet wie ein Dschungel mit Bäumen und Blumen und einem Papagei, der krächzte, als ich den Fliesenboden betrat. Mein Vater hatte im ersten Stock ein Büro, das aussah wie eine Bibliothek, Augusta hatte ein Zimmer, das sie als Wohnzimmer bezeichnete. Dann gab es noch einen Salon, vollgestopft mit Möbeln, bei deren bloßem Anblick mir mein verlängerter Rücken, wie Mr Dreffs es vornehm umschrieben hatte, wehtat.

Oben im zweiten Stock lagen auf der einen Seite des Ganges sechs Schlafzimmer, meins inbegriffen. Über die gesamte andere Seite erstreckte sich ein Ballsaal mit schimmerndem Intarsienparkett und einer langen Reihe von Kronleuchtern in der Mitte. Das Haus war größer als der ganze Block, in dem ich in South Side gelebt hatte, und ich war noch nicht einmal fertig mit meiner Erkundung.

Die Königin der Liebe und Schönheit hatte wahrscheinlich ihr ganzes Leben in einem solchen Haus gewohnt und ich ging jede Wette ein, dass sie nur Männer kannte, für die das ebenfalls galt. Wahrscheinlich hatte sie keinen einzigen Gedanken mehr an mich verschwendet, nachdem sie am Ballabend in der Menge verschwunden war.

Deshalb war es besser, wenn ich auch nicht an sie dachte. Nicht *mehr* an sie dachte. Warum konnte ich nicht aufhören, an sie zu denken?

Weil sie mich angesehen hatte.

Normalerweise schauten die Mädchen einfach durch mich hindurch. Und falls sich tatsächlich eine die Mühe machte, mich anzusehen, schreckte sie förmlich zurück. Als könnte ich ihre Geldbörse stehlen … was ich so gut wie nie tat. Ich hatte noch keinem Menschen etwas weggenommen, der es nicht verdient hatte. Noch nie hatte sich ein Mädchen wie sie in meine Arme geworfen, als vertraute sie darauf, dass ich ihr helfen, dass ich für sie sorgen könnte. Nicht so, wie dieses Mädchen es getan hatte.

Ich schüttelte den Kopf, um wieder klar denken zu können, und befahl mir, mit dem Träumen aufzuhören und mich stattdessen umzuschauen. Sieh mal an – in der Wand im Flur des zweiten Stocks befand sich eine Tür, die mir bisher gar nicht aufgefallen war. Noch ein Zimmer? Ich öffnete sie.

Eine weitere Treppe.

Doch diese hatte kein geschwungenes Geländer wie die anderen und sie war auch nicht auf Hochglanz poliert. Oben musste ich mich bücken, um nicht mit dem Kopf gegen die niedrige Decke des dritten Stocks zu stoßen. Es war dunkel hier oben und die Fenster waren sehr viel kleiner.

Ich schaute in das erste Zimmer. Die Wände und die Möbel waren geweißelt. Es gab lediglich ein Eisenbett und einen kleinen Holztisch mit einer weißen Waschgarnitur darauf. Das zweite Zimmer war genauso. Und das dritte ebenfalls. Doch als ich ins vierte Zimmer schaute, erlebte ich eine Überraschung.

»Mr Clarke!« Jennie hatte auf dem Bett gesessen und irgendetwas zwischen den Händen gedreht. Als sie mich sah, sprang sie auf. Die anderen Zimmer hätte meine Mutter als »zweckdienlich« bezeichnet, doch dieses war ein richtiger Farbrausch. Die Tagesdecke war bestickt. Um das Fenster herum war eine bunte, rot, weiß, grün und gelb leuchtende Girlande drapiert und auf dem kleinen Nachttisch stand eine Konservendose mit Blumen. Jennie in ihrer schwarz-weißen Uniform war das einzige Schlichte in diesem Zimmer.

»Was machen Sie da?«

Was immer es war, woran sie gearbeitet hatte, sie hatte es in ihrer Schürzentasche verschwinden lassen. »Ich wollte mir hier oben nur rasch neue Schnürsenkel holen. Nur eine Minute.«

»Und woran haben Sie gerade gearbeitet?«

Sie steckte eine Hand in die Tasche und zog sie seufzend wieder heraus. »Es ist nichts.« Sie streckte es mir hin.

Es war ein Royal-Taffy-Einwickelpapier, das sie zu einer Blume gefaltet hatte.

»Das ist aber hübsch.« Ich sah mich in ihrem Zimmer um. »Haben Sie das auch so gemacht?« Ich nickte zu der Girlande hinüber.

»Oh – nein, das nicht. Das ist viel einfacher. Sie nehmen die Papiere und drehen sie ein bisschen an den Kanten …« Jennie glättete ihre Blume und zeigte es mir. »So. Das Rote ist Royal Taffy. Das Grüne ist Fancy Crunch.«

»Das wird's nicht mehr lange geben.«

Ich hatte gar nicht gemerkt, dass ich den Satz laut ausgesprochen hatte, bis sie alarmiert die Brauen hochzog. »Warum nicht?«

»Ich … äh … ich habe gehört … dass sie aufgeben.«

Als sie aufstand, fiel das Papier herunter. »Aufgeben!«

»Aber … so bald nun auch wieder nicht.« Ich hätte das nicht sagen dürfen. Um sie abzulenken, deutete ich auf die Girlande. »Welche benutzen Sie außerdem?«

»Außerdem?«

»Einwickelpapiere. Für die anderen Farben.«

Ihre Brauen hatten sich noch nicht geglättet, aber wenigstens starrte sie mich nicht mehr so verstört an. »Switzers und Tootsie Rolls. Zusammengehalten werden sie von einem langen Faden.«

Das hätte von meiner kleinen Schwester stammen können. Sie hatte immer eine Idee gehabt, wie sie irgendwelche Abfälle verwerten konnte.

»Bitte sagen Sie es niemandem, ja? Dass ich hier oben war. Und was ich hier gemacht habe. Die anderen halten es alle für Zeitverschwendung.«

Mir fiel eine kleine hölzerne Vogelfigur auf. Ein buntes Kerlchen, gegen eine Blechdose gelehnt. Es sah aus wie … eine Pfeife?

»Ich mache das normalerweise nicht während der Arbeitszeit. Außer … nun … außer diesmal. Aber ich wollte gerade wieder nach unten gehen.«

Ihre Worte lenkten meine Aufmerksamkeit wieder auf sie. »Warum sollte ich es jemandem sagen?«

Sie warf mir einen furchtsamen Blick zu.

Dabei fiel mir etwas ein, das ich vergessen hatte. Ich war nicht mehr Charlie. Ich war Charles. »Äh … nein. Natürlich nicht. Tut mir leid. Ich wusste nicht …« Ich ging rückwärts zur Tür. »Tut mir leid. Ich gehöre nicht hierher.«

Die Wahrheit war, dass ich nirgends hingehörte.

15

Lucy

»Lucy?« Meine Mutter marschierte am Wohnzimmer vorbei in Richtung Küche. »Lucy!« Im Haus war es heute Morgen recht lebhaft zugegangen; das Mädchen war die ganze Zeit damit beschäftigt gewesen, die Vordertür zu öffnen und schließen.

Ich legte mein Buch aufs Sofa und ging in die Eingangshalle. Eigentlich hatte ich gar nicht gelesen. Ich hatte vor mich hingeträumt – von ihm. Von dem Mann auf dem Ball mit seinen köstlichen schokoladenfarbenen Augen. »Mutter?«

Sie fuhr herum, die Hand aufs Herz gepresst. »Meine Güte, hast du mich erschreckt! Das Büro des Bürgermeisters hat einen Boten geschickt. Sie brauchen dich drüben auf dem Flugplatz.«

»Aber … ich war doch gerade erst dort.« Vor drei Tagen hatte ich die Veranstaltung in meiner Eigenschaft als Königin der Liebe und Schönheit für die Stadt eröffnet.

»Ich weiß, aber …« Sie warf die Hände in die Luft. »Draußen wartet ein Auto auf dich. Du musst dich umziehen. Sofort!«

Das Mädchen half mir, mein neues petrolblaues Crêpe-de-Chine-Kleid mit dem engen Rock anzuziehen, das ich mir auf Geheiß meiner Tante in Paris hatte kaufen müssen. Das Oberteil hatte einen großen runden Ausschnitt, das Mieder und die Drapierung des Rocks wurden mit Verschlüssen im russischen Stil zusammengehalten. Ich hatte diese engen Röcke schon an ein paar Frauen in der Stadt gesehen, aber keins konnte meinem Kleid das Wasser reichen. Ich konnte kaum gehen, so eng war es. Während ich die Schärpe mit der Aufschrift *Königin der Liebe und Schönheit* glattstrich, die ich über das Kleid gezogen hatte, überlegte ich, ob ich noch Zeit hatte, mein Haar zu einem griechischen Psyche-Knoten zu frisieren, entschied mich jedoch dagegen. Stattdessen nahm ich es einfach zu einem schlichten Pompadour zusammen, steckte ein paar Nadeln hinein und setzte einen Hut auf. Fertig! Jetzt konnte man nicht sehen, wie mein Haar darunter aussah.

Mutter wartete schon unten an der Treppe auf mich, doch sie trug noch immer ihr schlichtes grünes Baumwoll-Hauskleid.

»Kommst du nicht mit?«

»Der Arzt wollte vorbeikommen, deshalb bleibe ich lieber zu Hause.«

»Dann …«

Ich hörte die Fliegentür zufallen und schwere Schritte näher kommen. »Wo ist Lucy?« Das war Sams Stimme.

»Keine Ahnung«, antwortete Mrs Hughes.

Mutter rang die Hände. »Ich habe den Kutscher in die Fabrik geschickt und Sam holen lassen, damit er dich begleitet.«

Ich zog die Brauen hoch.

Mutter bekam schmale Lippen. »Es war keine Zeit, jemand anders zu fragen.«

Die Dienstbotentür ging auf und Sam erschien. Er hatte sich das Haar zurückgestrichen und trug ein Tweedjackett über einem weißen Hemd und Krawatte. Ich musste unwillkürlich lächeln. Wenn mein Leben dieses Jahr schon aus einer endlosen Reihe gesellschaftlicher Ereignisse bestehen musste, so hatte ich wenigstens einen Freund an meiner Seite.

»Hallo, Mrs Kendall.«

Mutter nickte, dann ging sie an mir vorbei zur Treppe. Doch als sie die Hand aufs Geländer legte, blieb sie noch einmal stehen. »Es werden auch Zeitungsreporter dort sein. Ich brauche dir wohl nicht zu sagen …«

Brauchte sie nicht. Ich wusste, dass all ihre Hoffnungen allein auf meinen zarten Schultern lagen. Und da mein Konfekt ein Misserfolg gewesen war, war ich bereit, diese Verantwortung zu übernehmen. Wenn eine vorteilhafte Heirat unsere Familie retten konnte, dann würde ich mich nicht länger dagegen sträuben. Es sei denn, ich musste die Aufmerksamkeit von Walter Minard wecken. In dem Fall würde ich alles tun, um zu versagen.

Sam half mir in die Kutsche und setzte sich auf die Bank mir gegenüber.

»Du siehst gut aus, Sam.«

Er errötete und zerrte an seiner Krawatte. »Ich dachte, ich sollte das Ding umbinden. Wo du doch die Königin bist und so.«

Sie stand ihm. Wie er dasaß und träge mit dem Daumen auf sein Knie klopfte, betrachtete ich ihn kurz, wie ich einen Verehrer betrachten würde. Er war ein gut aussehender junger Mann geworden. Er war in seine Nase hineingewachsen und seine hohlen Wangen hatten sich gefüllt. Man stelle sich vor! Sam Blakely. Ein Mädchen konnte es schlechter treffen. Plötzlich leuchteten gelbe Pferdezähne vor meinem geistigen Auge auf. Ein Mädchen konnte es sogar sehr viel schlechter treffen.

Dabei fiel mir etwas ein.

Ich zog sein Taschentuch aus meiner Tasche und gab es ihm.

Er nahm es mit von Fancy Crunch gefärbten Fingern entgegen. Als er meinen Blick sah, hob er die Hände hoch. »Wir haben heute Nüsse glasiert. Rosa Guss …« Er hob die andere Hand hoch: »Und grüner.« Dann faltete er sein Taschentuch zusammen und steckte es in seine Manteltasche.

»Da hat sich jemand sehr viel Mühe mit der Stickerei gegeben.«

Er sah mich scharf an, dann wandte er den Blick ab.

»Hübsche Arbeit.« Besser, als ich es hätte machen können.

Er sagte nichts.

»Wofür steht das ›H‹?«

»Howell.«

Samuel Howell Blakely. »Bist du verknallt, Sam?«

»Nein!« Ein tiefes Rot erschien über seinem Kragen und breitete sich bis zu den Ohren aus.

»Kenne ich sie?«

Er gab keine Antwort. Aber er war bestimmt in jemanden verschossen. Ich war ganz sicher. Es war die einzige Erklärung für sein komisches Benehmen. Und für die Stickerei. Wer mochte es sein? Und war er … machte er ihr den Hof? Ich konnte mir Sam nicht verheiratet vorstellen. Er war kaum … na ja … er war wohl tatsächlich schon zwanzig. Das war ein gutes Heiratsalter. Wenn ich heiraten konnte, konnte er es genauso gut.

Ich dachte an die Söhne von St. Louis und bekam Magenschmerzen. Ich kannte sie alle. Ich war mit ihnen aufgewachsen. Wir hatten zusammen bei Mr Mahler Tanzunterricht gehabt und Bälle besucht. Doch während ich in Europa war, waren sie … hier gewesen.

Ich wollte jemand anderen, jemand … neuen. Jemand wie den Mann auf dem Ball. Wer war er? Zu welcher Familie gehörte er?

Sam lehnte sich zurück und streckte einen Arm auf dem Sitz aus. »Hast du schon mal diese Flugmaschinen gesehen, Lucy? Als du in Europa warst?«

Flugmaschinen? »Nein.« An dem ersten Tag der Veranstaltung Anfang der Woche hatte ich leider nicht bleiben können. Aber mir schien es immer noch ein Ding der Unmöglichkeit, dass ein Mensch fliegen konnte.

Als wir zum Flugplatz kamen, standen die Maschinen schon bereit, eine hinter der anderen, wie groß geratene Moskitos. Wie um alles in der Welt konnten sie sich in die Luft erheben? Es hieß, sie stiegen auf wie Vögel, doch ich war skeptisch. Ich hatte schon immer eine Vorliebe für den ungläubigen Thomas gehabt. Warum hätte er etwas Unmögliches glauben sollen, nur weil andere sagten, es sei wahr? Was war falsch daran, wenn man sehen wollte, bevor man glaubte?

»Miss Kendall?« Der Sekretär des Bürgermeisters kam zu uns und wischte sich den Schweiß von der Stirn. »Wenn Sie mir bitte folgen wollen.« Er deutete auf die Haupttribüne. »Wir haben soeben erfahren, dass der Präsident auf dem Weg hierher ist.«

Der Präsident?

Sam warf mir einen fragenden Blick zu.

Ich schüttelte den Kopf, weil ich nicht ahnungslos wirken wollte. Ich würde den Sekretär später fragen, wenn es niemand mitbekam.

Der Sekretär führte mich zur Tribüne und hielt stützend meine Hand, als ich – höchst unbeholfen wegen meines engen Rocks – im Seitengang die Stufen hinaufkletterte. Auf einem Tisch neben dem Podium lag ein großes Medaillon neben einem Strauß roter Rosen.

»Die waren eigentlich für den Gewinner des heutigen Rennens, aber wenn tatsächlich der Präsident kommt, überreichen Sie ihm erst die Blumen und dann das Medaillon. Danach trete ich vor und frage ihn, ob er ein paar Worte sprechen will.«

Sam stieß mich in die Seite.

»Aua!«, flüsterte ich.

»Frag ihn!«, flüsterte er zurück.

»Sie sagten, der Präsident? Präsident wovon?«

»Präsident Roosevelt. Er ist hier wegen des Wahlkampfs der Republikanischen Partei.«

Sam blieb der Mund offen stehen. »Präsident …!« Es sah aus, als sprängen ihm gleich die Augen aus dem Kopf.

»Er … aber … er kommt hierher?« Plötzlich fiel mir das Sprechen schwer. Mein Herz schlug auf einmal doppelt so schnell. Präsident Roosevelt! Keiner hatte mir gesagt, dass ein Präsident hier sein würde. Ich hätte … ich hätte … ein Dutzend Dinge anders gemacht, wenn ich das gewusst hätte! Ein schöneres Kleid hätte ich zwar nicht anziehen können, aber ich hätte mein Haar ordentlich aufgesteckt. Und mich heute Morgen hinter den Ohren gewaschen. Ich würde dem ehemaligen Präsidenten begegnen! Alle wussten, dass er sehr viel besser war als der gegenwärtige. »Ich weiß nicht, ob ich … ich weiß nicht …«

»Wir sind nicht sicher, dass er kommt, aber wenn, sind wir vorbereitet.« Der Sekretär führte uns zu einem Platz ganz vorn auf der Mitte der Tribüne, dann holte er den Präsidenten der Handelskammer herbei. »Mr Foster wird Sie vorstellen. Der Bürgermeister ist gerade bei Präsident Roosevelt.«

»Aber … woher weiß ich, wann er kommt? Und was soll ich sagen?« Keiner hatte mich gewarnt. Eine schlichte Willkommen-in-

St.-Louis-Rede war nicht weiter schwer, aber was sagte man zu einem Präsidenten?

»Im Namen der Stadt St. Louis heiße ich Sie in … in …« Es standen so viele Leute um mich herum und beobachteten mich. So unglaublich viele Leute. Würde es das ganze Jahr so weitergehen? Musste ich ständig völlig Fremde auf diesem Ereignis oder jenem Bankett willkommen heißen? Ich blickte zur Haupttribüne hinüber. Zum Sekretär des Bürgermeisters.

Er zuckte die Achseln.

Hieß das, dass der Präsident nicht kam? Wenn er nicht kam, was sollte ich dann sagen? Ich lächelte, holte tief Luft und straffte meine Schultern, wie ich es im Rhetorikkurs gelernt hatte. »Ich heiße Sie in unserer schönen Stadt willkommen.« Na also. Ich hatte es geschafft. Als ich vom Podium zurücktrat, wurde mir bewusst, dass ich die Veranstaltung damit noch nicht eröffnet hatte. »Und hiermit eröffne ich offiziell …«

Ich hörte ein Husten und drehte mich um. Der Sekretär des Bürgermeisters winkte mir verzweifelt zu, beiseitezutreten, was ich dann auch tat. Die Menge vor mir teilte sich. Die Menschen stellten sich an der Startbahn auf. Männer mit Bauchläden gingen herum und verkauften Postkarten und Süßigkeiten.

Bundespolizisten mit Megafonen forderten uns auf, Abstand von den Flugzeugen zu halten. Als die Menge zurücktrat, sah ich mehrere Autos in einem Konvoi vom Flugfeld her auf uns zufahren. Ein Schrei war zu hören. Er wurde sofort aufgenommen, begleitet vom Flattern unzähliger Taschentücher.

Sam erhob sich und stellte sich neben mich. Er beschattete seine Augen mit der Hand. »Ich glaube …«

»Wer ist es?«

»Ich glaube, es ist … der Bürgermeister. Und … der Präsident! Ich gehe nur rasch … gucken …« Ohne mich noch eines Blickes zu würdigen, sprang er vom Podium und lief den rasch näher kommenden Autos entgegen. Doch er war nicht der Einzige, der mich verließ. Ich blieb stehen, aber auch von der Haupttribüne liefen die Leute los. Bald war ich ganz allein.

Nun gut.

Was nützte es, die Königin der Liebe und der Schönheit zu sein, wenn ich ganz allein auf einem Podium stand?

Keiner beobachtete mich noch, deshalb hob ich meinen Rock so hoch, wie ich konnte – was nicht sehr hoch war – und überlegte mir, wie ich das Treppchen hinunterkommen sollte.

16

Charlie

Ich hatte gesehen, wie derselbe Mann, mit dem die Königin der Liebe und der Schönheit auf dem Ball geredet hatte, zu den Flugzeugen hinüberlief und alle anderen ihm folgten. Ganz bestimmt würde ich jetzt nicht zusehen, wie sie da oben herumzappelte und versuchte, vom Podium herunterzukommen.

Was nützte einem ein Rock, in dem man nicht gehen konnte?

Ich hätte gedacht, dass wenigstens einer meiner vornehmen Geschlechtsgenossen einfach kurz stehen bleiben würde, um ihr zu helfen, doch dem war nicht so. Sie hopsten alle von der Haupttribüne herunter wie Tramps von einem Zug. Als mein Vater ebenfalls zum Flugfeld hinüberschlenderte, schlug ich die entgegengesetzte Richtung ein.

Ich konnte meine Augen nicht von ihr wenden, obwohl ich wusste, dass ich das hätte tun sollen. Sie sah jetzt, im Tageslicht, noch schöner aus als auf dem Ball. In Chicago hätte ich meiner Begeisterung mit einem lauten Pfiff Ausdruck gegeben, doch ich hatte das Gefühl, dass sie das vielleicht falsch verstehen würde. Als ich bei ihr war, nahm ich meinen Hut ab, drückte ihn an meine Brust und verbeugte mich. »Meine Königin der Liebe und der Schönheit!« Ich streckte ihr die Hand hin.

Ihre Augen weiteten sich. Sie lächelte mich strahlend an. »Sie scheinen jedes Mal als mein Retter aufzutreten! Ich habe gerade überlegt, wie ich die Stufen hinunterkommen soll.«

Ich hielt sie fest an der Hand, während sie hinunterstieg. Und – was ich vermutlich nicht hätte tun dürfen – ich hielt sie weiter fest, als sie unten war.

»Ich fürchte, ich kann mich nicht an Ihren Namen erinnern.«

Ich zwinkerte ihr zu. »Das liegt daran, dass ich ihn Ihnen nicht genannt habe.«

Sie hob eine Braue und entzog mir ihre Hand. »Dann sind Sie mir gegenüber im Vorteil, denn Sie müssen meinen kennen.«

Doch ich wusste ihn nicht. Ich wusste nur, dass mein Vater sie nicht mochte. Andererseits mochte ich selbst meinen Vater auch nicht so wirklich. Vielleicht bedeutete das, dass sie und ich Freunde werden konnten. »Welcher Name würde Ihnen denn gefallen?«

»Der, den Sie tragen.«

Ich genoss das zarte Rot, das auf ihre Wangen trat, und bot ihr meinen Arm. »Möchten Sie zusehen?« Ich nickte zum Flugfeld hinüber.

Ich hatte gehofft, dass sie sich bei mir einhängen würde, doch das tat sie nicht.

»Ich kann nicht mit einem Mann irgendwohin gehen, den ich nicht kenne, und es ist niemand da, der uns einander vorstellen könnte. Sie sehen doch sicher ein, dass sich das nicht schickt.«

»Mein Name ist Charlie.«

Sie schien erleichtert und lächelte auch wieder. »Und ich heiße Lucy. Ich wollte mich noch entschuldigen, dass ich Sie vor ein paar Tagen auf der Straße angerempelt habe … und Ihnen danken, dass Sie sich auf dem Ball um mich gekümmert haben. Normalerweise bitte ich keine völlig Fremden um Hilfe. Sie müssen mich für ein schreckliches Huhn halten.«

Meine einzigen deutlichen Erinnerungen an den Ball waren ihre tränenverschmierten Wangen und der Karamellgeruch ihres Haars. Ich fand absolut nicht, dass sie ein Huhn war. »Nein. Tue ich nicht.«

Als sie mich jetzt unter der Hutkrempe hervor ansah, war es an mir zu erröten. Ich ließ sie vorangehen. Dabei fiel mir erneut auf, wie eng ihr Kleid war, weil sie praktisch nur trippeln konnte. Aber eigentlich wollte ich auch gar nirgends hingehen. Der Mensch, bei dem ich am liebsten sein wollte, war schon neben mir. Ich winkte einem der Bauchladenmänner, die Royal Taffy verkauften, und kaufte zwei Riegel. Dann fiel mir ein, dass sie vielleicht gar keinen wollte. Als passionierte Süßwarenerfinderin war sie wahrscheinlich viel raffiniertere Sachen gewöhnt als Toffee. Trotzdem bot ich ihr einen an. Es wäre unhöflich gewesen, vor ihren Augen zu essen und sie zusehen zu lassen. »Möchten Sie?«

Sie schwieg so lange, dass ich schon dachte, sie würde ablehnen. Doch dann lächelte sie wieder. »Ich sollte eigentlich nicht, aber der Taffy ist meine Lieblingssüßigkeit.«

»Meine auch.« Das war schon immer so, lange bevor ich herausgefunden hatte, dass die Firma meinem Vater gehörte.

»Dann haben wir etwas gemein.«

Gemein? Ich mit ihr?

»Noch etwas anderes, außer dass wir uns auf wichtigen Bällen auf schummrige Emporen zurückziehen.«

Ich schob meinen Riegel in die Tasche, als sie anfing, an ihrem herumzuzupfen. »Bitte.« Ich nahm ihr den Riegel ab, wickelte ihn an der Spitze aus und gab ihn ihr zurück.

Sie lächelte entschuldigend. »Ich habe leider nicht oft Gelegenheit, sie zu essen. Aber sie haben irgendetwas … etwas Besonderes. Etwas, das ich nie …« Ihre Worte verklangen, als sie den Riegel in den Mund steckte und die Augen schloss, während sie abbiss.

In so ein Mädchen konnte ich mich verlieben. In dieses Mädchen könnte ich mich verlieben … wenn ich nicht der Mann wäre, der ich nun einmal war. Ich hätte am liebsten diesen schönen Mund geküsst, doch Charles erinnerte mich zum Glück daran, dass ein Gentleman so etwas nie tun würde. Kein Wunder, dass Gentlemen die ganze Zeit so gelangweilt und gereizt dreinschauten.

Sie öffnete die Augen.

»Haben Sie je versucht, so einen zu machen? So wie Sie es mit Ihren Bonbons versucht haben?«

Sie errötete. »O nein! Nie!« Doch dann biss sie noch einmal ab und ein Ausdruck reinsten Genusses trat auf ihr Gesicht.

Ich bot ihr erneut meinen Arm. »Kommen Sie, wir schauen uns die Flugmaschinen an.«

Sie hängte sich bei mir ein. »Glauben Sie, dass es … sicher ist?«

»Der Präsident scheint es jedenfalls zu glauben.« Ich deutete auf eine Flugmaschine, die Roosevelt gerade zu inspizieren schien.

»Er wird doch wohl nicht damit fliegen?« Ihre Stimme schien zu stocken.

»Ich glaube nicht …« Der Pilot war zu ihm getreten. Er sprach kurz mit dem Präsidenten, dann deutete er auf den Sitz.

Sie packte meinen Arm fester. »Das kann er doch nicht machen!« Sie klang entsetzt. »Das Ding sieht aus, als würde es nur mit Schnüren und Gummibändern zusammengehalten!«

Ich legte meine Hand auf ihre und drückte sie leicht.

Der Präsident lächelte und klopfte dem Piloten auf den Rücken.

Der zuckte die Achseln und setzte den Fuß auf das Trittbrett der Maschine. Doch plötzlich stieg ein Ruf aus der Menge auf: »Auf geht's, Mr President!«

»Los! Fliegen Sie mit!« Der Ruf wurde aufgenommen und wiederholt. Immer mehr Leute fielen ein, bis die Polizisten die Menge ein Stück zurücktrieben.

Lucy neben mir verzehrte den Rest ihres Royal Taffys.

Ich überlegte, was wohl passieren würde, wenn ich ihr sagte, wer ich war. Vielleicht … wenn sie erfuhr, wer mein Vater war … wäre das nicht eine weitere Gemeinsamkeit? Dass wir beide aus Süßwarendynastien kamen? Aber wie konnte ich es ihr sagen, ohne wie ein Angeber dazustehen? Und warum sollte ich es überhaupt sagen? Ich war ja selbst noch nicht sicher, was ich von meinem Vater hielt, deshalb kam es mir verlogen vor, Vorteil aus ihm zu schlagen. Außerdem konnte es nicht viele Süßwarenproduzenten in der Stadt geben. Wahrscheinlich kannte sie ihn. Und wenn ja, wie sollte ich dann meine Existenz erklären? Ich warf ihr einen Seitenblick zu. Vielleicht war es besser, meine Verbindung zu *Standard* vorläufig nicht zu erwähnen.

Sie versteifte sich. »Sehen Sie doch!«

Der Präsident salutierte und stieg in die Luftmaschine. Würde er wirklich mitfliegen?

Lucy war ganz blass geworden. »Er wird fliegen.«

Ein Mann lief zu der Maschine hin und startete den Propeller, während der Pilot den Präsidenten in seinem Sitz anschnallte. Ein zweiter Mann zog die Bremsblöcke vor den Rädern fort.

Der Präsident winkte, der Pilot salutierte und die Maschine holperte über den Flugplatz.

Lucy presste das leere Taffy-Papier an ihre Brust.

Wir beugten uns wie alle anderen vor, als die Flugmaschine über den Grasstreifen rollte. Trotz der Aufforderung der Polizisten, zurückzubleiben, drängte die Menge immer weiter nach vorn, um zu sehen, wie die Maschine das Ende der Startbahn erreichte.

»Er wird es nicht schaffen.« Lucys Stimme war ganz leise und sie war totenblass.

Die Maschine hatte das Ende des Grasstreifens erreicht.

»Doch, das wird er.« Er musste einfach.

»Ich kann es nicht mit ansehen!« Sie griff nach meinem Revers und vergrub ihr Gesicht in meinem Mantel.

Ich legte einen Arm um sie und drückte sie leicht. »Sie müssen aber hingucken. Es wird schon gut gehen, glauben Sie mir!«

Als sie zu mir aufblickte, waren ihre blauen Augen ganz dunkel vor Angst.

Ich musste lachen. »Es wird gut gehen, bestimmt.« Ich zog sie fest an mich und küsste sie auf die Wange, gleich unter dem fedrigen Hauch von Hut, den sie trug.

Sie schaute zu mir hoch, die Hand an ihren Hut gelegt. Ihr Blick ruhte auf meinen Augen, dann auf meinen Lippen.

Als ich mich vorbeugte, hob sie mir ihr Gesicht entgegen.

Ich legte eine Hand an ihre Wange. »Sie schaffen es. Versprochen.«

Irgendwo hinter uns fing eine Band an zu spielen.

Ihre Augen wurden groß, dann schlug sie sie nieder und entzog sich meinen Armen, blieb aber neben mir stehen. Zusammen schauten wir zu, wie die Maschine noch einmal kurz hüpfte und sich dann in die Luft erhob.

Sie schlug die Hand vor den Mund. »Sie fliegen! Sie fliegen!«

Um uns herum brandete Jubel auf.

Die Leute verrenkten sich die Hälse, als die Maschine einen weiten Bogen flog, zurückkehrte und direkt über uns herabschoss. Ich hob eine Hand, um zu winken, und blickte zu Lucy hinüber. Sie tat dasselbe. Die Maschine flog über uns hinweg und weiter, bis sie nur noch als winziger Fleck zu erkennen war. Dann kehrte sie um, kam zurück und sank langsam auf den Boden.

Die Menge keuchte auf, Lucy griff nach meiner Hand.

Ich hätte ihr gerne noch einmal versichert, dass alles in Ordnung war, doch ich war mir selbst nicht sicher. Ein gellender Schrei war zu hören, dann streckte die Maschine plötzlich die Nase in die Luft und begann wieder zu steigen.

Lucys Hand wurde schlaff.

Ich schaute sie an, doch sie sah mich nicht. Ihre Augen waren auf die Flugmaschine fixiert, ein Ausdruck tiefen Staunens lag über ihrem Gesicht. Hand in Hand beobachteten wir den Rest des Fluges, bis die Maschine schließlich wieder über das Flugfeld hüpfte. Als Lucy sich zu mir umwandte und den Mund öffnete, um etwas zu sagen, beugte ich mich vor, um endlich diesen wunderschönen Mund zu küssen. Doch plötzlich stand der Mann vor uns, der sie auf der Bühne hatte stehen lassen, und unterbrach uns.

»Hast du das gesehen, Lucy? Hast du …?« Seine Augen fielen auf unsere Hände.

Erschrocken entzog sie mir ihre Hand und wurde rot. Ihr Blick flog erst zu mir, dann sah sie ihn an. »Ja, Sam. Natürlich habe ich es gesehen. Alle haben es gesehen.«

Er ignorierte sie und wandte sich an mich. »Ich glaube, ich kenne Sie noch nicht.«

Was würde ein Gentleman jetzt tun?

Spielte das eine Rolle? Ich hatte mich den ganzen Tag wie Charlie verhalten. Ich trat vor. »Nein, das stimmt.«

»Sam, das ist Charlie. Charlie, das ist mein … Sam. Sam Blakely.«

Ihr Sam. Ich hatte das Gefühl, als hätte mich jemand in den Bauch getreten.

Mein Vater winkte mir aus der Menge zu. »Ah! Da bist du ja!«

Lucy starrte ihn einen Moment an, dann drehte sie sich zu mir um. Ihre Brauen zogen sich zusammen und sprangen wieder auseinander.

Ich legte ihr eine Hand auf den Arm. »Was ist denn? Was ist passiert?«

Mein Vater nickte ihr zu und sagte dann zu mir: »Wie ich sehe, hast du Miss Kendall getroffen. Wieder einmal. Schön, Sie zu sehen, Lucy, meine Liebe.«

Kendall? Hatte er Kendall gesagt? Aber … sie konnte doch nicht … eine Kendall sein? War das möglich? Eine City Confectionery Kendall?

Lucy wandte sich zu mir, ein starres Lächeln auf den Lippen. »Es war sehr freundlich von Ihnen, mich zu begleiten. Vielen Dank für Ihre Hilfe, doch jetzt benötige ich Sie nicht mehr.« Damit drehte sie mir den Rücken zu und trat zu ihrem Sam.

»Bitte. Gehen … gehen Sie noch nicht.« Ich griff nach ihrer Hand.

»Ich möchte dich gern jemandem vorstellen, Charles.« Mein Vater wurde ungeduldig.

»Charles?« Sie sprach den Namen aus, als würde sie mich nicht kennen. »Charles Clarke?«

Ich trat zu ihr.

Sie trat einen Schritt zurück.

»Charlie. Ich bin Charlie.«

»So sagten Sie. Sie vergaßen nur zu erwähnen, dass Ihr Nachname Clarke ist.«

»Es ist nicht … ich meine, als ich Sie traf … Lucy, Sie müssen mir glauben! Ich wusste nicht, wer Sie sind. Ich …« Ich trat näher zu ihr, damit ich nicht so laut reden musste.

»Ich bin nicht *er*!« Ich warf einen Blick zu meinem Vater hinüber. »Ich bin neu in der Stadt. Ich komme aus Chicago.« Warum sah sie mich so an?

»Ich dachte … ich hatte gehofft …« Sie trat noch einen Schritt zurück. »Sie schienen so anders zu sein als alle anderen.«

»Ich bin anders.« Sie wusste nicht, wie wahr diese Worte waren.

»Bitte, glauben Sie mir: Ich wusste nicht, wer Sie sind, als wir uns auf dem Ball begegneten.«

»Also pflegt ihr Clarkes nur die Firmen von Familien zu ruinieren, die ihr nicht kennt? Soll das eine Empfehlung sein? Soll ich mich jetzt besser fühlen?«

»Wenn Sie mir nur eine Minute zuhören wollen …«

»Warum?« Sie hob ihren Rock mit einer so heftigen Bewegung, dass ich hörte, wie der Stoff riss. Und dann trat sie so rasch vor, dass ich beinahe stolperte im Versuch, ihr Platz zu machen. Sie drückte eine Faust gegen meine Brust. »Werden Sie uns auch bestehlen? Haben Sie das auf dem Ball versucht? Herauszufinden, was für eine neue Süßigkeit ich erfunden hatte?« Als sie ihre Faust fortzog, flatterte ein Royal-Taffy-Papier zwischen uns zu Boden.

»Nein – nein! Ich wusste ja nicht einmal, dass Ihr Vater Süßwaren herstellt. In Fabrikation. Glauben Sie mir, wenn ich …«

»Wenn Sie es gewusst hätten, würden Sie dann von Ihrem Versuch, uns aus dem Geschäft zu drängen, absehen? Oder das Rezept zurückgeben, das Ihr Vater meinem Vater gestohlen hat?«

»Warten Sie doch mal eine Minute!«

»Und ich habe Sie für einen Gentleman gehalten!«

»Das war ich auch. Das bin ich.« Ich wollte es jedenfalls sein. »Ich bin Ihr Freund.« Den letzten Satz zischte ich, weil ich nicht wollte, dass mein Vater ihn hörte.

»Ich werde nie Ihre Freundin sein, Charlie Clarke. Und Sie können Ihrem Vater bestellen, dass wir nicht aufgeben. Wir haben genauso das Recht, Süßwaren herzustellen, wie er.«

Mein Vater schüttelte den Kopf, während wir zusahen, wie Lucy stolpernd in der Menge verschwand. Ihr Kleid brachte sie bei jedem Schritt beinahe zu Fall.

»Du hast nicht gesagt, dass dein Rivale eine Tochter hat.«

»Das ist sie. Sie war so ein reizendes kleines Mädchen.«

»Du versuchst das Geschäft *ihres* Vaters vom Markt zu drängen?«

»Genau. City Confectionery.«

Das war die schlimmste Neuigkeit, die ich je gehört hatte.

17

Lucy

»Ist alles in Ordnung, Lucy?«

Nein, war es nicht.

»Ich wollte es dir sagen.«

Ich versuchte, so viel Raum wie möglich zwischen mich und Charlie Clarke zu bringen. Das war nicht leicht in dem engen Kleid, auch wenn ich den Saum zerrissen hatte, deshalb dauerte es einen Augenblick, bis mir klar wurde, was Sam gesagt hatte. »Was sagen?«

»Dass … na ja … dass der Mann, mit dem du geredet hast, Mr Clarkes Sohn ist.«

Ich blieb abrupt stehen und drehte mich zu ihm um. »Du hast es gewusst?«

Er zuckte die Achseln.

»Du wusstest, wer er ist?«

»Ich … ja, schon.«

»Und du hast es mir nicht gesagt? Du *wolltest* es mir sagen?«

»Ich dachte, du wüsstest es. Er wurde auf dem Ball praktisch jedem vorgestellt. Und überhaupt haben alle davon geredet, dass Mr Clarkes Sohn in der Stadt ist.«

Mir hatte es niemand gesagt. Außer Winnie. Und ich wäre nie im Leben auf die Idee gekommen, dass er der Mann auf der Empore war. »Ich fasse es nicht …« Ich hatte ihm vertraut. Hatte mit ihm geredet. Hatte zugelassen, dass er meine Hand nahm. Hätte ihn beinahe geküsst! Sogar zwei Mal! Ich konnte nicht fassen, dass ich ihn wirklich gemocht hatte. Und das, obwohl er ein Clarke war!

»Lucy?«

»Was!«

»Die Kutsche ist da hinten.« Sam legte eine Hand unter meinen

Ellbogen und dirigierte mich in die richtige Richtung. »Und im Moment siehst du überhaupt nicht aus wie eine Königin. Nur damit du es weißt.«

Ich setzte ein Lächeln auf und grüßte die Bürger der Stadt, während Sam mich zur Kutsche führte. Drinnen biss ich mir auf die Lippen, damit die Tränen der Demütigung, die sich hinter meinen Augen gebildet hatten, nicht zu fließen begannen. Hatte Mr Clarkes Sohn mich die ganze Zeit ausgelacht? Während er neben mir gestanden, meine Hand gehalten und so getan hatte, als wollte er mich küssen? »Das wird er noch bereuen.«

Sam beugte sich vor. »Was hast du gesagt?«

»Mr Clarkes Sohn.« Charlie. Dieser Name würde nie mehr über meine Lippen kommen. Ich hatte meinen Entschluss geändert: Ich würde meiner Mutter nicht erlauben, die Firma zu verkaufen. Stattdessen würde ich Standard Manufacturing aus dem Geschäft drängen. »Dieser Mann wird schon bald den Tag bereuen, an dem er mich kennengelernt hat.«

Statt uns am Haus abzusetzen, hatte ich Sam gebeten, den Kutscher anzuweisen, uns zur Fabrik zu fahren. Ich wollte nach Mr Blakely fragen, denn ich hatte seit meiner Rückkehr noch keinen von unseren Angestellten gesehen. Und obwohl ich so wütend auf Charlie war, musste ich doch wissen, wie es Ednas Mutter ging und ob Hazels Schwester den Mann geheiratet hatte, der ihr vor meiner Abreise den Hof gemacht hatte. Velma erzählte mir, dass ihre Tochter mit einer Enkeltochter in die Stadt zurückgekehrt sei, und Morris bat mich, einen neuen Überzug für Fancy Crunch zu kosten, mit dem er experimentierte. So hatte ich mich langsam bis zu den Röstöfen vorgearbeitet. Sam war längst verschwunden. Als ich ihn schließlich wiederfand, fragte ich ihn, ob ich kurz seinen Vater sprechen könnte.

Sam kratzte sich am Ohr. »Er ist wahrscheinlich im Packbereich.«

Mr Blakely hatte nur unter Protest aus der Herstellung ins Büro gewechselt. Er war der Einzige gewesen, der mit meinem Vater zusammen Standard Manufacturing verlassen hatte. Und wie mein Vater und ich stand er lieber in der Versuchsküche und kreierte Süßigkeiten, als sich der Buchhaltung zu widmen. Er stahl sich noch immer in die Fabrikation, sooft er konnte. »Aber ich muss ihn sprechen. Kannst du ihn nicht bitte suchen gehen? Ich warte im Büro.«

Sam ging fort, um seinen Vater zu holen, ich begab mich ins Büro und schaltete das Licht ein. Dann ging ich um den Schreibtisch herum und versuchte, mich in einen schwindelerregend hohen Stapel Papiere einzulesen.

Als ich gerade den Schreibtisch abstaubte, kam Mr Blakely ins Büro. Sam folgte ihm.

»Miss Lucy – willkommen zu Hause! Sie wollten mich sehen?«

Ich ging zu ihm und erwiderte seine Umarmung. »Ich wollte Sie etwas fragen. Wann haben wir zum letzten Mal Werbeplakate gedruckt?«

Er zupfte sich am Ohr und blickte zur Decke hoch. »Ich glaube … das muss …« Er seufzte. »Ehrlich gesagt, ich weiß es nicht.«

»Also haben wir keine Werbung gemacht, seit die Royal-Taffy-Plakate über unsere geklebt wurden?«

»Ich glaube, ja.«

»Warum nicht?«

»Ich hatte nicht bemerkt …« Mr Blakely zupfte abermals an seinem Ohr. »Sie haben unsere einfach überklebt?«

»Ja! Es gibt nicht ein einziges Fancy-Crunch-Plakat mehr in der Stadt.« Wenn doch, hatte ich jedenfalls keins gesehen.

»Nun, das ist … das ist nicht in Ordnung!«

»Nein, das ist nicht in Ordnung. Und es muss korrigiert werden.«

Er verschränkte die Arme vor der Brust. »Das finde ich auch.«

»Gut. Also … wessen Aufgabe ist das?« Ich konnte mich nicht erinnern, wer dafür zuständig war.

»Die Ihres Vaters«, sagten Sam und Mr Blakely unisono.

Ich seufzte. Wenn mein Vater sich um diese Dinge hätte kümmern sollen, dann war es in Wirklichkeit Aufgabe meiner Mutter. Sie war die Einzige, die jemals etwas getan hatte, das nicht direkt mit der Herstellung der Süßigkeiten zu tun hatte. Und sie konnte ich nicht danach fragen, weil sie die Firma unbedingt verkaufen wollte. Schließlich ging es ja um ihr Geld. »Wir brauchen neue Plakate.«

Mr Blakely nickte heftig. »Ja, unbedingt.«

»Sie müssen sie bestellen.«

Er schüttelte genauso heftig den Kopf. »Ich habe nichts dagegen, Zucker und Nüsse und all das zu bestellen, aber mit den Plakaten kenne ich mich nicht aus.«

Ich sah Sam an, doch er mied meinen Blick.

»Wir lassen zu, dass *Standard* uns aus dem Geschäft drängt, nur weil uns ein paar Plakate fehlen?«

Sam verlagerte sein Gewicht. »Und weil sie Royal Taffy haben.«

»Es gibt nichts auszusetzen an Fancy Crunch!«

Er und Mr Blakely sahen mich bedrückt an.

»Oder?«

Sam hob eine Schulter und ließ sie wieder fallen. »Es wäre besser, wenn …«

Es wäre besser, wenn die Leute es kaufen würden. Es wäre auch besser, wenn die Herstellung nicht so teuer wäre. Und es wäre entschieden besser, wenn Charlie Clarke nicht alle unsere Werbeplakate überklebt hätte – ihn hatte ich nämlich in Verdacht. Selbst wenn ich ihn erst in einer Ewigkeit wiedersehen würde, wäre das noch zu früh! »Sam?«

Er zuckte zusammen. »Ja, Lucy?«

»Ich brauche deine Hilfe.«

Wir gingen zusammen nach Hause, Sam und ich. Ich bat ihn, Mutter abzulenken, damit ich in ihr Wohnzimmer schleichen und ihren Schreibtisch durchsuchen konnte. Sie hatte darauf bestanden, die Korrespondenz und die Buchhaltung der Firma selbst zu übernehmen. Immer wieder, wenn ich gerade mit meinem Vater in die Küche gehen wollte, hatte sie mich zu sich gerufen und mir befohlen, mit ihr zusammen die Bücher durchzusehen.

»Es ist schön und gut, Süßigkeiten zu machen, aber ich hoffe sehr, dass du eines Tages jemanden heiratest, der Geld macht.« Dabei pflegte sie mich vielsagend anzusehen. *»Heirate nie einen Träumer. Träumer haben keinen Sinn für Geld.«*

Laufend beklagte sie sich über dieses und jenes. Vor allem die Abmachung, dass sie die Geschäfte aus der Ferne leiten musste statt von der Fabrik aus, war ihr nicht recht.

Ich zählte stets, so schnell ich konnte, die Zahlen und Spalten zusammen und schlüpfte hinaus, sobald sie mir den Rücken zukehrte. Denn mein Vater mochte ein Träumer sein, doch ich zog es bei Weitem vor, mit ihm zusammen Zucker zu karamellisieren, als mit meiner Mutter Rechnungen zu schreiben.

Doch jetzt brauchte ich Informationen. Ich musste mir die Bücher anschauen und herausfinden, wie viel Geld wir noch hatten. Leider hatte ich vergessen, dass sie nicht nur vorhatte, die Fabrik zu verkaufen, sondern auch, mich gut zu verheiraten.

»Lucille.« Sie betrat gerade die Eingangshalle, als wir ins Haus kamen. »Ich habe Mr Arthur gerade von deiner Reise nach Europa erzählt.«

Mr Arthur. Meine Hoffnung sank.

Ich verfluchte mein modernes Kleid; nur weil es so eng war, hatte ich nicht schnell genug entwischen können. »Ich bin gerade wirklich sehr beschäftigt«, flüsterte ich ihr zu und versuchte, mich vorbeizudrücken.

»Aber offenbar nicht zu beschäftigt, um mit Samuel Blakely durch die Stadt zu flanieren«, zischte sie zurück. »Die Veranstaltung muss doch schon vor Stunden zu Ende gewesen sein.«

»Aber …«

»Mr Arthur war ebenfalls dort.« Sie nahm mir den Hut ab und schob mich in Richtung Salon. »Ich brauche dich doch hoffentlich nicht an seine Stellung in der Stadt zu erinnern. Und es ist auch kein Geheimnis, dass er eine Frau sucht.«

Ich fing Sams Blick auf und deutete mit dem Kinn auf Mutters Wohnzimmer. Wenn ich schon Konversation machen musste, konnte Sam ruhig für mich spionieren. Ich war sicher, dass Mutter bei uns im Salon bleiben würde.

Doch das tat sie nicht.

»Ich würde gerne mit dir reden, Samuel Blakely.«

Er warf mir einen entsetzten Blick zu.

Ich unterdrückte ein Seufzen, setzte ein Lächeln auf und rief mir in Erinnerung, dass ich die Königin der Liebe und Schönheit war. Und dann ging ich in den Salon und widmete mich der Aufgabe, Mr Arthur zu unterhalten.

Mr Arthur.

Mr Alfred Arthur.

Auch das noch.

18

Charlie

Ich beschloss, dem Streit zwischen meinem und Lucys Vater auf den Grund zu gehen. Zwar hätte ich ganz einfach Augusta fragen können, doch ich glaubte nicht, dass sie mir die ganze Wahrheit sagen würde. Also tat ich, was ich in Chicago zu tun pflegte, wenn ich etwas herausfinden musste. Ich ging auf die Straße. Auf der Grand Avenue kaufte ich einem Zeitungsjungen eine Zeitung ab und steckte sie mir unter den Arm. Dann griff ich in meine Tasche und zog einen Royal Taffy heraus. »Ich brauche eine Information.«

Der Junge beäugte den Riegel. »Vielleicht hab ich ja eine.«

»Es müsste eine wahre sein.«

»Das könnte extra kosten.«

St. Louis stieg in meiner Achtung, während ich einen zweiten Royal Taffy aus der Tasche zog.

Der Junge blickte die Straße hinauf und hinunter. Dann schnappte er sich die Riegel und steckte sie in eine Tasche seines schmuddeligen, mottenzerfressenen Mantels. »Was wollen Sie wissen?«

»Alles über Standard Manufacturing und City Confectionery.«

Er sah mich misstrauisch an. »Weiter nichts?«

»Warum? Weißt du etwa nichts über sie?« Ich streckte die Hand aus. Ich würde nicht zwei perfekte Royal Taffys für nichts und wieder nichts hergeben.

»Ich weiß alles über sie! Jeder hier in der Stadt kennt die Geschichte. Sie sind nicht von hier, oder, Mister?«

»Erzähl's mir.«

»Sie waren Partner, vor ein paar Jahren.« Der Junge konnte höchstens acht oder neun Jahre alt sein, doch er sagte es völlig ernst.

»So viel weiß ich auch.«

Er zuckte die Achseln. »Das ist alles. Dann wissen Sie alles.«

»Aber was ist passiert? Warum sind sie jetzt keine Partner mehr?«

»Mr Clarke wurde von Mr Kendall eingestellt, um ihm in der Fabrik zu helfen, und ehe Mr Kendall sich's versah, hat Clarke ihm die Fabrik gestohlen und ihn rausgeworfen.«

»Gestohlen? Ich glaube nicht, dass er die Fabrik wirklich gestohlen hat!«

»Die Reichen haben immer vornehme Ausdrücke dafür, doch am Schluss hatte Mr Clarke alles und Mr Kendall nichts. Nicht mal mehr die Süßigkeit, welche er erfunden hatte. Wie würden Sie so etwas nennen?«

»Ich habe aber gehört, es sei alles völlig legal abgelaufen.«

»Legal?« Er schnaubte. »Vielleicht war es legal, aber das heißt nicht, dass es richtig war.«

So gesehen klang es tatsächlich sehr nach Diebstahl. »Aber … macht Mr Kendall denn nicht immer noch Süßigkeiten?«

»Er hat geschworen, etwas Besseres zu erfinden als Royal Taffy, aber das ist ihm nicht gelungen.« Er klopfte auf seine Tasche, als er das sagte.

»Und was ist mit …?« Und was war mit Lucy? Und mit mir? »Was ist mit ihren Familien?«

»Es gibt eine Mrs Clarke, aber sie hat keine Kinder. Außerdem heißt es, Mr Clarke habe irgendwo im Norden eine Familie gehabt. Anscheinend lebt ein Sohn jetzt bei ihm. Es heißt, er wird die Fabrik übernehmen, wenn Mr Clarke stirbt.«

»Ach, heißt es so? Er ist ein gut aussehender Typ, oder?«

Er sah mich mit zusammengekniffenen Augen an. »In meinen Augen nicht.«

Ich gab ihm noch einen Royal Taffy.

»Na ja, die Leute sagen, dass er wirklich ganz gut aussehen soll.«

Das war schon besser. »Erzähl mir von den anderen. Den Kendalls.«

»Die Mutter hat das Geld und das reibt sie Mr Kendall auch gelegentlich unter die Nase, damit er nicht vergisst, dass eigentlich alles ihr gehört. Der Alte hatte kürzlich einen Herzanfall und jetzt liegt er zu Hause und versucht zu sterben.«

»Warte mal – was hast du da gesagt?«

»Es heißt, Mr Kendall würde bald sterben.«

Lucys Vater? Der, mit dem sie immer Süßigkeiten erfunden hatte?

»Und dann gibt's da noch eine Tochter. War eine Zeit lang in Europa, ist aber vor Kurzem zurückgekommen.«

»Wie ist die so?«

Er zuckte die Achseln. »Sie ist die VP-Königin. Ihre Mutter hat beschlossen, sie zu verheiraten. So heißt es jedenfalls.«

»Gibt es schon jemand Bestimmten?«

Er zuckte wieder die Achseln. »Der junge Minard hat sich offenbar an sie rangemacht, aber der Arthur-Sohn hat richtig Kohle.«

»Arthur-Sohn …?«

»Sie wissen schon: die Arthurs von der Elektrizitätsgesellschaft. Aber der ist so alt, der könnte praktisch ihr Vater sein.« Der Zeitungsjunge wollte weitergehen.

»Gibt es noch jemanden?«

»Warum finden Sie das zur Abwechslung nicht mal selbst raus? Gehen Sie doch einfach auf die vornehmen Partys. Sie sind doch schließlich der Clarke-Sohn, oder?«

Frechdachs.

Ich ließ den Zeitungsjungen stehen und ging in die Fabrik. Irgendwie musste ich einen Weg finden, Lucy zu sagen, dass ich ihr nichts Böses gewollt hatte. Dass ich nur versuchte … die Firma ihres Vaters zu zerstören.

Ich kam an einer Mauer vorbei, die ich praktisch mit Royal-Taffy-Plakaten tapeziert hatte. Die Fancy-Crunch-Plakate darunter konnte ich zwar nicht mehr sehen, doch das hieß nicht, dass ich kein schlechtes Gewissen hatte, weil ich sie alle überklebt hatte. Ich fluchte. In St. Louis sollte doch alles leichter werden, nicht noch komplizierter.

Das Klingeln einer Straßenbahn forderte mich auf, von den Schienen zu gehen. Ich trat auf den Bürgersteig und las die Anzeige auf der

Straßenbahn, die an mir vorbeifuhr: *Mach der Königin deines Herzens ein königliches Geschenk.*

Die Königin meines Herzen würde mir die Süßigkeit höchstwahrscheinlich an den Kopf werfen.

Ich musste einfach mit Lucy reden. Ich musste ihr sagen, dass … was? Warum sollte sie sich von mir noch mehr anhören, als sie bereits wusste?

Ich trat wieder vom Gehweg herunter und grüßte zwei vorübergehende Damen. Im Weitergehen sah ich im Schaufenster eines Billigladens eine Schachtel Royal Taffy. Die ganze Stadt war allmählich ein einziger großer Beweis meines Verrats. Wie konnte ich sie dazu bringen, ihre Meinung über mich zu ändern? Was sollte ich ihr sagen?

Du bist das hübscheste Mädchen, das ich je gesehen habe?

In meinen Augen bist du die vollkommene VP-Königin?

Als ich das mit deinem Vater herausfand, habe ich mich ziemlich schlecht gefühlt?

Klang das alles nicht wunderbar? Aber ich hatte das Gefühl, dass Lucy Kendall nichts davon hören wollte. Das Einzige, was sie von mir wollte, war das Versprechen, dass der Firma ihres Vaters nichts geschehen würde. Und das bedeutete, dass ich meinen eigenen Vater verraten musste, gerade jetzt, wo ich ihn wiedergefunden hatte. Gerade nachdem ich die zweite Chance in meinem Leben erhalten hatte. Nicht, dass es ihm nicht recht geschehen würde. Nur dass … ich es nicht über mich brachte. Lucy schien gerade das zu wollen, was ich ihr nicht geben konnte.

In der Fabrik deutete Mr Mundt auf die Tür zum Büro meines Vaters. Ich ging hinein und setzte mich in den Stuhl ihm gegenüber.

»Ich habe deine Plakate gesehen, Charles. Gute Arbeit.«

Ich spürte, wie ich ein Stückchen wuchs. »Danke.« Hatte er wirklich die Firma gestohlen oder war es so gewesen, wie er gesagt hatte?

Spielte das überhaupt eine Rolle, wenn das Ergebnis in beiden Fällen dasselbe war? Wie fühlte ich mich als Sohn eines Mannes, der andere übervorteilte?

»Aber man hat mir gesagt, dass es Zeit für aggressivere Methoden wird. Wir müssen etwas unternehmen, das schnellere Wirkung zeigt.«

Aggressiver? Aggressiver, als sämtliche Fancy-Crunch-Plakate in der Stadt zu überkleben?

»City Confectionery stellt immer noch Süßigkeiten her. Ich werde dafür sorgen, dass ihre Produkte aus den Regalen verschwinden, aber wir müssen es trotzdem schaffen, dass sie die Produktion einstellen.«

»Warum?« Warum musste Lucy eine Kendall sein? Warum konnte sie nicht eine Miller oder Jones oder … Smith sein? Und warum musste mein Vater die Firma ihres Vaters ruinieren wollen? »Was hat er dir getan?«

»Wer?«

»Mr Kendall?«

»Das hat doch nichts mit ihm zu tun. Ich wünschte, ich könnte dir mehr sagen, aber das darf ich nicht. Es gehört zum Abkommen. Ich kann dir nur sagen, dass mir die Hände gebunden sind.«

Ihm waren die Hände gebunden? Warum machte er dann Pläne, ließ mich Plakate aufhängen und sprach von sofortigem und aggressivem Handeln?

»Ich schulde jemandem einen Gefallen, mehr kann ich dazu nicht sagen.«

»Bist du sicher, dass die Person, der du den Gefallen schuldest, … ehrlich ist?«

Er lachte. »Du musst mir schon vertrauen.«

»Offen gesagt, das ist das Einzige, das mir nie leicht gefallen ist.« Nein. Das stimmte nicht. Als Kind hatte ich ihm bedingungslos vertraut. Aber ich wusste nicht, ob ich das je wieder konnte.

»Du kannst doch nicht ernsthaft glauben, dass ich etwas Ungesetzliches tun würde!«

Nein. Nur etwas Unehrenhaftes und Charakterloses und Feiges.

»Ich bin dein Vater, Charles. Und ich würde dich nie um etwas bitten, das ich nicht auch selbst tun würde.«

Was wollte ich eigentlich von ihm? Er hatte mir einen Job gegeben, hatte mich in seinem Haus aufgenommen, sich entschuldigt … aber irgendwie genügte das alles nicht. »Ich glaube einfach nicht, dass man es uns danken wird, wenn wir die Firma eines Sterbenden ruinieren. Die Süßwarenfabrik eines sterbenden Mannes.«

»Du musst lernen, mit dem Kopf zu denken, Charles, nicht mit dem Herzen. Ich sage nicht, dass mir nicht ein bisschen mulmig bei der ganzen Sache ist. Aber letztendlich wirst du, wie ich, einsehen, dass es das Richtige ist.«

19

Lucy

»Ich war sehr enttäuscht vom Präsidenten. Ich hätte erwartet, dass er sich weigert mitzufliegen.« Mr Arthur schien jeden Moment mit dem Finger wackeln zu wollen wie eine alte Jungfer.

Ich hätte beinahe gelacht. Er erwartete, dass Präsident Roosevelt einen Flug in einer Flugmaschine ablehnte? Wann war der frühere Präsident je einem Risiko oder einer Herausforderung aus dem Weg gegangen?

»Jetzt wird jeder kleine Junge es ihm nachtun wollen. Wenn Gott gewollt hätte, dass der Mensch fliegt, dann hätte er uns Flügel gegeben.«

»Aber … fanden Sie es denn nicht auch aufregend?« Mir trat jedes Mal unwillkürlich ein Lächeln auf die Lippen, wenn ich an die Männer dachte, die wie Vögel durch die Lüfte geflogen waren.

»Nein. Aber wollen wir nicht lieber das Thema wechseln? Sie waren doch bestimmt nur dort, weil es Ihre Pflicht war.« Er sah mich erwartungsvoll an.

Da hatte er recht. Doch eine kleine, trotzige Lucy in mir beharrte darauf, dass es nicht so war. Das lag vermutlich am Einfluss von Charlie Clarke. Ich hätte ihm die Augen auskratzen sollen, statt seine Hand zu halten. »Natürlich.«

Er nickte, als hätte er einen wichtigen Punkt auf einer Liste abgehakt. »Bitte halten Sie mich nicht für einen unverschämten Flegel, wenn ich Ihnen sage, dass St. Louis keine bessere Königin der Liebe und Schönheit hätte wählen können.«

»Das ist sehr freundlich von Ihnen, Mr Arthur.«

»Nicht freundlicher, als Sie zu mir gewesen sind. Und ich bestehe darauf, dass Sie mich Alfred nennen.«

Mutter strahlte aus der Ecke, in der sie vor einem Weilchen Platz genommen hatte.

»Das ist sehr freundlich … Alfred.« Ich hatte das Gefühl, als sei ich in einen Topf Toffee getreten. Als steckten meine Füße fest und ich könnte nicht freikommen. Ich kannte dieses Gefühl von meiner Europareise. Dort hatte so gut wie jeder junge Mann, den meine Tante und mein Onkel mir vorgestellt hatten, versucht, sich an meine Fersen zu heften, wohingegen ich einfach nur die Kathedralen und Museen besichtigen wollte. Und die Süßwarenläden. In Europa hatte ich diese Situationen immer vermieden, indem ich vorgab, völlig gebannt von den Ausführungen unserer Fremdenführer zu sein. Hier hatte ich diese Möglichkeit nicht. Ich lächelte Mr Arthur an und faltete krampfhaft die Hände zusammen.

»Mr Arthur, erzählen Sie mir doch vom Elektrizitätsgeschäft.«

Seine Brauen flogen hoch, fast bis unter die perfekte Welle seines honigfarbenen Haars. »Das wäre ein allzu ermüdendes Thema für ein Mädchen wie Sie, Miss Kendall.«

Wenn wir nicht über seine Arbeit reden sollten, was blieb dann noch? Politik war verboten. Religion war unhöflich. Die Zeitung hatte ich heute Morgen nicht gelesen und er sah nicht aus wie ein Mann, der Romane las. »Haben Sie schon Pläne für … für …«

Seine Brauen hoben sich erneut.

»Für Weihnachten?«

»*Weihnachten*?« Er wurde knallrot und ruckelte unbehaglich mit dem Kopf, als sei ihm sein Hemdkragen plötzlich zu eng geworden. »Bis dahin sind es zwar noch über zwei Monate, aber ich darf wohl sagen, dass ich bereits Pläne habe, ja.«

Gab es denn gar nichts, worüber wir reden konnten? »Wir verbringen meistens einen ruhigen Tag zu Hause.«

Mutter ließ sich aus der Ecke vernehmen. »Aber natürlich sind wir neuen Bräuchen gegenüber stets aufgeschlossen.«

Wir?

Sie sah mich an. Auf ihrem Gesicht lag ein erstarrtes Lächeln.

»Äh … ja!« Ich blickte zu Mutter hinüber und sie nickte. »Wir sind neuen Bräuchen gegenüber stets aufgeschlossen. In Italien verkünden Pfeifer den Beginn der Weihnachtszeit und in vielen Gegenden stellen die Kinder ihre Schuhe für den Nikolaus hinaus, statt Strümpfe aufzuhängen.«

Er blinzelte.

»In manchen Gegenden Frankreichs heißt es, dass ein Mann kommt und die unartigen Kinder verhaut. Er ist eine Art … Gegenspieler vom Nikolaus.«

Mr Arthurs Gesicht war vor Entsetzen erschlafft. »Ich kann das wohl kaum billigen! Sie etwa, Miss Kendall?«

Ich hatte es eigentlich recht originell gefunden, doch anscheinend hatte ich seine Aufgeschlossenheit für neue Bräuche überschätzt. »Ich gebe zu, dass es für uns Amerikaner sehr fremd wirken muss.«

»In der Tat.« Ich erwartete, dass er jeden Moment gluckte wie eine alte Henne. Doch er stand auf, verbeugte sich zuerst vor Mutter und dann vor mir, verabschiedete sich und ging.

Sam war schon gegangen, bevor Mr Arthur sich auf den Weg gemacht hatte.

Verflixt!

Mutter fand mich in der Eingangshalle, wo ich meinen in Auflösung befindlichen Pompadour-Knoten im Spiegel prüfte. Sie stellte sich hinter mich, begutachtete die Stelle, wo der Knoten zu rutschen begann, zog eine Haarnadel heraus und steckte sie neu fest. »Niemand möchte etwas über Europa hören, Lucy.«

Warum hatte sie mich dann auf dieses Thema gebracht? Ich hatte einfach nicht gewusst, was ich sonst sagen sollte! »Mr Arthur hat mir nicht viel Spielraum für Konversation gelassen und im Übrigen feiern wir Weihnachten ja jedes Jahr gleich.«

»Ich wollte dir sagen, dass ich mit Mr Blakelys Sohn gesprochen habe.«

»Mit Sam?«

»Gebrauchst du so hartnäckig seinen Vornamen, um mich zu ärgern?«

Ich sah sie im Spiegel an. »Nein. Ich gebrauche ihn, weil ich damit aufgewachsen bin.« Wie sollte ich ihn sonst nennen?

»Diese familiäre Anrede schickt sich nicht für dich. Er verscheucht deine Verehrer; sie denken, du hättest zugelassen, dass er die Situation ausnutzt.«

»Welche Situation?«

»Deine Zuneigung.«

»Sam?«

»*Mr Blakely*.«

Ich drehte mich um und sah sie an. »Was hast du zu ihm gesagt?«

»Ich habe ihm gesagt, dass seine Anwesenheit dir mehr schadet als nützt und dass er, wenn ihm dein Wohlergehen am Herzen liegt, tun soll, was er auch selbst als das Richtige erkennen muss.«

Das bedeutete, dass er wahrscheinlich nicht mehr die Gelegenheit gehabt hatte herumzuschnüffeln. »Und dann ist er gegangen?«

»Ja.« Mutter hob ihr Kinn, als wollte sie jeden Protest meinerseits im Keim ersticken.

»Du hast ihn doch gebeten, mich zum Flugfeld zu begleiten. Ich finde es nicht in Ordnung, ihm zuerst Aufträge zu erteilen und ihn im nächsten Moment wegzujagen.« Wenn sie von dem Taschentuch wüsste, das er mit sich herumtrug, bräuchte sie sich gar keine Sorgen zu machen.

Sie starrte mich einfach weiter an, doch plötzlich erschlaffte ihr Gesichtsausdruck und sie seufzte. Dabei fiel mir wieder ein, warum sie zu Hause geblieben war.

»Was hat der Arzt gesagt?«

Ihre Lippen wurden zu einem schmalen Strich. »Es gibt wenig Änderung.«

»Also geht es ihm nicht schlechter.« Ich spürte, wie ich Mut fasste.

Mutter schüttelte traurig den Kopf. »Aber auch nicht besser.«

»Kann ich ihn sehen?«

Sie sah mich einen Moment an, dann seufzte sie. »Das wird ihm wohl nicht schaden.« Sie blickte mir nach, als ich die Treppe hinaufging.

Ich klopfte an die Zimmertür meines Vaters.

»Herein.«

Als er mich sah, lächelte er.

»Setz dich. Erzähl mir, was du so gemacht hast. Der Arzt will mich immer noch nicht aufstehen lassen. Ich habe das Gefühl, das Leben geht an mir vorbei.«

»Ich war heute bei der Veranstaltung auf dem Flugplatz.«

»Hast du eine von diesen neumodischen Flugmaschinen gesehen?«

Ich nickte. »Und den Präsidenten habe ich auch gesehen. Präsident Roosevelt. Er ist in einer geflogen.«

»Nein!«

Ich erzählte ihm alles. Oder jedenfalls das meiste. Nur nicht von Charlie und dass ich seine Hand gehalten hatte. Und von meiner hirnverbrannten Hoffnung, dass er mich küssen würde.

»Und was war danach?«

»Danach …?«

»Nach der Veranstaltung. Ich bin nicht taub. Du hast dich eine gute Stunde lang unten im Salon mit jemandem unterhalten.«

Versucht, mich mit jemandem zu unterhalten. »Das war Mr Arthur. Er hat hier auf mich gewartet, als ich nach Hause kam.«

»Arthur …?«

»Von der Elektrizitätsgesellschaft. Mr Alfred Arthur. Mutter hat beschlossen, dass ich heirate. So schnell wie möglich.«

Papa tätschelte mir die Hand. »Du darfst ihr nicht böse sein deswegen. Sie will nur dein Bestes.«

Ich lächelte. »Ich bin ihr nicht böse.« Jedenfalls nicht deswegen.

»Und wie ist er so?«

»Wer?«

»Der Arthur-Erbe.«

»Angenehm.« Absolut nicht wie Charlie Clarke. Ich gab Papa einen Kuss auf die Wange. »Aber jetzt lasse ich dich schlafen.«

»Ich weiß gar nicht, wie ich so müde sein kann, wo ich doch die ganze Zeit nur rumliege und nichts tue.« Er legte die Hand vor den Mund und gähnte.

»Der Arzt sagt, wir dürfen dich nicht anstrengen.«

Er lächelte, erhob aber keine Einwände. Ich war kaum an der Tür, da hatten seine Atemzüge sich bereits beruhigt und sein Kopf war auf die Brust gesunken.

Mutter wartete in der Halle auf mich. »Wir haben noch eine Stunde Zeit bis zum Abendessen. Komm bitte mit und hilf mir bei der Buchhaltung.«

Ich wollte gerade protestieren, als mir klar wurde, wie gut das zu meinen Plänen passte. Ich ging ihr nach ins Wohnzimmer. Dann las ich ihr die Rechnungen vor und sie trug sie in ihr Buch ein. Sie rechnete kurz die Summe aus, dann drehte sie das Buch um und schob es mir über den Tisch zu. »Zähl mal nach, ob ich mich verrechnet habe.«

Ich prüfte ihre Zahlen. Und prüfte sie noch einmal. Dann blickte ich auf und sah, wie sie sich auf die Lippen biss und aus dem Fenster schaute. »Das kann nicht stimmen.« Ich ging die Rechnungen noch einmal durch; sie hatte sie richtig übertragen. Ich rechnete die Spalte noch einmal zusammen.

Zweihundert Dollar.

Das war alles, was wir noch hatten.

Ich drehte das Buch um und schob es ihr wieder zu. »Du hattest recht. Es war kein Fehler.« In meinem Magen formte sich ein Angstkloß.

Sie blickte auf, als sei unwichtig, was ich gesagt hatte. »Verstehst du jetzt, warum ich die Fabrik verkaufen muss?«

»Nein.« Ich verstand es nicht. »Im Gegenteil, ich finde, wir müssen uns umso mehr anstrengen. Wir müssen uns etwas einfallen lassen, wie wir mehr verkaufen können.« Und Charlie Clarke und seinen schrecklichen Vater mit ihren eigenen Waffen schlagen.

Mutter sah wieder ins Buch, dann schlug sie es zu. »Nein. Wir müssen der Wahrheit ins Gesicht sehen und das Ganze beenden, solange wir es noch können.«

»Aber warum? Warum kannst du nicht an uns glauben und weiterkämpfen, wie wir alle?«

»Weil ich es müde bin, Lucy! Ich bin es müde, von Traum zu Traum zu leben. Ich bin es müde, knausern und sparen zu müssen. Aber vor allem möchte ich, dass du es einmal besser hast als ich. Und das geht nur, wenn wir die Firma jetzt gleich verkaufen.«

»Das klingt, als würdest du das alles hassen.«

»Ich hasse es nicht. Ich verachte es. Ich verachte es für das, was es mir geraubt hat. Ich habe mein ganzes Geld, alle meine Träume in dieses Geschäft gesteckt, doch es hat mir nichts zurückgegeben. Es hat mir sehr viel mehr genommen, als es mir gegeben hat … sogar damals schon, als Standard noch uns gehört hat.«

»Nichts gegeben? Das kann doch nicht dein Ernst sein! Warum …«

»Du hast die Bücher doch gesehen. Allein die Maschinen sind mehr wert als das Geld, das wir noch haben. Je eher wir verkaufen, desto schöner können wir deine Hochzeit ausrichten. Wenn wir zu lange warten, wirst du nichts mehr haben. Deshalb habe ich dich nach Europa geschickt. Ich habe jahrelang gespart, um mir deine Reise leisten zu können, und das Geld vor deinem Vater versteckt.«

»Aber ich dachte … ich dachte, Tante und Onkel hätten …«

»Sie haben es angeboten, aber ich wollte das nicht. Eigentlich wollte ich selbst mit dir fahren. Ich wollte mit dir die Reise machen, die dein Großvater für mich geplant hatte, als ich so alt war wie du.«

»Geplant? Was ist dazwischengekommen?«

»Ich bin deinem Vater begegnet, das ist dazwischengekommen! Ich war so geblendet von seinem Charme und seinem Lächeln, so hingerissen von seinen Träumen, dass ich meine eigenen Träume aufgegeben habe. Ich habe sämtliche Träume, die ich einmal hatte, aufgegeben!« Sie nahm meine Hand, in ihren Augen standen Tränen. »Weißt du, *ich* wollte dir Paris zeigen und die Alpen. *Ich* wollte Pompeji und

Wien mit dir besuchen. Und wenn Standard noch uns gehören würde, hätten wir es uns vielleicht sogar leisten können. Und vielleicht hätte ich auch einen Mann für dich finden können, der den Namen Clary wert gewesen wäre. Deshalb habe ich dich nach Europa geschickt. Und deshalb bist du mit einer Aussteuer nach Hause gekommen.«

Mir blieb der Mund offen stehen, als ich an die vielen jungen Männer dachte, denen meine Tante mich vorgestellt hatte. An die vielen Kleider, die ich hatte kaufen müssen. Ich war durch Europa geschlendert, hatte Kirchen und Gemälde bewundert und Süßigkeiten verzehrt und nicht die leiseste Ahnung gehabt, warum man mir in Wirklichkeit diese Reise ermöglicht hatte. Ich entzog ihr meine Hand. »Ich verstehe.«

»Jetzt hasst du mich auch.«

»Ich wünschte nur … magst du eigentlich überhaupt Süßigkeiten?«

Ein Laut – es war fast ein Schluchzen – entfloh ihr. »Du warst schon immer so unbeirrbar, Lucy. Süßigkeiten sind nicht die Welt, sind nicht das Leben. Ich wünschte, du wärst in der Lage, über dich selbst hinauszusehen.« Sie schlug eine Hand vor den Mund, stand abrupt auf und ging hinaus.

20

Charlie

Ein weiterer Dienstagabend, ein weiteres Konzert. Auf dem Weg in die Stadt fuhren wir an sämtlichen Prachthäusern am Portland Place vorbei. Ich wünschte, ich könnte in einem der hell erleuchteten Wohnzimmer sitzen statt eingesperrt in einem Auto, gegen die Tür gedrückt, neben meinem Vater.

»Wer spielt denn heute Abend, Augusta? Das Orchester?«, fragte mein Vater beiläufig.

Sie warf ihm einen Seitenblick zu und legte den Pelzkragen ihres Mantels zurecht. »Das Symphonieorchester.«

Er kaute einen Moment auf seiner Zigarre. »Ich sehe da keinen Unterschied. Beide spielen die gleichen Instrumente.«

»Ein Symphonieorchester spielt Symphonien.«

»Hmpf.« Er biss so fest auf seine Zigarre, dass er ein Stückchen abbiss. Er spuckte es in seine Hand und sah sich um, als suche er einen Ort, wo er es verstecken könnte.

Ich streckte meine Hand aus.

Er ließ das Stück Zigarre in meine Hand fallen, fast ohne sich zu bewegen. Vielleicht hoffte er, wenn er Augusta dabei nicht ansah, würde sie es nicht sehen.

Doch sie sah es.

Er hantierte mit seinem Feuerzeug. »Und was spielen sie?«

»Heute Abend einmal kein Symphoniekonzert.«

»Ah! Also tun sie nur so, als seien sie ein Orchester!«

»Sie spielen Unterhaltungsmusik.« Das klang nicht, als ob sie es guthieß.

»Warum bezeichnen sie sich dann nicht als Orchester? Nur für heute Abend?« Er zwinkerte mir zu.

Sie starrte geradeaus. »Weil sie das Symphonieorchester sind.«

»Ich sehe da keinen Unterschied.«

»Es ist aber einer.«

»Ist sie nicht ein Ass? Sie kennt sich in solchen Dingen wirklich aus.« Vater nahm die Zigarre aus dem Mund und schmatzte Augusta einen Kuss auf die Wange.

Sie stieß ihn weg, doch im Licht der Straßenlaternen konnte ich sehen, dass sie errötet war.

Ich versuchte mir vorzustellen, dass meine Mutter sich in diesen Dingen auskannte, doch es gelang mir nicht.

Sie sah, ob eine Socke noch gestopft werden konnte oder weggeworfen werden musste, ob man ein Stück Fleisch noch kochen und essen konnte oder ob es verdorben war und ob man mit der Mietzahlung noch einen oder zwei Monate warten konnte. Das waren die Fähigkeiten, die eine Mutter erwarb, wenn sie drei Kinder allein großziehen musste.

Vielleicht hatte mein Vater eine Frau wie Augusta gebraucht, um Erfolg mit seiner Süßwarenfabrik zu haben. Aber hätte meine Mutter nicht auch eine solche Frau werden können, wenn er ihr die Chance dazu gegeben hätte? Ich spähte verstohlen zu Augusta hinüber. Sie war eigentlich gar nicht so übel, wirklich nicht, aber sie war eben nicht meine Mutter.

Das Konzert war wie alle anderen, die ich besucht hatte, seit ich hier war.

Lang.

Und sehr laut.

Der erste Teil endete mit einem ausgiebigen Trommelwirbel. Ich gähnte hinter vorgehaltener Hand und begleitete Augusta dann zur Theke mit den Erfrischungen. Mein Vater verschwand im Raucherraum. Ich kaufte für Augusta ein Glas Limonade und blieb bei ihr stehen, während sie Bekannte begrüßte. Nach einer Weile entschuldigte ich mich und ging zu dem Tisch, an dem Süßigkeiten verkauft wurden.

Ich kaufte zwei Royal Taffys, da ich nicht daran gedacht hatte, mir selbst welche mitzubringen, und wollte sie gerade auswickeln, als ich Lucy Kendall erblickte.

Sie stand auf der anderen Seite des Saals, die glänzende Schärpe über der Brust. Die Königin der Liebe und Schönheit hielt Hof. Unter ihren vielen Verehrern stach mir der blonde Mann ins Auge, der meinen Fehler bei der Unterhaltung über Golf ausgebügelt hatte. Ich schuldete ihm einen Gefallen. Wie hieß er doch gleich? Alfred irgendwie? Oder Arthur?

Ich schlenderte zu der kleinen Gruppe hinüber und fing seinen Blick auf, zeigte ihm den zweiten Royal Taffy, den ich mir gekauft hatte, und hob fragend die Braue.

Er nickte zu Lucy hinüber, entschuldigte sich und kam zu mir.

Ich gab ihm den Riegel.

»Ich esse normalerweise keine Süßigkeiten, aber es ist so lange her …«

Er wickelte ihn aus und biss hinein. Kaute einen Moment und schluckte. »Danke. Sie sind der Clarke-Sohn, nicht wahr?«

»Ja. Charles Clarke.«

»Alfred Arthur.« Er strecke die Hand aus und schüttelte sie. »Ich wollte Sie sowieso noch mal ansprechen. Haben Sie Lust, nächsten Donnerstagabend mit in den Club zu kommen? Es geht um die Vorstellung der Kandidaten.«

Kandidaten … wofür? Ich hatte keine Ahnung, wovon er redete, aber wenn es bedeutete, dass ich mich vor einem weiteren Konzert drücken konnte, sollte ich eigentlich erfreut sein. Das sagten die reichen Typen doch die ganze Zeit. *Ich wäre sehr erfreut.* »Klar. Danke.«

»Großartig. Wir sehen uns dann. Gegen sieben?« Er hob grüßend den Royal Taffy und ging.

Ich hob meinen ebenfalls.

»Was haben Sie zu ihm gesagt?« Die Worte waren nur ein leises Zischen hinter meinem Rücken.

Ich lächelte unwillkürlich, als ich mich umdrehte. »Miss Kendall. Welch ein Vergnügen.« Ich verbeugte mich. Allmählich hingen mir die schönen Worte und höflichen Manieren zum Hals heraus.

Sie lächelte nicht. Im Gegenteil, ihre Augen schleuderten Blitze. Und ihre Aufmerksamkeit schien voll und ganz auf meine Hand gerichtet zu sein, in der ich immer noch den Royal Taffy hielt. »Ich habe die Wahrheit gesagt bei der Veranstaltung. Ich hatte keine Ahnung, wer Sie sind. Und ich habe Ihnen nie irgendetwas rauben wollen.« Außer einem Kuss vielleicht. Einen Kuss hätte ich gern gehabt.

»Es spielt keine Rolle, was Sie wollten. Entscheidend ist … das, was ist. Sie sind ein Clarke und ich bin eine Kendall.«

Entscheidend ist das, was ist. Wahrscheinlich hatte sie recht. Größer als der Unterschied zwischen den Clarkes und den Kendalls war der Unterschied zwischen ihrer Erziehung und meiner. Wenn sie jetzt schon wütend auf mich war, würde sie ganz bestimmt kein Wort mehr mit mir reden, wenn sie erst herausfand, was ich in Chicago gewesen war. »Ich wollte Ihnen nur sagen, dass es mir leidtut. Alles.« Jede Hoffnung, jeder Wunsch, jeder Traum, den ich geträumt hatte. Warum musste sie so hübsch sein? Und warum war es so einfach gewesen, mit ihr zu reden, bevor sie wusste, wer ich war?

Sie blickte vielsagend auf den Riegel, den ich in der Hand hielt. »Toffee ist für Kinder.«

Ich hatte versucht, nett zu sein. Jetzt war sie schlicht und einfach gemein.

»Ich meine mich zu erinnern, dass Sie ihn ebenfalls mögen. Sie sagten doch, er sei Ihre Lieblingssüßigkeit.«

»Ich habe meine Ansicht geändert. Und ich bin nur gekommen, um Ihnen zu sagen, dass Sie Mr Alfred in Ruhe lassen sollen.«

Ich zog eine Braue hoch. »Mr Alfred? Sie meinen wahrscheinlich Mr Arthur.«

»Ich meinte Alfred. Mr Arthur. Er hat mich gebeten, ihn Alfred zu nennen. Ich war sehr geschmeichelt.«

»Wenn Sie meinen. Aber ist er nicht ein bisschen alt für Sie?«

»Ich habe ein gewisses Alter schon immer für einen Vorzug gehalten. Es geht mit – körperlicher und geistiger – Reife einher. Dinge, die Sie wahrscheinlich nie besitzen werden.«

Hinter ihrer Schulter sah ich, wie die Frau, die vermutlich ihre Mutter war, sich suchend umschaute. »Sie sollten wohl besser …« Ich wies mit dem Kinn zu der Dame hinüber.

»Hören Sie auf, mit ihm zu reden. Und kommen Sie nicht mehr in meine Nähe.«

»Das würde ich ja gern tun, wenn Sie nicht so gut darin wären, mich aufzuspüren.«

Sie warf mir einen eisigen Blick zu, dann schwebte sie davon.

Ich musste wieder lächeln, als ich meinen Royal Taffy zu Ende aß. Sie hatte Mut. Ich konnte ihr keinen Vorwurf daraus machen, dass sie wütend auf mich war. In gewisser Weise hatte sie recht damit. Ich selbst hatte zwar nichts gegen die Firma ihres Vaters, wohl aber mein Vater. Und ihr Rat, mich von ihr fernzuhalten, war angebrachter, als sie selbst wahrscheinlich wusste. Doch ich meinerseits … ich hätte mich einfach gern wieder mit ihr unterhalten. So wie auf dem Ball. Aber ein Mann wie ich wäre sowieso niemals gut genug für sie. Und außerdem durfte ich mir nichts vormachen: Vor einem Mädchen wie sie es war, das einen Mann anschaute, als könnte sie direkt in seine Seele blicken, könnte ich niemals ein Geheimnis haben. Dieser Mr Arthur … Alfred … für ihn war Lucy wahrscheinlich genau die Richtige. Vielleicht konnte sie ihn ein bisschen auflockern.

»Ich habe mich umentschieden«, verkündete mein Vater, als wir später am Abend die Treppe hinauf in unser Haus gingen. Er zog mich in den Salon. »Ich hatte eine« – er fuhr sich mit der Hand durchs Haar – »großartige Idee! Wegen City Confectionery.«

»Du hast dich umentschieden?« Vielleicht konnte ich Lucy sagen, dass sie mich doch nicht zu hassen brauchte.

»Na ja … nicht ganz. Ich habe beschlossen, dass City Confectionery genau das Richtige für dich wäre. Nicht zu groß, schön übersichtlich, gerade richtig für deine ersten kaufmännischen Gehversuche.«

»Ich …? Wie meinst du das?«

»Wir machen weiter wie geplant. Ich kaufe sie auf und wir nennen die Firma von jetzt an Clarke & Sohn. Wie gefällt dir das?«

»Ich weiß nicht, ob …«

»Ich schenke sie dir.« Er tat einen tiefen Zug an seiner Zigarre. »Sie gehört dir. Was meinst du dazu?«

»Du schenkst sie mir?« Er wollte mir *Lucys* Firma schenken?

»Warum nicht? Als Wiedergutmachung für die vielen Geburtstage, die ich verpasst habe. Und außerdem ist bald Weihnachten, oder?« Er tätschelte mir den Arm und ging aus dem Zimmer.

Ich folgte ihm wie betäubt. Clarke und Sohn. Obwohl ich immer geschworen hatte, dass ich ihn aus ganzem Herzen hasste, hatte er mir soeben das Geschenk gemacht, das ich mir mein Leben lang gewünscht hatte – ja sogar noch mehr: Er schien tatsächlich die verlorene Zeit wiedergutmachen zu wollen. Er wollte die Firma für mich kaufen, sobald ich sie ruiniert hatte. Vielleicht hätte ich dankbar sein sollen, doch im Moment konnte ich nur an Lucy denken. Man bot mir ihren Traum an … und wenn sie es je herausfand, würde sie mich umbringen.

21

Lucy

»Wir brauchen mehr Geld.« So viel ich auch in den letzten Wochen über die Firma nachgedacht hatte, darum kam ich nicht herum. Das war der Knackpunkt; wir hatten nicht genug Geld.

Mutter blickte seufzend vom Tisch auf. »Das versuche ich dir doch die ganze Zeit zu sagen. Deshalb müssen wir die Firma verkaufen.«

»Aber … könnten wir uns nicht etwas borgen?«

»Das hat dein Vater schon versucht. So sind wir überhaupt erst in diese Situation hineingeraten. Er schien nie zu begreifen, dass man das Geld, das man sich geliehen hat, irgendwann zurückzahlen muss. Jetzt haben wir kein Royal Taffy mehr *und* einen Schuldenberg. Wenn er doch nur vernünftig gewesen wäre. Ich werde nie verstehen, warum er das Ganze nicht rechtzeitig aufgegeben hat.«

»Aber hast du in letzter Zeit versucht, Geld zu leihen?«

»Natürlich. Letztes Jahr, nachdem du deine Reise angetreten hattest.«

»Wo?«

»Wo was?«

»Wo hast du es versucht? Bei welcher Bank?«

»Bei unserer Bank. Sie geben uns kein Darlehen ohne die Zustimmung deines Vaters. Und er wird nie zugeben, dass er schon wieder versagt hat.«

»Aber es ist dein Geld.«

»Ja, Lucy, das weiß ich!« Die Erschöpfung ließ ihre Stimme gereizt klingen. »Es ist mein Geld, doch sie sind der Ansicht, dass es seine Firma ist. Du hast deine Chance gehabt. Ich habe dir die Zeit gegeben, um die du mich gebeten hast. Jetzt bin ich dran.«

»Und was ist mit Tante Margaret und Onkel Fred?«

»Auf gar keinen Fall! Ich möchte nicht erleben, dass meine eigene Schwester mir unser Versagen vorhält.«

Ich konnte mir nicht vorstellen, dass meine Tante oder mein Onkel das je tun würden. »Du meinst, du hast sie nicht gefragt?«

»Nein. Und das werde ich auch nicht.«

»Aber sie würden dir bestimmt etwas geben. Ganz sicher. Ich könnte …«

»Ich verbiete dir, das zu tun.«

»Aber ich verstehe nicht …«

»Weil sie alles hat, was sie je wollte. Sie hat alles, was ich mir je erträumt habe! Lieber ziehe ich nach South St. Louis, als ihr zu sagen, wie schlecht es uns geht. Schlimm genug, dass sie mit dir nach Europa gefahren sind …«

»Aber was wäre, wenn ich ein bisschen Geld finden könnte?«

»Finden? Das klingt, als sei es irgendwo versteckt.« Mutter klang ungläubig. »Ich sage dir, wo es ist. Es ist gebunden, im Fabrikgebäude und in den vielen Töpfen und Kesseln und den Unmengen an Zutaten, die dein Vater nur ein einziges Mal verwendet hat, bevor er sie für unbrauchbar erklärte. Es steckt in den Taschen der Menschen, die nicht Fancy Crunch, sondern Royal Taffy kaufen. Da kannst du es finden.«

»Aber wenn es mir gelänge?«

»Wenn es dir gelänge!« Sie warf die Arme hoch. »Wenn es dir gelingt … wenn es dir gelingt, dann kannst du dich als Retterin der Firma betrachten.« Sie faltete die Hände über dem Kontobuch. »Ich weiß, dass du das gar nicht gern hörst, aber ich habe wirklich schon alles versucht. Wenn wir nicht bald verkaufen, verlieren wir vielleicht alles. So, wie es im Moment steht, kann ich möglicherweise noch etwas retten. Wenn wir noch warten, schieben wir das Unausweichliche nur hinaus. Und das kommt uns teuer zu stehen. Im Moment kann ich noch verhandeln; je länger wir warten, desto schlechter stehen wir vor einem möglichen Käufer da.«

Aber sie hatte nicht Nein gesagt. Wir brauchten Geld. Wen kannte ich, der welches hatte?

Mr Arthur.

Mr Alfred Arthur mit seinem großen Haus am Westmoreland Place.

Irgendwann würde ich ohnehin heiraten müssen und Mutter hatte bereits gesagt, dass sie wollte, dass ich mich gut verheiratete. Wenn jemand Mr Arthur und sein vieles Geld heiraten musste, warum konnte ich dann nicht diejenige sein?

Ich kannte ihn gar nicht.

Aber ich konnte ihn kennenlernen.

Vielleicht würde ich sogar lernen, ihn zu … wenn ich genügend Zeit hatte.

Nur konnte ich ihn nicht so richtig leiden.

Andererseits verabscheute ich ihn auch nicht gerade. Und selbst das hatte noch nie jemanden daran gehindert zu heiraten. Da brauchte man sich nur Mutter und Vater anzuschauen.

Tief in meinem Innern begann sich ein Zweifel zu regen und ein leises Stimmchen flüsterte, dass ich mir, wenn ich ein Vorbild für die Ehe suchte, vielleicht lieber meine Tante und meinen Onkel anschauen sollte. Wäre mir eine Ehe wie die ihre nicht lieber?

»Wie auch immer, Geld liegt nun einmal nicht auf der Straße.«

Mutters Worte rissen mich aus meinen Gedanken.

»Heute Abend findet die Vorstellung der Kandidaten im Club statt. Wir dürfen nicht zu spät kommen.«

Ich. Ich durfte nicht zu spät kommen. Dabei wusste ich gar nicht, warum man mich überhaupt eingeladen hatte. Seufzend ging ich nach oben, um mir etwas Passendes anzuziehen. Etwas, das dem Anlass entsprach. Ich entschied mich für mein neues taubenblaues Kleid mit dem Spitzenmieder und dem französischen Futter. Mir gefiel vor allem der gefältelte Besatz, der von meinen Hüften bis zum Boden reichte. Die Spitze am Ausschnitt und an den Ärmeln war so ausgefallen, dass ich in der ganzen Stadt noch nichts Ähnliches gesehen hatte. Ich zog das Kleid an und schloss es. Dann steckte ich mein Haar frisch auf und zog ein paar Strähnen heraus, damit sie sich um mein Gesicht lockten.

Zum Schluss nahm ich meinen neuen Seidenhut aus der Schachtel, setzte ihn auf und lächelte mich im Spiegel an. Ich sah sehr achtbar aus, höchst sittsam und wie geschaffen als Ehefrau eines Mannes wie Mr Arthur.

Doch die Stimme in meinem Innern ließ sich nicht zum Schweigen bringen. Und sosehr ich es auch versuchte, es gelang mir einfach nicht, diesen hartnäckigen Wurm loszuwerden.

Als wir den Speisesaal des Clubs betraten, schaute Mutter sich suchend um. Es war brechend voll, doch ich entdeckte Mr Arthur recht schnell. Sie meinte: »Geh doch schon mal hinüber und begrüße ihn. Ich komme gleich nach.«

Oje. Das bedeutete, dass ich ganz allein mit ihm würde reden müssen, und das Gesprächsthema Weihnachten, das mindestens für einen Abend gereicht hätte, hatte ich schon verbraucht. Dabei war er gar nicht so schrecklich. Eigentlich war er sogar eher schrecklich nett. Er war nur so … so ernst. Und schwerfällig. Es war absolut nichts Ungehöriges oder Anrüchiges an ihm und er war ganz bestimmt nie in seinem Leben versucht gewesen, irgendetwas Skandalöses zu tun. Ich zwar auch nicht, aber es wäre doch hübsch gewesen zu wissen, dass er wenigstens die Fähigkeit dazu besaß.

Ich nahm all meinen Mut zusammen, ging zu ihm und lächelte ihn an, als wäre er der faszinierendste Mann, dem ich je begegnet war. »Guten Abend, Mr … Arthur.« Hatte ich den richtigen Namen gewählt? Ich verfluchte unsere Schulmädchenscherze.

»Miss Kendall!« Er schüttelte einem Mann die Hand, mit dem er gerade gesprochen hatte, und drehte sich dann zu mir um. »Guten Abend. Aber bitte, nennen Sie mich doch Alfred.«

Das würde ich, wenn ich es mir merken konnte. Jetzt trat auch meine Mutter zu uns und lächelte Mr Arthur an.

»Ich hoffe, Sie halten mich nicht für ungezogen, meine Damen, aber ich habe noch jemanden eingeladen.«

Gott sei Dank! Vielleicht war es jemand, mit dem ich reden konnte.

»Er ist neu in der Stadt. Scheint ein aufgeweckter Kerl zu sein.«

Noch besser.

»Sehr freundlich von Ihnen, Mr Arthur, ihn einzuladen.«

»Da ist er ja! Vielleicht kennen Sie ihn schon?« Er winkte jemandem zu. Ich setzte das Lächeln der Königin der Liebe und Schönheit auf und stellte mich darauf ein, den Fremden liebreizend zu begrüßen. Dieser Freund von Mr Arthur würde ganz bestimmt mein Retter sein.

Und dann schlenderte Charlie Clarke heran.

Mr Arthur schüttelte ihm begeistert die Hand.

»Schön, Sie zu sehen, Charles. Vielen Dank, dass Sie gekommen sind.«

»Ich hätte mir das auf keinen Fall entgehen lassen.«

»Kennen Sie die Kendalls schon?«

Er lächelte und sah mich fragend an.

Ich schüttelte kaum merklich den Kopf.

»Nein. Ich hatte noch nicht das Vergnügen, ihnen vorgestellt zu werden.«

»Nun denn, Mrs Kendall, Miss Kendall, darf ich Ihnen Charles Clarke vorstellen.«

Ich starrte ihn an. »Sind Sie mit den Clarkes von Standard Manufacturing verwandt?«

»Ja, Miss Kendall. Wie haben Sie das erraten?« Er bekam Grübchen, als er mich anlächelte.

Ich hätte ihm liebend gern ein paar Grübchen verpasst, wenn ich die Gelegenheit dazu gehabt hätte!

»Richtig!« Mr Arthur strahlte, als hätte er uns allen einen Gefallen getan. »Sie sind ja beide im Süßwarengeschäft. Sie müssten sich eigentlich viel zu sagen haben.«

Mutter sah Charlie vielsagend an. »Mr Clarke.« Sie streckte ihm die Hand hin.

Verräterin.

Charlie nahm sie und küsste sie. Dann gab er irgendwelchen Blödsinn von sich, der Mutter erröten ließ. Schließlich wandte er sich an mich. »Genießen Sie die Veranstaltung, Miss Kendall?«

Ich hätte es noch mehr genossen, ihm einen der Messing-Spucknäpfe über den Kopf zu hauen, die in den Ecken des Raums herumstanden.

Mutter tätschelte mir die Hand. »Ich hole mir ein Glas Punsch.«

Mr Arthur stand auf. »Ich komme mit.« Er verbeugte sich. »Hätten Sie gern ein Glas Punsch, Miss Kendall?«

»Ja. Danke.« Ich wartete, bis sie fort waren, dann stellte ich mein Lächeln ab.

Charlie hatte sich zu mir umgedreht. »Ich hatte gehofft, Sie noch einmal sprechen zu können.«

»Warum? Um mir noch mehr Lügen zu erzählen?«

Seine Brauen zogen sich zusammen. »So war es nicht, Lucy. Ich wollte Sie nie hinters Licht führen. Ich hatte nur nie die Gelegenheit, mich richtig vorzustellen. Auf dem Flugfeld wollte ich es tun, aber dann war es plötzlich zu spät.«

»Und wenn Sie vorher gewusst hätten, was Sie jetzt wissen …?«

Er nahm meine Hand. »Dann hätte ich Ihnen gesagt, dass Sie recht damit haben, meinem Vater nicht über den Weg zu trauen. Ich tue es auch nicht. Habe es nie getan.«

Ich entzog ihm meine Hand und packte mein Handtäschchen fester. »Das nützt uns jetzt aber viel! Wie würden Sie sich fühlen, wenn die Situation umgekehrt wäre?«

»Verzweifelt. Zornig. Verängstigt.«

Er hatte so … so sehr recht, dass mir beinahe die Tränen in die Augen traten.

»Glauben Sie … besteht vielleicht die Möglichkeit, dass wir trotzdem Freunde bleiben? Sie sind der einzige Mensch in der Stadt, mit dem ich wirklich reden konnte.«

Und er war der einzige Mensch in der Stadt, der meine Einstellung zu Süßigkeiten wirklich zu verstehen schien. Der einzige Mensch, der nicht versuchte, mir meine Ideen auszureden oder mir weiszumachen, dass Mädchen nichts in der Geschäftswelt verloren hätten. Er sah so einsam und zugleich so hoffnungsvoll aus, wie er da vor mir stand, dass ich beinahe ja gesagt hätte. »Ich wünschte … ich wünschte, wir könnten, aber …«

Er schloss einen Moment die Augen und holte tief Luft. Als er sie wieder öffnete und mich ansah, stand ein tiefes Bedauern in seinem Blick. »Sagen Sie nichts mehr. Ich weiß schon. Ich wusste es schon, als ich Ihnen zum ersten Mal begegnete, an dem Tag, als Sie mich auf der Olive Street umgerannt haben. Es gibt eben Dinge, die gehören nicht zusammen.« Er verneigte sich und drehte sich um. In mir stieg eine seltsame Angst auf. Als hätte ich etwas verloren, etwas Wichtiges, und wüsste nicht, wie ich es zurückbekommen sollte.

»Warten Sie!«

Er blieb stehen.

»Ich …« Ich konnte ihn nicht gehen lassen. Nicht einfach so. In gewisser Weise hatte er recht: Warum sollten wir zulassen, dass unsere Väter eine gerade erblühende Freundschaft zerstörten? Ich hatte Freude an seiner Gesellschaft. Noch mehr Freude hätte ich gehabt, wenn ich nicht gewusst hätte, wer er war. »Ich wollte Ihnen nur sagen, wenn Ihr Vater uns nicht die Firma gestohlen hätte, dann …«

Er drehte sich zu mir um. »Er hat sie nicht gestohlen.«

»Doch.«

»Nein.«

Charlie schien sich dieser Sache, von der er keine Ahnung hatte, ja sehr sicher zu sein! »Er hat die Firma und unser Produkt gestohlen.«

»Nein. Hat er nicht. Es gab einen Vertrag zwischen meinem Vater und Ihrem.«

Einen Vertrag! »Wenn es einen Vertrag gab, warum hat mein Vater dann immer gesagt, dass Ihr Vater uns bestohlen hat?«

»Das weiß ich nicht. Warum fragen Sie ihn nicht?«

»Das hat er immer gesagt, weil es die Wahrheit ist!«

»Mein Vater mag zwar nicht gerade der vertrauenswürdigste Mann der Welt sein …«

Ich schnaubte höchst undamenhaft.

»Und er ist vielleicht auch nicht immer ehrlich, was seine Vergangenheit betrifft, aber ich glaube, in dieser Sache sagt er die Wahrheit.«

»Offensichtlich eben nicht.«

Ganz kurz sah ich ein leichtes Zögern, einen Hauch von Unsicherheit in seinen Augen, doch dann sah er mich entschlossen an: »Das glaube ich nicht. Ich glaube, dass er die Wahrheit sagt.«

»Was wollen Sie damit sagen?«

»Dass Sie unrecht haben.«

Unrecht! Ich packte meine Handtasche mit beiden Fäusten, damit ich ihm nicht die Hände um den Hals legte und ihn würgte. »Einen Moment lang haben Sie mir beinahe leidgetan, aber jetzt habe ich meine Meinung geändert. Ich hasse Sie!«

Seine Brauen flogen hoch, doch dann tauchten plötzlich Grübchen in seinen Wangen auf, als müsse er ein Lachen unterdrücken. »Jetzt haben Sie meine Gefühle aber tief verletzt!«

»Nein. Sie haben nämlich gar keine.«

»Das ist nicht …«

»Hören Sie auf, mit mir zu reden!«

»Sie können nicht …«

»Aufhören!« Leider kamen die Worte gerade in dem Moment heraus, als das Orchester ein Stück mit einem Tusch beendete. Ich täuschte einen Hustenanfall vor, während Mr Arthur mit einem Glas Punsch zurückkam, den ich weder wollte noch brauchte, aber irgendwie herunterwürgen musste.

Die Kandidaten für öffentliche Ämter auf städtischer und regionaler Ebene sprachen viel länger als nötig über Themen wie Straßenbeläge und Telefonsteuern – Dinge, die ungemein wichtig und ermüdend waren. Kein Wunder, dass wir die einzigen anwesenden Frauen waren, und natürlich ließ es sich keiner der Kandidaten nehmen, sich fotografieren zu lassen, während er mir die Hand schüttelte.

Als es vorbei war, holte Mr Arthur unsere Mäntel und half uns hinein. Dann begleitete er uns zu unserer Kutsche. Charlie kam ebenfalls heraus. Ich ignorierte ihn, doch Mutter blieb stehen, um ihm für seine Aufmerksamkeit heute Abend zu danken.

Charlie verbeugte sich.

»Ich finde …«, Mr Arthur machte eine kurze Pause, dann sprach er weiter, »ich finde, das war ein sehr angenehmer Abend. Ich wollte Mrs Kendall und ihre Tochter bitten, mich nächste Woche zu einem Vortrag zu begleiten. Vielleicht möchten Sie auch mitkommen, Charles?«

Charlies Augen ruhten einen Moment auf mir. »Ich glaube …«, seine Lippen zuckten, »ich glaube, das würde ich sehr gerne.«

22

Charlie

»Was machen die Leute hier so an Weihnachten?«, fragte ich Nelson, als ich ihm an einem Sonntagnachmittag half, Louise zu polieren. Es war Ende Oktober, doch ein frischer Wind aus nördlicher Richtung ließ einen eher an Weihnachten als an Thanksgiving denken.

»Oh … dies und das.«

»Gibt es keine größere Veranstaltung?« Es musste etwas geben, an irgendeinem Ort, der perfekt dafür geeignet war, Royal Taffy zu verkaufen. Seit der Vorstellung der Kandidaten im Club stellte ich fest, dass ich immer mehr mit meinem Vater übereinstimmte. Je eher wir City Confectionery aus dem Geschäft drängen konnten, desto besser. Besser für uns, aber noch besser für Lucy. Ich war zu der Überzeugung gelangt, dass mein Vater die Wahrheit sagte. Die Frage war nicht, ob wir die Firma kaufen würden, sondern wann. Und da Lucys Vater im Sterben lag, schien es mir gnädiger, ihrem Elend – und ihren Hoffnungen – so rasch wie möglich ein Ende zu machen, statt sie unnötig zu verlängern. »Gibt es nicht irgendetwas, worauf sich alle in der Stadt freuen? In Chicago hatten wir Marshall Field's.«

»Wen?«

»Marshall Field's. Das ist ein großes Kaufhaus. Sie haben jedes Jahr eine einzigartig schöne Weihnachtsdekoration in den Schaufenstern.«

»Das haben wir hier natürlich auch. Das Kaufhaus heißt Stix. Stix, Bauer und Fuller. Jedes Jahr am ersten Dezember gibt es ein Riesenspektakel, wenn die Schaufenster enthüllt werden.«

Ein großes Spektakel. Genau das brauchte ich.

In der Fabrik bat ich Mr Mundt, den Marktleiter von Stix, Bauer und Fuller anzurufen und einen Termin auszumachen.

»Zu welchem Zweck, Mr Clarke?«, fragte er, als er zum Telefon griff.

»Geld, Mr Mundt. Ich möchte eine Menge Geld mit ihm zusammen machen.«

Am nächsten Tag traf ich mich mit dem Marktleiter und fragte, ob er bereits Pläne hätte, wie er das Schaufenster dekorieren wollte.

»*Die* Schaufenster, Mr Clarke! Wir haben mehrere Schaufenster, nicht nur eines! Und wir sind jedes Jahr sehr stolz auf unsere Dekorationen.«

»Haben Sie schon Pläne für dieses Jahr?«

»Ob wir schon Pläne haben? Natürlich haben wir Pläne, schon seit Mai! Wir arbeiten bereits mit Hochdruck daran, schließlich ist es schon Ende Oktober. Es ist ja nur noch ein Monat Zeit!«

Ich saß da und kam mir ein bisschen dumm vor. Verlegen schob ich die Hände in die Hosentaschen. Dabei berührte ich etwas. Ich zog es heraus. Ein Taffy-Papier. »Ich hatte gehofft, dass Sie Standard Manufacturing in Ihre Auslage aufnehmen könnten.«

»Standard? Sie meinen ... Süßigkeiten?«

»Alle Kinder träumen von Süßigkeiten, oder nicht? Denken Sie nur an all die ... Zuckerfeen, die in ihren Köpfen herumspuken.« Ich wusste nicht mal, was eine Zuckerfee war. »Ich weiß, dass der Weihnachtsmann normalerweise Geschenke bringt, aber manchmal ist alles, was ein Kind sich wünscht, ein Royal Taffy.«

Er runzelte zweifelnd die Stirn.

»Ich sage ja nicht, dass Royal Taffy das Einzige sein soll, was in den Schaufenstern zu sehen ist.«

»Ganz bestimmt nicht! Unsere Kunden erwarten eine gewisse Raffinesse. Wenn sie Royal Taffy wollen, finden sie den in der Süßwarenabteilung.«

Das lief nicht ganz so, wie ich gehofft hatte. »Das weiß ich, aber an Weihnachten geht es um Wünsche, oder? Und Kinder wünschen sich Süßigkeiten. Und außerdem …«, ich blickte auf das Royal-Taffy-Papier in meiner Hand, »sind sie rot!«

»Sie sind … rot?«

»Das Papier, in das Royal Taffy eingewickelt ist. Es hat die Farbe von Weihnachten.«

Jetzt sah er mich an, als sei ich verrückt geworden.

»Fällt Ihnen denn nichts ein, wie Sie die Dinger einsetzen könnten?« Ich schob ihm das Einwickelpapier hin.

»Ich … nun ja … vielleicht …«

»Wie wird das Schaufenster denn dieses Jahr aussehen?«

»Es ist ein Salon, voller Geschenke. Mit einem elektrischen Feuer im Kamin.«

Geschenke. Das klang doch schon mal gut. »Warum kann denn nicht ein Royal Taffy unter den Geschenken sein?«

»Es ist doch nur … eine Süßigkeit.«

»Für Sie ist es vielleicht nur eine Süßigkeit, aber für die Zeitungsjungen an den Straßenecken ist es ein Symbol von … Luxus und allem, was gut ist auf der Welt. Ein Zeitungsjunge kann sich vielleicht keine … Eisenbahn oder keinen … Schlitten leisten, aber auf ein Royal Taffy kann er hoffen.«

»Vielleicht …« Er spielte mit dem Papier, das ich ihm zugeschoben hatte, und knüllte es zu einem kleinen Ball zusammen.

»Stix, Bauer und Fuller sollten ein Weihnachtsfest für alle ausrichten, nicht nur für die wenigen, die sich jeden Luxus leisten können. Was wäre, wenn … wenn ich Ihnen ein paar Royal Taffys zur Verfügung stellte?«

»Und …?« Er sah mich an, als wollte er mehr.

»Und …« Was? Was konnte ich sonst noch tun? »Sie könnten … zum Beispiel …«

Er drehte das Papier zusammen und wickelte es um seinen Finger.

»Sie könnten … wie heißen die Dinger, die man an die Wand hängt? Sie wissen schon, diese großen Kreise mit dem Loch in der Mitte?«

»Kränze?«

»Ja! Sie könnten Kränze aus Taffy-Papieren machen. Sehen Sie, wenn Sie sie so zusammendrehen …« Ich versuchte, eine Blume zu machen, so wie Jennys, doch es misslang mir. »Würden Sie das hinkriegen, wenn ich Ihnen genügend Papiere gäbe? Und Sie könnten … Girlanden machen. Girlanden aus Royal-Taffy-Papier. Das wäre … wie ein großer Kindertraum, der zum Leben erwacht! Ein Süßigkeitenland.«

Er schürzte die Lippen und schien über meinen Vorschlag nachzudenken.

»Und wir könnten Ihnen ein Plakat machen. Ein ganz besonderes. Nur für das Schaufenster. Mit der Aufschrift Santa's Sweetest Gift.«

»Das ist sehr unkonventionell.«

»Stix ist ja auch kein alter, verstaubter Laden, oder?«

»Nein …«

»Stellen Sie sich doch mal vor, wie alle Kinder stehen bleiben und sich den ganzen Tag die Nasen an Ihrem Schaufenster platt drücken. Und wenn ihre Eltern sie dann fragen, was sie sich zu Weihnachten wünschen, sagen sie …«

»Sie werden sagen, sie wollen das, was sie bei Stix gesehen haben.«

»*Wie viele* willst du verschenken?« Mein Vater runzelte die Stirn und trommelte nervös mit den Fingern auf den Schreibtisch.

»Ein paar Hundert. Und ein paar leere Einwickelpapiere.« Viele leere Einwickelpapiere.

»Und wofür genau?« Er beugte sich vor.

»Für das Weihnachtsschaufenster von Stix. Überleg doch mal, wie viele Menschen Royal Taffy in der Auslage sehen werden! Gleich neben dem Spielzeug und den Geschenken, die sie sich wünschen. Mit einem großen Plakat, auf dem steht: Santa's Sweetest Gift. Auch die Zeitungsjungen, die sich das Spielzeug nie im Leben leisten können, werden das Plakat sehen. Den Preis, den eine solche Werbung normalerweise kostet, könnten wir nie bezahlen.«

»Anscheinend können wir es doch.« Er lehnte sich wieder zurück und drehte die Zigarre zwischen den Fingern.

Ich zwang mich, nicht zu betteln. Damit hatte ich schon als Kind nichts erreicht und es würde mir auch jetzt nichts nützen.

»Santa's Sweetest Gift, ja?«

Ich nickte.

»Gefällt mir. Wir versuchen's einfach. Aber nur dieses eine Mal.«

»Nur dieses eine Mal.«

Ich bat Mr Mundt, beim Marktleiter von Stix anzurufen und einen Termin für den nächsten Tag auszumachen. Nelson fuhr mich hin. Uns folgte ein Lastwagen mit Kisten voller Royal Taffys und leeren Einwickelpapieren. Ich wurde dem Dekorateur vorgestellt und wir besprachen zusammen, wie das Schaufenster dann aussehen sollte.

»Wann können wir das Plakat haben?«

Ich musste überlegen, wie ich den Druck beschleunigen konnte. »Ich denke … nun … wann brauchen Sie es denn?«

»Je früher, desto besser.«

»Dann werden Sie es eben früh bekommen.«

Früh war leichter gesagt als getan. Die Druckerei, die wir normalerweise beauftragten, hatte keine Zeit. »Wir sind ausgebucht bis Weihnachten. In dieser Jahreszeit haben wir immer am meisten zu tun.« Der Setzer schob sich seinen Bleistift hinter das Ohr, während er versuchte, sich bei dem Krach der Druckerpressen verständlich zu machen.

»Aber ich brauche …«

»Nichts zu machen.«

»Es ist doch nur ein einziges Plakat.«

»Es geht wirklich nicht.«

Ich ging zum Auto zurück, stieg hinten ein und ließ mich in die Ecke plumpsen.

»Stimmt was nicht, Mr Charlie?« Nelson warf mir einen Blick über die Schulter zu, bevor er in die Hauptstraße einbog.

»Ich habe meinem Vater gesagt, ich lasse ein Plakat für das Stix-Schaufenster drucken, aber das scheint nicht möglich zu sein.« Ich wollte sein Gesicht nicht sehen, wollte seine Enttäuschung nicht sehen, wenn ich es ihm sagte. Ich hatte schon so viel Enttäuschung in den Gesichtern meiner Eltern gesehen, dass es für mein ganzes Leben reichte. Meiner Ansicht nach war das Plakat eine sehr gute Idee gewesen, eine Möglichkeit, unsere Verkaufszahlen zu steigern, ohne City Confectionery direkt zu schaden. Ich hatte nichts dagegen, besser zu sein als sie, aber ich wollte Lucy und ihrer Firma nicht direkt Schaden zufügen.

»Ihnen wird schon was einfallen.«

Ich wünschte, ich wäre so zuversichtlich, wie er klang.

Am Mittwochabend hatte ich noch immer dieselben Sorgen. Wir waren in der Oper. Das Stück handelte von einem Mann und einer Frau, die unsterblich ineinander verliebt waren, aber nicht zusammenkommen konnten. Ehrlich gesagt, schien es immer darum zu gehen, jedenfalls in den letzten drei Opern, die ich besucht hatte. Diesmal war der Schauplatz Persien. Das Bühnenbild war ein Palast in Gold und Blau und Grün. Letzte Woche war es eine Art Werkstatt gewesen, ganz in Orange, Rot und Braun gehalten. Von meinem Platz aus sah das Ganze richtig echt aus. Ich fragte mich, wie sie das schafften.

In der Pause ging ich nach vorn, um es mir aus der Nähe anzusehen.

Keiner achtete auf mich. Ich kletterte auf die Bühne und spähte hinter den Vorhang. Hinter mir war das Theater leer, vor mir war es ein Tollhaus; die Leute liefen durcheinander, trugen Gegenstände herbei und schafften andere fort.

»He, Sie! Raus hier!« Ein Mann mit verdrießlichem Gesichtsausdruck nahm einen Kerzenhalter und deutete damit auf mich.

»Ich wollte nur mal sehen.«

»Ist nicht erlaubt.«

Ich deutete auf die Bühnenbildszenen. »Ich dachte, ich könnte vielleicht mal mit der Person reden, die das gemalt hat.« Was auch immer es darstellte.

»Den Hintergrund? Das bin ich. Was wollen Sie?«

»Ich wollte Ihnen nur sagen, dass es großartig ist.«

Er verschränkte die Arme vor der Brust. »So, finden Sie?«

»Ja. Das Beste, was ich je gesehen habe.« Es waren die einzigen Bühnenbilder, die ich je gesehen hatte, zumindest aus der Nähe.

Er schien sich zu entspannen. »Ich bilde mir ein, gute Arbeit zu machen.«

»Die beste. Ein Mann mit Ihren Talenten sollte nicht so bescheiden sein. Ihre Arbeit ist großartig.«

»Ich bin schließlich auch zur Schule gegangen, um zu lernen.«

Ich blinzelte. Dafür ging man doch gewöhnlich zur Schule, oder? Um zu lernen.

»Kunst.«

»Ah.« Er war in die Schule gegangen, um Kunst zu lernen. Das bedeutete … er war ein Künstler! »Sagen Sie, hätten Sie Interesse daran, nebenbei etwas für mich zu machen?«

»Was denn? Sie meinen, einen Auftrag?«

»Genau. Einen Auftrag. Ich möchte Ihr Werk an einen Ort hängen, wo jeder in der Stadt es sehen kann.«

23

Lucy

Der November verging in einem Wirbel von Banketten, Bällen und anderen Veranstaltungen. Wenn ich zwischendrin mal eine Atempause von meinen gesellschaftlichen Verpflichtungen brauchte, zog ich mich in die Küche zurück, wo Mrs Hughes stets eifrig hantierte.

Ich verlor mehr und mehr die Hoffnung, dass die Firma noch zu retten war. Wenn ich doch nur Zeit gehabt hätte, meine Premium-Linie süßer Köstlichkeiten zu kreieren, wie ich es nach meiner Rückkehr aus Europa gehofft hatte, doch nach meinem Versagen bei dem Nusskonfekt traute ich mir nichts mehr zu. Außerdem erforderte ein neues Rezept viele Experimente und Experimente waren teuer.

Ich blickte auf die bunten Nüsse in meiner Hand. Wenn wir etwas Fantastischeres als Crunch hätten. Obwohl … Fancy Crunch war eigentlich fantastisch. Oder sollte es jedenfalls sein. Kunterbunte Dragees. Vater hatte sie nach einem alten französischen Rezept hergestellt. Ganz ähnliche hatte ich in einem Bonbongeschäft in Europa gesehen.

Vielleicht gab es ja eine Möglichkeit, sie noch fantastischer zu machen? Ich könnte mir Fancy Crunch vornehmen und daraus meine geniale Süßigkeit entwickeln!

Wenn wir die Farben nicht einfach mischten … wenn wir sie anders verpackten und mit einer Schleife zubanden … vielleicht konnten wir dann mehr dafür verlangen.

Am nächsten Morgen erzählte ich Mutter von meiner Idee.

Die Frauengruppe unserer Kirchengemeinde traf sich ausnahmsweise an einem Samstag, es ging um Spenden für die Mission. Ich fand meine Mutter vor dem Spiegel in der Eingangshalle, wo sie die Federn an ihrem Hut richtete. Sie zog eine Hutnadel heraus und steckte sie derart energisch wieder fest, dass ich zusammenzuckte. Als sie mich sah, hielt sie inne, hörte sich meine Idee an und seufzte.

»Ist dir eigentlich klar, dass dies das erste Mal seit der Kandidatenvorstellung letzten Monat ist, dass ich das Haus verlasse? Ich habe mich so darauf gefreut, mal wieder irgendwohin zu gehen, wo ich nicht an Herzanfälle oder Süßigkeiten oder Geld denken muss. Ich wollte eine einzige gesegnete Stunde lang so tun, als ob alles in Ordnung sei. Ist das denn zu viel verlangt?«

Sie drehte sich um und ich sah die dunklen Ringe unter ihren Augen. Und die Falten, die sich auf ihren Wangen eingegraben hatten. Wann war sie plötzlich alt geworden? Und warum war es mir nicht früher aufgefallen?

Sie klemmte sich die Handtasche unter den Arm und zog die Handschuhe an. Dann drehte sie sich um und ging zur Tür.

Ich folgte ihr nach draußen, die Treppe hinunter zur Kutsche. »Es tut mir leid. Ich habe nicht nachgedacht. Entschuldige.«

Der Kutscher bot ihr die Hand zum Einsteigen, doch sie blieb stehen, straffte die Schultern und sah mich an. »Nein. Sag es mir noch mal. Du hast von einer anderen Verpackung für Fancy Crunch gesprochen. Was schlägst du vor?«

»Na ja …« So weit hatte ich noch gar nicht gedacht. Und ich hatte auch nicht bedacht, was Vaters Krankheit ihr abverlangte … Jetzt wünschte ich, ich hätte meinen Mund gehalten. Doch sie stand da, sah mich an und wartete, dass ich fortfuhr. »Wie wäre es mit durchsichtigem Zellophanpapier statt dem grünen Papier? Sodass man die Farbe der Bonbons sehen kann?«

»Aber wir brauchen trotzdem unser Etikett.«

»Das wäre ja kein Problem. Wir können es auf die Vorderseite drucken, so wie jetzt auch.«

»Und was wäre dann so anders? Ich habe es dir schon gesagt, Lucy: Die Firma wird verkauft.«

»Ich dachte doch nur …«

»Das ist alles nur Zeitverschwendung. Du hast jetzt an sehr viel Wichtigeres zu denken. Deine Verehrer zum Beispiel.«

»Aber wenn es nichts kostet …? Bitte!«

»Es nützt doch aber nichts. Die Firma wird verkauft, ob die Verpackung verändert wird oder nicht.«

»Bitte.«

»Die Idee ist nicht schlecht. Wenn ich jetzt Ja sage, heißt das nicht, dass ich meinen Entschluss geändert habe. Ich will nur nicht zu spät zu unserem Treffen kommen.« Sie reichte dem Kutscher die Hand.

Er half ihr auf den Sitz.

»Du sagst also …«

»Ich sage Ja.« Sie sah mich streng an. »Doch das bedeutet nur, dass ich hoffe, dass du irgendwann mit diesem Unsinn aufhörst. Ich habe Pläne, Lucy, und ich lasse mich von dir nicht von meinen Plänen abbringen.«

»Ich weiß.« Ich hätte am liebsten vor Freude in die Hände geklatscht, beschränkte mich aber auf ein Lächeln. Ich konnte es nicht erwarten, meine Idee in die Tat umzusetzen.

Am Montagmorgen ging ich in die Fabrik, um mit Mr Blakely zu reden. Die Arbeiter waren dabei, Fancy Crunch zu glasieren, deshalb musste ich gegen den Lärm von ein paar tausend Nüssen anschreien, die auf Metalltabletts gerüttelt wurden.

»*Was* wollen Sie?« Er beugte sich vor.

»Ich will die Verpackung verändern.«

Er blinzelte. »Warum?«

»Damit wir mehr verlangen können.«

»Damit wir …? Wie soll das aussehen?«

»Wenn wir sie nach Farben trennen und in durchsichtigem Zellophanpapier, das mit einer Schleife zugebunden ist, anbieten, können wir sagen, sie sind fantastisch.«

»Das sind sie doch schon. Es sind Fancy Crunch.«

»Noch fantastischer.«

»Noch fantastischer.« Er blickte einen Moment zur Decke hoch und nickte dann langsam. »Gut. Wenn wir die Farben nicht zu mischen brauchen, sparen wir Zeit. Das wäre nicht schlecht. Aber … was wollen Sie denn dafür verlangen?«

»Sieben Cent? Statt fünf?«

Er zuckte die Achseln. »Warum nicht?«

»Glauben Sie, wir könnten bis Ende nächster Woche schon ein paar Kartons fertig haben? Dann können wir Anfang Dezember mit dem Verkauf beginnen.«

»Wir versuchen's.«

Thanksgiving war am Donnerstag, dann kam Weihnachten. Mit dem Ausblick auf ein neues Jahr und noch fantastischere Fancy Crunchs würde sich das Los der Kendalls wenden, da war ich ganz sicher.

24

Charlie

Als ich am Dienstagmorgen ins Büro kam, tigerte mein Vater vor seinem Schreibtisch auf und ab. Er nahm die Zigarre aus dem Mund und begrüßte mich mit einem Lächeln. »Charles! Ich hatte eine großartige Idee! Was hältst du davon, Royal Taffy noch fantastischer zu machen?«

Fantastisch? Es war Toffee. An Toffee war nichts Fantastisches. »Wie?«

»Indem wir die Verpackung verändern.«

»Dann … würdest du mehr verdienen. Vielleicht.« So sah ich es jedenfalls.

»Genau!«

»Aber nur, wenn die Verpackung nicht teurer ist und du den Preis erhöhen kannst.«

»Den Preis kann ich nicht erhöhen, aber wir müssen fantastischer werden. Das ist die neue Herausforderung. Überleg dir, wie wir das schaffen, ohne dass es uns mehr kostet.«

Ich zog die Brauen hoch. »Damit verlangst du das Unmögliche.« Wieder einmal.

Den ganzen nächsten Tag zerbrach ich mir den Kopf und ließ Mr Mundt unzählige Anrufe bei unserem Verpackungslieferanten tätigen. Am Spätnachmittag hatten wir die Lösung. Abends erzählte ich meinem Vater davon.

»Es ist also machbar?«

»Ja, aber die Frage ist, ob du es wirklich willst.«

»Warum nicht?«

»Es ist nicht einfach. Wir müssen den gesamten Verpackungsvorgang ändern. Zellophan statt Wachspapier. Und außerdem habe ich unseren roten Royal Taffy gerade erst umgestaltet. Er sieht aus wie der alte Riegel, nur in weißem Papier mit roter Beschriftung. Wir könnten ihn zubinden, statt ihn zuzukleben.«

»Kein Problem, Hauptsache, es lässt sich leicht rückgängig machen.«

Rückgängig? »Du meinst … du willst nicht …?«

»Es ist nur eine vorübergehende Maßnahme. Ein paar Wochen … nur über Weihnachten. Dann machen wir es wieder wie gehabt.«

»Aber die Mädchen werden einen ganz neuen Arbeitsablauf lernen müssen, das heißt, die Herstellung wird sich erst einmal verlangsamen. Und langsamer bedeutet, dass wir weniger verdienen. Jedenfalls am Anfang.«

»Das macht nichts.«

»Aber ich dachte …«

»Überlass das Denken mir. Sag mir nur, wie wir es machen, und zwar schnell. Morgen ist Thanksgiving. Ich will, dass der fantastischere Taffy trotzdem Anfang nächster Woche in den Läden ist. Noch vor dem ersten Dezember.«

Es brachte mich und Mr Gillespie beinahe um, aber wir schafften es. Mit dem Morgenzug am Montag verließen die fantastischeren Taffys die Fabrik, zwei ganze Tage vor dem ersten Dezember. Nun konnten die Menschen in ganz Amerika Weihnachten mit einem fantasievolleren Royal Taffy feiern.

Schade, dass heute Abend schon wieder eine Symphonie gespielt wurde. Ich hätte lieber Louise poliert, als mir kreischende Geigen und wummernde Pauken anzuhören. Allmählich fing ich an, meinen Frack zu hassen. Doch es half alles nichts.

Und es half auch nichts, mich mit praktisch allen unverheirateten Töchtern in St. Louis zu unterhalten. Ich fand es schon beinahe lustig, wie ihre Mütter sie mir präsentierten, schließlich hatte ich noch nie in meinem Leben als gute Partie gegolten. Im Gegenteil, die

Mädchen waren schreiend davongerannt, wenn sie hörten, was ich alles getan hatte und in was für Geschäfte ich verwickelt gewesen war. Dennoch versuchte ich, unsere Gespräche genauso ernst zu nehmen wie sie, und sei es nur, um jemanden zum Reden zu haben – und wenn dieser Jemand Winnie Compton war. Als sie mich erblickte, richtete sie sofort ihr Lächeln auf mich, und als Augusta zu ihrer Mutter ging, trat sie zu mir.

»Sie sollten mit Lucy reden. Sie sieht so einsam aus.«

»Ich bin der Letzte, mit dem Lucy reden will.« Und der Letzte, mit dem sie reden sollte.

Sie sah mich offen an. »Ich glaube, Sie sind der Erste, mit dem sie gerne redet.«

Ich lachte. »Dann haben Sie wohl noch nicht mitbekommen, wie sehr sie mich hasst.«

»Es spielt keine Rolle, was sie sagt; wichtig ist, was sie denkt.«

Ich wusste, dass das, was Lucy sagte, und das, was sie dachte, dasselbe war, doch Winnie war eigentlich gar keine so schlechte Gesprächspartnerin und ich hatte keine Lust, wieder in den Saal zu gehen, deshalb redete ich weiter. »Und warum sagt sie dann nicht, was sie denkt?«

»Das tut kaum jemand, wie Sie sicher wissen. Nehmen Sie zum Beispiel uns beide. Ich finde, Sie sind einer der bestaussehenden Männer, die ich kenne, und noch dazu einer der nettesten, aber das würde ich Ihnen nie sagen, weil Sie es falsch verstehen könnten.«

»Wie kann man das falsch verstehen?«

»Sie könnten denken, dass ich Ihnen verfallen bin.«

»Und das sind Sie nicht?«

»Ich glaube nicht, dass es eine Rolle spielt, ob ich es bin oder nicht, meinen Sie nicht auch?«

Was sollte ich darauf antworten?

»Ich glaube, Sie mögen Lucy genauso gern wie sie Sie.«

»Lucy?« Ich mochte sie tatsächlich. Doch es hatte keinen Sinn, das jetzt zuzugeben. »Ich finde, sie ist eines der boshaftesten Mädchen, die ich je kennengelernt habe.«

Sie tätschelte meinen Arm. »Das sagen Sie nur so, das denken Sie nicht wirklich.« Sie blickte erneut zu Lucy hinüber und legte nachdenklich den Kopf schief.

»Und was denke ich Ihrer Ansicht nach?«

»Ich habe Ihnen doch gesagt, was Sie denken. Aber ich wünschte, jemand würde mich fragen, was ich denke.«

»Was denken Sie?«

»Ich denke, es wäre sehr viel weniger anstrengend und sehr viel angenehmer, wenn Sie beide aufhörten, irgendwelche Dinge übereinander zu sagen, und anfingen, wirklich miteinander zu reden.«

»Ich ... das kann ich nicht. So gern ich es auch würde. Ich bin nicht der, für den sie mich hält.«

Winnie legte eine Hand in meinen Rücken und schob mich vorwärts. »Dann gehen Sie zu ihr und sagen ihr das. Hören Sie nicht auf das, was sie sagt. Denken Sie daran: Wichtig ist, was sie ganz tief innen glaubt.«

»Sie verstehen mich nicht, Winnie. Ich bin wirklich nicht der, für den sie mich hält. Ich bin sehr viel schlimmer. Es gibt ein paar Dinge in meiner Vergangenheit, auf die ich ganz und gar nicht stolz bin.«

Sie zog die Brauen zusammen und ihre hübschen Augen bekamen Fältchen in den Augenwinkeln. »Es ist egal, was sie sagt oder was sie zu denken glaubt. Entscheidend ist, was sie wirklich denkt. Also gehen Sie rüber und sagen ihr, was Sie denken.«

»Ich glaube ... wenn sie wüsste, was ich denke ...«

Sie hob eine Braue. »Ja?«

»Wenn sie wüsste, was ich denke ... wissen Sie was? Es ist egal, was ich denke, entscheidend ist, was ist. Daran kommt keiner vorbei.«

Sie schüttelte den Kopf. »Sie reden nicht über das, was ist. Sie reden über das, was war. Das sind zwei verschiedene Dinge. Sie sind nicht mehr derselbe wie früher.«

»Woher wollen Sie das wissen?«

»Habe ich Sie nicht in der Kirche gesehen, Charles Clarke?«

»Jeden Sonntag.« Ob ich hingehen wollte oder nicht.

»Haben Sie nicht zugehört?«

»… Nein.«

Sie warf die Hände in die Luft. »Warum gehen Sie dann hin?«

Winnie sah mich an, als erwartete sie eine Antwort, doch ich hatte keine. »Weil mein Vater es von mir erwartet« klang jämmerlich, sogar in meinen Ohren.

»Wenn Sie zugehört hätten, hätten Sie dasselbe gehört, was ich Ihnen gerade gesagt habe: Sie brauchen nicht für immer der zu sein, der Sie einmal waren.«

»Sie reden von der Sünde. Und von Sündern.«

Sie schenkte mir einen Blick, bei dem ich unwillkürlich an eine verkleidete Sonntagsschullehrerin denken musste. »Wir sind alle Sünder, Charles Clarke.«

»Gut, dann lassen Sie mich sagen, dass ich Ihnen darin sogar zustimme.«

Winnie lächelte. »Aber Sie glauben es nicht wirklich, oder?«

»Doch, nehmen wir es einmal an. Aber was ist, wenn … wenn ich zugesehen habe, wie jemand ermordet wurde?«

»Zusehen ist nicht das Gleiche wie tun.«

»Nein. Aber angenommen, ich wusste, was geschehen würde, und tat nichts, um es zu verhindern.«

»Warum nicht?«

»Warum nicht?«

Sie nickte. »Warum nicht?«

»Weil … weil ich … nicht mutig genug war. Ich hatte Angst, dass mir das Gleiche passieren würde.«

»Also starb der andere, weil Sie Angst hatten.«

Genau so war's. »Ja. Ich stand da und sah zu. Das ist wahrscheinlich das Schlimmste, was ich je getan habe.«

Sie schaute mich an, doch es stand keine Verurteilung in ihren Augen. Nur Sorge. Die gleiche Sorge, die ich in den Augen meiner Mutter gesehen hatte. Das hatte ich schon bei meiner Mutter nicht ertragen und ich ertrug es auch bei Winnie nicht. Ich versuchte sie abzulenken. »Was ist das Schlimmste, was Sie je getan haben?«

»Ich? Nun … ich habe einmal einen Teller zerbrochen, in der Küche, als ich einen Keks stibitzen wollte.«

»Das ist alles?«

»Ich durfte den Keks nicht nehmen. Und ich habe gelogen, was den zerbrochenen Teller betraf; schließlich wurde der Stallbursche verdächtigt. Und ich hatte ein furchtbar schlechtes Gewissen und …«

»Schön. Dann hätten wir also mich, der den Tod eines anderen Menschen verursacht hat. Und wir haben Sie, die … einen Keks gestohlen hat. Verglichen mit mir sind Sie ein Engel.«

»Das sagen Sie, aber hier geht es um Gott. In seinen Augen haben wir beide Unrecht getan. Wir sind alle Sünder.«

»Genau – darum geht's! Wie können die Leute sagen, ich bräuchte nur … wie heißt es immer?« Ich versuchte mich zu erinnern, was der Ehrenwerte Andy immer sagte: »Beten? Gott um Vergebung bitten? Das soll alles sein? Das ist nicht fair.«

»Fair wem gegenüber? Ich würde sagen, Ihnen gegenüber ist es mehr als fair. Warum beklagen Sie sich?«

»Weil es mehr sein müsste.«

»Mehr was?«

»Weil mehr verlangt werden müsste.«

»Warum?«

»Weil ich schlimmer bin als Sie.«

Sie schüttelte den Kopf, noch bevor ich zu Ende gesprochen hatte. »Nicht vor Gott. Vor ihm sind wir beide gleich.«

»Aber das ist es doch! Wie kann ich an einen Gott glauben, für den Sie genauso schlimm sind wie ich?«

»Äh … genau genommen hält er Sie wohl für genauso schlimm wie mich.«

»Das spielt keine Rolle! Der Punkt ist, dass das Unsinn ist.«

Das hätte ich wohl lieber nicht sagen sollen. Sie schaute mich verwirrt und mit gefurchter Stirn an. Doch dann hellte ihr Gesicht sich auf. »Das sagen Sie nur, weil Sie finden, dass Sie mehr tun müssten, um Vergebung zu erlangen, als ich.«

So konnte man es auch sagen. »Genau.«

Jetzt lächelte sie wieder. »Genau! Darum geht's.«

»Worum?«

»Deshalb haben Sie unrecht!«

Ich wartete, dass sie es mir erklärte, doch das tat sie nicht. Sie beobachtete die Menschen im Saal, ein Lächeln auf den Lippen. Ich hatte ihr gerade gesagt, dass ihre Religion töricht sei, und sie lächelte? »Womit habe ich unrecht?«

Sie sah irritiert zu mir auf. »Na ja … mit allem eben.«

Ich beobachtete ebenfalls ein Weilchen die Menge, fragte mich aber die ganze Zeit, worin genau ich wohl unrecht hatte. »Könnten Sie vielleicht etwas genauer werden? Worin genau irre ich mich?«

»In Bezug auf Sie selbst. Und auf Gott.«

Also in allem … wie sie schon anfangs gesagt hatte. Himmel noch mal! Ich fing schon an, wie Winnie zu denken! »Würden Sie mir das bitte … erklären?«

»Was genau …?«

»Die Sache mit Gott.«

»Na ja, Sie sehen das falsch, das ist alles.«

»*Inwiefern*?«

Sie blinzelte und trat einen Schritt zurück.

»Tut mir leid. Ich wollte nicht schreien. Ich würde es nur gern … wissen.«

»Ich weiß nicht genau, inwiefern. Ich meine, irgendjemand hat es Ihnen von Grund auf falsch erklärt. Es geht nicht darum, was *Sie* tun müssen.«

»Worum dann?«

Sie zuckte die Achseln. »Gott. Es geht um Gott.«

»Inwiefern?« Wenn ich das Wort noch ein einziges Mal sagen musste, würde ich die Hände um ihren kleinen blassen Hals legen und sie erwürgen. Und dann wäre ich wirklich ein Mörder.

Sie seufzte, tief und laut. »Es geht um Gott, Charles Clarke, und darum, was er getan hat. Es geht nicht um Sie. Es ist nie um Sie gegangen. Weil Sie nicht gut genug sind und es auch nie sein werden.«

So viel zum Thema Schmeichelei.

»Und ich auch nicht. Gott sagt, inwiefern, und er sagt dasselbe zu Ihnen und zu mir. Deshalb brauchen wir beide nichts weiter zu tun, als zu sagen, dass es uns leidtut, und ihn um Vergebung zu bitten.«

Was mich zurückbrachte auf meinen ersten Gedanken. »Aber das kommt mir unfair vor.«

»Na ja, es ist schließlich egal, wie es Ihnen vorkommt, oder?«

»Wirklich?«

»Ja. Das versuche ich Ihnen doch die ganze Zeit zu sagen. Es geht nicht um Sie und wie Sie glauben, Ihr Unrecht wiedergutmachen zu können. Es geht um Gott.«

»Das ist alles? Ich soll es einfach … ihm überlassen? Das ist alles?«

»Mehr oder weniger.« Sie runzelte die Stirn. »Ich wünschte, Sie würden in der Kirche hin und wieder aufpassen. Es steckt noch mehr dahinter. Aber im Großen und Ganzen ist das alles.«

»Es einfach ihm überlassen …«

»Das kann doch auch nicht schlimmer sein als das, was Sie versucht haben. Immerhin konnten Sie es nicht in Ordnung bringen, oder?«

Ich konnte nicht lange darüber nachdenken. Als Winnie ging, nahm Lucy ihre Stelle ein.

»Ich weiß nicht, wie Sie das herausgefunden haben!« Sie wedelte mit einer Packung Fancy Crunch vor meinen Augen herum.

Ich griff nach ihrer Hand und nahm sie ihr weg. Das Päckchen sah anders aus. Die Nüsse waren in durchsichtiges Zellophanpapier verpackt, das mit einer Schleife zugebunden war. »Ich habe keine Ahnung, wovon Sie reden.«

»Es war meine Idee! Wir reden jetzt von meiner Idee! Von meiner Idee, eine fantastischere Verpackung zu machen, damit wir einen höheren Preis verlangen können. Nur dass Sie vor mir damit auf den Markt gekommen sind und jetzt ist Fancy Crunch überteuert und wir sind … gedemütigt! Das verdanken wir Ihnen!«

»Sie sind nicht die Einzigen, die Ideen haben. City Confectionery ist nicht die einzige Firma, die Süßigkeiten in Zellophanpapier verpacken und mit einer Schleife zubinden kann.«

»Nein – aber wir verkaufen unsere Süßigkeiten nicht im ganzen Land. Wir müssen im Gegenteil jeden Penny zehn Mal umdrehen, um zu überleben. Ich hoffe, Sie sind jetzt glücklich, Charlie Clarke!«

Das war ich nicht. Das war ich ganz und gar nicht. Egal, was sie dachte, ich war nicht glücklich, dass wir sie mit ihren eigenen Waffen geschlagen hatten, denn mein Bauch sagte mir, dass da mehr dahintersteckte, als wir beide wussten. Ich hatte noch nie an Zufälle geglaubt.

25

Lucy

Die Königin der Liebe und Schönheit wurde ständig von allen möglichen Firmen und Vereinen für die verschiedensten Aufgaben gewünscht. Mr Arthur war bei diesen Gelegenheiten so etwas wie mein ständiger Begleiter geworden; nur wenn er keine Zeit hatte, sprang Sam für ihn ein. Sam kam auch am Morgen des ersten Dezembers, um mich zu Stix zu fahren, wo ich bei der Eröffnung des Weihnachtsschaufensters anwesend sein sollte. Er half mir in die Kutsche und bot mir eine Packung Fancy Crunch an. »Falls du Hunger bekommst.«

Ich dankte ihm lächelnd und steckte die Packung ein. Er setzte sich auf den Sitz mir gegenüber.

Bei Stix empfing uns der Geschäftsführer bereits vor dem Kaufhaus. Er führte uns durch die Menschenmenge, die sich versammelt hatte, um der Enthüllung des Schaufensters beizuwohnen, und begleitete uns hinein. Auf dem Weg in die Pelzabteilung winkte er den Angestellten zu, die den Gang säumten, und sagte: »Seht! Unsere Königin der Liebe und Schönheit!«

Die Angestellten lächelten und klatschten.

Dann überließ er mich dem Kürschner. Dieser ließ Sam stehen und führte mich in eine Ecke. Dort nahm er rasch Maß, verschwand hinter einem Vorhang und tauchte kurz darauf wieder auf mit einem schimmernden, wadenlangen, zweireihigen Pelzmantel in der Hand. »Küsten-Seehund mit einem Besatz aus Alaska-Robbe.«

So etwas Schönes hatte ich noch nie gesehen. Sogar die leicht aufgebauschten Ärmel waren elegant.

Der Kürschnergehilfe nahm mir meine Schärpe ab, reichte sie dem Geschäftsführer und half mir in den Mantel. Dann richtete der

Kürschner höchstpersönlich den Kragen und die Schultern. Ich hätte den Mantel am liebsten nie wieder ausgezogen.

Ein zweiter Gehilfe reichte ihm eine Hutschachtel.

Der Kürschner entnahm ihr eine Pelzmütze im Kosakenstil. »Russisches Ponyfell mit einem Besatz aus Weißfuchs«, verkündete er zufrieden und setzte mir die Mütze auf. Sie war mit einem schwarzen Satinband verziert, das von einer runden, mit Bergkristall besetzten Spange gehalten wurde.

»Sehr, sehr hübsch.« Der Geschäftsführer bewunderte die Pelze. »Und Sie dürfen die Sachen sogar behalten. Das ist eine gute Werbung für uns.«

Behalten? Ich?

»Oh – Sie dürfen aber nicht vergessen …« Der Manager hielt mir die Schärpe hin.

Der Kürschner runzelte die Stirn, doch seine Assistenten halfen mir, sie über die voluminöse Mütze zu ziehen, und arrangierten das Band dann über meiner Schulter.

Der Kürschner runzelte noch immer die Stirn, doch als ich ihn anschaute, hellte sich sein Gesicht auf. Er winkte einem Assistenten und flüsterte ihm etwas ins Ohr. Der Mann nickte und bückte sich zu einer Schublade hinunter. Als er sich wieder aufrichtete, hielt er ein großes weißes Fell in der Hand. Er trat auf mich zu und ich schnappte erschrocken nach Luft, als vier Pfoten und ein Schwanz auf mich zuzuspringen schienen. Der Kürschner trat vor, nahm seinem Assistenten das Fell ab und hielt es hoch. »Ein weißes Fuchsfell im neuen Stil.« Er gab dem Schwanz einen leichten Stups, sodass er zu wedeln schien.

Das Ding, von dem die vielen Dinger herabhingen, war ein Muff! Ich hoffte nur, dass ich mir das Lachen verkneifen konnte, wenn ich ihn trug.

Nachdem sie mich eingekleidet hatten, brachten sie mich nach unten, wo das Schaufenster auf uns wartete. Wir standen ein Stückchen unterhalb der erhöhten Plattform, aber ich konnte trotzdem sehen, dass die Menge draußen um ein Beträchtliches angewachsen war. Ich hörte Stimmengewirr und Schritte auf dem Bürgersteig und hatte das Gefühl, die Vorfreude der Menschen richtiggehend spüren zu können. Jedes Jahr vor Weihnachten, bis auf letztes Jahr, hatte ich draußen bei ihnen gestanden.

Der Geschäftsführer strahlte. »Ich hoffe, Sie sind eine gute Schauspielerin, Miss Kendall.«

»Ich glaube nicht …« Ich glaubte nicht, dass ich das war.

»Sie werden die Gehilfin des Weihnachtsmanns sein. Im Fenster ist ein Salon aufgebaut. Sie helfen ihm, die Geschenke unter den Baum zu legen. Es ist wichtig, dass die Leute draußen die Pelze sehen, die Sie tragen. Und genauso wichtig ist es, dass sie jedes einzelne Geschenk sehen.«

»Ich soll also …«

»Bei jedem Geschenk in Begeisterung ausbrechen. Es hochhalten. Dafür sorgen, dass jeder sieht, was es ist.«

Das konnte nicht allzu schwierig sein.

»Und dann, wenn alle Geschenke ausgelegt sind, geben Sie dem Weihnachtsmann das für ihn bestimmte Geschenk.« Er hielt mir einen Royal Taffy hin.

»Oh. Nein. Nein, danke.« Ich hatte geschworen, nie wieder einen solchen Riegel in die Hand zu nehmen.

»Das ist das Geschenk.« Er nahm meine Hand und drückte den Royal Taffy hinein. »Das werden Sie dem Weihnachtsmann geben.«

»Einen Royal Taffy!« Das konnte nicht sein Ernst sein.

»Ja. Das ganze Fenster ist mit Royal-Taffy-Papieren dekoriert.«

Ich beugte mich vor, um näher hinzusehen, und spürte, wie mir der Mund offen stehen blieb. Die Royal-Taffy-Papiere waren praktisch überall. Irgendein einfallsreicher Mensch hatte Kränze und Weihnachtsschmuck daraus gebastelt. Sie hatten die Papiere aneinandergereiht und so Girlanden für den Weihnachtsbaum gebunden.

Und über dem Kamin hing ein großes Werbeplakat mit der Aufschrift Santa's Sweetest Gift.

»Sie wissen, dass meinem Vater City Confectionery gehört?«

»Ja. Natürlich weiß ich das. Jeder weiß das. Und ich hoffe, es geht Ihrem Vater besser …«

»Wie können Sie mich dann bitten …«

Der Geschäftsführer packte mich mit festem Griff am Arm. »Die Königin der Liebe und Schönheit gehört der ganzen Stadt St. Louis.« Er lächelte den Angestellten zu, die vor uns standen, und flüsterte mir ins Ohr: »Versuchen Sie, es nicht persönlich zu nehmen, Miss Kendall.«

Ich sollte versuchen, es nicht …!

»Sie geben also dem Weihnachtsmann seinen Royal Taffy und dann singen Sie beide gemeinsam mit dem Chor ein Lied.«

Moment. »Wie bitte?« Ich sollte *singen*?

»Sie sollten die Musiker eigentlich durch das Fenster ganz gut hören können.«

»Was für ein Lied?«

»Adeste Fideles.«

»Alle Verse?«

Ich kannte nur den Refrain. In manchen Familien war es üblich, sich am Weihnachtsabend um das Klavier zu versammeln und Weihnachtslieder zu singen, doch wir hatten das nie getan. Wir hatten uns überhaupt nie um irgendetwas versammelt.

Zehn Minuten nach dem vereinbarten Zeitpunkt kam schließlich der Weihnachtsmann den Hauptgang hinunter und stopfte sich beim Gehen noch rasch ein Kissen unter seinen roten Mantel. »Tut mir leid. Ich bin nicht früher aus dem Gefängnis rausgekommen.«

Gefängnis?

Der Geschäftsführer legte mir eine Hand auf die Schulter. »Das ist Mr Slater. Er ist der Direktor des städtischen Gefängnisses.«

Mr Slater? Der Weihnachtsmann war Mr Slater? War er schon immer Mr Slater gewesen?

»Sind Sie fertig?« Der Geschäftsführer sah ihn unruhig an.

»Noch eine Minute.«

Er legte eine Hand auf seinen Bauch und versuchte ein lautes *Ho, Ho, Ho*. Es endete mit einem heftigen Hustenanfall. Er räusperte sich und blickte sich verzweifelt nach einem Spucknapf um.

Ein Gehilfe wurde ausgeschickt, einen Spucknapf zu suchen. Als er schließlich zurückkam, war der Weihnachtsmann bereits ganz rot im Gesicht. Er spuckte aus, dann lockerte er seinen Bart ein bisschen auf.

Der Geschäftsführer reichte ihm eine Brille, die Mr Slater sich auf die Nase setzte. Er schob seinen Gürtel über sein Bauchkissen, zog ein Paar Handschuhe an und trat auf die Plattform.

Sam bot mir die Hand und half mir ebenfalls auf die Bühne. Ich trat hinaus vor den Vorhang und blieb stehen. Da draußen war eine beängstigend große Menschenmenge.

»Winken!« Ich drehte mich um und sah, dass der Geschäftsführer mir bedeutete vorzutreten. »Lächeln!«

Ich winkte und lächelte.

»Ho, Ho, Ho!« Der Weihnachtsmann drehte sich ebenfalls zur Straße um und winkte.

Eine Kinderschar, die Nasen ans Fenster gedrückt, winkte zurück.

Er schob seine Brille weiter hoch. »Wo sollte noch mal der Sack stehen?«

»Ich … keine Ahnung«, versuchte ich durch mein Lächeln hindurch zu antworten.

»Ah! Da ist er ja!« Er ging über die Bühne, am Weihnachtsbaum vorbei, und stolperte über den Teppich. »Diese verdammten Fransen!«

Ich spürte, wie ich unwillkürlich die Brauen hochzog, und ließ sie wieder sinken. Dankbar, dass die Kinder durch das Glas nichts hören konnten, winkte ich wieder.

Ein kleines Mädchen mit riesigen Augen winkte zurück.

»Also … bringen wir's hinter uns. Auf mich wartet ein Mörder im Gefängnis.« Er band den Sack auf und spähte hinein. »Was haben wir denn da? Mal sehen …«, er zog eine Puppe heraus und gab sie mir.

Ich nahm eine Hand aus dem Muff, legte die Puppe in meine Armbeuge und strich ihr über das Haar, während ich mich zum Fenster drehte und lächelte.

Ein kleines Mädchen, das auf der anderen Seite des Schaufensters stand, streckte die Arme aus, als wollte es das Spielzeug auch einmal halten.

»Heben Sie ihren Rock hoch.« Die Anweisung kam von dem Geschäftsführer, der noch immer hinter dem Podest stand.

»Was?«

»Den Rock! Heben Sie ihn hoch. Es ist ein Petticoat darunter.«

Ich tat wie geheißen.

»Ziehen Sie an einer ihrer Locken.«

Immer noch lächelnd, griff ich nach einer der Locken der Puppe, die zu einem Knoten aufgesteckt waren, zog sie heraus und ließ sie wieder zurückspringen. Dann küsste ich die Puppe auf die Wange und legte sie unter den Baum.

Der Weihnachtsmann reichte mir eine Trommel.

Ich nahm sie ihm ab.

Das Nächste war ein Bündel goldener Stöcke.

»Ich weiß nicht … ich kann nicht …« Wie sollte ich dem Weihnachtsmann helfen, wenn ich gleichzeitig den Muff halten musste? Ich zog meine andere Hand auch noch heraus und klemmte ihn mir unter den Arm, doch die Beine und der Schwanz waren mir laufend im Weg.

»Geben Sie mir das dämliche Ding!« Der Weihnachtsmann nahm mir den Muff ab und warf ihn in eine Ecke.

Ich trommelte ein bisschen mit den goldenen Stöcken auf der Trommel herum, dann legte ich beides unter den Baum. »Ich überlege gerade, nur so aus Neugier, welche Strafe darauf steht, wenn jemand die Werbeplakate einer anderen Firma überklebt?«

»Zehn bis zwanzig, je nachdem.«

»Monate?« Vielleicht würde doch noch etwas Gutes aus der Plakatkampagne von *Standard* entstehen. Vielleicht konnte ich dafür sorgen, dass Charlie ins städtische Gefängnis kam.

»Tage.«

Oh. »Aber … was, wenn es wirklich aus Bosheit geschah? Wenn jedes Einzelne überklebt wurde?«

»Spielt keine Rolle. Jeder darf Werbung aufhängen. Reden Sie davon, Plakate und so was an Laternenpfähle und in Durchgänge zu kleben?«

Ich nickte.

»Lächeln!«

Ich wünschte, der Geschäftsführer würde aufhören, mich herumzukommandieren. Ich lächelte.

»Gibt kein Gesetz dagegen. Etwas anderes ist es, wenn Sie die Plakate auf öffentliches Eigentum kleben. Dann kriegen Sie zwanzig Tage für Beschädigung öffentlichen Eigentums. Hier.« Er ließ einen Zug auf mich zurollen.

Ich nahm ihn und hielt ihn hoch.

»Zeigen Sie ihnen die Räder! Lassen Sie sie drehen«, zischte es von der anderen Seite des Vorhangs.

Ich ließ die Rädchen sausen und lächelte. »Es ist also kein Verbrechen, auch wenn der Betreffende sämtliche Plakate der anderen Firma überklebt hat?«

»Natürlich nicht. Sie brauchen ja nur Ihre Plakate wieder über seine zu kleben.« Er reichte mir einen Phonographen.

»Wie soll ich …«

»Weiterlächeln!« Allmählich fing dieser Geschäftsführer wirklich an, mich zu nerven. »Tun Sie so, als ob Sie horchen, und tanzen Sie!«

Wie sollte ich tanzen und mein Ohr über das Ding neigen, wenn es mir so schon beinahe aus den Händen fiel?

»Sie machen ein finsteres Gesicht.« Der Weihnachtsmann sah mich über seine Brille an.

Ich lächelte. Dann stolperte ich zum Baum hinüber und setzte den Phonographen ziemlich unsanft ab.

Hinter dem Vorhang schnappte jemand nach Luft. »Vorsichtig – das Ding kostet dreißig Dollar!«

Als ich mich umdrehte, zog der Weihnachtsmann ein Dreirad aus seinem Sack. Er formte mit den Lippen ein lautloses *Ho, ho, ho* über die Schulter.

Ich mühte mich mit dem Dreirad ab. Als ich mich umdrehte, verwickelte sich eins der Pedale in meinen Mantel. Ich lächelte und lächelte, während ich versuchte, mich wieder zu befreien. »Haben Sie nichts Kleineres da drin?«

»Nichts, das ich irgendjemandem schenken möchte.« Er zog eine Pfeife heraus und gab sie mir. »Ich kann die Dinger nicht ausstehen.«

Ich auch nicht. Ich hielt sie trotzdem an mein Gesicht. Der Geruch nach Tabak reizte meine Nase, sodass ich beinahe platzte in dem Bemühen, einen Hustenanfall zu unterdrücken.

»Drehen Sie sich im Kreis!«

»Was?« Wenn der Geschäftsführer noch ein Wort sagte, würde ich einfach gehen. Dann konnte er selbst seine Sachen vorführen und grinsen wie ein Idiot.

»Drehen Sie sich! Damit die Leute den Mantel sehen.«

»Den …?«

»Den, den Sie tragen!«

Ich drehte mich. Dann legte ich die Pfeife auf die Trommel.

»Können Sie nicht ein bisschen glücklicher aussehen?«

»Nein, kann ich nicht!«, zischte ich lächelnd.

Der Weihnachtsmann zog ein Paar schön bestickte Pantoffeln aus dem Sack.

Ich nahm sie ihm ab, schaute hinein und auf die Sohlen, um nachzusehen, welche Größe sie hatten. Nach kurzem Zögern hielt ich sie hoch, damit alle sie sehen konnten, und machte eine Schau daraus, auf meine Füße hinunterzusehen, als ob ich die Pantoffeln behalten wolle. Eines der Mädchen vor dem Schaufenster kicherte.

»Letztes Geschenk.« Der Weihnachtsmann hielt mir ein langes Teleskop hin.

Ich nahm es. »Gott sei Dank.« Ich hielt es hoch und ging damit vor dem Fenster entlang, während der Weihnachtsmann den Ständer dafür aufstellte. Dann legte ich es auf den Dreifuß, beugte mich vor und tat so, als blickte ich hindurch und betrachtete die Menge.

Die kleinen Mädchen und Jungen vor dem Schaufenster sprangen auf und ab und winkten wie wild. Als ich mich wieder aufrichtete, ließ ich eine Hand in meine Tasche gleiten.

Hinter dem Vorhang hustete jemand. »Vergessen Sie den Royal Taffy nicht!«

Das würde ich nicht. Ich zog ihn aus der Tasche und hob ihn hoch, sodass alle ihn sehen konnten. Dann keuchte ich in gespieltem Schreck auf, legte meine Hand an die Wange und warf ihn, offenbar entsetzt, in Richtung Vorhang.

»Aua!«

Hoffentlich hatte ich den Geschäftsführer getroffen.

»Was macht sie da?«

Ich holte eine Packung Fancy Crunch aus meiner Tasche, lächelte die Menge an und formte mit dem Mund die Worte Fancy Crunch. Dann reichte ich die Bonbons dem Weihnachtsmann, hob einen Fuß, beugte mich vor und küsste ihn auf die Wange.

»Genug Blödsinn für heute«, murmelte er und simulierte ein weiteres *Ho, ho, ho.*

Ich verbarg mein Gesicht, so gut es ging, hinter dem Muff und versuchte, *Adeste Fideles* mit dem Chor zur Musik zu singen. Jedes Mal, wenn der Refrain kam, ließ ich den Muff sinken. Als das Lied beendet war, winkte ich der Menge ein überschwängliches Lebewohl zu.

Ein paar Kinder blieben so lange vor dem Fenster stehen, dass ich schon dachte, mir fiele vom Winken der Arm ab. Doch irgendwann gingen auch sie. Schließlich stand nur noch ein einziger Mann auf dem Gehweg vor dem Schaufenster.

Es war Charlie Clarke.

Er starrte mich finster an.

26

Charlie

»Hast du den Post-Dispatch gelesen?« Mein Vater schob ihn mir über den Tisch zu.

Ich nahm die Zeitung und schlug sie auf. Das Erste, was ich sah, war ein Foto von Lucy Kendall, einen Fuß erhoben, wie sie den Weihnachtsmann küsste. Die Schlagzeile lautete: *Der Weihnachtsmann bevorzugt Fancy Crunch.*

»Wie konnte das passieren?«

Ich wünschte, ich wüsste es nicht.

»Das war Lucy.«

»Was?«

»Die Königin der Liebe und Schönheit, Lucy Kendall. Sie hat einfach nicht gemacht, was man ihr aufgetragen hatte.«

»Das Kendall-Mädchen?«

»Ja. Es war alles genau festgelegt. Sie sollte dem Weihnachtsmann einen Royal Taffy schenken. Aber das hat sie nicht gemacht.«

»Kann ich mir vorstellen. Die Kendalls sind so. Sie tun alle nicht das, was sie sollen.« Der Gedanke schien ihm nicht zu behagen. »Auch wenn ich jemandem einen Gefallen schulde, heißt das noch nicht, dass ich mich übervorteilen lassen muss! Du musst das in Ordnung bringen!«

Verfluchte Lucy Kendall!

Die viele Arbeit. Kein Wort des Dankes von meinem Vater. Kein »Gut gemacht!« Nur der Befehl, wieder in Ordnung zu bringen, was sie vermasselt hatte. Wenn ich auf dem Veiled-Prophet-Ball gewusst hätte, dass sie mir so viel Ärger machen würde, hätte ich sie über die Balustrade geworfen, statt ihr ein Taschentuch zu geben.

In Ordnung bringen.

Wie sollte das gehen? Jedes Kind, jeder Erwachsene in St. Louis wusste jetzt, dass der Weihnachtsmann Fancy Crunch unserem Royal Taffy vorzog. Wenn ich sie nicht am liebsten erwürgt hätte, hätte ich sie dafür bewundert. Für ein Mädchen kam sie mit den raueren Seiten des Geschäftslebens ausnehmend gut zurecht.

In Ordnung bringen.

Wessen Urteil war gewichtiger als das des Weihnachtsmannes?

Ich warf mir den Hut auf den Kopf, verließ mein Zimmer und war schon halb die Treppe unten, als ich merkte, dass ich einen Rollkragenpulli trug … zu einer Kammgarnhose und meinem Jackett. Ich blieb stehen. Der gute Dreffs wäre alles andere als entzückt. Aber wer würde es schon merken?

Alle.

Alle, die in St. Louis eine Rolle spielten, würden merken, dass ich nicht der Mann war, der zu sein ich vorgab. Machte mir das etwas aus? Ehrlich? Nicht genug, um mich umzuziehen. Ich ging weiter, die Treppe hinunter zu dem wartenden Auto, und wünschte dabei, ich hätte eine Mütze, die ich mir über die Ohren ziehen könnte.

»Stimmt was nicht, Mr Charlie?« Nelson hielt mir die Tür auf.

Nur überhaupt nichts. »Mein Vater hat mich gerade mal wieder um etwas Unmögliches gebeten.«

»Für Gott ist nichts unmöglich, Mr Charlie. Inzwischen wissen Sie das bestimmt.«

Ich lächelte. Ich konnte nicht anders. Das hätte auch von meiner Mutter stammen können. Es war schön zu wissen, dass irgendwo noch jemand daran glaubte. »Danke, Nelson.«

»Ich meine es ernst, Mr Charlie. Nichts heißt nichts.«

Nichts? Ich hätte wetten können, dass nicht einmal Gott dieses Problem lösen konnte.

Die ersten Dezembertage verschwammen in einem Toffee-geschwängerten Nebel hektischer Aktivitäten. Die Bestellungen nahmen zu, nicht nur in St. Louis – auch der Rest des Landes verlangte nach mehr Royal Taffy.

Mein Vater war glücklich.

Mr Gillespie war am Ende seiner Weisheit. Er konnte die Zutaten nicht schnell genug herbeischaffen. Zu allem Unglück brach auch noch eines Tages durch einen Funken, der von einer Maschine aufflog, ein Feuer aus. Als er mich am Morgen kommen sah, deutete er auf die Arbeiter, die herumkrabbelten wie Ameisen. »Sie sind einfach nicht schnell genug.«

»Es sind keine Maschinen, es sind Menschen.« Jungen und Mädchen vor allem. Er trieb die Arbeiter an, mehr Royal Taffy zu machen, befahl ihnen, die Pausen durchzuarbeiten, und versprach ihnen, dass sie dafür am Weihnachtstag freibekämen. Mir gefiel überhaupt nicht, wie verhärmt manche der Mädchen aussahen, und das sagte ich ihm.

Er warf einen scharfen Blick in Richtung der Verpackungsabteilung. »Ich finde, sie sehen großartig aus.«

»Sie sehen aus, als würden sie jeden Moment im Stehen einschlafen. Und was ist mit der Jungs-Brigade?« So nannte ich die lange Reihe der Jungen, die die Sirupeimer zur Mischmaschine karrten. Während wir zuschauten, stürzte einer in der Reihe und wurde beinahe von einem Karren überrollt, der Kartons vom Verpackungstisch zur Verlade-Plattform brachte.

»Das passiert laufend. Keine Sorge. Wenn er das Tempo nicht durchhält, suche ich einen Ersatz für ihn.«

»Wir können sie nicht so weiterarbeiten lassen. Bis Weihnachten ist es noch einen ganzen Monat hin.«

Er zuckte die Achseln. »Nicht ganz. Sie müssen sich beeilen oder es geht uns wie City Confectionery.«

»Wie meinen Sie das?«

»Mr Kendall hat immer alle seine Arbeiter behandelt, als gehörten sie zur Familie. Das ließ er sich nicht nehmen. War aber keine gute

Idee. Deshalb ist er in Schwierigkeiten geraten. Er hat die ganze Zeit versucht, es allen recht zu machen. Aber Gefühle zahlen sich nicht aus. Meint jedenfalls Ihr Vater.«

Kein Wunder, dass der Weihnachtsmann Fancy Crunch bevorzugte. City Confectionery schien einfach besser zu ihm zu passen.

Zuerst führte die Presbyterianische Gemeinde ihr Krippenspiel auf, immer am Wochenende vor Heiligabend. Normalerweise gingen wir nicht in diese Gemeinde, doch diesmal verlangte Augusta, dass wir alle zusammen am Gottesdienst teilnahmen, weil mein Vater dem Missionsfond der Presbyterianer eine großzügige Spende zugesagt hatte.

»Ich sehe nicht ein, warum das Geld nicht einfach abgegeben werden kann.« Wir saßen am Esstisch und er starrte auf sein Stück Entenbraten, als wüsste er nicht, was er damit tun sollte.

»Weil Weihnachten ist.« Augusta ließ sich Wein nachschenken.

»Aber erst in einer Woche.«

Sie seufzte, als sei dies lediglich ein weiteres Wortgefecht in einem alten Spiel. »Was nützt es, eine Spende zu machen, wenn keiner weiß, dass du gespendet hast?«

Er legte das Messer hin, mit dem er versucht hatte, das Fleisch zu schneiden, und nahm die Keule stattdessen in die Hand.

»Warren!«

»Ich weiß nicht, warum man uns Sachen auftischt, die wir nicht essen können. Es ist zu klein, um es zu schneiden. Auf einer vornehmen Party würde ich es selbstverständlich nicht in die Hand nehmen, aber es sind ja nur wir zwei da.« Er fing meinen Blick auf und blinzelte. »Ich meine, wir drei.«

»Genau. Und Charles braucht dein Vorbild.«

»Er ist ein cleverer Junge. Er weiß, dass er tun muss, was du sagst, und nicht, was ich mache.« Er nagte an dem Knochen. Schließlich legte er ihn auf seinen Teller und wischte sich den Mund mit der

Serviette ab. »Vielleicht solltest du mir für heute Abend etwas zum Anziehen aussuchen, damit ich dich nicht wieder in Verlegenheit bringe.«

»Das habe ich schon.«

»Gut. Das ist gut.« Er trank noch einen Schluck Wein, dann erhob er sich. »Ich rauche noch eine Zigarre, dann ziehe ich mich um.«

Augusta runzelte die Stirn, als er ging, dann knüllte sie ihre Serviette zusammen, legte sie auf den Tisch und folgte ihm.

Als wir die Treppe zur Kirche hinaufgingen, blieb ich hinter meinem Vater und Augusta zurück. Ich mochte keine Kirchen. Nicht die, in die wir normalerweise gingen, und diese auch nicht. Ich hatte immer das Gefühl, als würden mich alle beobachten – vermutlich ein Überbleibsel aus meiner Kindheit; damals hatte der Pfarrer stets den Opferteller gut im Auge behalten, wenn ich in der Nähe war. Ich hatte nie etwas Böses getan, hatte aber die ganze Zeit das Gefühl gehabt, dass die anderen damit rechneten.

Woraus ich ihnen keinen Vorwurf machen konnte.

Vor allem aber wollte ich nichts mit einem Gott zu tun haben, der einfach dasaß und zusah, wie ein siebenjähriger Junge die Verantwortung für seine Familie übernahm. Es war einfach nicht fair gewesen. Und wenn ich ehrlich war, hatte ich ihm das schon immer übel genommen.

Und jetzt, wo ich wusste, dass mein Vater reich geworden war, während wir in der South Side gelebt hatten, verübelte ich es ihm noch viel mehr. Wo blieb da die Gerechtigkeit?

In Chicago hatte ich die Gewohnheit angenommen, samstagabends in eine Kneipe zu gehen und erst spät am Sonntagvormittag nach Hause zu kommen. Wenn es mit der Kirche hier zu schlimm wurde, würde ich diese Gewohnheit vielleicht wieder aufnehmen.

Leider hatte ich zu lange gezögert und jetzt war der Eingang von Hirten und Weisen, einem kleinen Josef und einer noch kleineren

Maria versperrt. Um sie herum standen eine echte Ziege und mehrere Schafe. Eins davon fing an, an meinem Mantel zu kauen.

Ein Junge, in ein Bettlaken gekleidet und einen Kissenbezug um den Kopf gewickelt, zog es an seinem Führstrick weg.

Ein kleines Mädchen mit Federflügeln auf dem Rücken kniete sich neben das Schaf auf den Boden und hielt ihm seinen Efeustrauß hin, den das Schaf im Handumdrehen verspeist hatte. Daraufhin brach sie in Tränen aus. »Ich wollte ihn doch nur mal riechen lassen.«

Der Junge schnaubte. »Es ist ein Mädchen-Schaf. Und außerdem sind das keine Blumen zum Riechen, sondern nur Blätter.«

»Aber er sollte sie nicht essen!« Tränen liefen ihr über die Wangen.

»Es ist ein Mädchen-Schaf!«

»Das ist mir egal. Er ist dumm.«

»Ist sie nicht.« Der kleine Junge trat näher und sah sie an. »Nimm das zurück!«

»Er ist aber dumm. Jeder weiß, dass man Efeu nicht essen darf.«

»Sei nicht so gemein!« Er bückte sich und schubste das Mädchen. Es fiel auf den Po und fing prompt an zu weinen.

»Er hat mich gestoßen!«

Einer der Weisen, mit einer prächtigen Decke um die Schultern und einem Staubwedel aus Federn auf dem Kopf, kam ihr zu Hilfe. Er stolzierte herbei und stellte die Vase, die er in den Händen hielt, auf den Boden. »Wer war das, Bessie? Wer hat dich geschubst?«

»Er.« Sie deutete mit einem knubbeligen Finger auf den Hirten.

»Das wollte ich nicht. Ich kann doch nichts dafür, dass sie …«

Der Weise hatte sich bereits auf ihn gestürzt.

»Hört auf, ihr zwei.« Ich ging dazwischen und versuchte, sie zu trennen. Einer der beiden stieß mich gegen das Schienbein, der andere trat mir auf den Fuß. Und noch bevor ich sie trennen konnte, hatten die beiden anderen Weisen ebenfalls ihre Vasen abgestellt und stürzten sich in den Kampf.

»Moment mal!« Ich schnappte mir den Hirten und stieß ihn hinter mich, um ihn zu schützen. »Drei gegen einen ist unfair.«

»Er hat gesagt, Bessie ist dumm.« Der erste Weise stand mit verschränkten Armen vor mir. Der Staubwedel auf seinem Kopf war umgeknickt und hing hinter seinem Ohr.

Der Kleine, der sich hinter mir versteckte, spähte um mich herum. »Nein, hab ich nicht! Sie hat gesagt, mein Schaf sei dumm!«

Ich streckte die Arme aus, um die anderen abzuhalten, sich auf ihn zu stürzen.

»Hab ich nicht.« Das Mädchen hatte aufgehört zu weinen und streichelte jetzt das Schaf.

»Doch, hast du!«

»Na ja, ist er ja auch.«

»Da! Sie hat es gesagt!«

»Kinder!« Eine Frau mit dem unzufriedensten Gesicht, das ich je gesehen hatte, klatschte in die Hände und zerrte die Kinder in eine Reihe. »Matilda! Maria hätte Jesus niemals so gehalten!«

Ein älteres Mädchen hielt ein lebendiges Baby mit ausgestreckten Armen vor sich und machte Kniebeugen, die Bewegung ließ sie aussehen wie ein kleines Springteufelchen. »Aber so hält meine Mutter ihn.«

»Maria würde ihr Baby so halten.« Sie nahm das Kind und legte es in ihre Armbeuge, als sei es eine Porzellanpuppe.

»Er wird gleich weinen.«

»Halte ihn so.« Die Dame legte dem Mädchen das Kind in den Arm, obwohl es schon angefangen hatte zu weinen.

Die Vasen der Weisen waren bei dem Kampf zu Bruch gegangen. Jetzt standen die Jungen neben mir und betrachteten betreten die Scherben. »Was sollen wir jetzt Jesus geben?« Bessies Beschützer warf einen besorgten Blick in Richtung der Lehrerin. »Miss Pirkle wird uns ausschimpfen.«

Ich wusste alles über die Miss Pirkles dieser Welt. In der South Side hatte es sie im Überfluss gegeben, die faltigen alten Jungfern, die die Welt verbessern wollten … und sie dabei zu einer Hölle für kleine Jungen machten. »Hier.« Ich zog je einen Royal Taffy für jeden der Weisen aus der Tasche. Ich hatte ein paar mit dem alten, roten Einwickelpapier aus Mr Mundts Schachtel genommen; die neue Verpackung war einfach nicht so mein Geschmack. Ich gab sie den Jungen. »Tut einfach so, als tragt ihr die Geschenke unter euren Decken. Und dann gebt Jesus stattdessen den Royal Taffy.«

»Danke, Mister!«

Ich wollte ihnen noch sagen, dass sie die Riegel auf keinen Fall vorher essen durften, doch die Lehrerin zog sie bereits in die Reihe. Während sie den Mittelgang hinunterwandelten, schlüpfte ich durch den Seiteneingang in die Kirche und als die Weisen vor der Krippe standen, saß ich bereits auf meinem Platz.

Augusta lächelte mich an, doch ihre Augen schleuderten Blitze.

»Ich habe nur den Kindern geholfen.«

Als sie sich zu mir beugte, sah ich, dass sie wieder gnädig gestimmt war. »Das Enkelkind des Bürgermeisters ist das Jesuskind.«

Das erklärte wahrscheinlich, warum ein Fotograf anwesend war. Er stand direkt neben der Krippe.

Die Weisen machten mir wirklich alle Ehre. Sie hielten ihre Decken mit festem Griff umklammert. Und dann stellten sie sich so dicht um die Krippe, dass wahrscheinlich kein Mensch einen Blick auf den Royal Taffy erhaschen konnte, den sie dem Baby gaben.

»Ist das nicht …?« Augusta sah mich stirnrunzelnd an.

Ich zuckte die Achseln.

Ich wollte schon erleichtert aufseufzen, als die Weisen zurücktraten und der Chor das Lied *Vom Himmel hoch* anstimmte. Doch dann sah ich, dass das Baby etwas in der Hand hielt und winkte. Die winzigen Fäuste umklammerten, für alle Anwesenden gut sichtbar, ein rotes Royal-Taffy-Einwickelpapier.

»Gut gemacht, Charles. Ich wusste, dass du es schaffst.«

Mein Vater legte die Zeitung zurück auf den Frühstückstisch. Ich nahm sie, schlug sie auf und sah ein Foto vom Krippenspiel gestern Abend. Die Schlagzeile darüber lautete: *Der Weihnachtsmann liebt Fancy Crunch, Jesus bevorzugt Royal Taffy.*

»Genial! Schlicht und einfach genial!« Er hob die Tasse und prostete Augusta zu. »Was habe ich dir gesagt? Wie der Vater, so der Sohn!«

27

Lucy

»Ich möchte Sie gern einladen, Miss Kendall, zu einem Festessen der Handelskammer am nächsten Dienstag.« Mr Arthur sah mich erwartungsvoll an.

Meine Laune sank schlagartig in den Keller. Mit einem Verehrer zu flirten, war harte Arbeit. Der heutige Abend, an dem ich auf einem harten Holzstuhl ausharren und mir einen Vortrag von einem jungen Genie aus Harvard über ein Thema anhören musste, das er als vierte Dimension bezeichnete, war schlimm genug. Der Redner hatte die nervtötende Angewohnheit, sich ständig selbst zu unterbrechen, um irgendwelche mathematischen Gleichungen auf eine Tafel zu schreiben, die bei jedem Punkt und Strich gefährlich ins Wanken geriet. Als er schließlich auf die Bedeutung irgendwelcher euklidischen Sowiesos zu sprechen kam, hatte ich die Augen geschlossen, tief geatmet und mir vorgestellt, ich sei auf Kreta. Aber immerhin hatte es bei dem anschließenden Empfang im Speisesaal der Fakultät ein paar Erfrischungen gegeben.

Nun war ich der Ansicht, dass ich mir das Recht erworben hatte, am Dienstagabend ausnahmsweise einmal nicht von Mr Arthur irgendwohin begleitet zu werden, nachdem er mich nun mehrere Monate lang in der ganzen Stadt herumgeschleppt hatte. Und ärgerlich war auch, dass er mich beharrlich Miss Kendall nannte. Doch immer, wenn ich den Mund öffnete, um ihm zu sagen, dass er mich doch Lucy nennen sollte, wollten die Worte nicht herauskommen. Alfred war ein wirklich netter Mann, doch seine Nettigkeit reizte mich irgendwie. Ähnlich wie Anisgeschmack. Anis war die einzige Zutat, die ich bei Süßigkeiten nicht ausstehen konnte. Und anscheinend auch nicht bei Männern.

Ich lächelte. »Ich glaube, wir haben für diesen Abend bereits eine andere Einladung angenommen.« Dann sah ich Charlie Clarke in der Tür herumlungern. Wenn ich nicht im Schaufenster von Stix, Bauer und Fuller mit den Fancy Crunch geschummelt hätte, hätte ich geschäumt vor Wut über das Foto im Post-Dispatch, auf dem Jesus nach einem Royal Taffy griff. Was für Tricks hatte er angewandt, um das zu schaffen? Wer auch immer sagte, ein Konter sei Fair Play, hatte die Clarkes noch nicht kennengelernt.

»Was ist denn?« Mutter lächelte, als sie zu uns trat.

Mr Arthur nickte ihr freundlich zu. »Ich hatte Miss Kendall gebeten, mich am Dienstag auf ein Essen der Handelskammer zu begleiten.«

»Das macht sie natürlich sehr gern.« Sie sah mich an. »Nicht wahr, Liebes?«

Ich versuchte, nicht allzu geknickt zu wirken, doch das war nicht einfach. »Ich muss mich geirrt haben, was die andere Einladung betrifft. Es wäre mir natürlich eine Ehre, Sie zu begleiten, Mr Arthur.« Ich überlegte, ob Mr Arthur mir vielleicht Geld leihen würde, wenn ich ihn darum bat.

Er schenkte mir ein sehr zurückhaltendes, schickliches Lächeln.

Nein.

Ich hatte das Gefühl, dass er genau wie mein Vater war. Er würde es nie billigen, dass ein Mädchen ein Geschäft führte. Und ich konnte mir nicht vorstellen, dass er sich je eine Schürze umband und mir half, ein Konfekt zu kreieren. Wahrscheinlich war er wie meine Mutter der Ansicht, dass Damen nicht in die Küche gehörten.

Wenn ich ihn heiratete, würde sich also höchstwahrscheinlich nicht das Geringste für mich ändern.

Ich spürte, wie Panik in mir aufstieg bei dem Gedanken an eine Zukunft, die genauso trostlos aussah wie mein jetziges Leben. Ich konnte mir nicht vorstellen, dass Mr Arthur mir ein Darlehen geben würde, und ganz bestimmt würde er es auch nicht billigen, wenn ich in der Firma half. Vielleicht sollte ich meine Energien lieber darauf verwenden, meiner Mutter bei der Suche nach einem Käufer für die

Firma zu helfen, doch durch Charlie Clarke war das Ganze inzwischen zu einer Prinzipienfrage geworden.

Ich durfte einfach nicht zulassen, dass Standard uns aus dem Geschäft drängte.

Wenn es wenigstens Vater etwas besser gehen würde. Wenn er gesund wäre, hätte er Mr Arthur um ein Darlehen bitten können. Und wenn wir bis dahin verheiratet wären, könnte dieser seine Bitte wohl kaum ablehnen.

Wenn ich mit Mr Arthur verheiratet war, würde mein Leben zwar nicht anders aussehen als jetzt, aber ich hätte wenigstens die Genugtuung zu erleben, wie Standard vergeblich versuchte, uns zu ruinieren. Wäre das die Sache nicht wert? Für die Ehre meines Vaters würde ich mein eigenes Wohl opfern müssen, doch vielleicht war es ein sinnvolles Opfer.

Außerdem war Mr Arthur durchaus nicht unattraktiv. Er benahm sich Mutter gegenüber sehr aufmerksam. Er war in jeglicher Hinsicht höchst akzeptabel. Und irgendwann musste ich sowieso heiraten. Alle meine Schulfreundinnen waren bereits verheiratet. Andererseits – warum sollte ich kein Mitspracherecht bei der Wahl meines künftigen Mannes haben? Warum könnte nicht ich ihn wählen, statt er mich?

Aber … sollte ich nicht glücklich darüber sein? Über ihn?

»Sieht so aus, als würde der gute Alfred sich bald erklären.«

Ich zuckte erschrocken zusammen, als ich die Stimme neben mir hörte, und drehte mich um. Es war Charlie Clarke. Warum musste er dabei so erstaunt klingen? Hielt er mich für ungeeignet für eine Ehe? Ich war in Europa gewesen, ich sprach drei Sprachen und hatte sowohl das Mary Institute als auch Mr Mahlers Tanzschule mit Auszeichnung abgeschlossen. »Das hoffe ich, ich werde seinen Antrag nämlich annehmen.«

Wenn ich gehofft hätte, Eifersucht in seinen Augen zu sehen – was ich selbstredend nicht erwartete – wäre ich enttäuscht worden. Was ich wahrnahm, war ein Anspannen des Kiefers und ein Aufblitzen von … irgendetwas … in seinen Augen. »Sind Sie sicher?«

Ich reckte das Kinn vor. »Natürlich, warum nicht? Es wäre grausam, einem Mann Hoffnungen zu machen, nur um sie dann abzuschmettern.«

»Sie mögen ihn also nicht. Anfangs dachte ich, Sie könnten ihm vielleicht guttun, aber jetzt bin ich mir da überhaupt nicht mehr so sicher.«

Das sagte er so selbstsicher und sachlich, dass ich schon wieder wütend wurde. »Wollen Sie damit sagen – was wollen Sie damit eigentlich sagen?« Fand er, dass ich nicht gut genug für Mr Arthur war?

Er hielt mich am Ellbogen und beugte sich so dicht zu mir herüber, dass ich die Bartstoppeln auf seinem Kinn sah. »Ich sage nur, dass Sie sich das Ganze vielleicht noch einmal überlegen sollten.«

»Was glauben Sie eigentlich, wer Sie sind, mir zu sagen, wen ich heiraten soll? Wie hätten Sie es denn gern, Charlie? Soll ich auf den ›Richtigen‹ warten? Warten und in der Küche stehen und Süßigkeiten zusammenrühren, bis die Firma meines Vaters pleite ist? Der Richtige ist ganz einfach der, der sie retten kann.«

»Also hat das Ganze gar nichts mit ihm zu tun? Es geht alles nur um *Süßigkeiten*?«

»Was bilden Sie sich eigentlich ein? Sie denken doch selber nur an Royal Taffy!« Ich entriss ihm meinen Arm, holte tief Luft und versuchte, mich zu beruhigen. »Danke für Ihre Fürsorge, Mr Clarke, aber ich werde heiraten, wen ich will.«

»Finden Sie nicht, dass Sie einen Mann heiraten sollten, mit dem Sie gern zusammen sind? Jemanden, zu dem Sie gern heimkehren? Zu dem Sie am Abend gar nicht schnell genug nach Hause kommen können, um sich mit ihm zu unterhalten?«

Doch, das fand ich. Ich wollte eine Ehe, wie mein Onkel und meine Tante sie führten. Aber man bekam eben nicht immer, was man wollte. »Mr Arthur ist ein netter Mann. Ich muss zugeben, dass ich ihn noch nicht lange kenne, aber ich bin sicher, mit der Zeit …«

»Mit der Zeit! Wenn Sie ihn jetzt nicht mögen, werden Sie ihn nie mögen.«

Ich zuckte die Achseln. »Warum soll ich mir Zitronenmeringen wünschen, wenn ich nur saure Drops kriegen kann?«

»Ist das wirklich alles, was Sie kriegen können?«

Mr Arthur war der begehrteste Junggeselle in der Stadt. Und der einzige, gegen dessen Gesellschaft ich nichts einzuwenden hatte. Ich hatte keine heiratsfähigen Cousins dritten Grades wie Annie Farrell und auch keine alten Schulfreunde. »Sie dürfen mir gern einen Alternativvorschlag machen!«

Seine Pupillen schienen sich zusammenzuziehen und einen Moment dachte ich, er hätte Schmerzen. Doch dann rief ich mir in Erinnerung, wer sein Vater war, und verdrängte den Gedanken.

»Es könnte sein, dass der Richtige hier ist, in diesem Augenblick. Der Mann, der Sie von ganzem Herzen lieben würde, wenn Sie ihm nur die Chance dazu gäben.« Seine Stimme war ruhig, aber sehr eindringlich.

»Hier? Bei einem Universitätsvortrag?«

»Ein Mann, der sich erklären würde, wenn er glaubte, dass Sie ihn akzeptieren könnten.«

»Und warum sollte ich das nicht?«

»Was, wenn ... wenn er eine Vergangenheit hätte? Wenn er nicht der wäre, der er zu sein scheint? Wenn er ... im Gefängnis gewesen wäre?«

»Sie meinen ... ein Verbrecher?«

Er sagte nichts.

»Ich wäre gespannt auf eine Unterhaltung mit ihm.«

Seine Mundwinkel verzogen sich zu einem bitteren Lächeln.

»Auf jeden Fall ist Mr Arthur der einzige Mann, der sich mir bietet. Ich bin fast zwanzig, Charlie, und meine Familie wird schon bald ihre Firma verlieren. Wer wird mich dann noch heiraten wollen?« Du meine Güte, sah meine Zukunft düster aus ... noch düsterer, als ich gedacht hatte. Und ich war Charlie Clarke nicht dankbar, dass er mir das bewusst gemacht hatte.

»Jeder Mann, der nur ein Fünkchen Verstand hat, würde Sie heiraten wollen.«

Er klang so aufrichtig, so leidenschaftlich, dass mir beinahe die Luft wegblieb. Jetzt war mir klar, wie man sich als Mädchen von seiner kühlen Selbstbeherrschung täuschen lassen konnte. Von diesen Augen, die einem bis tief in die Seele zu blicken schienen. Wahrscheinlich gab es in Chicago mehr als genug Frauen, die geradezu in Verzückung gerieten über sein gutes Aussehen und seine aufreizenden Grübchen. Die sich danach sehnten, die gezackte Narbe auf seinem Kinn zu berühren, und die die ungezwungene Art, mit der er sich völlig Fremden näherte, bewunderten.

»Aber warum sollten Sie nicht jemanden heiraten, den Sie auch wirklich heiraten wollen?«

Das war genau die Frage, die ich mir auch selbst gestellt hatte. Und ich hatte immer noch keine Antwort darauf. »Weil … weil es keinen solchen Mann gibt.« Tränen erstickten meine Stimme. Tränen der Verzweiflung. Tränen vertaner Wünsche und verlorener Träume. »Und wenn es einen geben sollte … weiß ich nicht, wo ich ihn finden kann.« Damit wandte ich mich von ihm ab. Ich wollte nicht, dass er mich weinen sah. Und ich wollte auch nicht, dass er mir wieder zu Hilfe kam. Nie mehr.

Ich fand einen leeren Tisch weit entfernt von Charlie Clarke. Als ich meinen Rock anhob, um mich zu setzen, sah ich, dass Mr Arthur auf dem Weg zu mir war. Er wartete, bis ich saß, dann setzte er sich neben mich. »Sie wissen doch sicher, warum mir so viel daran lag, Sie kennenzulernen.« Er reichte mir ein Glas Punsch, während er sprach.

Er würde sich tatsächlich erklären! Panik stieg in mir auf und schlug mit Riesenflügeln gegen meine Magenwand. Er würde sich erklären, ich würde ja sagen und wir würden heiraten.

Er stellte sein Glas auf den Tisch. Dann zog er seine Taschenuhr heraus, ließ den Deckel aufspringen, warf einen Blick aufs Zifferblatt und ließ sie mit einem Klicken wieder zuschnappen. Schließlich sah er mich an, ruhig und ernst. »Ich möchte Ihnen vorschlagen, mich zu heiraten.«

Ich machte mir nichts aus Romantik. Ich hatte mir noch nie etwas aus Romantik gemacht. Und trotz allem, was Charlie Clarke gesagt hatte, machte ich mir auch jetzt nichts aus Romantik. Nicht wirklich. Doch in diesem Moment merkte ich, dass ich einen Antrag erwartet hatte, der etwas weniger nach einer geschäftlichen Vereinbarung und etwas mehr nach einer romantischen Verbindung klang. Oder zumindest nach … echter Freundschaft.

Und obwohl ich im Allgemeinen nichts gegen Bildung hatte, schien mir ein Vortrag über unmögliche Theorien doch ein seltsamer Ort für einen Heiratsantrag. »Und warum schlagen Sie mir vor, Sie zu heiraten, Mr Arthur?«

Er lehnte sich auf seinem Stuhl zurück. »Ich glaube, dass es mehrere gute Gründe dafür gibt.«

»Wären Sie vielleicht so nett, sie mir aufzuzählen?« Vielleicht würde ich dann mein Gespräch mit Charlie vergessen und mich besser fühlen.

Er runzelte die Stirn. »Ich finde das höchst ungewöhnlich.«

Ich schenkte ihm ein, wie ich hoffte, liebreizendes Lächeln. »Bitte, haben Sie Nachsicht mit mir.«

An seinem Hals kroch eine Röte hoch und breitete sich bis über sein Gesicht aus. »Natürlich. Bitte halten Sie mich nicht für gefühllos.« Er beugte sich vor, löste meine Hand vom Punschglas und umschloss sie mit seinen beiden Händen. Ich hatte eigentlich erwartet, trotz des Handschuhs etwas zu spüren, doch ich empfand nichts. »Ich bin ein Arthur.« Er sah mich mit hochgezogenen Brauen an, als hoffte er, das reiche bereits aus.

»Ja. Das weiß ich nun schon seit einer ganzen Weile.« Und im Grunde genommen war das auch alles, was zählte, oder? Die Tatsache, dass er ein Arthur war, konnte die Rettung für City Confectionery bedeuten.

»Ich habe ein gewisses Alter erreicht, Miss Kendall. Es wird Zeit, dass ich eine Familie gründe.«

»Mr Arthur, hat irgendetwas an Ihren Plänen oder Träumen mit mir persönlich zu tun?«

»Sie sind ein sehr nettes Mädchen!« Er sagte es, als könnte ich ihm widersprechen.

Wahrscheinlich würde es ihn überraschen herauszufinden, dass ich das ganz und gar nicht war. Allein der Gedanke, dass ich auf dem Flugplatz Charlie Clarkes Hand gehalten und ihn beinahe geküsst hatte. »Aber finden Sie denn nicht, dass es, wenn wir heiraten wollen, irgendetwas zwischen uns geben sollte … eine gewisse Anziehung?«

»Halten Sie das für nötig?«

Früher nicht. Ich hatte immer gedacht, dass ich jeden Mann heiraten könnte, so wie ich mithilfe jedes Kupfertopfes eine wohlschmeckende Süßigkeit zaubern konnte.

Er ließ meine Hand los. »Ich glaube, dass wir eine gute Ehe führen könnten. Ich bin sehr umgänglich. Sagt man jedenfalls.«

Das war er wirklich. Er war völlig in Ordnung. Aber … das bedeutete nicht, dass er auch der Richtige war, oder? O verflixt! Charlie Clarke hatte alles verdorben, sogar meinen Heiratsantrag. Doch da ich das Thema angesprochen hatte, musste ich weitermachen. »Ist es für Sie nicht auch nachvollziehbar, dass ein Mädchen gern glauben möchte, es sei mehr als nur ein … nur ein Mädchen?«

Er blinzelte. »Aber … Sie sind eins.«

Das war ich. Was auch immer ich hatte sagen wollen, es war vergeblich und offenbar sehr dumm gewesen. »Es ist nur … ein Mädchen möchte mehr sein.«

»Und was zum Beispiel?« Er sah mich interessiert an, als wollte er es wirklich wissen.

»Ein Mädchen möchte wissen, dass es … wichtig ist.« Ich bezweifelte, dass Mr Arthur mich jemals mit anderen als diesen ruhigen, ernsten, gleichmütigen Augen ansehen würde. Und ich glaubte nicht, dass er mir gegenüber je laut werden würde. Nicht so wie Charlie. Konnte ich …? Ich fragte mich, ob es mir gelingen konnte, ihn wütend zu machen. Ob ich überhaupt irgendein Gefühl in ihm hervorrufen konnte.

»Ein Mädchen.« Er nahm meine Hand. »Sie meinen sich selbst, nicht wahr?« Er sah mich mit einem überraschend scharfen Blick an.

Ich wurde rot. »Ja. Ja, das stimmt.« Warum sollte ich nicht wichtig sein dürfen?

»Dann brauchen Sie sich keine Sorgen zu machen. Ich kann mir keine passendere Gefährtin für mich vorstellen und bin sicher, dass wir im Laufe der Zeit große Zuneigung zueinander entwickeln werden. Die Liebe wächst am ehesten dort, wo sie sich auf gegenseitige Achtung gründet.« Seine Ohren waren rosa geworden. »Und als Ihr Mann würde ich es selbstverständlich für meine Pflicht halten, Ihre Familie zu unterstützen, als wäre es meine eigene. Ich weiß, dass Sie sich Sorgen um Ihre Mutter machen, jetzt, da Ihr Vater krank ist.«

Ich spürte, wie ein Gefühl der Scham in mir aufstieg. Irgendwie hatte ich immer gedacht, dass Mutter selbst für sich sorgen würde. Mr Arthur war ein sehr viel besserer Mensch, als ich je sein würde. Und er hatte gesagt, was ich mir zu hören gewünscht hatte. Warum war ich dann nicht glücklicher über seinen Antrag? Ich hätte glücklich sein müssen. Ich würde glücklich sein. Ich brauchte bestimmt nur … nur ein bisschen Zeit, um mich an den Gedanken zu gewöhnen. »Dann nehme ich Ihren gütigen Antrag an, Mr Arthur.«

28

Charlie

Lucy und ihre Mutter waren gegangen. Nun kam Alfred zu mir an meinen Tisch in der Ecke. Anscheinend waren Vorträge eines hochbegabten Kindes ein Pflichttermin für die feine Gesellschaft von St. Louis. Ich hatte den ganzen Abend krampfhaft versucht, mich vor den vielen Mädchen zu verstecken, die Augusta ständig in meine Richtung bugsierte. Und ich versuchte immer noch, das Loch zu stopfen, das Lucy in meinem Herzen hinterlassen hatte. Warum hatte mich das, was sie gesagt hatte, eigentlich so überrascht? Was hatte ich denn erwartet? Dass sie einen Mann wie mich mit offenen Armen aufnehmen würde?

Alfred trank seinen Punsch aus und stellte das Glas mit einem befriedigten Seufzen auf den Tisch. »Das war vielleicht was.«

»Was war was?«

»Ich habe Lucy Kendall einen Heiratsantrag gemacht.«

Irgendetwas in meinem Magen klumpte sich zu einem harten kleinen Ball zusammen. »Und?«

»Sie hat angenommen.«

Natürlich hatte sie angenommen. Warum auch nicht? Sie hatte ja völlig richtig bemerkt, dass ich kein Recht hatte, ihr zu sagen, wen sie heiraten sollte. »Glückwunsch.« Ich hätte diesen Mann gern gehasst, doch er hatte nichts Hassenswertes an sich. Ich hatte wirklich versucht, einen Grund zu finden, doch er war so höflich und nett, dass sogar sein schlimmster Feind sich gezwungen gesehen hätte, ihn zu bewundern.

»Danke.«

Dafür, dass er sich gerade mit dem besten Mädchen der Stadt verlobt hatte, wirkte er sehr gelassen. Meiner Ansicht nach hätte er jubeln und vor Freude brüllen und sich auf die Schulter klopfen müssen.

»Das sollten Sie feiern.«

»Hm?« Er blickte auf den Boden seines Glases, als wünschte er, dass noch ein Schlückchen Punsch darin sei.

Ich nahm es ihm weg. »Wir sollten Ihre Verlobung feiern. Aber mit Stil.« Das tat ein Mann doch für seinen Freund, oder? Er half ihm zu feiern.

Ich hätte einfach meine große Klappe halten sollen. Wenn Lucy schon heiraten musste, dann einen Mann wie Alfred. Er war annähernd perfekt. Erstaunlich perfekt. Und das Erstaunlichste war, dass er auch nicht den kleinsten Fehler hatte! Sie passten absolut perfekt zusammen.

Ich nahm ihm seinen Hut aus der Hand, setzte ihn auf seinen Kopf, zog ihn vom Stuhl hoch und lotste ihn Richtung Tür.

Nelson setzte uns in Chestnut Valley ab. Ich entschied mich für eine Kneipe, an deren Tür der Maple Leaf Rag hing, und wollte hineingehen.

Alfred blieb in der Tür stehen und sah mich unsicher an. »Hier war ich noch nie.«

Ich schob ihn hinein. »Hier ist es nicht anders als in allen anderen Kneipen.«

»Ich meine … ich bin überhaupt noch nie in einer Kneipe gewesen.« Er tat einen zögernden Schritt.

»Noch nie?«

»Noch nie.« Er sah aus, als wünschte er, das auch weiterhin sagen zu können.

»Wo bleibt Ihr Abenteuergeist?«

»Ich habe keinen.«

Zwei Missverständnisse am selben Abend: Ich hatte gedacht, Lucy könnte mich so akzeptieren, wie ich war, und ich hatte gedacht, Alfred sei ein ganz normaler Kumpel, der mit mir zusammen was trinken wollte. Beide Male hatte ich mich geirrt. »Hier … setzen Sie sich kurz hin, ich hole uns was zu trinken.« Ich deutete auf einen Tisch in einer düsteren Ecke. »Dann gehen wir auch gleich wieder.«

Er setzte sich und schaute zur Bühne hinüber.

Ich bestellte einen Whiskey für mich und einen Sarsaparilla für ihn. Als die Getränke kamen, nahm ich gleich am Tresen einen Schluck und genoss das befriedigende Brennen in meiner Kehle. Alfred saß am Tisch, steif wie ein Stock, den Hut auf den Knien. So viel zum Feiern. Ich schluckte einen Seufzer hinunter, ging zu ihm und schwor mir dabei, mich von ihm nicht zur Eile drängen zu lassen. Ein Mann musste seinen Whiskey genießen dürfen. Als ich mein Glas auf den Tisch stellte, bewunderte ich die goldene Farbe des Getränks.

Das Liedchen, das der Mann am Klavier spielte, verklang.

Ich stampfte wie die anderen meinen Beifall mit den Füßen auf den Boden.

Alfred nicht, er nippte nur an seinem Sarsaparilla.

Dann schob sich ein Mädchen durch einen schief hängenden Vorhang, ging zum Klavier und stützte sich mit einem Ellbogen darauf. Sie trug einen blauen Rüschenrock und eine zu kurze, zu enge Bluse. Sie erinnerte mich an die Tribley-Zwillinge in Chicago. Sie wirkte zwar beinahe respektabel, doch sie hatte die gleichen Kulleraugen und das gleiche dunkle Haar, zu einer Rolle über der Stirn frisiert. Ihr Mund war ein perfekter roter Bogen. »Kommen Sie, den Song hören wir uns noch an. Vielleicht ist sie ja gut.« Sie sah so aus. Und wenn nicht, würde sie mich wenigstens von Lucy ablenken.

Alfred blickte zur Tür.

»Nur ein Song. Ich versprech's. Danach gehen wir.«

Der Klavierspieler klimperte ein paar perlende Läufe, das Mädchen drehte die rote Rose, die es in der Hand hielt. Dann setzten sie zusammen ein:

> Ich träume von dir, Tag für Tag, Nacht für Nacht,
> träume, wenn der Himmel blau ist und wenn er grau ist …

Sie hatte sich umgedreht und sah uns direkt an, während sie sang. Oder vielmehr … sie sah Alfred an. Nein, falsch – sie sang nicht, sie baggerte ihn an.

Damit waren es schon zwei Mädchen, die ihr Herz an ihn verloren hatten. Was war so besonders an ihm? Ich nahm noch einen Schluck Whiskey.

> Darf ich »Süßer« zu dir sagen? Ich hab mich in dich verliebt.
> Bitte, sag mir leis ins Ohr, dass auch du mich liebst …

Als der Song sich dem Ende näherte, warf das Mädchen Alfred die Rose zu.

Er fing sie, starrte sie einen Moment an und blickte dann zu dem Mädchen auf. Ein dümmliches Grinsen trat auf sein Gesicht. »Ich … ich sollte ihr die vielleicht zurückgeben.«

»Sie hat sie nicht verloren. Sie hat sie Ihnen zugeworfen. *Mit Absicht.*« Es war der uralte Einem-alten-Hund-einen-Knochen-zuwerfen-Trick. Ich wollte ihm die Rose wegnehmen, doch er hielt sie fest. Beinahe, so kam es mir vor, hätte er mich angeknurrt. Er ging zu dem Vorhang und schob ihn beiseite, den Hut in der einen, die Rose in der anderen Hand. Dann blieb er eine halbe Stunde verschwunden. Und als er danach wieder erschien, hing das Mädchen an seinem Arm.

Er lächelte auf sie hinunter, als sei sie das Beste, was er je gesehen hatte. »Das ist Evelyn.«

Ich betrachtete sie. Ich hatte mich geirrt. Sie hatte überhaupt nichts von den Tribley-Zwillingen. Sie war alt. Sie musste mindestens dreißig sein.

Alfred machte ein finsteres Gesicht und deutete wiederholt mit dem Kinn auf sie.

Guter Gott. Ich stand auf. »Ist mir ein Vergnügen.«

»Sie wird uns zum Essen begleiten.«

»Wir gehen essen?« Hatte er denn nicht schon an der Universität gegessen?

Er blickte mich abermals finster an. Der freundliche Arthur war auf einmal reizbar.

»Oh. Oh! Ja. Essen.« Ich hängte mich bei ihr ein. »Wir wollten feiern. Wussten Sie, dass unser Alfred hier sich gerade verlobt hat?«

Sie entzog ihm ihren Arm und trat einen Schritt von ihm fort. »Glückwunsch.«

Alfred murmelte etwas.

»Das habe ich ihm auch gesagt. Wir sind hierhergekommen, um zu feiern.«

»Dann feiern Sie mal schön. Ich halte Sie nicht auf.«

»Nein. Nein …« Alfred bekam gerade noch ihre Hand zu fassen, als sie gehen wollte. »Bitte, kommen Sie mit.«

Sie sah ihn einen Moment an. Dann sah sie mich an. »Unter einer Bedingung. Sie müssen mir alles über Ihre Verlobte erzählen.«

Sie war gerissen. Ich kannte mich da aus.

Ich litt. Ich litt mich durch verlorene Eier, gegrillten Fisch und gekochtes Fleisch im Planters Hotel. Und dann litt ich noch mehr, als Nelson uns zurück nach Chestnut Valley fuhr. Als wir Evelyn vor der Kneipe absetzten, stieg Alfred ebenfalls aus.

Ich steckte den Kopf aus dem Wagen. »Sie wollen doch wohl nicht von hier bis nach Hause laufen.«

Er drehte sich um und kam zurück. »Es ist noch ein bisschen früh, um schon nach Hause zu gehen.«

Früh? Es war beinahe Mitternacht. Evelyn war bereits in der Kneipe verschwunden. Er warf einen Blick über die Schulter zur Tür, als würde er ihr am liebsten folgen. Die gleiche Tür, durch die er noch vor wenigen Stunden nicht hatte hindurchgehen wollen. »Alfred, kommen Sie mit nach Hause!«

Er salutierte: »Mir geht's gut.«

Mir war überhaupt nicht wohl bei der ganzen Sache. Ein Mann, der mit einem Mädchen wie Lucy verlobt war, sollte nicht mit einer

Kneipensängerin flirten. Andererseits war er mit Sicherheit nicht der Erste, der das tat. Und wer war ich, eines anderen Menschen Anstandswauwau zu spielen? Alfred Arthur war ein erwachsener Mann. Ich musste einfach darauf vertrauen, dass er selbst auf sich aufpassen konnte. Und dass er wieder zur Vernunft kam. Und zwar bald. Bevor Lucy Verdacht schöpfte.

29

Lucy

»Ich werde heiraten, Papa.« Ich hatte den Heiratsantrag gerade erst bekommen, deshalb klang der Satz in meinen eigenen Ohren noch ein bisschen seltsam. Es erinnerte mich an meinen Italienischkurs in Florenz, als ich auf Italienisch »Ich liebe dich« sagen musste. Ich hatte meinem Lehrer die Worte zwar nachgesprochen, doch sie hatten keinerlei Bedeutung gehabt.

Mein Vater streckte die Hand nach mir aus.

Ich kniete mich neben sein Bett und nahm sie. Das bisschen Farbe, das er seit meiner Rückkehr nach St. Louis bekommen hatte, war verschwunden. Sein Atem war flach und mühsam. Ich machte mir größere Sorgen um ihn denn je.

Er drückte meine Hand. »Wenn ich dich doch nur vor den Altar führen könnte.«

»Vielleicht bist du bis dahin ja kräftig genug. Es wird nur eine Hochzeit im kleinen Kreis werden.« Hoffte ich jedenfalls.

»Wer ist es? Oder hast du es mir schon gesagt und ich habe es vergessen?« Er legte den Kopf zurück aufs Kissen.

»Alfred Arthur.«

»Alfred … Oh.« Sein Lächeln verschwand.

»Was ist denn? Magst du ihn nicht?«

»Er ist … vernünftig. Aber … das ist wohl kaum ein Fehler. Ich hätte mir nur jemanden mit etwas mehr … Temperament für dich gewünscht. Jemand wie ein Tropfen Zimt in einem Pfefferminztoffee.«

»Er ist äußerst passend.«

»Das weiß ich … aber … wünschst du dir nicht auch manchmal, dass er ein kleines bisschen unpassend wäre? Nur gerade so, dass du … ich weiß auch nicht …« Er seufzte. »Ach, wie auch immer.« Er fuhr sich mit der Hand über die Augen. »Ich kann in letzter Zeit nicht mehr so klar denken. Natürlich sollst du ihn heiraten, Zuckerfee.«

»Er ist eine sehr gute Partie.«

Er lächelte. »Du klingst jeden Tag mehr wie deine Mutter.« Er seufzte. »Und das ist auch gut so. Du solltest auf deine Mutter hören. Ich hätte auch auf deine Mutter hören sollen.«

»Papa …«

»Doch, das hätte ich. Sie ist geschäftstüchtig. Geschäftstüchtiger, als ich je war. Wenn ich nicht all unser Geld aufgebraucht hätte … wenn ich nicht unterschrieben hätte …« Seine Augenlider fielen zu und sein Kinn sank langsam hinunter auf seine Brust, doch plötzlich riss er die Augen wieder auf.

Was unterschrieben? »Was hast du unterschrieben?«

»Was?«

»Du hast gesagt, du hättest etwas unterschrieben.«

Er seufzte. »Getan ist getan. Zerbrich dir nicht dein hübsches Köpfchen darüber.« Er versuchte, ein Gähnen an seiner Schulter zu verbergen, doch ich sah es und stand auf.

»Du brauchst nicht zu gehen.«

»Ich sollte dich schlafen lassen.«

Er gähnte wieder, diesmal ohne es verbergen zu wollen. »Ja, vielleicht wäre das das Beste.«

Mr Arthur machte am folgenden Nachmittag seine Aufwartung. Alfred. Ich musste an ihn als Alfred denken. Aber Alfred klang so … vertraut. Vertrauter, als ich mit ihm sein wollte. Wir saßen alle drei im Salon. Mr Arthur – Alfred – gab mir einen Ring. Es war ein großer Diamant im Prinzess-Schliff. Er sprühte Funken, als ich ihn auf den Finger schob.

Musste er so groß sein?

Er und Mutter schmiedeten Hochzeitspläne. Ich saß dabei und starrte auf den Ring an meinem Finger. Er wirkte so endgültig. Und die Art, wie er funkelte – als könnte er gar nicht aufhören zu verkünden, dass ich verlobt war – war einfach entsetzlich. Ich überlegte, ob die Leute mich jetzt wohl anders behandeln würden. Ich wäre nicht mehr lange Lucy Kendall. Bald war ich die Frau von Mr Arthur. Ich versuchte, die wachsende Angst in meinem Magen zu vertreiben, doch es gelang mir nicht. Und dann kam mir ein Gedanke. »Werden die Leute vom Veiled Prophet nicht verärgert sein, wenn ich heirate? Ich bin doch gerade erst gekrönt worden.«

Mutter tätschelte mir die Hand. »Darum habe ich mich schon gekümmert. Ich treffe mich noch diese Woche mit ihnen. Angesichts des Zustands deines Vaters werden sie bestimmt Verständnis haben.«

Der Zustand meines Vaters. Natürlich würden sie verstehen, dass ich bald heiraten wollte … bevor er starb. Mir lief ein Schauer über den Rücken.

»Jeder würde das verstehen.« Mr Arthur lächelte mich an.

»Danke … Alfred.« Ich sprach seinen Namen aus – sozusagen versuchsweise. Um zu sehen, wie es sich anfühlte. Vermutlich würde ich es jetzt immer sagen müssen, jedenfalls, wenn wir verheiratet waren. Alfred. Alfred. Alfred. Ich fing am besten gleich an zu üben.

Mutters Stimme unterbrach meine Gedanken. »Ich glaube, der zweiundzwanzigste wäre recht. Was meinst du, Lucy?«

Ich blinzelte und merkte, dass Mutter und Mr Arthur mich anstarrten. »Für …?«

»Für den Tag deiner Hochzeit. Was hältst du vom zweiundzwanzigsten Februar?«

»*Februar*?« Das klang schrecklich nah.

»Hast du denn nicht zugehört?« Mutter runzelte zwar nicht die Stirn bei dieser Frage, sah mich aber doch ziemlich besorgt an.

»Ich hatte gehofft, dass es eine Feier in kleinem Rahmen sein würde.«

»Auf gar keinen Fall.« Jetzt runzelte sie doch die Stirn. »Was würden die Leute sagen, wenn du so schnell und in aller Stille heiratest?

Und außerdem träume ich schon seit Jahren von deiner Hochzeit. Ich will, dass du alles hast, was ich nicht hatte.«

Mr Arthur hatte rote Ohren bekommen. »Ich denke … vielleicht hat Ihre Mutter recht.«

Sie schaute auf den Block, auf dem sie sich Notizen gemacht hatte. »Ich werde die Kirche also am Zweiundzwanzigsten für die Hochzeit reservieren. Danach geben wir dann den Empfang im Planters Hotel.« Sie schaute mich an. »Ich hatte immer gehofft, hier bei uns feiern zu können, aber wir können deinem Vater die Anstrengung durch den Lärm und den ganzen Trubel nicht zumuten.« Sie wandte sich an Mr Arthur. »Diese Woche reden wir noch mit der Druckerei wegen der Einladungen und ich werde auch eine Anzeige für die Zeitungen verfassen. Es sei denn, Sie möchten das selbst übernehmen, Mr Arthur?«

»Äh … nein. Nein. Ich glaube nicht. Ich … ich muss jetzt … ich muss jetzt gehen.« Er hatte ein Taschentuch herausgezogen und wischte sich damit das Gesicht ab, als sei ihm plötzlich sehr warm geworden. Als hätten wir Juli und nicht Mitte Dezember.

Mutter sah mich mit hochgezogenen Brauen an und deutete auf die Eingangshalle.

Ich stand auf und brachte ihn zur Tür. »Danke, Mr Arthur. Mr … Alfred. Danke, dass Sie vorbeigekommen sind.«

»Es war mir ein Vergnügen, Miss Kendall.« Er setzte seinen Hut auf, tippte ihn mit den Fingerspitzen an und ging zur Tür. Ob er seinen Hut wohl auch noch antippen würde, wenn wir verheiratet waren? Ob er mich wohl jemals Lucy nennen würde? Und wie würde es wohl sein, als Mrs Alfred Arthur vorgestellt zu werden? Würde man sich über meinen neuen Namen dann genauso lustig machen, wie ich es früher über seinen getan hatte?

Am nächsten Morgen war ich wieder einmal bei Vandervoort, um mit dem Schneider über meine Hochzeit zu sprechen und über die

Kleider, die ich dafür benötigte. Dann aßen wir im Tearoom zu Mittag und danach gingen wir ins Planters Hotel, um den Empfang zu planen. In der Twelfth Avenue sah man schon überall die Weihnachtsdekoration mit prächtigen Kiefern entlang der Bürgersteige und einem riesigen Baum mitten auf der Kreuzung Washington Street. Eigentlich hätte ich glänzender Laune sein müssen.

Der Geschäftsführer bat uns in den Speisesaal, wo wir uns setzten, um die Einzelheiten zu besprechen. Er und Mutter legten fest, wann der Empfang beginnen und wie lange er dauern würde. Ob der Damen-Speisesaal oder der maurische Saal reserviert werden sollte. Wie die Dekorationen aussehen sollten. Sie sprachen über Treibhausorchideen und Schwertfarn. Stechwinden und rote Rosen.

»Der Tisch mit der Hochzeitstorte soll natürlich mitten im Saal stehen.«

Mutter nickte.

»Und die Torte? Soll sie die moderne Form haben? Mit Säulen zwischen den beiden Schichten?«

Mutter war einverstanden.

»Kann ich eine Schokoladentorte haben?« Ich machte zwar nicht gern Schokoladentorte, aber ich aß sie für mein Leben gern.

Sie sah mich an, die Brauen missbilligend hochgezogen. »Eine Schokoladen-Hochzeitstorte? Schokolade ist was für Kinder.« Mutter wandte sich an den Geschäftsführer. »Wir nehmen eine normale Hochzeitstorte, zwei Schichten, mit Säulen dazwischen.«

»Schön.« Er notierte sich alles in seinem Buch. »Das ist sehr schön. Wir dekorieren sie mit Orangenblüten und Efeu.« Der Geschäftsführer tippte mit dem Stift auf die Menükarte, die er vor uns hingelegt hatte. »Sollen wir auch noch die restlichen Speisen durchgehen?«

Ich ließ sie entscheiden, was es zu essen und wie viele Gänge es geben sollte. Dann räusperte sich der Geschäftsführer. »Wir können die Reste nach oben liefern, es sei denn, Sie ziehen ein anderes Arrangement vor …?«

Mutter sah mich an, dann wandte sie den Blick ab. »Ich … ich bin nicht sicher, was Mr Arthur geplant hat. Ich hatte angenommen, die beiden würden noch am gleichen Nachmittag mit dem Zug abfahren …«

»Er hat bereits ein Zimmer für die Nacht bestellt.«

Das kam mir merkwürdig vor. »Wofür?«

Sie drehten sich beide zu mir um.

Der Geschäftsführer war rot geworden. »Er hat eine Suite für die Hochzeitsnacht reserviert.«

»Oh.« Ich hatte ganz vergessen, dass ich danach nicht nach Hause gehen würde. »Oh!« Und ich hatte nicht gewusst, dass ich hierbleiben würde. Mit ihm. »Ich … muss …« Ich stammelte eine Entschuldigung und verließ fluchtartig den Raum.

Ich konnte nicht atmen. Konnte man sterben, wenn man nicht atmete? Doch dann, als die Welt an den Rändern weiß zu werden begann, öffneten sich meine Lungen und ich atmete zischend ein. Ich saß auf einem Stuhl und konzentrierte mich darauf, ein- und auszuatmen.

Ein, aus. Ein, aus.

Alles würde gut werden.

Ein, aus. Ein, aus.

Ich brauchte nur zu heiraten.

Ein, aus. Ein, aus.

Sogar Julia Shaw war durchgebrannt, als ich auf Reisen war. Wie schwer konnte es wohl sein, zu heiraten?

Ein, aus.

Es war nicht einfach, die Firma ganz allein zu retten. Ich wünschte, ich hätte einen anderen Weg gefunden.

Ein, aus.

Ich wünschte, es gäbe keinen Charlie Clarke.

Ein, aus.

Aber wenn Wünsche Süßigkeiten wären, würde ich so viele Royal Taffys essen, wie ich wollte.

Ein.

Wünsche waren was für Kinder.
Aus.
Und ich war kein Kind mehr.

30

Charlie

Ich war jetzt den dritten Abend in Folge mit Alfred unterwegs. Und mit Evelyn. Eigentlich hätte ich auf dem Weihnachtskonzert sein müssen, doch ich konnte den Gedanken, die beiden allein zu lassen, nicht ertragen. Die Art, wie er sie anschaute, ließ mich befürchten, dass er eine Dummheit begehen würde.

Oder etwas *Ungalantes*, wie er so gern sagte.

Er entschuldigte sich und ging Evelyn einen Drink holen.

Sie stützte einen Ellbogen auf den Tisch, legte den Kopf in die Hand und blickte ihm nach. »Sie wissen, dass er dieses Mädchen nicht heiraten sollte.«

»Ja, das weiß ich.« Und ob ich es wusste! Ich hatte es Lucy ja schon gesagt.

»Er liebt sie nicht.«

Und sie liebte ihn nicht. »Es geht bei dieser Heirat nicht um Liebe.« Jedenfalls hatte Lucy das gesagt. »Es geht um Süßigkeiten.«

»Was?«

Ich schüttelte den Kopf. »Nichts.«

Sie sah mich mit ihren großen grünen Augen an. »Warum hassen Sie mich so sehr?«

Wer weiß? Eigentlich hätte ich ihr dankbar sein müssen. Wenn sie Alfred dazu brachte, Lucy zu verlassen, konnte mich das nur freuen. Anfangs hatte ich gedacht, Lucy könnte ihn vielleicht ein bisschen auflockern, doch inzwischen war er so locker, dass er in Gefahr war, selbst auf eine Bühne zu springen und einen Song zu schmachten. Er verdiente Lucy nicht. Er hatte das beste Mädchen der Welt in Reichweite und gab sich mit einer Kneipensängerin ab.

Doch ich hatte das Gefühl, dass Alfred Arthur niemals einen

Handschlag zurücknehmen würde, ganz zu schweigen von einem Heiratsantrag.

In Chicago hätte ich mich für ein Mädchen wie Evelyn gefreut. Ich hätte begeistert zugesehen, wie sie sich einen reichen Mann angelte. Doch jetzt kannte ich diesen reichen Mann. Und Alfred war einfach zu nett – zu gut, um einem Mädchen mit solchen Absichten auf den Leim zu gehen. Nur, dass er auf einmal gar nicht mehr so nett war, oder?

Andererseits wollte Lucy ihn auch nur wegen seines Geldes heiraten.

Welche von ihnen war also die Schlimmere?

Und warum kümmerte mich das überhaupt? Lucy wollte doch ohnehin nichts mit mir zu tun haben.

Eines war jedenfalls sicher: Alfred konnte Evelyn nicht weiterhin treffen, ohne dass es Konsequenzen hatte. Nicht mehr lange, und es würde irgendjemandem auffallen. Und wenn es sich erst einmal herumsprach, war sein Ruf ruiniert. Dann würde es keine Rolle mehr spielen, dass er immer so langweilig und ernst gewesen war, und niemand würde Rücksicht darauf nehmen, dass er ein Arthur war.

Vor allem aber machte ich mir Sorgen, was dann mit Lucy würde. Sie würde es ganz allein mir zu verdanken haben, dass sie ihren Verlobten an eine Bardame verloren hatte. Damit hatte sie dann noch einen Grund mehr, mich zu hassen.

Evelyn legte mir eine Hand auf den Arm. »Ich bin kein schlechter Mensch.«

Nein, das war sie nun wirklich nicht. An den beiden letzten Abenden hatte ich meine Meinung über sie gründlich revidiert. Sie war genauso nett wie Alfred. Wenn sie keine Bardame gewesen wäre, wären sie das perfekte Paar. Sie besaß zwar die Stimme eines Engels, war jedoch dazu verdammt, sie nur an einem Ort wie Chestnut Valley einsetzen zu können.

»Ist es ein so schweres Vergehen, wenn ich jemanden haben will, mit dem ich reden kann? Jemand, der mich versteht? Jemand, der für mich sorgt?«

Im Grunde wollte sie dasselbe wie Lucy. Und ich hasste sie alle beide. Kein Mädchen war diesen Ärger wert.

»Wir mögen einander. Was ist so falsch daran?«

Daran war eine ganze Menge falsch, das war falsch daran! Ich musste dringend ein ernstes Wort mit dem Kerl reden.

»Ist sie nicht wundervoll?« Wir saßen an unserem Tisch in der Ecke und hörten Evelyn zu, wie sie sang. Alfred, der bis jetzt nie etwas Stärkeres als Limonade getrunken hatte, hatte heute Abend entschieden, dass ihm Bier schmeckte.

»Sie ist eine Kneipensängerin.« Evelyn mochte mir vergeben! Doch sogar sie würde sagen, dass es sinnlos war, das Offensichtliche zu leugnen. Und sie selbst hatte es nie auch nur versucht … was alles nur noch schlimmer machte.

»Das braucht sie nicht zu sein. Nicht für immer.«

Ich packte ihn am Kragen, zog ihn an der Bar vorbei, durch die Küche hinaus hinter das Gebäude. »Reißen Sie sich zusammen!«

Er stand da, schwankte ein wenig im Mondlicht und sah mich an. »Ich glaube, ich …«, er beugte sich vor, die Hände auf die Knie gestützt, und erbrach sich. »Tut mir leid. Das kam ganz überraschend.« Er nahm ein Taschentuch heraus und wischte sich den Mund ab. Dann blickte er sich um, als frage er sich, was er damit tun sollte.

Warum schienen die Reichen nie zu wissen, wie sie aus der Bredouille kommen sollten? Ich entriss es ihm und warf es in eine Mülltonne.

»Aber – das ist meins!«

»Möchten Sie es wiederhaben?«

Er blickte die Mülltonne misstrauisch an. »… Nein.«

»Jetzt hören Sie mir mal gut zu. Wenn Sie das nicht augenblicklich sein lassen, werden Sie alles verderben.«

»Ich glaube kaum, dass …«

Ich hob eine Hand. »Zuerst hören Sie zu. Sie sind mit Lucy Kendall verlobt. Wie können Sie denken … was denken Sie eigentlich?«

»Ich bin nicht … ich meine … ich wollte nicht – aber was ich für Evelyn empfinde …«

»Was würde Lucy sagen, wenn sie Sie hier stehen sähe und hörte, wie Sie Ihre Gefühle für eine Bardame zum Ausdruck bringen?«

Warum verteidigte ich Lucy Kendall? Warum stand ich hier draußen mit Alfred und versuchte, ihn zur Treue zu einem Mädchen zu bewegen, das ich selbst haben wollte? Verfluchte Lucy Kendall! Es war alles ihre Schuld.

Ich legte ihm eine Hand auf die Schulter. »Sie sind doch ein vernünftiger Kerl. Was glauben Sie, werden die Leute auf den Musikveranstaltungen und in der Oper … und in der Kirche dazu sagen, dass Sie Ihre Nächte hier verbringen?«

Er schaute zu der Kneipe hinüber. Verzog das Gesicht. »Richtig. Sie haben recht. Ich weiß nicht, wie ich das tun konnte. Das sieht mir überhaupt nicht ähnlich. Sie haben vollkommen recht. Ich kann mir nicht vorstellen …«

Ich schon. Ich konnte mir alle möglichen schrecklichen Sachen vorstellen, die passieren würden.

»Ich muss der Geschichte mit Lucy sofort ein Ende bereiten.«

Moment. »Was?«

»Das ist das einzig Richtige.«

Ich packte ihn am Kragen, als er an mir vorbeigehen wollte. »Warten Sie mal kurz. Wollen Sie mir sagen …?«

»Ich bin ein ehrenhafter Mann, der etwas höchst Unehrenhaftes getan hat.«

Das klang schon besser. »Das versuche ich Ihnen ja die ganze Zeit zu sagen. Sie können nicht mit Lucy verlobt sein und gleichzeitig so viel Zeit mit Evelyn verbringen. Das ist nicht richtig.«

»Genau das versuche *ich Ihnen* zu sagen. Das einzig Richtige ist, die Verlobung zu lösen.«

»Sie meinen … Sie entscheiden sich für Evelyn?«

Er zog seine Krawatte gerade, fuhr sich mit der Hand über den Mund und straffte die Schultern. »Ja. Genau das werde ich tun.«

Anscheinend war mir der Mund offen stehen geblieben, denn ich merkte plötzlich, wie ich ihn schloss. »Wie viele Drinks haben Sie getrunken?«

Er blinzelte in den Nachthimmel hinauf. »Einen … zwei … drei. Ich hatte drei Drinks.«

»Sie brauchen Zeit. In ein paar Stunden lässt die Wirkung des Biers nach und Sie denken wieder wie Sie selbst.«

»Ich denke wie ich selbst. Ich bin mehr ich selbst, als ich es je war.«

»Das ist das Bier, das da aus Ihnen spricht, glauben Sie mir.«

Er legte eine Hand auf seine Brust. »Es ist nicht das Bier. Es ist mein Herz.«

»Unsinn! Kommen Sie jetzt oder nicht?« Ich ging die Gasse hinunter in Richtung Straße.

Er presste eigensinnig die Lippen zusammen und streckte das Kinn vor. »Nein.«

»Ich warne Sie, Alfred!«

»Ich komme nicht. Außerdem … ist mein Hut noch da drin.«

»Sie haben Ihren Hut dringelassen?«

Er nickte. »Da drin. Ich hole ihn nur rasch. Wenn Sie mich kurz entschuldigen würden …«

Ich hoffte, er würde entschuldigen, was ich jetzt tun würde, doch er ließ mir keine Wahl. Ich tat, was ich in der South Side mit den Typen zu tun pflegte, die keinem Vernunftargument mehr zugänglich waren. Ich zog meinen Arm zurück, ballte die Faust und hieb sie ihm auf die Nase.

Jedenfalls wollte ich das tun. Doch er duckte sich. Und dann fing er an zu tänzeln wie ein Preisboxer.

»Aufhören, Alfred! Stehen Sie still!«

»Kann ich nicht. Boxteam, Columbia University. Klasse von '01. Ich war der beste Faustkämpfer.«

Ich versetzte ihm einen zweiten Hieb.

Er duckte sich erneut.

»Alfred Arthur! Sie sollten sich schämen!« Evelyn stand in der Hintertür der Kneipe.

Alfred ließ zwar nicht die Hände sinken, doch er trat einen Schritt zurück, von mir fort, und warf ihr einen Blick über die Schulter zu. »Er hat gesagt, ich darf nicht mehr mit Ihnen zusammen sein.«

Evelyn stemmte eine Faust in die Hüfte. »Und damit hat er völlig recht!«

Ich … was?

»Sie meinen … Sie wollen mich nicht?« Arthur ließ die Fäuste sinken. Und dann stolperte er auf sie zu.

Ich war versucht, auf ihn einzuprügeln, doch das wäre nicht fair gewesen. Nicht, wenn er mir den Rücken zuwandte.

»Nicht so. Das ist nicht richtig.« Sie presste ihre Lippen zu einer festen, geraden Linie zusammen, auf die sämtliche Miss Pirkles dieser Welt stolz gewesen wären. »Hier.« Sie gab ihm seinen Hut. »Und jetzt gehen Sie nach Hause und überlegen sich, was Sie wollen.«

»Aber Evelyn!«

»Und wenn Sie es wissen, können wir darüber reden.«

31

Lucy

»Ich kann das nicht mehr tun, Lucy. Es ist einfach nicht in Ordnung.« Es war Freitagabend. Sam ging auf der hinteren Veranda auf und ab, während ich dastand und die Arme um meinen Oberkörper legte, um mich zu wärmen. Die Sonne stand am dämmerigen Himmel, als fürchtete sie sich, in die kalte, dunkle Vergessenheit hinter dem Horizont zu fallen.

Ich starrte ihn in dem trüben Licht an. »Wir sind doch nicht die Ersten, die das tun. Was kann schon passieren?«

»Es kann passieren, dass mich jemand sieht! Und außerdem habe ich Wichtigeres zu tun. Unten in der Fabrik! Mein Vater zählt auf mich.«

Und meiner auf mich! … Auch wenn er es im Moment nicht wusste. »Stell dir einfach vor, dass es eine Möglichkeit ist, mehr Menschen dazu zu bringen, Fancy Crunch auszuprobieren. Es wird doch im Moment nur deshalb nicht mehr gekauft, weil die Leute vergessen haben, dass es Fancy Crunch überhaupt gibt. Wir haben kein Geld, um neue Plakate aufzuhängen. Standard hat uns das ganze Geschäft kaputt gemacht.«

Er blieb stehen und warf mir einen zweifelnden Blick zu.

»Ehrlich, Sam. Du tust den Menschen in St. Louis einen Gefallen. Du gibst ihnen die Chance, sich zu erinnern, wie sehr sie Fancy Crunch mögen.« Und wenn alles lief wie geplant, würden die Verkaufszahlen steigen und wir hätten genügend Geld, um im Geschäft zu bleiben … obwohl ich Mr Arthur natürlich trotzdem heiraten musste. Doch diesen Gedanken schob ich erst einmal beiseite – was ich in letzter Zeit ziemlich oft getan hatte.

»Ich nehme an …«

»Du nimmst ihre Süßigkeiten ja nicht aus den Regalen. Du legst nur unsere Sachen vor ihre. Du dekorierst einfach ein wenig um.«

»Ich denke …«

»Du weißt genau, dass sie dasselbe tun würden, wenn es ihnen eingefallen wäre.« Wahrscheinlich hatten sie es sogar schon getan. Diesem Charlie Clarke würde ich das glatt zutrauen! »Nur noch ein Mal, bitte!«

Sein Gesicht war ganz angespannt vor Unentschlossenheit, doch dann nickte er, zog sich den Hut fester über die Ohren und ging auf die Fliegentür zu.

»Kannst du nicht noch ein bisschen bleiben? Ich wollte Fudge machen. Ich weiß doch, wie sehr du das magst.«

»Nee. Ich habe Pläne.«

Pläne, die besser waren als Fudge? Das hatte es noch nie gegeben. Irgendetwas stimmte nicht mit ihm.

In dieser Nacht konnte ich kaum schlafen. Es lag nicht daran, dass ich zu viel Fudge gegessen hatte, und ganz bestimmt nicht daran, dass ich mich schuldig fühlte. Die Clarkes hatten diesen Trick mehr als verdient. Es lag vielmehr daran, dass die Idee, ihren Taffy hinter unserem Fancy Crunch zu verstecken, nur eine vorübergehende Lösung war. City Confectionery brauchte jedoch eine langfristige Strategie, mehr zu verdienen.

Wir könnten mehr Süßigkeiten verkaufen. Das würde uns mehr Geld bringen.

Wir könnten weniger Geld bei der Herstellung ausgeben. Das würde uns auch mehr Geld bringen.

Oder … wir könnten mehr verlangen. Doch das hatten wir bereits versucht und es hatte lediglich dazu geführt, dass noch mehr Leute Royal Taffy kauften.

Aber es musste einen Weg geben! Ich musste einfach intensiver darüber nachdenken. Ich musste klüger sein. Doch zuerst musste ich den Weihnachtsabend hinter mich bringen. Und die Weihnachtsfeiertage.

Der Weihnachtsabend war gar nicht so schlimm. Ich musste zwar mit Charlie Clarke in der gleichen Kirche sitzen, doch die Clarkes saßen immer hinter uns, also konnte ich die meiste Zeit so tun, als sei er gar nicht da. Als ich nach dem Gottesdienst an ihrer Kirchenbank vorbeiging, schaute ich in die andere Richtung. Mutter wollte sowieso schnellstens nach Hause, damit wir essen konnten, solange Vater noch wach war, deshalb hielten wir uns gar nicht länger auf.

Das Mädchen brachte das Essen auf chinesischen Lacktabletts nach oben, damit wir alle zusammen essen konnten, doch Vater gab nach der Hälfte auf. Er sagte, das viele Kauen hätte ihn müde gemacht.

Mutter nickte zum Bett hinüber. Ich schnitt ihm den Rest des Fleischs, doch er winkte ab, deshalb stellte ich das Tablett beiseite. Mutter und ich aßen auf und bevor wir gingen, gab ich Vater noch eine meiner Mozartkugeln. Doch er legte sie nur auf das Nachttischchen, dann lehnte er sich ins Kissen zurück und sagte uns Gute Nacht.

Vater war immer derjenige gewesen, der alle Feste zu etwas ganz Besonderem gemacht hatte. Ohne ihn war der Weihnachtsabend einfach nur eine normale, kalte Winternacht. Und am Morgen des ersten Weihnachtstages ging ganz normal die Sonne auf, spät und blass, und begrüßte einen neuen öden Wintermorgen.

Ich gab Mutter die Tischdecke, die ich ihr in Brüssel gekauft hatte, sie hatte ein Set Servietten für mich, die mit einem glänzenden weißen Seidenfaden in Flachstich mit großen A bestickt waren. Ich legte sie in meine Aussteuertruhe, zu den in Zeitungspapier eingeschlagenen Paradekissen, Zierdeckchen, Leintüchern und meiner nur allzu schnell schwindenden Sammlung europäischer Süßigkeiten. Als ich den Deckel schloss, dachte ich an die vielen Träume und Wünsche, die ich im Laufe der Jahre in diese Truhe gelegt hatte. Wie einfältig sie mir jetzt vorkamen! Ich hatte immer gedacht, ich würde eines Tages unvorstellbar glücklich sein. Doch es war anders gekommen.

Mr Arthur war in meinen Plänen nicht vorgekommen und vor allem hatte ich nicht mit einem Charlie Clarke gerechnet.

Ich hatte das Gefühl, alle meine Träume verschwendet zu haben. Als hätte ich andere Hoffnungen haben sollen. Aber ich wusste nicht, welche. Wie auch immer, jetzt war es zu spät dafür.

32

Charlie

Mein Vater mochte keine halben Sachen. Auch Weihnachten wurde mit größtem Aufwand gefeiert. In der Woche davor hatte die Dienerschaft viel zu tun, bis alles nach seinen Wünschen dekoriert war. Aus der Küche drangen die unterschiedlichsten, köstlichsten Düfte. Das Ganze gipfelte in einem wunderbaren Essen am ersten Weihnachtstag nach der Kirche. Mit dem, was da aufgetragen wurde, hätten wir das ganze städtische Waisenhaus satt bekommen.

Mein Vater schenkte Augusta eine schimmernde Halskette mit dazu passenden Ohrringen. Sie gab ihm einen mit Diamanten besetzten Zigarrenschneider. Und dann überreichte mein Vater mir einen großen Umschlag.

»Mach ihn auf, mach ihn auf!«, meinte ich die Stimmen meiner Schwestern zu hören, die die Ungeduld und Aufregung meines Vaters untermalten.

Ich zog ein Bündel Papiere heraus und drehte sie um, um sie zu lesen.

Doch mein Vater hielt es nicht mehr aus. »Es ist eine Urkunde!«

»Eine Urkunde.« Was für eine Urkunde?

»Damit du ein Haus bauen kannst.«

»Ein … was?«

»Ein Haus! Ich habe dir ein Grundstück auf der anderen Straßenseite gekauft. Am Dienstagnachmittag habe ich mich mit unserem Architekten getroffen. Wenn du willst, kannst du gleich mit dem Bauen anfangen.«

»Du hast mir … ich soll ein Haus bauen? Hier? Neben deinem?«

»Du kannst schließlich nicht immer bei uns leben. Wahrscheinlich willst du das auch gar nicht.« Er ließ sich in seinen Sessel zurücksinken, das breiteste Lächeln im Gesicht, das ich je an ihm gesehen hatte. »Was hältst du davon?«

Ich wusste nicht, was ich davon halten sollte. Noch weniger wusste ich, was ich dazu sagen sollte. Es war wirklich schwer, einen Mann zu hassen, der nichts Hassenswertes tat. Der auch nur versuchte, die eigenen Fehler der Vergangenheit wiedergutzumachen. Der versuchte, mich glücklich zu machen. Ich spürte, wie mein Zorn dahinschmolz.

Mein Problem war, dass ich nicht so recht wusste, was ich ohne diesen Zorn anfangen sollte.

Mein Vater feierte mit ganzem Herzen und er arbeitete auch mit ganzem Herzen. Am Tag nach Weihnachten fuhr er wieder in die Fabrik. Und ich mit ihm. Vor Kurzem hatte er mir ein Büro im obersten Stock zugewiesen. Ich begann den Morgen mit dem Überprüfen der Verkaufszahlen der ersten beiden Wochen des Monats und war kaum damit fertig, als Mr Mundt kam und mich ins Büro meines Vaters rief.

Mein Vater winkte mich herein. »Unsere Kunden melden, dass ihre Waren verschwunden sind. Ich würde ja gern glauben, dass es nur an den gestiegenen Verkäufen jetzt vor Weihnachten liegt, aber die Verkaufszahlen stimmen offenbar nicht mit dem Warenbestand überein.«

»Ihre Waren sind verschwunden? Du meinst … die Taffys?«

»Ja. Aus den Regalen.« Er starrte mich an, als ob ich wüsste, wovon er sprach, doch das tat ich nicht.

»Regalen? Du meinst in den Läden?«

»Ganz genau.«

Süßigkeiten, die aus den Regalen verschwanden? »Das ist unmöglich.«

»Möglich oder nicht, es ist nun einmal so. Sorg dafür, dass das aufhört.«

Wenn hier ein Dieb sein Unwesen trieb, war das doch nicht unsere Schuld, oder? Waren dafür nicht die Läden selbst verantwortlich? Ich vermutete, dass jemand die Sachen klaute, wenn sie geliefert wurden, und dann behauptete, er hätte sie nie zu Gesicht bekommen. In Chicago war das praktisch an der Tagesordnung. Vermutlich schmuggelte einer der Angestellten sie aus dem Laden, verkaufte sie an jemand anders und strich das Geld ein. Vielleicht kannten die Ladeninhaber in St. Louis sich mit diesen Dingen einfach nicht so gut aus wie die Chicagoer.

Ich ging als Erstes zu Vandervoort und verlangte den Geschäftsführer zu sprechen.

Er erschien, groß und elegant, allerdings hätte er gelegentlich mal seine Brille weiter auf die Nase hochschieben können. Ich stellte mich vor und kam gleich zur Sache. »Ich wollte mit Ihnen über die Royal Taffys reden, die aus den Regalen verschwunden sind.«

Er blinzelte heftig und drückte sein Kinn auf die Brust, als wüsste er nicht so recht, was er von mir halten sollte. »Sie sind nicht aus den Regalen verschwunden.«

Genau, wie ich gedacht hatte.

Er schob seine Brille ein Stückchen hoch. »Ich nehme an, Sie haben das Problem gelöst?«

Jetzt war ich an der Reihe zu blinzeln. »Ich habe gerade erst mit der Untersuchung angefangen. Es ist offensichtlich in der ganzen Stadt passiert, aber ich bin zuerst zu Ihnen gekommen.«

»Wir haben Sie schon erwartet.« Er sah mich an, als müsste ich jetzt etwas sagen.

»Haben Sie denn inzwischen nicht längst eigene Nachforschungen angestellt?« Es war schließlich nicht mein Fehler, wenn sie einen Dieb beschäftigten.

»Ich glaube kaum, dass das meine Aufgabe ist!«

»Wenn Royal Taffys verschwinden, gehe ich doch davon aus, dass Sie herausfinden möchten, warum.«

»Ich würde es nicht als Verschwinden bezeichnen, aber ich weiß schon, warum.«

»Wirklich?«

»Ja. Sie etwa nicht?« Jetzt starrte er mich an.

»Ich habe einen Verdacht.«

»Verdacht! Ich hoffe, Sie haben mehr als einen Verdacht. Und wie lange soll ich noch warten?«

Ich verstand nicht. »Warten … worauf?«

»Dass Sie die überzähligen Taffys zurücknehmen.«

»Überzählig? Aber … ich dachte, Ihnen seien Taffys gestohlen worden, und wenn das der Fall ist …«

»Keiner hat irgendetwas gestohlen.«

Was er sagte, ergab einfach keinen Sinn. »Aber wenn nichts gestohlen wurde und es trotzdem aus Ihren Regalen verschwunden ist … was ist denn dann eigentlich passiert?«

»Genau das möchte ich gern von Ihnen wissen!«

Ich spürte, wie meine Brauen sich zusammenzogen im Versuch, ihn endlich zu verstehen. »Ich habe nicht … ich kann nicht …«

»Irgendjemand hat alle Royal Taffys in den Regalen ganz nach hinten geschoben und Fancy-Crunch-Packungen vorn hingestellt.«

»Wie bitte?«

»Deshalb haben wir gedacht, sie seien ausverkauft, und haben eine neue Lieferung bestellt. Und dann haben wir entdeckt, dass die Taffys hinten in den Regalen liegen und jetzt haben wir doppelt so viele Taffys, wie wir verkaufen können.« Er sagte es, als sei das alles mein Fehler.

»Moment mal! Sie beschuldigen uns …«

»Ich beschuldige Sie nicht. Ich sage nur, dass Sie die einzige Person sind, die davon profitiert, dass wir doppelt so viel bestellen wie sonst.«

»Aber …!«

»Ich muss Ihnen sagen, dass ich gerade ziemlich schockiert bin, Mr Clarke. Ich bin ein langjähriger Kunde Ihres Vaters und Sie behandeln mich so?«

»Wir haben nicht … das waren nicht wir!«

In allen Läden der Stadt die gleiche Geschichte.

Letzte Woche hatte sich jemand viel Zeit genommen und in sämtlichen Läden und Kaufhäusern von St. Louis die Royal Taffys in den Regalen nach hinten geschoben und die Fancy Crunchs davorgestellt.

Die meisten Angestellten hatten einfach gedacht, Royal Taffy sei ausverkauft und hatten Nachschub bestellt. Und jetzt schlugen sie natürlich alle Krach deswegen.

Wieder in der Fabrik, machte ich mich sogleich auf die Suche nach Mr Gillespie.

»Was sagen Sie?« Er machte große Augen und schluckte, als sei ihm etwas im Hals stecken geblieben.

»Sie sagen, sie hätten die doppelte Menge bestellt, und wir seien schuld daran.«

»Aber warum?«

Ich zuckte die Achseln. »Weil außer uns niemand davon profitiert, wenn sie mehr bestellen als nötig.«

»Äh …?« Er schaute sich in der Fabrik um, als suche er verzweifelt jemanden, dem er die Schuld in die Schuhe schieben konnte.

»Machen wir so was?«

»Nein!«

Das hatte ich auch nicht gedacht – nicht denken wollen, aber es war trotzdem gut, es von ihm zu hören. »Sie haben also keinen Mann ausgeschickt, unsere Taffys zu verstecken.«

Er warf die Hände in die Luft. »So was tun wir nicht! Um Gottes willen! Ich sage Ihnen, wonach das klingt: Das klingt nach Mr Kendall. Er verbreitet doch die ganze Zeit Gerüchte über Mr Clarke und so etwas. Aber ich verspreche Ihnen: Derartiges haben wir nie und nimmer getan!«

Wir vielleicht nicht, aber jemand anders.

Wer würde am meisten vom Verschwinden von Royal Taffy profitieren? Über die Antwort brauchte ich nicht lange nachzudenken.

Lucy war leicht zu finden, sämtliche Zeitungen berichteten regelmäßig über ihre Auftritte. Die Königin der Liebe und Schönheit eröffnete dieses Ereignis, die Königin der Liebe und Schönheit nahm an jenem Bankett teil. Als ich las, dass sie morgen bei der Tagung des zoologischen Clubs anwesend sein würde, sorgte ich dafür, dass ich ebenfalls dort war. Und als sie mich anstarrte, lächelte ich sie strahlend an.

»Ich wusste gar nicht, dass Sie an Zoologie interessiert sind, Mr Clarke.«

»Ich bin sehr an Frauen interessiert, Miss Kendall. Und die wiederum scheinen Tiere sehr zu mögen.« Ich zuckte die Achseln. »Deshalb dachte ich, es sei ein guter Ort, eine Frau zu treffen.«

Ihre Augen schienen Funken zu sprühen.

»Wissen Sie, diese Woche ist etwas Seltsames passiert. Sämtliche Royal Taffys in der Stadt sind verschwunden.«

»Ach wirklich?«

»Ja. Ich habe natürlich Nachforschungen angestellt – und raten Sie mal, was dabei herausgekommen ist!«

Ihre hübschen Lippen schlossen sich zu einem schmalen Strich. »Das will ich gar nicht wissen.«

»O doch, ich denke schon!«

»Wollen Sie sagen, dass ich eine Lügnerin bin, Mr Clarke?«

»Nein. Ich sage, dass Sie eine Betrügerin sind.«

Ihre Wangen wurden rot.

»Vielleicht nicht Sie, aber der Mann, mit dem Sie immer zusammen sind. ›Ihr Sam‹, haben Sie ihn, glaube ich, genannt. Ich überlege, ob ich die Polizei bitten soll, einen Haftbefehl auszustellen.« Das stimmte nicht. Ich würde ganz bestimmt nicht zur Polizei gehen, ich hatte in meinem Leben schon zu viel Zeit auf Polizeirevieren verbracht.

Sie wurde blass. »Er hat nichts getan! Ich meine …«

»Das Gute daran ist, dass die Läden und Kaufhäuser dachten, Royal Taffy sei ausverkauft, und deshalb nachbestellt haben. Unsere Verkaufszahlen in St. Louis haben sich letzte Woche verdoppelt.«

Ihre Augen verengten sich zu Schlitzen. »Sie müssen einem immer alles verderben, nicht wahr?«

»Ich verderbe alles? Das ist nun aber wirklich nicht fair!«

»Ach? War es vielleicht fair, alle unsere Plakate in der Stadt zu überkleben? Und dann auch noch in allen Straßenbahnen Werbung zu machen?«

Jetzt hatte sie mich kalt erwischt. Aber damals hatte ich sie noch nicht gekannt. »In der Geschäftswelt ist kein Platz für Damen.«

»Und anscheinend auch keiner für Gentlemen.«

Dieser Pfeil traf mich irgendwo ganz tief innen. »Sie sollten aufhören, mit Süßigkeiten zu spielen, und versuchen, erwachsen zu werden. Alfred Arthur würde Sie nicht heiraten, wenn er wüsste, dass Sie eine ganz gewöhnliche Verbrecherin sind.«

»Wollen Sie mir drohen?«

»Das weiß ich noch nicht.«

Sie hob das Kinn, obwohl sie die Augen niedergeschlagen hatte. »Ich muss jetzt gehen.«

»Hören Sie zu. Sie mischen sich in Dinge ein, die Sie lieber bleiben lassen sollten. Sie wissen ja gar nicht, was Sie da tun. Wenn Sie so weitermachen, wird jemand zu Schaden kommen.«

Sie hob einen Fuß und trat mit ihrem spitzen Absatz so fest sie konnte auf meinen Spann. »Da haben Sie recht. Aber dieser Jemand werde nicht ich sein!«

Ich beherrschte mich, bis sie an mir vorbei und aus dem Zimmer gegangen war. Dann ließ ich mich auf einen Stuhl fallen und umklammerte meinen Fuß mit beiden Händen.

33

Lucy

Am Tag nach der Veranstaltung im zoologischen Club hatte mich die Fleischervereinigung gebeten, bei einer Spendenaktion von Lebensmitteln für das städtische Waisenhaus anwesend zu sein. Danach besuchte ich Winnie. Das war ein Gebot der Höflichkeit, da sie mich am Dienstagnachmittag besucht hatte. Und außerdem hatte ich außer ihr niemanden, mit dem ich über Charlie Clarke reden konnte. Sam mied mich, Mutter würde mich nicht verstehen und meinem Vater gegenüber durfte ich nicht einmal erwähnen, dass ich mit einem Clarke gesprochen hatte.

Im Moment war außer mir kein weiterer Besuch da, doch als ich mich auf das Sofa setzte, so weit wie möglich entfernt von ihrem Sittich, setzte sie sich direkt neben mich, unentwegt plaudernd – über das Wetter und die Weihnachtsferien und andere belanglose Dinge, über die man bei einer solchen Gelegenheit eben spricht.

Doch mir war nicht nach belanglosen Höflichkeiten zumute. »Ich kann diesen Charlie Clarke nicht ertragen!«

Sie reichte mir eine Tasse Tee. »Warum nicht? Ich fand ihn immer sehr angenehm … allerdings muss ich sagen, dass er offenbar nicht sehr gut zuhört.«

Nicht gut zuhört? Er machte überhaupt nichts gut! Er verdarb immer nur alles. »Er ist sehr *un*angenehm, Winnie! Er ist sozusagen der Inbegriff alles Unangenehmen! Er hatte die Frechheit, mich eine ganz gewöhnliche Verbrecherin zu nennen!«

»Warum?« Sie hob den Deckel von der Zuckerdose und bot sie mir an.

Ich nahm zwei Löffel und rührte heftig um. »Weil … weil er ein Clarke ist, deshalb!«

Sie blinzelte. »Die Clarkes sind keine gewöhnlichen Verbrecher.«

»Und ob! Ich habe veranlasst, dass Fancy Crunch in den Regalen von ein paar Läden in der Stadt vor Royal Taffy platziert wird …« In den meisten Läden der Stadt. »Und er hat mich beschuldigt wegen … wegen so etwas!«

»Das klingt, als ob du … als ob du tatsächlich eine ganz gewöhnliche Verbrecherin bist.«

»Ergreifst du etwa Partei für ihn?«

»Ich ergreife für niemanden Partei.« Sie reichte mir ein Tablett mit Ingwerplätzchen.

Ich nahm eins und biss hinein. Hart.

»Ich sage nur, dass es den Anschein hat, als hätte er recht. In dieser einen Sache. Vielleicht in sonst nichts. Aber vielleicht auch noch in anderen Dingen. Vielleicht.« Sie zuckte die Achseln. »Möglich ist es. Er wirkt sehr nett.«

»Er ist *nicht* nett!«

»Zu mir schon.«

Dann war sie die Einzige. »Er tut nur so. Er versucht, einen guten Eindruck zu machen, um sein wahres Selbst zu verstecken. Außerdem hat er damit angefangen.«

»Er hat Royal Taffy nach vorn geholt und Fancy Crunch versteckt?«

»Nein. Aber er hat dafür gesorgt, dass dieses Bild in die Zeitung kam, auf dem das Jesuskind einen Royal Taffy in der Hand hält.«

»Das war so süß!« Sie legte eine Hand auf ihre Brust. »Die kleine dicke Faust, die das …«

Ich brauchte nicht daran erinnert zu werden. »Und davor hat er alle unsere Werbeplakate in der Stadt überklebt und …«

»Gestern erst habe ich gesagt, dass ich überall, wo ich auch hingehe, diese Plakate sehe. Man möchte am liebsten sofort losgehen und sich einen Riegel kaufen. Ich brauche nur daran zu denken …« Sie nahm sich ein Plätzchen und fing an, daran zu knabbern.

»Eben deshalb musste ich etwas unternehmen, das siehst du doch ein, oder?«

Sie dachte einen Moment mit schief gelegtem Kopf nach. »Eigentlich bin ich gar nicht so sicher.«

»Worin bist du dir nicht sicher?«

»Ich bin nicht sicher, ob ich das verstehe. Jeder kann Plakate aufhängen, aber sich in einen Laden schleichen und deine Süßigkeiten vor ihren zu platzieren …«

»Ich bin nicht geschlichen. Jeder kann in einen Laden gehen. Dies ist ein freies Land.«

Sie runzelte die Stirn. »Es wirkt aber, als seist du geschlichen.«

»So war es nicht. Ich bin nicht geschlichen.«

»Wer hat es dann getan?«

»Wer hat was getan?«

Ihre Augen wurden groß. »Wer ist geschlichen?«

»Keiner. Keiner ist irgendwo hineingeschlichen.«

»Heißt das, dass du ihren Riegel *nicht* nach hinten geschoben hast?«

»Doch. Nein. Ich war es nicht. Ich habe jemand anders gebeten. Aber darum geht es nicht. Es geht darum, dass …«

»Dann ist dieser andere der gewöhnliche Verbrecher.« Sie nahm sich ein weiteres Plätzchen, als sprächen wir über etwas völlig Belangloses.

»Was?«

»Darum ging es doch, oder? Wer der gewöhnliche Verbrecher ist.« Winnie lächelte, als hätte sie mit dieser Aussage einen Preis gewonnen. »Der gewöhnliche Verbrecher ist die Person, die die Süßigkeiten ausgetauscht hat.«

»Darum geht es nicht.«

»Jedenfalls hast du recht – du bist keine gewöhnliche Verbrecherin. Nur … ich kann mir nicht vorstellen, wer es getan hat. Wenn du es nicht warst, wer war es dann?«

»Keiner!«

»Keiner hat die Süßigkeiten ausgetauscht?« Jetzt wirkte Winnie völlig verwirrt.

»Vergiss die Süßigkeiten. Wir haben über die Clarkes gesprochen.«

»Richtig! Das hatte ich ganz vergessen. Wir sprachen über die Clarkes und darüber, wie nett sie sind.«

»Wie gemein sie sind.«

Sie legte ihr Plätzchen auf einen Teller. »Wie gemein sie sind?«

»Ja. Sehr gemein.«

Sie sah mich einen Moment lang belustigt an, dann schüttelte sie den Kopf. »Nein, sind sie nicht.«

»Doch! Sind sie!«

»Vielleicht ... nach deinen Erfahrungen könnten sie gemein sein, nach meinen sind sie es nicht.« Das sagte sie, als hätte sie diese Angelegenheit damit ein für alle Mal beigelegt.

»Eine Person kann nicht beides sein, nett und gemein.«

»Natürlich kann sie das. Du bist es. Du warst nie nett. Jedenfalls bis vor Kurzem nicht. Und ich kenne dich schon seit der ersten Klasse. Aber vielleicht warst du davor nett?«

Ich wusste nicht, was ich darauf sagen sollte.

»In der ersten Klasse hast du zu Minnie gesagt, ihr Haar hätte nicht die richtige Farbe für einen Engel im Krippenspiel. Und in der zweiten Klasse hast du zu Alice gesagt, dass Miss Shipman sie nicht leiden könne. Und in der dritten Klasse hast du Ella geschrieben, dass Rose nicht ihre Freundin sein wolle, erinnerst du dich?«

Ich erinnerte mich. Ich hatte selbst der Engel in dem Krippenspiel sein wollen. Ich hatte gewollt, dass Miss Shipman mich lieber mochte als Alice, und ich hatte Ella ganz für mich allein haben wollen.

»Und in der vierten Klasse ...«

»Ich weiß schon, was du sagen willst.«

»Und zu mir warst du auch immer gemein. Weißt du noch, wie du zu mir gesagt hast, dass es besser wäre, wenn ich im Chor nur so täte, als würde ich singen?«

Ich hatte mir immer gewünscht, so singen zu können wie Winnie. Ich hatte mir gewünscht, so lachen zu können. Als ich jünger war, hatte ich es sogar geübt. »Aber ... warum magst du mich dann trotzdem?«

Sie legte den Kopf schräg und sah mich an. »Ich weiß nicht, ob ich dich mag. Aber seit du von deiner Reise zurück bist, bist du weniger gemein als früher. Und wir sind praktisch die beiden einzigen Mädchen, die noch nicht verheiratet sind. Und …« Sie zuckte die Achseln. »Wahrscheinlich deshalb.«

»Also … willst du eigentlich gar nicht meine Freundin sein?«

»Ich bin gern deine Freundin. Ich bin nur nicht sicher, ob du jemals meine sein wolltest.«

»Das ist ganz bestimmt …« Wahrscheinlich hatte sie recht. Eine Riesenwelle der Scham und Demütigung überrollte mich. Ich stellte meine Teetasse ab. »Es tut mir leid, Winnie.«

»Das braucht es nicht. Ich dachte mir eigentlich, dass du auch nett sein kannst. Es ging nicht darum, dass du es nicht kannst. Ich dachte, du hattest vielleicht nur keine Gelegenheit, es zu sein. Jedenfalls – wenn du extrem unhöflich wärst, würde ich dich einfach nicht mehr zu mir nach Hause einladen. Außerdem kann ich auch ganz schön gemein sein.«

Wenn sie das wirklich konnte, hatte sie es nie, nicht ein einziges Mal in all den Jahren, die ich sie kannte, gezeigt.

»Es ist so, wie ich Charles gesagt habe.« Sie nahm ihr Plätzchen und biss hinein. Dann trank sie einen Schluck Tee.

»Was?«

Sie machte große Augen. »Was?«

»Was hast du Charlie gesagt?«

Ich wartete, bis sie ihren Keks aufgegessen und die Krümel abgewischt hatte. »Es geht darum, dass wir alle Böses getan haben. Und dass man nicht immer weiter der sein muss, der man einmal war. Und …«

Sie runzelte die Stirn und sah mich an. »Du hörst in der Kirche auch nicht zu, oder?«

»Aber nicht mit Absicht.«

»Du und Charles, ihr seid genau gleich. Genau darum geht es doch, oder?«

Ich war wie Charlie? Der Mann, der gewagt hatte, mich eine Verbrecherin zu nennen? »Das kann ich kaum glauben.« Und ich glaubte es wirklich nicht. Ich konnte es nicht glauben. Wir waren nicht gleich.

»Genau das hat er auch gesagt!« Winnie schüttelte den Kopf und schenkte sich Tee nach. »Möchtest du auch noch?«

»Nein. Danke. Aber … wie hast du das gemeint, dass wir beide gleich sind?«

»Ihr seid beide insofern gleich, als ihr denkt, dass ihr nicht gleich seid und euch irrt, weil ihr es nämlich doch seid.«

»Was?«

»Gleich.«

»Aber das versuche ich dir doch zu sagen, seit ich hier bin! Wir sind überhaupt nicht gleich.«

Sie gluckste. »Wir sind alle gleich, Lucy.«

»Nein … sind wir nicht! Du bist – du bist zehn Mal so gut wie ich und er ist mindestens hundert Mal schlimmer.«

»Das glaubst du vielleicht, aber Gott glaubt das nicht. Er glaubt, dass wir alle gleich sind. Wir sind alle gleich schlecht.«

Sie konnte nicht recht haben, doch das hinderte mich nicht, mich zu schämen, weil ich sie so schlecht behandelt hatte. »Es tut mir leid, dass ich all diese Dinge … es war mir gar nicht so bewusst.« Aber ich hatte es gewusst. Ich hatte genau gewusst, was ich tat. Sie hatte recht. Ich war gemein und herrschsüchtig und egoistisch. »Ich wünschte, ich könnte etwas tun … um es wiedergutzumachen.«

Winnie drehte ihr Lächeln voll auf und sah mich an. »Hör einfach auf, gemein zu sein, und alles ist gut. Du brauchst nicht für alle Ewigkeit die zu bleiben, die du einmal warst.«

Da sagte ich etwas zu ihr, das ich selbst nie von mir erwartet hätte. »Danke, Winnie, dass du meine Freundin bist.«

Sie strahlte. »Gern geschehen.«

Als ich sie verließ, kam mir der Gedanke, dass ich vielleicht noch nie eine richtige Freundin gehabt hatte.

»Was hast du jetzt schon wieder vor?« Es war Mittwochmorgen. Sam stand in der Tür zum Büro der Fabrik. »Mein Vater hält nicht viel von Telefonanrufen.«

Die Hand auf der Sprechmuschel, probte ich noch einmal, was ich sagen wollte. »Er soll ja auch nicht telefonieren. Ich rufe selbst an.«

»Ich weiß nicht, ob das eine so gute Idee ist.«

Ich auch nicht. Aber ich musste etwas unternehmen. Ich konnte nicht einfach danebenstehen und zusehen, wie die Fabrik unterging. Was würden Edna und Morris tun, wenn sie ihre Arbeit verloren? Und was sollte aus Velma und Hazel werden? Ganz zu schweigen von Sam und Mr Blakely! Die Fabrik war unsere Familie, das hatte mein Vater immer gesagt. Wenn ich hinterlistig sein musste, um sie zu retten, dann … dann musste das eben sein. Das sagte ich mir jedenfalls.

Die Leitung summte, dann nahm der Telefonist den Anruf an.

»Standard Manufacturing, bitte.«

Die Leitung summte wieder, dann hob am anderen Ende jemand ab.

»Jemand von der Warenannahme, bitte.«

»Einen Augenblick.« Die Leitung verstummte, dann knisterte es und jemand anders war dran. »Ja?«

Ich kreuzte meine Finger hinter meinem Rücken. »Ich bin der Zuckerlieferant. Ich rufe wegen Ihrer Bestellung an.«

»Was für ein Lieferant?«

»Zucker.« Lügen war gar nicht so schwer, wie ich gedacht hatte!

»Und weshalb rufen Sie an?«

»Wegen Ihrer Bestellung.«

»Warum?«

Es lief nicht ganz so, wie ich geplant hatte. Meine Euphorie war etwas voreilig gewesen. »Ich wollte … sie bestätigen.«

»Die Bestellung? Oder den Versand?«

»Die … Bestellung.«

»Dann verbinde ich Sie mit dem Einkäufer.« Die Leitung verstummte erneut, dann nahm wieder jemand ab. »Hallo? Einkauf.«

»Ich rufe wegen Ihrer Zuckerbestellung an. Ich wollte sie mir bestätigen lassen.«

»Welche Bestellung?«

»Die letzte.« Ich hoffte inständig, dass ich sicherer klang, als ich mich fühlte … und vor allem weniger schuldig.

»Ich habe sie Ihnen letzte Woche per Post geschickt.«

»Wir haben sie aber noch nicht erhalten und ich wollte nicht auf gut Glück irgendeine Menge abschicken, sondern lieber noch mal nachfragen.«

»Ach so. Einen Moment bitte.« Ich hörte, wie der Hörer abgelegt wurde. Nach einer Minute war der Angestellte wieder da und las mir seine Bestellung vor.

»Komisch, dass wir das Schreiben noch nicht erhalten haben. An welche Adresse haben Sie es geschickt?«

»An Ihre natürlich!«

Das nützte mir nichts. Um die Zuckerbestellung von Standard rückgängig zu machen, musste ich wissen, wer ihr Lieferant war. »Aber an welche Adresse genau? Vielleicht wurde der Brief ja an eine falsche Adresse geliefert.«

»An die Adresse, an die ich sie immer schicke.«

»Könnten Sie mir bitte sagen, welche das ist?«

»Wissen Sie es denn nicht?«

Ich fragte mich, ob er es wohl hören würde, wenn ich mit den Zähnen knirschte. »Natürlich weiß ich die Adresse. Ich wollte nur sichergehen, dass Sie sie auch wissen.«

»Warum sollte ich sie nicht wissen?«

»Ich sage ja nicht, dass Sie sie nicht wissen. Im Gegenteil, ich hoffe, dass Sie sie wissen.«

»Mir kommt das Ganze sehr ungewöhnlich vor.«

»Mir auch.« Ich versuchte, beflissen zu klingen. »Normalerweise gehen bei uns keine Bestellungen verloren. Vielleicht ist sie ja irgendwo auf dem Weg von Ihnen zu uns verloren gegangen. Wie auch immer, wenn Sie den Zucker haben wollen, muss ich versuchen, die Bestellung aufzutreiben.« Du meine Güte! Lief es immer so?

Führte eine Lüge immer sofort zu noch einer und noch einer? Ich war mit so guten Absichten von Winnie fortgegangen und jetzt war ich schon wieder gemein. Schlimmer noch. Ich war einfach entsetzlich.

»Einen Augenblick …« Ich hörte Papierrascheln, dann war die Stimme wieder da. »Ich habe sie Ihnen in die Main Street geschickt.«

»Mir?«

»Ja … an Colonial Sugars.«

Geschafft! »Das ist eigentlich die richtige Adresse.«

»Kann ich die Bestellung dann telefonisch aufgeben? So kann ich sicher sein, dass Sie sie haben.« Die Stimme nannte mir die Details, die ich jedoch nicht aufschrieb.

»Ich werde sie gleich heute noch bearbeiten.« Ich kreuzte die Finger besonders stark und ignorierte das Schuldgefühl, das mich bewegen wollte, meinen Plan aufzugeben.

»Ich hoffe, dass es nicht zu einer Verzögerung kommt. Das würde Mr Clarke gar nicht gefallen.«

Das konnte ich mir lebhaft vorstellen.

Ich legte auf, sagte mir, dass der Zweck die Mittel heilige, und tätigte ein paar weitere Anrufe.

Sam, der an der Wand lehnte, seufzte. »Bist du jetzt fertig?«

»Ja, Sam. Ich bin fertig.«

Ich zog meine Handschuhe aus, nahm meine Tasche und legte mir den Riemen über das Handgelenk.

»Gut!« Er kam zu mir und zog mich am Arm hinter sich her aus dem Büro. »Dann sage ich dir jetzt, dass ich das, was du gerade getan hast, nicht für richtig halte.«

Ich auch nicht. Aber es ging nun mal nicht anders.

Am Samstagabend hatte ich ausnahmsweise mal eine Pause von meinen Pflichten als Königin der Liebe und Schönheit, musste aber trotzdem in den Club. Der Frauenhilfsverein wollte der Stadtbücherei eine Spende übergeben und ich war eingeteilt worden, Kaffee auszuschenken.

Als wir den Speisesaal betraten, winkte Mr Arthur uns zu.

Mutter, das Programmheft in der Hand, winkte zurück. »Geh und setz dich zu ihm. Es dauert noch ein Weilchen, bis du mit dem Kaffeeausschenken an der Reihe bist. Ich komme gleich zu euch.«

Ich griff nach ihrer Hand. »Bitte, komm doch gleich mit.« Ich wusste einfach nie so recht, worüber ich mit ihm reden sollte.

»Sei nicht albern. Du weißt es doch bestimmt zu schätzen, wenn du mal einen Moment mit deinem Verlobten allein sein kannst.« Sie schubste mich praktisch in seine Richtung.

Er wirkte eher bedrückt, als ich zu ihm trat. Er stand zwar auf und begrüßte mich wie immer und nickte mir auch wie immer zu, aber irgendetwas an der Art, wie er meinen Blick mied, war ganz und gar nicht normal.

Vielleicht … »Geht es Ihnen nicht gut, Mr Arthur?« Ich setzte mich und sah ihn an.

»Nein. Tut es nicht.«

Armer Mann. Er klang völlig elend, als er das sagte. »Bitte, Sie brauchen meinetwegen nicht zu bleiben. Möchten Sie nicht lieber nach Hause gehen?«

»Nein. Ja.« Er schloss kurz die Augen und kniff sich mit Daumen und Zeigefinger in die Nasenwurzel.

»Aber wenn Sie krank sind …?«

Er öffnete die Augen. »Ich bin nicht krank. Das ist es nicht. Ich möchte nur unbedingt das Richtige tun.«

»Ich bin sicher, keiner hat etwas dagegen, wenn Sie gehen. Wahrscheinlich bemerkt es nicht einmal jemand.« Der Speisesaal war bereits brechend voll gewesen, als wir gekommen waren, und nach uns waren noch mehr Gäste gekommen.

»Glauben Sie nicht?« Er klang seltsam.

Hoffentlich war es nicht die Grippe. »Ich würde mir an Ihrer Stelle keine Gedanken deswegen machen. Wirklich nicht.«

Er beugte sich vor und küsste mich auf die Wange. »Sie sind ein

Schatz, Lucy Kendall.« Es war eine der aufrichtigsten und tiefstempfundenen Äußerungen, die er mir gegenüber je gemacht hatte. Ich lächelte ihm nach, als er ging.

Lucy Arthur zu sein, war vielleicht doch gar nicht so schlimm.

34

Charlie

»In der Fabrik unten stimmt irgendetwas nicht«, flüsterte Mr Mundt mir am Montagmorgen zu, während er besorgte Blicke in Richtung der geschlossenen Bürotür meines Vaters warf.

»Was?«

»Das weiß ich nicht.«

Das wusste er nicht? Normalerweise wusste er alles. »Wenn Sie es nicht wissen, dann … woher wissen Sie denn, dass was nicht stimmt?«

Er hob einen Finger. »Horchen Sie mal.«

Ich wandte mein Ohr in Richtung Bürotür. »Ich höre nichts.«

»Eben!«

Er war wirklich ein seltsamer Mann. Ich wollte ihn gerade bitten, mir zu erklären, was er eigentlich meinte, als es mir plötzlich klar wurde. Es war nichts zu hören. Kein Geräusch, kein einziger Ton. Nichts. Ich rannte los, in Richtung Fabrik.

Als ich nach unten kam, war die einzige Maschine, die in Betrieb war, der Mischer. Ich ging zu ein paar Arbeitern, die in Gruppen beisammenstanden und miteinander tuschelten, weil um sie herum absolut nichts passierte.

»Was ist denn los? Stimmt etwas nicht?«

Einer von ihnen zuckte die Achseln. »Keine Ahnung. Es ist kein Zucker mehr da für die Schmelzkessel.«

Kein Zucker? Ich lief zu den Männern, die vor den riesigen Kesseln standen und hineinstarrten. »Warum arbeitet ihr nicht?«

»Es ist kein Zucker mehr da.«

Ich griff mir einen der Eimerjungen. »Warum habt ihr keinen Sirup?«

»Ist keiner da.« Er stand da und schaute in seinen Eimer, als hoffte er, der Sirup würde plötzlich darin erscheinen. »Hey, Mister.« Einer von ihnen zog an meinen Jackenschößen. »Werden wir trotzdem bezahlt?«

»Ja.« Es war schließlich nicht ihre Schuld, dass sie nichts zu tun hatten.

Wenn sie keinen Zucker mehr zum Schmelzen hatten, musste mit dem Zuckernachschub etwas nicht stimmen. Ich sprach mit einem der Angestellten an der Warenannahme und erfuhr, dass die Zuckerlieferungen ausgeblieben waren.

Mr Gillespie diskutierte mit einem der anderen Angestellten. »Was soll das heißen, es wurde nichts geliefert?«

Der Angestellte zuckte die Achseln. »Es wurde nichts geliefert. Wir haben heute keine Lieferung erhalten.«

Ich ging zu der offenen Rampe und spähte hinaus auf die Gleise, auf denen sich normalerweise die Waggons stauten.

Mr Gillespie warf die Hände hoch. »Dann … müssen Sie eben die Reserven aufbrauchen, während ich ein paar Anrufe mache.«

»Haben wir schon.«

»Sie haben bereits mit unseren Lieferanten gesprochen?«

»Wir haben die Reserven schon aufgebraucht.«

»Warum haben Sie mir nichts davon gesagt? Das hätten Sie mir sagen müssen!«

Der Mann schob seine Hände in die Taschen. »Wir dachten, dass Nachschub unterwegs ist.«

Wir starrten gemeinsam die Linie der Gleise entlang wie zwei Tangotänzer, doch es waren keine Züge da. Mittlerweile war klar, dass heute auch keine mehr kommen würden.

»Ich vermute …« Mr Gillespie drehte sich um und sah mich an.

Was sollte ich sagen? »Lassen Sie die letzte Lieferung Royal Taffy fertig machen, dann können Sie die Leute nach Hause schicken.« Etwas anderes blieb uns nicht übrig.

Ich ging mit Mr Mundt zurück ins Büro und setzte mich ans Telefon. Dann rief ich unsere Lieferanten an, einen nach dem anderen. Alle sagten dasselbe. Wir hätten angerufen und sämtliche Lieferungen für diese Woche storniert. Und außerdem wollten sie uns alle eine Gebühr für ihren Aufwand berechnen.

»Darf ich fragen, wann wir angerufen haben, um die Bestellung zu stornieren?«

»Das war am … Mittwoch.«

»Können Sie mir auch sagen, mit wem Sie da gesprochen haben?«

»Es war jemand aus Ihrer … es war … es muss jemand vom Einkauf gewesen sein.« Eine lange Pause. »Ja. Ich glaube, ja. Es muss der Einkauf gewesen sein.«

»Einen Moment, bitte.« Ich winkte Mr Mundt zu mir, legte die Hand über die Sprechmuschel und fragte: »Wer macht den Einkauf?«

»Mr Davis. Dennis Davis.«

Ich hielt mir die Sprechmuschel an den Mund. »Dann müssen Sie mit Mr Davis gesprochen haben.«

»Nein, Sir.«

»Nein?«

»Nein.«

Mr Mundt war so sicher gewesen. »Mit wem dann?«

»Das kann ich Ihnen nicht sagen. Aber es war eine Lady.«

»Eine Lady? Es gibt keine …« Eine Lady! Das bezweifelte ich sehr. Es kam nur eine einzige Frau in Frage, die das getan hatte, und die war keine Lady. Ich wusste, so sicher ich hier stand, dass Lucy Kendall alle unsere Lieferanten angerufen und die Aufträge storniert hatte. Es war ihre Schuld, dass wir nicht produzieren konnten. Und jetzt musste ich zu meinem Vater gehen und ihm das erklären.

»Aber warum sollte sie so etwas tun?«, fragte mein Vater, völlig fasziniert von diesem Gedanken. »Das verstehe ich nicht.«

Das verstand er nicht? Meiner Meinung nach lag es auf der Hand.

Schließlich setzten wir alles daran, die Firma ihres Vaters zu ruinieren.

»Auf jeden Fall läuft es unserem Plan zuwider und je länger das Ganze dauert, desto heikler wird meine Position. Aber …« Er zuckte die Achseln. »Ich wüsste nicht, was wir im Moment tun sollten. Wir müssen schließen, bis die neuen Lieferungen da sind.«

So sah ich es auch. »Ich habe die Arbeiter nach Hause geschickt. Aber ich habe ihnen versprochen, dass sie trotzdem ihr Geld bekommen.«

Er hob eine Braue. »Dann hast du ihnen ein falsches Versprechen gegeben.«

»Es ist nicht ihre Schuld, dass wir keine Rohstoffe mehr haben.«

»Natürlich nicht. Aber ich kann sie nicht bezahlen, wenn ich kein Geld verdiene.«

Ich dachte an die Jungs-Brigade und wie dünn manche von ihnen waren. »Wenn sie nicht bezahlt werden, haben sie diese Woche nichts zu essen.«

»Das ist nicht mein Problem.«

»Manche von ihnen werden ihre Wohnungen verlieren.«

»Auch das ist nicht mein Problem. Mein Problem ist, wie ich die Kunden zufriedenstelle. Für uns zählt nur der Kunde.«

»Weißt du überhaupt, wer dieser Kunde ist?«

»Natürlich! Die Gemischtwarenläden und Kaufhäuser wie Stix und Vandervoort zum Beispiel.«

»Die eigentlichen Kunden sind Leute wie die Arbeiter da unten. Die Zeitungsjungen, die ein paar Cent am Tag verdienen und einen Teil davon für Royal Taffy ausgeben. Weißt du überhaupt, was wir verkaufen? Wir verkaufen kein Toffee. Wir verkaufen einen Traum. Nicht Zucker und Fett und Aromen. Es geht um gesegnete fünf Minuten, in denen sie an nichts weiter denken müssen als daran, wie vollkommen ein Royal Taffy schmeckt. Du verkaufst eine Vision von allem, was gut und richtig und schön ist auf der Welt. Das ist unser Produkt. Und das ist dein Kunde. Und du wirst keine Kunden mehr haben, wenn wir unsere Arbeiter nicht halten können.«

Er winkte meinen Zorn mit einer nachlässigen Bewegung mit seiner Zigarre einfach weg. »Ich hatte noch nie ein Problem, Arbeiter zu halten. Wenn einer die Fabrik verlässt, stehen schon zehn andere bereit, seinen Platz einzunehmen. Warum sollte uns ihr Schicksal kümmern?«

»Weil ich einer von ihnen war! Ich habe jeden Penny zusammengekratzt, damit wir die Lebensmittelrechnung bezahlen konnten. Und ich hatte nie auch nur einen Cent für Süßigkeiten übrig.«

Immerhin besaß er den Anstand, jetzt ein beschämtes Gesicht zu machen. »Ich … das wusste ich nicht.«

»Weil es dich nicht gekümmert hat.« Das war mir entschlüpft, ohne dass ich es verhindern konnte. »Was glaubst du denn, wie es uns erging, nachdem du uns verlassen hattest?«

»Deine Mutter wollte die Scheidung.«

»Du hast uns verlassen. Sie hat nur offiziell gemacht, was du bereits getan hattest. Du hast uns in einem Haus zurückgelassen, das auseinanderfiel, ohne Essen und ohne Feuerholz. Weißt du überhaupt, was mit Tillie passiert ist? Willst du es wissen?«

Einen Augenblick sah er so müde aus, wie meine Mutter früher immer ausgesehen hatte. »Natürlich weiß ich es. Wie kommst du auf den Gedanken, dass ich euch alle vergessen hätte? Dass ich nicht da war, heißt nicht, dass es mich nicht gekümmert hat oder dass ich es nicht wusste.«

»Du wusstest es? Dass sie Tuberkulose hatte?«

»Deine Mutter hat es mir geschrieben.«

»Du hast nie … gesagt …« Er hatte nie etwas davon gesagt. Er war in den fünfzehn Jahren, seit er uns verlassen hatte, nicht ein einziges Mal bei uns aufgetaucht.

»Ich hatte alles so sehr vermasselt, dass ich es für euch alle für das Beste hielt, wenn ich mich nicht mehr sehen lasse.«

»Das Beste. Du wusstest es also und hast trotzdem nichts unternommen.«

»Ich habe etwas unternommen. Ich habe deiner Mutter Geld geschickt, damit sie Tillie zu einem Facharzt bringen konnte. Sobald ich hier Fuß gefasst hatte, habe ich angefangen, ihr Geld zu schicken. Immer und immer wieder. Aber sie wollte es nicht nehmen. Sie hat es mir zurückgeschickt, bis … bis das mit Tillie passierte.«

Daran erinnerte ich mich. Ich wusste noch, wie ich meine Mutter und Tillie zum Arzt begleitet hatte. Wie ich gedacht hatte, dass meine Arbeit schließlich doch für etwas gut war. Dass ich genügend Geld verdient hatte, um meiner Familie helfen zu können. Aber das stimmte gar nicht. Es war das Geld meines Vaters gewesen, mit dem sie die Arztrechnung bezahlt hatte. Nur war Tillie damals schon zu krank gewesen. »Aber du bist nie gekommen. Auch nicht, als sie krank war. Und nicht einmal zu ihrer Beerdigung.«

»Sohn. Dieses Recht hatte ich verwirkt.«

»Wusstest du von Ruthie? Dass sie mit sechzehn einen Rüpel geheiratet hat, der keine zehn Cent wert ist?«

»Deine Mutter hat nicht …«

»Weil er ein Auto hatte. Sie hat ihn geheiratet, weil er ein Auto hatte. Sie haben kein Dach über dem Kopf und praktisch nichts zu essen, aber er hat ein Auto.« Ich hatte gute Lust, irgendeinem Möbelstück einen Tritt zu geben.

»Du kannst mich nicht für ihr mangelndes Urteilsvermögen verantwortlich machen.«

»Ich kann dich dafür verantwortlich machen, dass sie kein Vorbild hatte, an dem sie sich orientieren konnte, aber wenn ich dich so ansehe, wird mir klar, dass das nicht fair ist.«

Er fummelte an seinem Feuerzeug herum.

»Selbst wenn du da gewesen wärst, wärst du kein Vorbild gewesen, an dem sich irgendjemand hätte messen können.«

Er legte das Feuerzeug hin. »Das ist nicht fair, Charles. Ich führe ein Geschäft, keine Wohltätigkeitsorganisation.«

»Das hast du sämtlichen Leuten, die hier arbeiten, mehr als klar gemacht.«

»Ich bin nicht so weit gekommen, weil ich mir Sorgen um meine Arbeiter gemacht habe. Oder um ihre Bezahlung.«

»Nein. Du bist so weit gekommen, weil du einem anderen sein

Rezept gestohlen und dich dann nur noch um dich selbst gekümmert hast.«

»So war es nicht. Ich habe das Rezept auf faire Weise erhalten.«

»Du kannst nicht eines anderen Menschen Leben … stehlen, nur weil dir deins nicht gefällt. Du kannst nicht einfach Menschen wegwerfen und neu anfangen!«

»Ich habe dich nicht weggeworfen!«

»Aber auf das ist es hinausgelaufen.«

Er seufzte. »Es tut mir leid, dass du es so siehst.«

»Ich weiß gar nicht, warum ich überhaupt hier stehe und dir zuhöre. Ich weiß nicht einmal, warum ich überhaupt gekommen bin.«

Er legte die Zigarre hin, kam um den Schreibtisch herum und legte mir die Hand auf die Schulter. »Weil ich es wiedergutmachen will. Ich möchte dir helfen. Ich möchte dir den Erfolg weitergeben, für den ich jahrelang gearbeitet habe.«

Er wollte mir etwas geben. Nun gut. Es wurde auch Zeit. Höchste Zeit sogar. Er bot mir alles an, was ich mir als Junge erträumt hatte. Die Chance, mit ihm zusammenzuarbeiten. Die Chance, mit ihm zusammen zu sein. Die Chance, ihn kennenzulernen. Er wollte endlich doch noch, dass ich sein Sohn war. Aber ich wusste nicht mehr, was ich wollte. Und ich wusste nicht, wer ich war.

Ich ließ mich von Nelson nach Hause fahren. Dort zog ich den alten Koffer meiner Mutter unter dem Bett hervor und legte einen der Kammgarn-Anzüge und drei von meinen neuen Hemden hinein. Der Rest der Kleidung war den Platz nicht wert. Als ich nach St. Louis gekommen war, hatte ich einen Anzug getragen, den Mr Dreffs weggeschmissen hatte, und einen alten Derby-Hut. Wenn das Einzige, was ich mitnahm, Kleidung zum Wechseln war, hatte ich doch immerhin etwas Positives erreicht.

Es gab niemanden in der Stadt, von dem ich mich hätte verabschieden wollen, außer vielleicht Winnie. Doch sie würde mir wahrscheinlich nur Fragen über Religion stellen und mir vorwerfen, dass ich nicht zuhörte. Und dann natürlich Lucy. Aber ich wollte nicht sehen, wie sie sich an meinem Unglück weidete. Sie würde schnell genug herausfinden, dass ich nicht mehr da war, und noch schneller würde sie feststellen, dass mein Weggehen überhaupt nichts änderte. Mein Vater wollte die Familie Kendall ruinieren. Und wenn ich etwas über ihn sagen konnte, dann, dass er immer zu bekommen schien, was er wollte.

Ich ging die Dienstbotentreppe hinunter und direkt in die Garage.

Nelson stand über Louise gebeugt, einen Lappen in der Hand. Als er mich sah, richtete er sich auf. »Möchten Sie irgendwohin gefahren werden, Mr Clarke?«

»Ich hatte gehofft, dass Sie mich nach Chestnut Valley fahren können.«

»Wollen Sie ein bisschen tanzen heute Abend?«

Oder Karten spielen. Den größten Teil des Gehaltsschecks der letzten Woche hatte ich meiner Mutter nach Chicago geschickt, so wie auch die Woche davor. Zumindest hatte sie mir das Geld nicht zurückgeschickt. Aber wenn ich die Stadt mit einer Bahnkarte in der Hand verlassen wollte, musste ich diese Karte erst einmal kaufen.

Den Koffer nahm ich nicht mit, sondern ließ ihn in der Garage. Nur ein Dummkopf nahm alles, was er besaß, mit an den Spieltisch. Ich war pleite bis auf einen letzten Taffy, als ich endlich genügend gewann, um zum Bahnhof zu gehen.

»Ich hätte wirklich gerne diesen Riegel gewonnen.«

Ich blickte zu dem Mann hinüber, der den Taffy mit echtem Bedauern anstarrte, warf ihn ihm hin und nickte den anderen zu.

»Geben Sie uns die Chance, morgen Abend unser Geld zurückzugewinnen?«

»Da muss ich Sie leider enttäuschen.« Morgen Abend hoffte ich bereits in Colorado zu sein.

Ich ging zurück nach Hause. Der Wind hatte ziemlich aufgefrischt. Ich stellte meinen Mantelkragen auf, aber die kühle Luft tat mir gut und half mir, wieder klar im Kopf zu werden. Zu Hause nahm ich den Koffer, zog den Hut tiefer in die Stirn und machte mich auf den Weg zum Bahnhof.

Oder jedenfalls hätte ich das getan, wenn ich dabei nicht beinahe meinen Vater umgerannt hätte.

Er trat vom Gehweg auf das Wintergras und blickte demonstrativ auf meinen Koffer. »Wo gehst du hin?«

Ich zuckte die Achseln. »San Francisco.«

Er nahm die Zigarre aus dem Mund und wandte sich zum Haus. »Tu's nicht. Ich wusste nicht … ich dachte …« Er seufzte. »Ich war damals vielleicht nicht der Mann, der ich hätte sein sollen, aber ich habe mich geändert. Jetzt bin ich ein Mann, den du mit Stolz deinen Vater nennen kannst.«

»Es geht nicht um dich, es ist nie um dich gegangen.« Es ging um mich. Und meine Schwestern. Und meine Mutter.

»Ich weiß, dass ich viel falsch gemacht habe. Aber ich möchte, dass du bleibst.«

Er wollte, dass ich blieb. »Und was ist mit mir? Ich wollte auch vieles. Aber dann bist du weggegangen und ich habe nichts von alldem bekommen.«

Meine Kehle war eng geworden und es steckte ein Kloß darin, den ich nicht einfach runterschlucken konnte. So ging es mir immer in kalter Luft.

»Ich habe dich vermisst.«

»Und du glaubst, das ist eine Entschuldigung für die letzten fünfzehn Jahre?« Irgendwie bekam ich die Worte heraus.

»Ich hoffe es.«

Ich schluckte. Und dann schluckte ich noch einmal. »Ich werde darüber nachdenken.«

Er trat vor, um mich zu umarmen, doch ich streckte abwehrend die Hand aus. Und dann – weil ich nicht sprechen konnte – drehte ich mich um und ging zurück ins Haus.

Er wollte, dass ich blieb. Es hatte mir gutgetan, das zu hören, doch wenn ich gewusst hätte, was mich in der Fabrik erwartete, hätte ich trotzdem Nein gesagt. Es dauerte länger, als wir gedacht hatten, bis wir die Arbeit wieder aufnehmen konnten. Die verschiedenen Zuckerarten trafen zwar relativ schnell ein, doch bei den Aromen kam es zu einer Verzögerung. Und die Butter konnte sogar erst Anfang nächster Woche geliefert werden. Man brauchte Zucker, Essig, Aromen, Wasser und Butter für die Herstellung von Royal Taffy und wir konnten nicht mit der Produktion beginnen, ehe wir nicht alle Zutaten hatten.

Jeden Morgen tauchten weniger Arbeiter vor den Fabriktoren auf und jeden Morgen schickten wir sie wieder weg. Als mein Vater mich bat, an einer Sitzung mit dem Anwalt der Familie teilzunehmen, war ich mehr als glücklich.

Mit schlechter Laune und beginnenden Kopfschmerzen ging ich am Dienstagabend auf ein Konzert. Jeder Schlag auf die große Pauke trieb den Schmerz tiefer in meinen Schädel hinein. In der Pause wollte ich nur noch nach Hause. Da das unmöglich war, beschloss ich, dass ein starker Drink genügen musste. Ich schlängelte mich zur Bar durch und bestellte einen Whiskey für mich und eine Limonade für Augusta. Als ich mich umdrehte, sah ich Lucy Kendall. Alle anderen schienen sich durch ihre strahlend blauen Augen und ihr karamellfarbenes Haar täuschen zu lassen. Alle andere erlagen ihrem Lächeln, mit dem sie einen anstrahlte, als sei man ihr der liebste Mensch auf Erden, und ihrem Blick, der einem das Gefühl gab, als sei jeder Satz, den man äußerte, von größter Wichtigkeit.

Aber ich kannte die Wahrheit.

Ich brachte Augusta ihren Drink, stürzte meinen Whiskey herunter und kämpfte mich durch die Menge zu Lucy vor. Es gab ein paar Dinge, die ich ihr sagen wollte.

Als sie mich sah, flackerten ihre Augen alarmiert auf. Sie trat hinter Alfred, als hoffte sie, dass er sie beschützen konnte.

Ich schob ihn beiseite, packte sie am Arm und zog sie mit nach hinten an die Wand. »Das waren Sie, nicht wahr? Sie sind schuld.«

Alfred kam zu uns. »He, passen Sie auf, Clarke! Sie zerreißen ja ihre Schärpe.«

Ihre Schärpe. Die ständige Erinnerung daran, dass sie die Königin der Liebe und Schönheit war. Ich hätte ihm beinahe ins Gesicht gelacht – und hätte es auch getan, wenn mir der Kopf nicht so verdammt wehgetan hätte. »Sie ist keine Königin! Und in ihrem kalten, schwarzen Herzen ist nicht die leiseste Spur von Liebe!«

Lucy legte ihrem Verlobten eine Hand auf den Arm. »Es ist alles in Ordnung. Wenn Mr Clarke etwas zu sagen hat, dann darf er das ruhig tun.« Ihr Kinn hob sich, ihre Augen funkelten.

Ich trat einen Schritt auf sie zu.

Sie wich keinen Zentimeter zurück.

Noch ein Schritt, noch ein Zentimeter, und ich hätte sie umarmen können. Oder ermorden.

»Sie sollten lieber … aufpassen!« Ich hatte mir in meinem ganzen Leben noch nie so sehr gewünscht, ein Mädchen zu würgen oder zu küssen. Es mussten die Kopfschmerzen sein. Oder der Whiskey.

Sie lächelte.

Das gab den Ausschlag für mich. »Für Sie ist das alles ein Spiel, oder? Standard wird überleben. Ende nächster Woche fangen wir wieder mit der Produktion von Royal Taffy an. Sie haben uns nicht den geringsten Schaden zugefügt. Aber Sie sollten vielleicht den Jungen und Mädchen, die im Moment keine Arbeit haben, erklären, was Sie getan haben. Sie werden für gestern und heute und morgen nicht bezahlt. Und dabei können Sie ihnen auch gleich sagen, wo ihre Familien schlafen sollen, wenn sie aus der Hütte, in der sie hausen, rausgeschmissen werden. Das ist nämlich das Problem mit euch reichen Leuten: Ihr habt keine Ahnung, wie die Menschen wirklich leben!«

Das Grinsen war verschwunden und sie trat einen Schritt zurück, als hätte sie Angst, dass ich sie schlagen könnte. »Ich wollte nicht …«

»Erzählen Sie mir nicht, was Sie wollten! Überlegen Sie sich lieber, wie Sie wieder in Ordnung bringen, was Sie angerichtet haben!«

35

Lucy

Nach dem Konzert am Dienstagabend stand ich vor meinem Frisiertisch und versuchte, meine Perlenkette zu öffnen, doch meine zitternden Finger bekamen den Verschluss nicht zu fassen. Ich hasste Perlen! Sie waren so … so rund und vollkommen! Ich unterdrückte krampfhaft ein Schluchzen.

»Überlegen Sie sich lieber, wie Sie wieder in Ordnung bringen, was Sie angerichtet haben!«

Jeder Schlag auf die Pauke im vierten Satz der Symphonie hatte einen Pfahl in mein Herz getrieben. Nur mit der allergrößten Anstrengung war es mir gelungen, auf der Fahrt nach Hause nicht in Tränen auszubrechen.

Ich legte die Perlenkette zurück in ihr Etui und zog einen Kimono über mein Korsett und die Unterwäsche.

Es stimmte: Ich hatte nicht über die Konsequenzen nachgedacht, als ich die Bestellungen von Standard stornierte. So ungern ich es zugab, aber Charlie hatte recht. Ich hatte nicht ihm oder seinem Vater geschadet, sondern den Arbeitern in der Fabrik. Ich hatte Menschen wie Sam und Mr Blakely, Morris und Edna geschadet … ausgerechnet den Menschen, die ich zu schützen glaubte. Mein Vater hätte sich für mich geschämt.

Auf meinem Bett sitzend schlug ich die Hände vors Gesicht und weinte. Wie hatte nur alles so schieflaufen können?

Ich hatte doch nur die Fabrik meines Vaters retten wollen, ihm zeigen wollen, dass ich ihm helfen konnte. Ich hatte doch immer nur einen einzigen Wunsch gehabt: Süßigkeiten zu machen. Und jetzt hatte mich sogar dieses Talent verlassen. Das Veiled-Prophet-Konfekt hatte an den Tag gebracht, dass ich keinen Geschmack hatte.

Was Geschmack betraf, war ich nicht besser als Walter Minard.

Vater hatte recht: Mädchen hatten im Geschäftsleben nichts zu suchen.

Und Winnie hatte ebenfalls recht: Ich war gemein.

Vor allem aber hatte Charlie recht: Vielleicht hatte ich wirklich ein kaltes, schwarzes Herz.

Ich stand auf und holte tief Luft. Dann sah ich lange in den Spiegel. Morgen früh würde ich Mutter sagen, dass sie die Firma verkaufen sollte. Dann wäre ich zwar immer noch mit Mr Arthur verlobt, doch das war schließlich kein Weltuntergang. Er war der begehrteste Junggeselle der Stadt. Man erwartete von mir, dass ich eine gute Partie machte. Vielleicht war das das Beste, was ich tun konnte. Vielleicht hatte ich zu viel vom Leben und von mir selbst erwartet.

Ich hatte keinen Grund, unglücklich über meine Verlobung zu sein; Mr Arthur war eine glänzende Partie, der Traum eines jeden Mädchens. Ich hatte ihn vielleicht aus den falschen Gründen ermutigt, doch letztlich hatte ich alles richtig gemacht, oder? Die Verlobung mit ihm war das einzig Kluge, was ich in den letzten Monaten getan hatte.

Ich stand da, schniefend, zog die Nadeln aus meinem Haar und ließ es über meine Schultern fallen. Dann nahm ich eine Bürste und fing an, es zu bürsten. *Eins, zwei, drei* … Ich würde aufhören, mir dumme Hoffnungen zu machen, und mich darauf konzentrieren, Mrs Alfred Arthur zu werden. Als ich mich im Spiegel sah, seufzte ich. *Zweiundzwanzig, dreiundzwanzig, vierundzwanzig* … Ich würde tun, was von mir erwartet wurde, weil das, was ich tun wollte, mir unmöglich war. Ich bürstete mein Haar noch ein bisschen länger, dann beugte ich mich vor, ließ es über den Kopf fallen und bürstete aus dieser Haltung weiter. *Siebenundvierzig, achtundvierzig, neunundvierzig* … Ich schaffte es nicht, eine Nascherei zu kreieren, die den Menschen echten Genuss bescherte, und ich konnte Standard nicht daran hindern, City Confectionery zu vernichten. Ich hatte überhaupt nichts geschafft, seit Charlie Clarke in die Stadt gekommen war. *Einundachtzig, zweiundachtzig, dreiundachtzig.*

Aua!

Ich entwirrte einen Knoten in meinem Nacken und bürstete weiter. *Achtundneunzig, neunundneunzig, hundert.*

Ich wischte die letzte Träne ab, legte die Bürste weg und machte das Licht aus. Früher hatte ich mich immer besser gefühlt, wenn ich geweint hatte. Danach waren immer die tröstlichen Gedanken gekommen. Doch heute Abend musste ich feststellen, dass danach nichts kam. Keine Hoffnung, kein Frieden. Ich fühlte mich noch leerer als zuvor.

Ich hatte Mutter gerade auf den Verkauf der Firma angesprochen, als Sam durch die Küche ins Esszimmer gestürmt kam.

Mutter empfing ihn mit einem gereizten Blick. »Können wir Ihnen helfen, Mr Blakely?«

»Ich wollte nur wissen, was wir mit den zusätzlichen Fancys tun sollen.«

»Zusätzlich?« Mutter sprach das Wort ganz langsam aus, als wüsste sie nicht genau, was es bedeutete. Heute war Liefertag und Sam lud normalerweise nur die Menge auf, die bestellt war.

»Stix, Bauer und Fuller wollten ihre Bestellung nicht abnehmen.«

»Sie wollten ihre Bestellung nicht abnehmen?«

»Nein. Sagten was von einem Vertrag mit Standard.«

Ich hatte ein ungutes Gefühl im Bauch, da, wo sonst der Hass auf Charlie Clarke saß. »Was genau haben sie gesagt?«

»Dass sie sie nicht nehmen.«

»Und was noch?«

»Wegen des Vertrags.«

»Welcher Vertrag?«, kam es unisono von Mutter und mir.

»Mit Stix …«

Mutter würde ihn würgen, wenn er nicht aufpasste. »Ja, aber hat er gesagt, was für ein Vertrag?«

Er zuckte die Achseln. »Über Süßigkeiten vermutlich.«

»Ich gehe und kläre das.« Ich legte meine Serviette auf den Tisch und stand auf.

Mutter legte ihre Hand auf meine. »Dafür haben wir Mr Blakely.«

»Aber er hat nicht …«

Mutter deutete mit dem Kinn auf Sam.

Ich dämpfte meine Stimme zu einem Zischen. »Du weißt doch selbst, dass er nichts unternehmen wird.«

Sam tat nicht einmal so, als hätte er nicht zugehört. »Doch, hat er. Er hat gesagt, er nimmt die *Fancys* zurück, aber ich soll zuerst mit Ihnen darüber reden.« Inzwischen hatte Mrs Hughes ihm einen Teller Eier gebracht, die er genüsslich in sich hineinschaufelte.

»Siehst du?« Ich deutete mit der offenen Hand auf Sam. Ich würde die Sache selbst klären müssen.

»Stix oder Mr Blakely oder Kartons mit *Fancys* kümmern mich nicht, Lucy. Du sagtest gerade etwas über den Verkauf …«

»Sam, kannst du mich zu Stix bringen?«

»Lucy – wenn du bitte zuhören würdest!« Jetzt war Mutter ebenfalls aufgestanden.

Als sie mich packen wollte, duckte ich mich und lief in Richtung Küche. »Wir reden, wenn ich zurück bin.«

Ich musste eine volle Stunde warten, bis der Geschäftsführer Zeit für mich hatte. Er begrüßte mich lächelnd. »Die Königin der Liebe und Schönheit höchstpersönlich! Was kann ich an diesem herrlichen Morgen für Sie tun?«

Es war kalt und trist und schon beinahe Mittag, aber ich war nicht gekommen, um mich mit Haarspalterei aufzuhalten. »Ich habe gehört, dass Sie die Fancy-Crunch-Lieferung heute Morgen nicht angenommen haben.«

»Ah ja.« Er ließ meine Hand fallen und das Lächeln verschwand aus seinem Gesicht. »Gibt es denn niemand anderen, mit dem ich darüber reden kann?« Er mied meinen Blick.

Vater war krank, Mr Blakely kannte sich mit diesen Dingen nicht aus und Mutter wollte lieber die Firma verkaufen als herausfinden, was passiert war. »Vielleicht könnten wir in Ihrem Büro weiterreden.«

»Ich weiß nicht …«

Ich trat durch die Tür, bevor er noch mehr sagen konnte. »Wir mussten Ihre Lieferung wieder mit zurück in die Fabrik nehmen. Darf ich fragen, warum Sie sie zurückgeschickt haben?«

Er lungerte in der Tür herum, als hoffte er, dass ich wieder hinaus zu ihm auf den Gang kommen würde.

Ich drehte ihm den Rücken zu und setzte mich auf den Stuhl vor seinem Schreibtisch.

»Ich …« Ich hörte ihn seufzen. Dann ging er um den Schreibtisch herum und setzte sich ebenfalls. »Es ist mir wirklich sehr unangenehm …«

»Sie müssen die Situation von City Confectionery verstehen … da mein Vater krank ist …«

»Natürlich, natürlich!«

»Also werden Sie sicher verstehen, warum wir uns Sorgen gemacht haben, als der Auslieferer mit der Ware, die Sie bestellt hatten, wieder zurückkam.«

Er seufzte abermals und fing an, mit einem Stift zu spielen. Dann sah er mich an. »Wenn Sie es unbedingt wissen wollen, es geht um unseren neuen Vertrag mit Standard Candy.«

»Fancy Crunch ist nicht Standard Candy.«

»Genau da liegt das Problem. Gibt es denn wirklich niemand anderen in Ihrer Firma, mit dem ich sprechen könnte, Miss Kendall? Vielleicht jemand aus dem Büro?«

»Mr Blakely leitet die Produktion, aber er ist heute beschäftigt. Er kann nicht kommen, aber ich versichere Ihnen, dass er mir absolut vertraut.«

»Es gibt eigentlich gar nichts zu besprechen. Standards neuer Vertrag erlaubt es uns nicht, City-Confectionery-Produkte zu verkaufen.«

»Wenn Sie sagen, erlaubt es uns nicht …«

»Der Vertrag verbietet es.«

»Wie kann Standard Ihnen verbieten, unsere Süßigkeiten zu verkaufen?«

Er warf mir einen zutiefst mitleidigen Blick zu. »Wenn wir Ihre Produkte verkaufen, erlauben sie uns nicht, ihre zu verkaufen.«

»Aber das … das ist … das ist nicht fair!«

»Ich persönlich war immer der Meinung, dass Fairness überschätzt wird. Sie sind doch bestimmt mit mir einig, dass Gefühle in der Geschäftswelt nichts zu suchen haben. Unser Abkommen mit Standard ist ein rein geschäftliches und hat absolut nichts mit Ihnen zu tun.«

Und ob es etwas mit mir zu tun hatte! »Aber als Geschäftsmann sehen Sie doch sicher, dass uns damit Schaden zugefügt wird?«

»Daran kann ich leider nichts ändern.«

»Sie stellen Standard also über uns?«

Er zog ungläubig die Brauen hoch. »Ich muss mich für Standard entscheiden. Ich verkaufe zwei Royal Taffys für jedes verkaufte Fancy Crunch. Sie müssen verstehen, dass ich keine Wahl habe. Mir sind die Hände gebunden.«

»Aber ich … können Sie denn nicht …?«

Er stand auf, kam um den Schreibtisch herum und nahm meinen Ellbogen. Dann führte er mich energisch zur Tür. »Darf ich Ihnen vielleicht einen Vorschlag machen, Miss Kendall? Sie sind als Königin der Liebe und Schönheit bestimmt sehr viel erfolgreicher als als Geschäftsfrau. Ich persönlich mag Fancy Crunch sehr, aber ich muss meinen Kunden nun einmal die Dinge anbieten, die sie wünschen.«

36

Charlie

Lucy kam am Dienstagabend zu mir in den Speisesaal des Clubs. Ihre Augen funkelten zornig und sie erhob drohend den Finger. »Ich gebe zu, dass das, was ich getan habe, falsch war, aber was Sie getan haben, war hinterhältig, heimtückisch und absolut unfair!«

»Ich weiß wirklich nicht …« Sie trat immer näher an mich heran, deshalb tat ich einen Schritt zurück, dann noch einen. Sie rückte nach. Die Leute fingen schon an, zu uns herüberzuschauen.

»Erzählen Sie mir nicht, dass Sie nichts von dem Vertrag mit Stix wussten.«

Was konnte ich sagen? Ich versuchte es. »Welcher Vertrag mit Stix?«

Sie stach mir mit dem Finger gegen die Brust. »Sie abscheulicher, widerlicher Lügner!«

»Was soll ich denn darauf sagen? Sie haben uns auf frischer Tat ertappt.«

Das ließ sie verstummen. Jetzt sah sie nicht mehr zornig und misstrauisch, sondern verletzt aus. »Sie … Sie haben es gewusst?«

»Wir spielen hier kein Spiel, Lucy. Mein Vater will Ihren Vater aus dem Geschäft drängen. Ich könnte Ihnen jetzt sagen, dass das nicht richtig und nicht fair ist, aber das würde nichts ändern. Und wenn jedes Zögern dazu führt, dass Sie weiterhin schmutzige Spielchen spielen, können Sie uns keinen Vorwurf machen, dass wir die Sache endlich beenden wollen.«

»Wie konnten Sie nur?« Die Worte waren nur ein Flüstern, das mich mitten ins Herz traf.

»Lucy, es tut mir leid.«

»Aber … das können Sie nicht tun!«

»Ich glaube … kurz, wir haben es bereits getan.« Alles ganz legal. Dazu hatte man Anwälte.

Ihr Kinn zitterte, aber nur ganz kurz. Dann hob sie es und sah mich mit geblähten Nasenflügeln an.

»Aber ich bin Ihrer Meinung. Es war schmutzig und hinterhältig.« Es tat nicht weh, die Wahrheit zuzugeben, oder? Ich trat näher zu ihr. »Und wenn Stix den Vertrag unterschrieben hat, wie viele andere werden es dann ebenfalls tun?«

»Außer Stix hat keiner seine Bestellung storniert.«

»Diese Woche nicht.«

Ihre Brauen zogen sich einen Moment zusammen, dann sah sie mich mit zusammengekniffenen Augen an.

»Warum erzählen Sie mir das alles? Warum sind Sie so nett zu mir?«

»Es geht im Leben um mehr als ums Gewinnen. Und auf diese Weise will ich ohnehin nicht gewinnen.« Es war schlimm genug, dass ich City Confectionery bekommen würde, wenn mein Vater die Firma gekauft hatte. Und es war schlimm genug, dass Alfred hinter Lucys Rücken um Evelyn herumschlich. Wie viel schlimmer konnte es noch kommen? Ich nickte und ging an ihr vorbei.

Sie berührte meinen Arm mit ihrer Hand. »Danke.«

Ich konnte ihr nicht in die Augen schauen. »Bitte, danken Sie mir nicht.« Ich verdiente es nicht.

Ich wartete, bis Nelson das Auto in die Garage gefahren hatte, dann half ich ihm, die Haube darüberzuziehen. Als ich ins Haus ging, sah ich Jennie, die gerade zur Hintertür hereinkam.

Da ich mich wunderte, dass sie so spät noch unterwegs gewesen war, folgte ich ihr die Treppe hinauf. Ein nettes Mädchen wie sie sollte nicht nach Einbruch der Dunkelheit noch draußen sein. Ich holte sie ein, als sie gerade die Tür zu ihrem Zimmer öffnete.

»Mr Clarke!« Sie legte eine Hand auf die Brust, mit der anderen schob sie rasch etwas in ihre Tasche. »Sie haben mich aber erschreckt! Brauchen … brauchen Sie etwas?«

Nein. Ja. »Ich wollte nur …«

Sie nahm die Hand vom Türknauf und stand mit brav übereinandergelegten Händen vor mir.

»Tut mir leid. Es ist nichts.« Sie erinnerte mich an meine kleine Schwester und ich hatte nur nachsehen wollen, ob alles in Ordnung war. Um ehrlich zu sein, brauchte ich jemanden zum Reden. Einen ganz normalen Menschen. Jemand, der sich keine Gedanken über Abendveranstaltungen und Bälle oder darüber, was die Leute sagten, zu machen brauchte. Aber ich hatte vergessen, dass sie mich nicht als Charlie, sondern nur als Charles kannte. »Es ist nichts. Genießen Sie den Rest des Abends. Und seien Sie vorsichtig, wenn Sie spätabends noch ausgehen.«

Sie neigte kurz den Kopf, dann drehte sie sich um und ging in ihr Zimmer. Doch vorher erhaschte ich noch einmal einen Blick auf die Einrichtung: ein Eisenbett und eine Frisierkommode mit Waschgarnitur. Ein kleiner, abgewetzter Teppich auf dem Boden. Und die vielen Fantasieblumen und Kränze, die sie aus Bonbonpapieren gebastelt hatte. Royal-Taffy-Rot gemischt mit Fancy-Crunch-Grün. In diesem kleinen Zimmer waren sehr viel mehr Möbel und mehr Wärme und Hoffnung als in dem Haus, in dem ich aufgewachsen war.

Wie kam es, dass ein einfaches Dienstmädchen im Haus meines Vaters auf eine bessere Zukunft hoffen durfte als eine meiner Schwestern? Dass sie bestimmte Dinge von ihm erwarten durfte – Essen, ein Bett, ein Zuhause –, die meine Schwestern nie von ihm bekommen hatten?

Warum wollte ich eigentlich hierbleiben? Warum ging ich nicht fort? Ich stand oben an der Treppe und begann, ernsthaft darüber nachzudenken. Warum sollte ich bleiben und einem Mann helfen, der nur darauf aus war, andere zu vernichten … auch wenn er behauptete, lediglich einen Gefallen zu erwidern?

Weil er uns verlassen hatte.

Ich musste bleiben, weil er gegangen war. Ich musste mir selbst beweisen, dass ich es wert war, dass er geblieben wäre. Wenn ich doch nur … wenn ich nur der Sohn sein könnte, den er brauchte. Wenn ich schon damals dieser Sohn gewesen wäre, wäre er vielleicht geblieben. Das hatte ich immer gedacht. Dass es meine Schuld war, dass ich ihn aus dem Haus getrieben hatte.

Aber … das hatte er nicht gesagt, oder? Er hatte gesagt, dass er gedacht hatte, ich könnte es besser als er.

Ich hatte es nicht verstanden, als er es gesagt hatte, und ich verstand es auch jetzt nicht. Und ich konnte es nur herausfinden, wenn ich blieb. Ganz gleich, um was er mich bat, ganz gleich, welche Pläne er verfolgte. Ich musste ihm einfach glauben, dass er die Wahrheit sagte, was diesen ominösen Gefallen betraf. Würde ich das schaffen? Wo es Lucy so sehr verletzte? Konnte ich mich darauf verlassen, dass er die Wahrheit sagte?

37

Lucy

Ich verbrachte einen ruhigen Mittwochvormittag bei meinem Vater und las ihm vor. Als ich zum Mittagessen nach unten ging, war Sam in der Küche und redete mit Mrs Hughes. Dabei lehnte er an der Arbeitsplatte und kaute. »Das ist wirklich komisch!« Er biss kopfschüttelnd in einen Apfel.

»Was ist komisch?« Mich befiel plötzlich eine Vorahnung drohenden Unheils. Ein Schauder lief mir über den Rücken.

Er warf mir einen Blick über die Schulter zu, richtete sich auf und legte den Apfel auf seinen Teller. »Alle lassen ihre Fancy-Crunch-Bestellungen zurückgehen.«

»Zurückgehen …?«

»Vater sagt, sie behaupten, wir würden verdorbene Zutaten verwenden.«

Was? »Aber … das tun wir nicht! Das haben wir noch nie getan! Nicht einmal, bevor das Gesetz erlassen wurde und wir es noch gekonnt hätten.« Vater würde so etwas nie dulden.

Sam zuckte die Achseln und biss wieder in seinen Apfel. »Natürlich nicht. Aber sie behaupten es.«

»Hast du gefragt, warum?«

»Warum was?«

»Warum das alle sagen?«

»Nein.« Er biss wieder krachend von seinem Apfel ab, kaute und schluckte. »Sie müssen es von irgendjemandem gehört haben, denke ich.«

Von irgendjemandem? Ich wusste ganz genau, von wem. Verzweiflung stieg in mir auf und raubte mir den Atem. Was konnte ich jetzt noch hoffen? Wenn alle glaubten, unser *Fancy* sei verdorben, dann war es nur noch eine Frage der Zeit, bis niemand mehr eine Bestellung aufgab.

Was für ein schmutziger, gemeiner Trick! Die Hölle war noch zu gut für Charlie Clarke. Ich hoffte, dass es einen dunkleren, heißeren und elenderen Ort gab, an dem seine Seele verrotten würde. Aber wenn er glaubte, ich würde jetzt klein beigeben, dann irrte er sich!

Als Mr Arthur Mutter und mich zum alljährlichen Ball der Elektrizitätsgesellschaft abholte, war ich immer noch wütend – aber nicht so wütend, um zu übersehen, dass Mr Arthur heute irgendwie anders war. Er wirkte … er hatte irgendwie mehr Ausstrahlung. Er wirkte interessanter, lebendiger. Sah er nicht sogar besser aus? Ich betrachtete ihn genauer. Er sah entschieden besser aus. Als er uns die Treppe hinaufführte, war sein Gang beinahe schwungvoll.

Leider ließ er mir wenig Zeit, ihn aus der Nähe zu bewundern, da er sogleich von seinen Pflichten in Anspruch genommen wurde. Zwischen den Tänzen sollte eine elektrische Lichtshow stattfinden. Doch obwohl er so wenig Zeit für mich hatte, hatte er an mich gedacht und erwies sich wie immer als vollkommener Gentleman. Er hatte eigens Charlie auf den Ball eingeladen, damit ich Gesellschaft hätte, und wie sehr ich auch protestierte, bestand er doch darauf, dass Charlie und ich tanzten.

Als Charlie mir seinen Arm bot, nahm ich ihn – zugegeben – mit etwas undamenhafter Heftigkeit. Auf der Tanzfläche sah er mich an, als bräche die Welt über ihm statt über mir zusammen.

Wie konnte er es wagen, elender auszusehen, als ich mich fühlte!

Ich hätte ihn am liebsten einmal tüchtig gekniffen, doch stattdessen schlug ich ihm mit meiner behandschuhten Faust fest gegen seine Brust.

Er blickte erschrocken auf mich herunter.

»Wie können Sie nur so … so gemein sein?« Ich hatte ein anderes, härteres Wort gesucht, ein besseres, doch es gab keine bessere Beschreibung für die Art, wie er sich verhalten hatte. Und sobald es heraus war, begannen meine Tränen zu fließen.

Er trat einen Schritt zurück und legte die Hand, die meine Hand gehalten hatte, unter meinen Ellbogen. »Oh … bitte … nicht …!« Dann blickte er sich wie wild im Raum um, als wüsste er nicht, was er mit mir anfangen sollte.

»Ich weine nicht!« Ich wischte mir mit einem gekrümmten Finger die Tränen aus den Augen. Dass meine Tränen mich in einer solchen Situation verraten mussten! »Ich bin nicht wie Sie, Charlie Clarke! Die Firma ist alles, was wir haben. Sie ist alles, was ich habe. Ihr Vater hat haufenweise Geld und er hat es mit unserem Produkt verdient. Können Sie uns nicht in Ruhe lassen? Was wollen Sie uns denn noch alles wegnehmen?«

»Ich habe nicht …«

Unvermittelt traf uns eins dieser getönten Suchlichter von Mr Arthurs Show. In dem Licht wirkten Charlies Züge wie erstarrt. Sobald das Licht weiterwanderte, packte er mich und versuchte, mich aus dem Ballsaal zu ziehen. Doch ich war es leid, von ihm herumgezerrt zu werden. »Hören Sie auf!« Ich entwand ihm meinen Arm.

Doch er packte mich erneut und zog mich vom Tanzboden. Und dann drückte er mich an seine Brust und küsste mich, raubte mir meinen Atem, so wie sein Vater uns Royal Taffy geraubt hatte.

Ich riss mich los, meine Gedanken überschlugen sich. Worüber hatten wir gesprochen? Ich hatte es völlig vergessen. »W… warum haben Sie das getan?« Und warum umklammerten meine Hände sein Revers?

»Weil ich wollte, dass Sie mal einen Moment still sind.« Der Blick, mit dem er mich ansah, war groß vor Staunen und Verwunderung. Er legte eine Hand an mein Gesicht und streichelte meine Wange.

Irgendetwas stimmte nicht mit meinen Ohren. Ich konnte kaum verstehen, was er sagte. »Ich habe nicht … ich wollte nicht …«

»Schhhh. Seien Sie einfach nur still.« Er beugte sich wieder vor und diesmal erhob ich mich auf die Zehenspitzen, um ihm entgegenzukommen.

Ich hätte nie gedacht, dass ein Kuss so köstlich sein konnte. So süß. Ich zwang meine Hände, seine Jacke loszulassen, doch statt zu mir zurückzukommen, wanderten sie hinauf zu seinem Haar. Und dann legten sie sich um seinen Hals. Du meine Güte! »Charlie …?«

Er hielt inne, legte einen Moment seine Stirn an meine und sah mich dann an. »Wenn es Ihnen nichts ausmacht, ist es, glaube ich, besser, wenn wir nicht reden.«

»Ich … ich bin völlig einverstanden.« Ich bekam noch immer nicht richtig Luft. Doch diesmal hatte Charlie mir etwas geraubt, das ich gar nicht zurückhaben wollte.

»Wenn Sie vielleicht …«, sagten wir gleichzeitig. Und wir klangen beide gleich verzweifelt. Und bedauernd.

Er schlang die Arme um mich und als er mich losließ, trat er einen Schritt zurück und hob die Hand, als wollte er mich davon abhalten, ihm zu folgen. »Ich versuche einfach nur, das Richtige zu tun.«

Ich auch. Wir mussten an seinen Vater denken. Und an meinen Vater. Und – du meine Güte! – an Mr Arthur. Ich schlug die Hände vors Gesicht und dachte darüber nach, was wir gerade getan hatten. Was ich gerade getan hatte.

In seinen Augen stand ein unerträglicher Schmerz. »Wenn doch nur unsere Väter … Sie … ich …«

Ich warf ihm einen zögernden Blick zu. Dabei merkte ich, dass – was immer gerade geschehen war – ich mir verzweifelt wünschte, es würde wieder geschehen. Ich überwand die Entfernung zwischen uns und küsste ihn auf die Wange. Endlich hatte ich herausgefunden, was ich wirklich wollte! Und auch das war ein unmöglicher Wunsch. »Wir können das nicht tun, Charlie. Es steht zu viel zwischen uns.«

Er lächelte, doch es war ein ernstes, trauriges Lächeln. Als nehme er Abschied. »Machen Sie sich nichts draus. Ich glaube kaum, dass ein Mann mit meiner Vergangenheit bei einem Mädchen wie Ihnen eine Chance hat.«

Er zuckte zusammen, als ich ihm eine Hand auf den Arm legte, und trat zurück. Und als er mir wieder in die Augen sah, war der Vorhang vor dem Fenster seiner Seele schon wieder zugezogen.

38

Charlie

Am Donnerstag ging ich in den Club und wartete auf Alfred. Ich setzte mich in einen der weich gepolsterten Clubsessel, doch er war nicht sehr bequem.

Nichts war mehr bequem, seit ich Lucy Kendall auf dem Ball geküsst hatte. Alfred Arthur mochte spießig sein und ich hatte ihn im Verdacht, zu viel Zeit mit Evelyn zu verbringen – doch er war derjenige, der mit Lucy verlobt war. Nicht ich. Und ganz gleich, was ich für sie empfand, ich hatte nicht das Recht, auch nur daran zu denken, sie zu küssen. Selbst als ich noch für Manny gearbeitet hatte, war ich nicht gut im Stehlen gewesen, und ich würde auch jetzt nicht damit anfangen.

Doch es gab ein paar Dinge, die ein Mann schlicht und einfach nicht aushielt. War es meine Schuld, dass ich jedes Mal an Karamell denken musste, wenn ich sie sah? Oder dass ihre Lippen förmlich darum baten, geküsst zu werden?

Ich stand auf und holte mir eine Zeitung, die irgendjemand liegen gelassen hatte. Als ich sie aufschlug, sah ich als Erstes Lucys Bild. Warum musste sie so hübsch sein? Und so dickköpfig? Und warum klammerte sie sich so an ihre Firma? Sah sie denn nicht ein, dass City Confectionery niemals Erfolg haben würde? Standard war zu groß und mein Vater zu halsstarrig. Sie musste endlich ihre Niederlage eingestehen. Wenn sie nur nachgeben würde, könnten wir vielleicht auch wieder Freunde sein.

Freunde – mehr nicht!

Keine Verabredungen, keine Tänze und vor allem keine Küsse mehr.

Ihr Foto in der Zeitung schien sich zu bewegen und mich anzusehen. Ich faltete die Zeitung zusammen und warf sie auf den Tisch neben dem Sessel.

»Ah! Dachte ich mir doch, dass Sie es sind.«

Ich blickte auf und sah Alfred auf mich zusteuern.

»Ich brauche Sie.«

»Klar.« Ich stand auf. Wir wollten zusammen essen. Und von jetzt an würde ich ihm ein besserer Freund sein. Der beste Freund, den ein Mann haben konnte, auch wenn er das Mädchen, das er heiraten würde, nicht verdiente. Nicht, wenn er Evelyn so ansah. Aber er war schließlich nicht Laufjunge für einen Typ wie Manny White gewesen. Und er hatte auch nicht dabeigestanden und zugesehen, wie ein Mann ermordet wurde. Er verdiente Lucy jedenfalls mehr als ich.

Alfred nickte zum Eingang hinüber.

Ich ging schnell hinaus. Ich hatte absolut nichts dagegen zu gehen.

Alfred holte mich ein. »Ich muss Ihnen etwas sagen.« Irgendetwas an seiner angespannten Kinnlinie gefiel mir überhaupt nicht.

Ich blieb stehen. »Muss ich Sie wieder vermöbeln?«

In seinen Augenwinkeln erschienen Fältchen, als sein Mund sich zu einem Lächeln verzog. »Sie haben mich noch nie vermöbelt, wenn ich das anmerken darf.«

Ich hätte es tun sollen. Hätte es auch getan, wenn er nicht herumgehüpft wäre wie ein Zirkuskänguru. Ich seufzte und folgte ihm hinaus zu seinem Auto.

Er wies den Fahrer an, zum Forest Park zu fahren. »Ich wollte Ihnen sagen, dass ich zu einem Entschluss gekommen bin, was Lucy betrifft.«

Ich auch. Sie würde mich noch ins Grab bringen.

»Und?«

»Ich gebe Evelyn auf. Es ist das Vernünftigste.«

Ich hätte erleichtert sein sollen, doch ich empfand nur Schuldgefühle. Ich hatte seine Verlobte geküsst, auf dem Ball seiner eigenen Firma.

»Ich … ich wollte es Ihnen nur sagen.«

Ich nickte.

»Weil Lucy es nicht erfahren soll.«

»Ich sage es ihr bestimmt nicht!« Ich hatte ohnehin beschlossen, nie wieder mit ihr zu sprechen.

Alfred klopfte an die Scheibe, die uns vom Fahrer trennte. Das Auto hielt an, der Fahrer stieg aus und ging ums Auto herum zu meiner Tür.

Ich sah Alfred an. »Das war alles?«

Er nickte. »Das war alles. Ich hoffe, Sie haben nichts dagegen …« Er deutete mit dem Kinn in Richtung Clubhaus von wo wir kamen. »Mir ist heute nicht nach Essen zumute.«

Ich nickte, stieg aus und blickte dem davonfahrenden Wagen nach. Irgendwie hatte ich das Gefühl, dass er ein Stück von meinem Herzen mitnahm, als er wegfuhr.

Ich ließ das Essen ebenfalls ausfallen, ich hatte keinen Hunger. Es musste sich herumgesprochen haben, dass ich wieder im Büro war, denn Mr Mundt kam, um mich zu einer Besprechung zu holen. Ich versuchte, mich auf das zu konzentrieren, was mein Vater sagte, aber ich sah ständig Lucys Augen vor mir. Diese riesigen blauen Augen, die ganz weich und sternenklar geworden waren, als ich sie geküsst hatte.

Und ich dachte die ganze Zeit an ihren Mund.

Ich hatte mindestens ein Dutzend Mädchen geküsst, doch keins hatte so süße Lippen gehabt. Wenn ich meine Augen schloss und an den Abend dachte, wie ich es seither schon hundertmal getan hatte, konnte ich sie immer noch schmecken. Und riechen. Und mich erinnern, wie es sich angefühlt hatte, sie in den Armen zu halten.

Doch das hätte ich nicht tun dürfen.

Sie war mit Alfred verlobt. Es gab ein paar Dinge, die ein Mann einfach nicht tat.

Aber nun besaß ich etwas, an das ich immer zurückdenken konnte. Eine Erinnerung, die mich in langen, dunklen Nächten begleiten würde. Als Kind hatte ich mir immer einen großen Tisch voller Essen vorgestellt und ein warmes, knisterndes Feuer. Jetzt konnte ich mir Lucy vorstellen mit ihrem schönen Haar und ihren leuchtend blauen Augen. Und ich konnte daran denken, wie ich sie in meine Arme gezogen und geküsst hatte, als hätte ich das Recht dazu.

Ich spielte mit dem Stift, der vor mir lag, nahm ihn auf und balancierte ihn auf meiner Hand. Warum verschwendete ich so viel Zeit damit, an sie zu denken? Ich hatte doch ohnehin nie eine Chance bei ihr gehabt.

Wenn wir doch nur die Zeit zurückdrehen könnten. Wenn es noch so wäre wie damals auf dem ersten Ball. Oder bei der Veranstaltung auf dem Flugplatz. Bevor sie wusste, dass ich ein Clarke war, und ich herausgefunden hatte, dass sie eine Kendall war. Aber warum sollte ich bedauern, was ohnehin niemals sein konnte? Ich konnte meine Vergangenheit nicht für immer vor ihr geheim halten. Und wenn sie davon erfuhr, würde ich noch immer hier sitzen, derselbe Mensch wie vorher.

Ich schlug mit der Faust auf den Stift, sodass er einen Salto über meine Hand machte.

»Charles!« Beim Klang der Stimme meines Vaters verschwand Lucys Bild.

»Was?«

»Ist dir das nicht wichtig?«

Ich blinzelte und versuchte, Lucy aus meinem Kopf zu vertreiben. »Tut mir leid. Natürlich ist es wichtig.«

»Wo bist du mit deinen Gedanken?«

Meine Gedanken? Er wollte meine Gedanken wissen? »Äh … ich …«

Ich griff nach dem Stift und tippte ein paar Mal damit auf den Schreibtisch. »Ich … bin ganz deiner Ansicht.«

»In welcher Sache?«

»In beiden …?«

Er starrte mich einen langen Moment an. Dann grunzte er. »Vielleicht hast du recht.«

»Meinst du?« Ich fragte mich, worin ich wohl recht hatte. Aber spielte das eine Rolle? »Gut. Natürlich. Klar hab ich recht.«

»Du findest also, dass der Zweck die Mittel heiligt. Das wolltest du doch sagen?«

Wollte ich? Hatte ich? Ich nickte.

»Wir wollen nicht vergessen, dass ich damit jemandem einen Gefallen tue. Oberflächlich betrachtet, mag es unfair erscheinen. Auf jeden Fall ist es ein bisschen hinterhältiger als die Mittel, die ich sonst anwende. Deshalb liegt mir auch daran, die Sache so schnell wie möglich über die Bühne zu bringen. Jeder Tag, den es länger dauert, kostet mich Geld. Aber du und ich kennen die Wahrheit. Auch wenn es aussieht wie … kurz, es ist jedenfalls nicht illegal. Die Leute können sich schließlich immer noch frei entscheiden, oder?«

»Ich bin sicher …«

»Es ist nicht unsere Schuld, wenn ihre Entscheidung es uns leichter macht.«

»Ich glaube nicht …«

»Die Firma wird mir quasi in den Schoß fallen, also sagen wir einfach, wir haben Glück gehabt, und machen das Beste daraus.«

Das Beste woraus?

»Ich halte es für eine gute Idee. Es gibt keinen Grund, es nicht zu tun. Für einen begrenzten Zeitraum, nicht für immer natürlich. Damit würden wir uns quasi selbst ruinieren.«

»Darf ich fragen … was genau wir tun werden?«

»Wir machen, was du vorgeschlagen hast.«

Hatte ich etwas vorgeschlagen? »Ich weiß nicht mehr genau …«

»Wir werden den Preis für Royal Taffy senken, so wie City Confectionery den Preis für Fancy Crunch senkt.«

»Aber wenn sie es doch schon tun …?« Was nützte es dann?

»Genau. Deshalb ist unsere Idee ja so clever. Sie senken den Preis auf vier Cent. Wir senken unseren auf drei, das heißt, wir unterbieten sie. Ich weiß nicht, ob ich allein den Mut dazu aufgebracht hätte. Ich mache es höchst ungern, aber wo du recht hast, hast du recht. Es hat keinen Sinn, das Unausweichliche aufzuschieben. Bringen wir's hinter uns. Und dann bekommst du City Confectionery.«

Ich wusste, dass mein Mund offen stand, aber ich schien ihn nicht mehr schließen zu können. Das hatte ich niemals vorgeschlagen. Unmöglich! »Du meinst …«

Er blinzelte mir zu. »Es ist eine Kriegslist, Sohn. Durch deinen Plan werden wir dieser elenden Rivalität endgültig ein Ende machen.«

39

Lucy

Die Vorstellung, Mr Arthur zu heiraten, wurde allmählich unhaltbar. Vor allem, wenn ich nachts von Charlies Küssen träumte. Am Tag malte ich mir aus, wie ich einfach durchbrannte. Nachts … nachts stellte ich mir eine Welt vor, in der Charlie Clarke nicht mein Feind war. In der er einfach ein Fremder mit hinreißenden Grübchen und traumhaften Augen war, die mir den Atem raubten.

Was hatte ich nur getan!

Nichts. Sagte ich mir jedenfalls. Ich hatte gar nichts getan. Charlie hatte mit dem Küssen angefangen. Ich hätte ihn nie geküsst, wenn er nicht damit angefangen hätte. Es war alles seine Schuld. Und wenn ich ihn jemals wiedersah, würde ich ihn einfach links liegen lassen. Ich … ich würde am besten gar nicht mehr mit ihm reden. Und ich würde ihn auf keinen Fall mehr küssen.

Nicht, dass so etwas überhaupt jemals wieder in Frage gekommen wäre.

Selbst, wenn ich es gewollt hätte.

Was ich nicht tat. Ich konnte nicht. Ich war mit Mr Arthur verlobt, um Himmels willen! Welche Frau verlobte sich mit einem Mann und lief dann herum und träumte von einem anderen?

Eine sehr schlechte Frau. Eine gemeine und herrschsüchtige und egoistische Frau.

Es wäre alles nicht so schlimm gewesen, wenn ich mir Mr Arthur hätte vorstellen können, wie er meine Hand nahm und mir in die Augen sah – mit dem gleichen Blick, mit dem mein Onkel immer meine Tante ansah. Wie er immer auf sie wartete, ständig ihre Nähe suchte, sie immer, immer um sich haben wollte. Wenn ich mir vorstellen könnte, dass meine Ehe so wäre … ich seufzte und blickte aus dem Kutschenfenster, während ich mir eingestand, dass mir auch das nicht genügen würde. Mr Arthurs Gefühle für mich würden nicht das Geringste bedeuten, wenn ich sie nicht erwiderte. Wenn er mir nicht ebenso viel bedeutete wie ich ihm. Wenn ich mich nicht nach ihm sehnte. Wenn ich ihn nicht begehrte, so wie meine Tante immer, immer meinen Onkel zu begehren schien.

Sie waren ein Paar. Wie bei Eier und Zucker, Butter und Sahne konnte ich an die eine nicht ohne den anderen denken. Dagegen konnte ich mir durchaus vorstellen, den Rest meines Lebens glücklich ohne Mr Arthur zu leben.

Hatte ich bis jetzt ja auch, oder?

Es war durchaus möglich, dass ich noch Gefühle für ihn entwickelte. Mit der Zeit. Aber was, wenn nicht? Was nutzte es, eine Erdnuss zu sein, wenn man kein Krokant daraus machen konnte?

Was, wenn … was, wenn ich den größten Fehler meines Lebens beging, wenn ich ihn heiratete?

Ja, was dann? Aber was war die Alternative? Charlie Clarke? Beinahe hätte ich gelacht. Das war unmöglich. Ich war unauflöslich an den Mann gebunden, mit dem ich mich verlobt hatte.

Aus dieser Sache kam ich nicht mehr heraus … oder?

Ich warf einen Blick zu Mutter hinüber. Ich konnte es nicht. Sie würde mir nie vergeben. Mr Arthur würde nie mehr mit mir reden und St. Louis würde ebenfalls dafür sorgen, dass ich es nie vergaß. Besser, in einer achtbaren Ehe zu leben, als für immer mit einem Skandal in Verbindung gebracht zu werden.

Oder nicht?

Oder?

Ich gestattete mir, den Kopf hängen zu lassen, doch gleich darauf fiel mir ein, dass eine Dame das niemals tat. Eine kleine Stimme in meinem Kopf flüsterte, dass eine Dame auch nicht den Freund ihres Verlobten beziehungsweise den Mann küsste, der für den Untergang des Familienbetriebs verantwortlich und ihr erklärter Feind war. Ich ignorierte die Stimme, setzte mich gerade hin und wühlte die Finger in die Sitzpolster, während ich überlegte, was ich tun konnte.

»Hör auf herumzuzappeln.« Mutters Stimme vergrößerte meine Niedergeschlagenheit nur noch. Wir waren auf dem Weg zu einer Wohltätigkeitsveranstaltung für das Altersheim der Veteranen der Konföderation. Und ich würde nicht herumzappeln, wenn ich Charlie aus meinem Kopf kriegen könnte.

Mutter zog meine Hand vom Sitzpolster fort und hielt sie fest. »Du musst dir heute Abend die allergrößte Mühe geben. Die Leute sehen dich bereits als die neue Mrs Arthur. Und das wirst du auch sein, in nicht einmal einem Monat.«

»Ich werde so reizend sein, wie ich kann.«

»Ich hatte gehofft, du könntest noch ein bisschen reizender sein.« Sie sagte es mit einem Lächeln, aber ich sah, dass sie es ernst meinte.

Die Veranstaltung begann mit einer Rede des Bürgermeisters. Es folgten mehrere Reden von Bewohnern des Heims. Du meine Güte, waren sie alt! Und so schwach. Sie waren kaum zu verstehen. Danach reichte mir jemand einen alten Kaffeekocher ohne Deckel und bat mich, Spenden für eine Tombola zu sammeln. So kam es, dass ich erst, nachdem das Orchester einen alten Reel angestimmt hatte, Gelegenheit bekam, Mr Arthur zu suchen.

Ich hatte gehofft, ihm zufällig über den Weg zu laufen, und beschlossen, mich von meiner ersten Reaktion bei seinem Anblick leiten zu lassen. Wenn sie angenehm war, bestand vielleicht doch noch Hoffnung für uns.

Doch er war nicht da.

Ich spürte, wie eine Welle der Enttäuschung von den Zehenspitzen bis in meine Haarspitzen aufstieg.

»Ist alles in Ordnung?«, flüsterte Mutter mir ins Ohr, während wir der Musik lauschten.

»Es geht mir gut.«

»Warum gehst du nicht mal kurz an die frische Luft?«

Luft. Genau das brauchte ich. Ein bisschen Platz, ein bisschen Ruhe, um nachzudenken. Ich ging hinaus in die Halle, an den Fahrern vorbei, die im Eingang warteten, und die Stufen zum Bürgersteig hinunter. Die Melodie des Reels und der Klang stampfender Füße verebbten hinter mir. Als ich aus der Wärme des Gebäudes hinaustrat, ließ ich alle Geselligkeit und Fröhlichkeit zurück.

Ich ging den Bürgersteig hinunter und wünschte, ich hätte daran gedacht, meinen Mantel mitzunehmen. Als ich auf den Schatten des Gebäudes zusteuerte, weil ich allein sein wollte, glomm eine Zigarette vor mir auf.

Irgendjemand war mir zuvorgekommen.

Ich ging vorüber und wäre weitergegangen bis zur Straßenecke, wenn nicht jemand hinter mir meinen Namen gerufen hätte.

Ich blinzelte in die Dunkelheit. »Mr Arthur? Sind Sie das?«

Er trat aus dem Schatten in den Lichtschein der Straßenlampen und ließ beim Näherkommen die Zigarette fallen.

»Ich wusste gar nicht, dass Sie rauchen.« Und ich wusste auch nicht, warum mich das störte, doch das tat es. Plötzlich war ich gereizt.

»Tu ich auch nicht. Jedenfalls normalerweise nicht.« Er zuckte die Achseln. »Tut mir leid.«

»Das ist doch in Ordnung.«

»Nein, ist es nicht. Es ist eine schädliche, schmutzige, verabscheuenswerte Angewohnheit.«

Zumindest darin waren wir uns einig.

Er blickte auf das Gebäude hinter ihm. »Ich wollte hineingehen, aber plötzlich … konnte ich nicht. Hatten Sie schon jemals das Gefühl … wenn Sie noch zu einer einzigen Abendeinladung oder einem einzigen Ball gehen oder noch irgendetwas tun, das man von Ihnen erwartet … dass Sie dann einfach explodieren?«

Explodieren? »Nein, das nicht. Ich habe manchmal das Gefühl, dass ich mich … auflöse. Zu einer Pfütze, wie Melasse. Dass ich in einen Gully laufe und einfach verschwinde.«

Er hatte genickt, bis ich die Melasse erwähnte. Da hatte er aufgehört zu nicken und mich angestarrt. Ich wusste nicht, was ich noch sagen oder wie ich es besser erklären sollte, deshalb sagte ich gar nichts.

Und er sagte auch nichts. So standen wir eine Zeit lang da, sagten nichts und lauschten der Musik, die aus dem Eingang kam.

Dann seufzte er, warf den Kopf zurück und blickte in den verqualmten Himmel. »Ich frage mich, ob ich für immer so weitermachen und alles tun muss, was man von mir erwartet, wo ich mich doch die meiste Zeit so unerklärlich einsam fühle. Es ist schwer zu erklären. Ich bin hier, von Menschen umgeben, und …« Er straffte sich und sah mich an. »Wie rücksichtslos das klingt. Ich muss mich entschuldigen. Noch einmal. Bitte, vergeben Sie mir. Ich weiß nicht, was ich da rede. Es ist nur … ich hatte gehofft … mit Ihnen … dass Sie …« Er grub in seiner Tasche herum und als seine Hand herauskam, hielt sie ein Zigarettenetui. »Ich hatte gehofft, dass ich mit Ihnen nicht mehr so allein sein würde.« Er nahm eine Zigarette heraus und zündete sie an. »Kein sehr vielversprechender Anfang, zuzugeben, dass ich das alles nur aus egoistischen Motiven mache.« Er zog an seiner Zigarette und stieß den Rauch fast gewaltsam aus. »Sie könnten es schlechter treffen, glaube ich. Aber es liegt ganz bei Ihnen … wenn Sie die Chance haben möchten, es besser zu treffen … bitte, verstehen Sie mich nicht falsch. Ich versuche nicht, unsere Verlobung zu lösen. Es sei denn, Sie möchten es. Schließlich habe ich Ihnen einen Antrag gemacht. Ich frage mich nur, ob … ob Sie wirklich mit mir verlobt sein möchten.«

Er bot mir einen Ausweg. Doch als ich meinen Mund öffnete, um ihm zu antworten, wollten die Worte nicht kommen. Ich konnte meinen Gefühlen nicht Ausdruck verleihen. Er hatte mir seine Seele offenbart. Ich wusste, ich durfte ihm nicht das Herz brechen. Nicht heute Abend. Niemals. Und ich schwor mir, dass er nie erfahren würde, was zwischen Charlie Clarke und mir vorgefallen war. Wie ich in der Nacht auf dem Ball gesagt hatte – es stand zu viel zwischen uns.

Ich nahm Mr Arthur die Zigarette ab, warf sie auf den Bürgersteig und schob meinen Arm in seinen. »Wenn wir all diese Dinge schon tun müssen, warum tun wir sie dann nicht zusammen?«

40

Charlie

Am Freitagabend im Theater, als nach der Pause alle zurück in den Saal strömten, trat Alfred zu mir. Er streckte mir die Hand hin.

Ich schüttelte sie.

»Ich muss Sie um einen Gefallen bitten. Könnten wir uns morgen bei Cleve treffen? Gegen zehn?«

»Wer ist Cleve?«

Ein Lächeln trat auf sein Gesicht, während er meine Hand erneut schüttelte und mir auf den Oberarm klopfte. »Ich vergesse immer, dass Sie neu in der Stadt sind. Es ist ein Was, kein Wer. Ein Juweliergeschäft auf der Grand.«

Ich nickte, stellte mich auf die Zehenspitzen und hielt Ausschau nach meinem Vater und Augusta. »Wir sehen uns dort um zehn.«

Als Nelson mir die Autotür öffnete, sah ich Alfred bereits vor dem Schaufenster auf und ab gehen.

Er verlor keine Zeit, öffnete sogleich die Tür und schob mich in den Laden. »Ich muss ein Hochzeitsgeschenk für Lucy aussuchen und brauche Ihren Rat. Ich habe keine Ahnung, was ihr gefällt.«

Sie mochte Flugmaschinen und Abenteuer und Süßigkeiten. Sie mochte Walzer und Röcke, in denen sie nicht gehen konnte, und die Farbe Blau. Ich hätte mich um den Job drücken sollen, ließ mich aber dann doch in den Laden schieben.

Alfred erklärte, was er brauchte, und der Angestellte hinter der Theke ging zu einer Auslage mit Perlenschmuck. Er nahm eine Halskette heraus und legte sie auf ein Samttablett.

Die Kette bestand aus fünf Reihen in unterschiedlichen Längen, aufgefädelt abwechselnd mit Perlen und Goldkugeln.

»Nein. Lucy mag keine Perlen.« Die Worte entschlüpften mir, bevor ich es verhindern konnte.

Alfred sah mich überrascht an. »Nicht?«

Ich schüttelte den Kopf. Ich wusste es nicht sicher, aber ich hatte das Gefühl, dass Perlen zu … konventionell waren.

»Wie wäre es mit Opalen?« Der Angestellte war bereits zur nächsten Auslage gegangen. Er nahm einen großen Ring heraus und hielt ihn Alfred hin. In den Ring waren Blumen und kleine Kreise eingraviert.

Ich sagte dem Angestellten, er solle ihn zurücklegen.

Alfred blinzelte. »Mir hat er gefallen.«

»Er ist nicht das Richtige.« Lucy war kein sentimentales Mädchen. Sie war eine Frau.

Der Angestellte legte auch den Ring zurück und holte einen anderen heraus. Einen mit einem funkelnden grünen Stein, umgeben von …

»Sind das Diamanten?« Alfred hatte ihn dem Angestellten abgenommen und betrachtete ihn interessiert.

»Fünf Karat, Sir.«

»Ich glaube nicht, dass Lucy einen Ring möchte.« Ich wollte ihn dem Angestellten zurückgeben, doch Alfred ließ ihn nicht los.

»Mir gefällt er aber.«

»Aber Sie stellen keine Süßigkeiten her, oder?«

Er sah mich erstaunt an. »Lucy macht keine Süßigkeiten. Die Fabrik macht Süßigkeiten.«

»Sie macht die ganze Zeit Süßigkeiten.« Oder hatte es jedenfalls getan. Hatte sie das nicht an dem Abend auf dem Ball gesagt?

»Warum denn? Haben die Kendalls denn keine Köchin?«

Ich nahm ihm den Ring weg und gab ihn dem Angestellten zurück. »Vertrauen Sie mir. Sie würde den Ring nicht tragen.«

»Darum geht es nicht. Es geht darum, dass ich an sie denke. Und ich brauche ein Hochzeitsgeschenk für sie.«

»Aber Sie denken an sich, nicht an sie.«

»Ich würde mir doch keinen Damen-Smaragdring kaufen!«

»Sie haben den falschen Ring. Oder die falsche Frau.«

Der Blick, den er mir diesmal zuwarf, war scharf. »Was würde ihr denn gefallen? Ein Armband?«

»Sie können nicht einfach …«

»Keine Ringe, keine Halsketten, keine Armbänder. Sie sind wirklich keine große Hilfe, Charles.« Stirnrunzelnd zog er seine Taschenuhr heraus und ließ sie aufschnappen. »Ich habe genug Zeit verschwendet.« Er ließ den Blick noch einmal über die Auslage von Ringen schweifen. »Ich nehme den Smaragd.«

Der Angestellte nickte und nahm den Ring und die Verpackung und alles heraus.

»Aber ich glaube nicht …«

»Ich habe jetzt genügend Zeit vertrödelt. Außerdem glaube ich nicht, dass sie sich beklagen wird. Der Ring hat immerhin fünf Karat.«

Was konnte ich noch sagen? Er war wirklich hübsch. Und teuer. Aber er war so wenig wie Lucy, wie Evelyn wie Lucy war.

Ich schlenderte in dem Laden herum und betrachtete die Auslagen, während Alfred den Ring bezahlte. Hätte er sie inzwischen nicht ein bisschen kennen müssen?

Was, wenn … wenn ich ihr sagte, dass *ich* sie liebte?

Das hier war kein Wettbewerb. Und wenn doch, dann würde Alfred gewinnen.

Würde gewinnen? Er hatte bereits gewonnen! Die beiden würden heiraten.

Warum hätte sie auch einen Mann wie mich heiraten sollen?

Weil ich sie kannte. Ich kannte sie, wie Alfred Arthur sie nie gekannt hatte und nie kennen würde. Und ich würde nie einer anderen Frau Avancen machen, so wie er Evelyn. Ich musste beinahe lachen. Seit wann war ich so ein Chorknabe? Ich war wirklich nicht mehr der Mann, der ich gewesen war. Seit ich nach St. Louis gekommen war, war ich geradezu achtbar geworden.

Aber ich würde nie wiedergutmachen können, was ich Micky Callahan angetan hatte. Es gab niemanden, dem ich sagen konnte, dass es mir leidtat. Wie sehr ich es auch versuchte, ich würde es nie in Ordnung bringen können.

Mir fiel ein, was Winnie gesagt hatte. *»Sie sind nicht gut genug und werden es auch nie sein.«*

Das stimmte. Aber was hatte sie noch gesagt?

»Es geht um Gott. Deshalb ist es egal, was Sie glauben. Es geht nicht um Sie und wie Sie glauben, Ihr Unrecht wiedergutmachen zu können.«

Worum ging es dann?

Um Gott. Das hatte sie gesagt. Es ging um Gott und darum, was er für mich getan hatte, nicht darum, was ich selbst für mich zu tun versuchte. Ich war ein Feigling und ein schlechter Freund. Ich stand dabei und sah zu, wie ein Mann ermordet wurde. Ich hatte es getan, um mich selbst zu retten, aber am Schluss war ich selbst der Angeschmierte. Mir war klar geworden, dass ich es nicht wert war, gerettet zu werden.

Was, wenn Winnie recht hatte? Wenn nicht Gott das Problem war? Was, wenn ich das Problem war? Wenn das stimmte, dann war das eine gute Nachricht. Ich konnte nicht hoffen, die Welt zu verändern, aber ich konnte vielleicht hoffen, dass er mich veränderte.

»Fertig?«

Ich sprang vor Schreck in die Höhe, als Alfred mir auf die Schulter klopfte. »Klar.«

»Denken Sie eigentlich selbst auch ans Heiraten?«

»Was?«

Er deutete auf die Auslage vor mir. Da lagen lauter Verlobungsringe. »Ich kann Ihnen sagen, das ist eine anstrengende Sache.«

»Mögen Sie Lucy denn nicht?«

»Ich mag sie sehr.«

Sehr? »Wenn ich ein Mädchen wie sie heiraten würde, würde ich sie mehr als mögen.«

Er zuckte die Achseln und folgte mir zur Tür. »Ich habe ihr einen Antrag gemacht. Da komme ich jetzt nicht mehr raus.«

Das hatte ich doch gar nicht vorgeschlagen. Aber … »Und wenn Sie herauskämen?«

Er blieb stehen und sah mich forschend an. Dann seufzte er. »Ich komme nicht raus. So was tut man nicht. Und selbst wenn … es wäre nicht richtig … oder?«

Verdammte Loyalität und Ehre! Aber wie konnte ich ihn auffordern, etwas zu tun, das sie nur verletzen würde? »Nein. Das wäre es nicht.«

Er klopfte auf die kleine Schachtel in seiner Tasche. »Dann ist es das Beste, das Ganze so schnell wie möglich hinter sich zu bringen.«

41

Lucy

Es war der erste Februar. Noch drei Wochen bis zu unserer Hochzeit. Ich versuchte, möglichst nicht daran zu denken, doch die Nachricht, die ich gerade in der Hand hielt, machte das schwierig. Ich verstand sie einfach nicht.

Das Mädchen, das sie gebracht hatte, wollte schon wieder hinausgehen, um die Eingangshalle zu fegen, blieb aber noch einmal stehen. »Brauchen … brauchen Sie noch etwas, Miss?«

»Hm? Oh. Nein. Nichts. Danke.«

Die Nachricht trug den Briefkopf der Elektrizitätsgesellschaft. Darunter stand in einer kühnen, aber regelmäßigen Handschrift:

Kommen Sie zum Bahnhof. 11.15 Abfahrt Zug nach Memphis.
AA

Mr Arthur hatte mir noch nie zuvor eine Nachricht geschickt. Ich hatte ihn nicht für die Sorte Mann gehalten, die Liebesbriefe schreibt, aber ich hatte auch nie damit gerechnet, je so etwas zu bekommen. Er wollte, dass ich mich am Bahnhof mit ihm traf?

Warum?

Wollte er … durchbrennen? Mutters Kommentare über Julia Shaw spukten durch meinen Kopf. Was würden die Leute sagen, wenn ich, die Königin der Liebe und Schönheit, durchbrannte, um zu heiraten? Meine Wangen glühten. Vielleicht … wollte er nur eine Hochzeit in kleinem Rahmen. Das war ja nichts Schlimmes. Das wollte ich auch. Aber war es dann nicht besser, einfach aufs Standesamt zu gehen? Das würde die Leute bestimmt nicht halb so sehr schockieren.

11.15 Abfahrt.

Durchbrennen war … na ja … es war verwerflich, aber es war auch romantisch, oder? Es musste bedeuten, dass er nicht mehr einen einzigen Tag warten konnte, mich zu seiner Frau zu machen. Warum sonst hatte er solche Eile? Und sagte das nicht auch etwas über mich aus? Ich sollte geschmeichelt sein, wirklich. Ganz sicher sollte ich mich in diesem Moment nicht so fühlen, als säße ich in der Falle, so voller Panik und … Scham.

Es lag wahrscheinlich am Schock. Wenn ich aufgewacht wäre in dem Wissen, dass heute mein Hochzeitstag war, würde ich mich jetzt ganz anders fühlen. Dann wäre ich aufgeregt und glücklich. Glückselig. Ich faltete die Nachricht zusammen und steckte sie in die Tasche. Dann ging ich die Treppe hinauf und ließ dabei meine Hand über das Geländer gleiten.

Ich würde heiraten. Heute.

Ich hatte gewusst, dass ich heiraten würde. Verlobungen führten schließlich zu Hochzeiten. Aber irgendwie hatte ich nicht gedacht, dass ich tatsächlich heiraten würde. Dass ich tatsächlich Mr Arthur heiraten würde.

Alfred.

Jetzt würde ich ihn Alfred nennen müssen. Ich fühlte, wie mein Kinn sich anspannte, als ich mein Zimmer betrat. Ich schloss die Tür hinter mir. Ich würde nicht weinen. Es gab absolut nichts, weshalb man weinen müsste.

Kommen Sie zum Bahnhof.

Ich kniete mich neben meine Aussteuertruhe und nahm ein Päckchen Karamellbonbons heraus, wickelte eines aus dem Zellophanpapier und dachte über alles nach, während ich es lutschte. Ich kam da nicht heraus. Jetzt nicht mehr. Er hatte mir die Chance gegeben und ich hatte sie nicht wahrgenommen. Jetzt konnte ich meinen Entschluss nicht mehr ändern.

Oder?

Ich zitterte, während ich nachdachte.

Nein. Ich konnte es nicht. Jetzt noch die Verlobung zu lösen, wäre schlimmer als durchzubrennen. Also würde ich jetzt heiraten. Ich schluckte den Rest des Karamellbonbons hinunter und sah mich dann in dem Zimmer um, das ich neunzehn Jahre bewohnt hatte. Ich hatte keine Ahnung, was ich tun sollte. Es war ein Unterschied, ob man ans Heiraten dachte oder ob man wirklich heiratete, und das erkannte ich leider erst jetzt, in dieser Minute.

Ich wünschte, Sam wäre hier.

Aber was konnte er tun? Außer mir sagen, dass ich nicht zum Bahnhof gehen sollte?

Und wider alle Vernunft sehnte ich mich ganz schrecklich nach Charlie Clarke. Nach einem Menschen, der mich, und sei es auch nur für einen Augenblick, vor der Welt verbarg und mich festhielt, als ob ich ihm etwas bedeutete. Als ob ihm etwas an mir lag. Als ob er mich verstand.

Doch das war töricht.

Wenn er von Mr Arthurs Nachricht wüsste, würde er mir wahrscheinlich anbieten, mich selbst zum Bahnhof zu fahren.

Ich war gefangen zwischen den Möglichkeiten, meinen Ruf zu ruinieren oder ein Verlobungsversprechen zu brechen … was dann ebenfalls meinen Ruf ruinieren würde. Ich wickelte noch ein Karamellbonbon aus. Es waren wirklich die besten Karamellbonbons, die ich je gegessen hatte. Sie klebten nicht an den Zähnen und wenn sie erst einmal im Mund warm geworden waren, schmolzen sie zu einer köstlichen Creme. Ich nahm noch eins heraus und steckte es ebenfalls in den Mund.

Wenn ich unbemerkt aus dem Haus schlüpfen wollte, durfte ich nicht zu viel mitnehmen. Ich schlich auf Zehenspitzen durch die Eingangshalle die Hintertreppe hinauf auf den Dachboden. Dort kramte ich eine alte Schultasche aus einem Haufen Gepäckstücke hervor, die in einer Ecke lagen. Zurück in meinem Zimmer öffnete ich sie. Dabei lösten sich die Verschlussriemen aus ihren Halterungen.

Ich hatte nicht mehr viel Zeit.

Ein zweites Kleid natürlich, für die Hochzeit. Ich würde schließlich nicht das Kleid tragen wollen, in dem ich gereist war. Meinen Mantel würde ich anziehen, aber ich brauchte ein Paar frische Strümpfe und ein zweites Paar Schuhe. Und noch ein Paar Handschuhe. Und ein Nachthemd. Ich griff nach meinem Lieblingsnachthemd, doch dann überlegte ich es mir anders. Sollte ich nicht etwas Besseres mitnehmen? Schließlich würde Mr Arthur es sehen.

Mr Arthur würde es sehen.

Alfred.

Alfred, Alfred, Alfred. Ich musste ihn jetzt Alfred nennen.

Bei diesem Gedanken hätte ich mich am liebsten ganz hinten in meinem Schrank versteckt.

Verheiratete mussten … das, was sie nun einmal taten … gelegentlich tun. Kalter Schweiß brach mir aus. Ich hoffte, es würde nicht zu oft sein. Andererseits – wie schlimm konnte es eigentlich sein? Stürmische Umarmungen, leidenschaftliche Küsse, solche Sachen. Es musste doch angenehm sein, sonst würden die Leute es schließlich nicht tun, oder? Obwohl, ich kannte noch ein paar Dinge, die die Leute taten, obwohl sie überhaupt nicht angenehm waren. Sie machten sie, weil sie es mussten.

Meine Knie fingen an zu zittern.

Ich stopfte ein Paar Strümpfe in die Tasche. Es war nicht gut, allzu viel über diese Dinge nachzudenken. Dazu hätte ich später noch Zeit. Ich schnallte die Tasche zu, schaute mich ein letztes Mal im Zimmer um und schlich dann auf Zehenspitzen in die Eingangshalle.

Als ich an Papas Zimmer vorbeikam, blieb ich stehen. Sollte ich …? Nein. Ich würde nur anfangen zu weinen. Ich würde heiraten. Ich musste glücklich sein. Und das würde ich auch sein … sobald ich konnte. Wenn ich erst einmal im Zug war, wahrscheinlich. Hoffentlich. Bald.

Als ich auf den Bahnsteig kam, war Mr Arthur schon da. Er ging vor den Waggons auf und ab. Ich zögerte nur ganz kurz. Ein Mädchen war an seinem Hochzeitstag glücklich, also setzte ich ein Lächeln auf, packte meine Tasche mit beiden Händen und ging weiter, auf ihn zu.

Als er mich sah, schien sein Gesicht vor Erleichterung aufzuleuchten. »Gott sei Dank! Ich dachte schon, Sie schaffen es nicht.« Er blickte über die Schulter zum Zug hinüber. »Es ist nicht mehr viel Zeit.«

»Ich bin bereit.«

Er sah mich befremdet an. »Ah … das ist … gut. Das ist gut.« Dann legte er den Kopf schräg und runzelte die Stirn. »Bereit wofür?«

Ich hob meine Tasche hoch. »Für den Zug. Den Zug nach Memphis. Das schrieben Sie doch.«

»Oh. Oh! Sie dachten, Sie … und ich …?«

Was hatte ich sonst denken sollen?

»Die Sache ist die …« Er schwieg und fuhr sich mit der Zunge über die Unterlippe. »Die Sache ist, ich kann Sie nicht heiraten.«

»Was?«

»Ich kann Sie nicht heiraten, weil ich beschlossen habe, jemand anders zu heiraten. Wir brennen durch. Heute. Jetzt gleich.«

»Sie können mich nicht heiraten.« Ich versuchte zu verstehen, was er sagte.

»Ich … ich glaube nicht, dass es das Richtige wäre. In Anbetracht der Umstände.«

Er hatte mich über Ersatzstrümpfe und Nachthemden grübeln und dann den ganzen Weg bis zum Bahnhof kommen lassen, nur um mir zu sagen, dass er mich nicht haben wollte? »Hätten Sie mir nicht eine Nachricht schicken können?«

»Das habe ich doch.«

»Oder auf dem Weg hierher bei unserem Haus halten können?«

»Ich … konnte nicht …«

»Ich dachte, wir hätten eine Abmachung!«

»Ich weiß. Ich habe nur … ich wusste nicht … ich muss jetzt wirklich gehen. Der Zug fährt gleich ab.«

»Sie verlassen mich?«

»Es tut mir leid, dass ich so rücksichtslos bin. Aber ich habe eine öffentliche Erklärung verfasst, dass es allein meine Schuld ist. Ich hoffe, Sie vergeben mir. Sie finden bestimmt mehr als genug Schultern, an denen Sie weinen können, wenn die anderen erst einmal hören, dass ich Sie sitzen gelassen habe.«

Ich wurde sitzen gelassen? »Aber ich … was soll ich jetzt tun?« Wie sollte ich den begehrtesten Junggesellen der Stadt heiraten, wenn er mit einer anderen durchbrannte? »Was ist mit Ihrer Ansicht, dass Sie umgänglich sind? Dass Sie dachten, wir würden Gefühle füreinander entwickeln? Dass wir uns mit der Zeit lieben würden?«

»Ich habe diese Liebe gefunden, Lucy, nur … nicht mit Ihnen. Es tut mir leid. Ich hätte geschworen, dass es keine Rolle spielt, aber ich musste feststellen, dass es das doch tut. Und es wäre nicht recht, Sie zu heiraten, wenn mein Herz einer anderen Frau gehört. Eines Tages werden Sie es verstehen.«

Verstehen!

»Ich hoffe, Sie vergeben mir. Ich kann nicht bleiben, nicht, nachdem ich unsere Verlobung gebrochen habe. Die Leute würden es mir nicht verzeihen.«

»Aber … aber …« Was stimmte nicht mit mir? Das hätte ich ihn gern gefragt. Ich mochte ihn nicht, nicht so, aber ich wollte, dass er mich mochte. Was war los mit mir, dass ich es nicht wert war, mit mir in einen Zug zu steigen und durchzubrennen? Was an mir konnte er nicht lieben?

Er blickte wieder zum Zug. »Machen Sie sich keine Sorgen. Ich habe mit Charles gesprochen. Er wird dafür sorgen, dass Ihre Aussichten nicht leiden. Er ist gut darin, eine Nachricht zu verbreiten.«

»Charlie Clarke?« Sollte ich ihm dafür etwa auch noch danken?

Der Zug stieß eine Dampfwolke aus. Der Schaffner kam und scheuchte die Reisenden hinein.

»Ich muss jetzt wirklich gehen. Sie haben es bewundernswert aufgenommen. Danke.« Er salutierte und sprang dann auf den Zug. Und sah nicht ein einziges Mal zurück.

42

Charlie

»Lucy!«

Sie wandte sich von mir ab und senkte den Kopf, sodass ihr Hut ihr Gesicht verbarg.

»Lucy Kendall!« Ich stand auf dem Trittbrett des Autos, als sie aus dem Bahnhof heraustrat, und winkte ihr. Dabei lächelte ich mein breitestes Grübchen-Lächeln. Alfred war aus dem Spiel. Jetzt hatte ich meine große Chance.

Doch sie ging weiter, als sei sie entschlossen, mich zu ignorieren.

Ich sagte Nelson, dass er ihr folgen solle.

Dann legte ich eine Hand an den Mund und rief: »Machen Sie sich keine Sorgen! Alfred hat mir alles gesagt.«

Als sie abrupt stehen blieb, schlug ihr die Tasche in die Kniekehlen. Sie strauchelte. »Was genau hat er Ihnen gesagt?« Ihr Gesicht war zornesrot.

Ich sprang vom fahrenden Wagen und nahm ihre Hand. Wenn sie einstieg, brauchte ich nicht weiter zu schreien. »Er hat mir gesagt, dass er mit Evelyn durchbrennen will. Und dass er die Verlobung lösen will.« Sie sah mich an, aber nicht ganz so, wie ich gehofft hatte. »Ich dachte … ich dachte, dass Sie vielleicht nicht allein nach Hause gehen wollen.«

Sie stand da und starrte mich mit offenem Mund an. Plötzlich schnappte sie hörbar nach Luft und bekam große Augen. »Wer ist Evelyn?«

Ich zuckte zusammen.

Vom Bahnhof her hörten wir jemanden rufen. »Juhu! Lucy Kendall – bist du das?« Winnie Compton winkte mit einem Taschentuch in unsere Richtung.

Lucy stürzte zum Auto, bevor ich mich rühren konnte. Sie warf mir ihre Tasche zu, duckte sich unter meinem Arm hindurch und tauchte in den Sitz.

Ich sagte Nelson, er solle hinauf nach Vandeventer fahren. Als ich die Tasche auf den Boden des Wagens stellte und mich neben sie setzte, starrte sie mich an.

»Sie wussten davon? Von *ihr*?«

»Ich …« Ich wusste nicht, was ich sagen sollte.

Sie keuchte auf und schlug eine Hand vor den Mund. »Sie kennen sie, oder?«

»Ich glaube wirklich nicht …«

Sie sah mich durchbohrend an. »Das ist alles Ihre Schuld.«

Ich hob eine Hand. »Halt, warten Sie …«

»Bevor er Ihnen begegnete, war Mr Arthur ein netter Mann. Er hätte sich nie mit … mit einer anderen Frau abgegeben!«

»Ich bin nicht … *nicht* nett!«

»Ist es nicht schlimm genug, dass ihr Clarkes unsere Süßigkeiten stehlt? Müsst ihr mir auch noch meinen Verlobten stehlen?«

»So war es nicht, Lucy. Wirklich nicht. Ich fand es richtig von ihm, dass er mir davon erzählt hat.«

»Und ob!« Sie murmelte unter ihrem riesigen Federhut etwas vor sich hin. Dann fragte sie: »Warum hat er es ausgerechnet Ihnen erzählt?«

Ich zuckte die Achseln. »Er hat gesehen, was ich bei Royal Taffy erreicht habe, und wusste, dass ich der Richtige dafür bin, in der Stadt bekannt zu machen, dass er allein Schuld an der Auflösung der Verlobung hat.«

»Sie machen also Werbung für mich? Als sei ich ein … Bonbon?«

»Keine Sorge. Es wird nicht so schlimm werden. Schließlich sind Sie viel süßer als ein Royal-Taffy-Riegel.« Ich versuchte ihr zuzuzwinkern.

Ihr Gesicht verfinsterte sich und sie umklammerte den Griff ihrer Reisetasche.

»Hören Sie doch. Es tut mir wirklich leid, Lucy.«

Sie warf mir einen Blick zu. »Tatsächlich?«

»Selbstverständlich.« Ich war natürlich glücklich darüber, wie alles gekommen war, doch das bedeutete nicht, dass Alfred ihr mit seinem Durchbrennen nicht übel mitgespielt hatte. Aber ihre Frage klang irgendwie komisch. »Warum? Gibt es einen Grund, warum es mir nicht leidtun sollte?«

»Ich dachte nur ...« Ihr Blick wanderte zu meinem Mund, dann schlug sie die Augen nieder. »Egal. Bitte ... sprechen Sie nicht mit mir.« Sie schaute betont gleichgültig aus dem Fenster.

»Wir sollten Freunde sein, wir beide.« Wir sollten mehr als Freunde sein. »Vor allem jetzt, wo Alfred nicht mehr da ist.« Ich nahm ihre Hand.

Nelson hielt an ihrem Haus. Einen Moment lang wurde ihre Hand in meiner ganz schlaff, dann entzog sie sie mir und ihre Lippen formten sich zu einem schmalen, geraden Strich.

Ich berührte sanft ihre Wange. »Sagen Sie ... darf ich hoffen, dass ich eine Chance habe? Jetzt, da er fort ist?«

Sie entzog sich mir nicht, aber mir gefiel der Glanz in ihren Augen nicht. »Hören Sie auf damit, uns aus dem Geschäft drängen zu wollen?«

Geschäft. Eine gesegnete Minute lang hatte ich es völlig vergessen. Warum musste sie immer damit anfangen? »Ich will ehrlich sein, Lucy. Nichts, was ich sage oder tue, wird der Rivalität unserer Väter ein Ende setzen. Wie die Sache jetzt steht ... halten Sie es da nicht auch für das Beste, das Geschäft aufzugeben? Solange Sie es noch können?« Es brachte nichts, sich noch länger daran zu klammern. Ich hatte die Zahlen gesehen. Ich hatte die Berichte gelesen. Ich war durch die Straßen gegangen. In der ganzen Stadt war kaum noch ein Päckchen Fancy Crunch aufzutreiben.

»Sie glauben also, weil mein Vater im Sterben liegt, können Sie ...«

»Nein! So ist es nicht!«

»Dann glauben Sie, die einzige Möglichkeit, dass Ihr Vater stolz auf Sie ist, ist, den Traum eines Sterbenden zu zerstören?«

»Sie hören mir nicht zu!« Ich wollte ihr doch nur helfen. Ich wollte sie doch nur haben. Und solange sie so halsstarrig war, würde mir beides nicht gelingen.

»Ich versuche es ja.« Plötzlich schien sie in sich zusammenzusinken.

Ich streichelte ihre Wange.

Sie stemmte ihre Hand gegen meine Brust und sah mir in die Augen. Als sie dann sprach, war es nur ein Flüstern. »Ich wüsste gern, wie ein Mann, der mich so empfinden lässt, wie Sie es tun, meine Träume so sehr missachten kann.« Sie schloss die Augen. »Doch was ich begreife, ist, dass Ihr Vater wichtiger ist als meiner und dass Ihre Wünsche wichtiger sind als meine Träume.«

Sie wollte also halsstarrig sein. Ich ließ meine Hand sinken. »Wenn Sie nur vernünftig wären, wenn das alles vorbei ist …«

Sie riss die Augen auf. »Wenn das alles vorbei ist, hat es wahrscheinlich meinen Vater umgebracht, Charlie Clarke. Warum können Sie nicht … jemand anders ein!« Sie stieß die Tür auf und zog an ihrer Tasche, doch dabei öffnete sich der Verschluss und der gesamte Inhalt ergoss sich auf die Straße.

Ich bückte mich, um ihn aufzusammeln. »Lassen Sie mich Ihnen helfen …«

»Nein! Bitte! Ich will Ihre Hilfe nicht!« Sie stopfte ein Kleid hinein. Strümpfe. Handschuhe.

Ich hielt ihr ein weiteres Kleidungsstück hin.

Sie entriss es mir. »Ich wäre Ihnen sehr dankbar, wenn Sie Ihre Hände von meinem … meinem …«

O diese nervtötende, unausstehliche, unerträgliche Frau! »Ihrem Nachthemd?« Ich spürte, wie meine Augen aufblitzten, als ich es ihr zuwarf.

Sie fing es auf. Als sie es in ihre Tasche stopfte, sah sie mir ins Gesicht. Plötzlich öffnete sich ihr Mund wie zu einem Schrei. Sie ließ die Tasche fallen und wich zurück, bis auf den Gehweg vor ihrem Haus.

Ich bückte mich, hob die Tasche auf und wollte sie ihr reichen.

Sie kam mir nicht entgegen, ja sie wich sogar noch weiter zurück.

»Lucy?«

»Nicht …« Sie war totenblass geworden. »Nicht … fassen Sie mich nicht an.«

»Ich wollte doch nur …« Ich hielt ihr die Tasche abermals hin.

Sie entriss sie mir. »*Sie* sind es.«

Ich hatte mir immer vorstellt, wie sie diese Worte sagen würde, doch in meinen Träumen hatte sie sie nicht mit diesem Entsetzen und dieser Angst ausgesprochen.

»Ist alles in Ordnung?«

»Sie … Sie …« Ihre Zähne klapperten so sehr, dass ich sie kaum verstehen konnte.

»Ich was?«

»Sie haben den Mann umgebracht. Diesen armen Mann. Den, der …«

Als ich die Arme nach ihr ausstreckte, warf sie mir einen letzten langen Blick zu, umklammerte ihre Tasche und floh ins Haus.

Ich zog an der Türglocke, hämmerte gegen die Tür, rief ihren Namen, doch nichts geschah. Wenn sie mir doch nur die Chance gegeben hätte, es ihr zu erklären!

Doch das tat sie nicht. Das würde sie wahrscheinlich nie tun.

Wie hatte sie das von Micky Callahan herausgefunden? Und wie hatte ich bloß auf die Idee kommen können, dass ich es ihr einfach verschweigen konnte? Dass ich hoffen konnte, etwas so Schreckliches vor der Frau verbergen zu können … in die ich mich verliebt hatte?

Verliebt.

Was würde Lucy mit diesem Wissen anfangen? Würde sie es jemandem sagen? Doch das spielte keine Rolle. Wenn Lucy es herausgefunden hatte, war es nur eine Frage der Zeit, bis die anderen es ebenfalls wussten. Und was sollte ich dann sagen? Ich hätte ihn genauso gut getötet haben können.

Nelson fuhr mich zurück nach Hause. Ich blieb bei ihm und half ihm, Louise zu wienern. Das war Arbeit für den ganzen Nachmittag und ich hatte etwas Nützliches zu tun.

Die Dinge hatten sich ganz und gar nicht so entwickelt, wie ich gehofft hatte. Ich hatte Lucy am Bahnhof abholen wollen, sie sollte sich an meiner Schulter ausweinen und dann wollte ich ihr helfen, über ihr gebrochenes Herz hinwegzukommen.

Träume waren für Kinder.

»Vorsichtig, Mr Clarke. Sonst zerkratzen Sie noch das Messing.«

»Tut mir leid. Ich habe nur …«

»Warum geben Sie den Lappen nicht mir und gehen ins Haus?«

Ich schlurfte die Einfahrt hinauf. Die Sonne ging gerade unter. Plötzlich sah ich einen Schatten um die Hausecke huschen. Er war schmal und klein. Einer der Schlingel von der Straße? Ich trat von der Auffahrt herunter und ging um die Hausecke herum. Dabei entdeckte ich etwas, womit ich nicht gerechnet hatte. Der Schlingel war eine Sie. Ich holte sie ein, als sie gerade die Hintertür erreicht hatte, und packte sie am Arm.

»Aua!« Sie versuchte, mir den Arm zu entwinden.

»Ich will wissen, was Sie hier suchen!«

Als sie mich ansah, fiel das Licht von der Veranda auf ihr Gesicht.

Ich ließ sie los und trat zurück. »Jennie?«

Sie blinzelte. »Mr Clarke!«

»Was – warum schleichen Sie hier herum?«

»Ich … ich hatte heute Nachmittag frei.«

»Und Sie sind gerade eben zurückgekommen?«

Sie hob das Kinn, schlug dabei jedoch die Augen nieder. »Was ich in meiner Freizeit tue, ist allein meine Sache.«

Das stimmte natürlich, doch die Art, wie sie meinen Blick mied, machte mich neugierig. Sie riss die Tür auf und verschwand Richtung Dienstbotentreppe. Ich ging zurück zur Einfahrt und überlegte, ob ich mir Sorgen machen musste.

43

Lucy

Charlie Clarke: ein Mörder.

Irgendwo tief in mir war etwas zerbrochen und in tausend Stücke zersplittert, als mir klar wurde, wo ich ihn schon einmal gesehen hatte. Es fühlte sich an, als ob mit einem Mal alle Träume verblassen und alle Hoffnungen sich auflösen würden.

Kein Wunder, dass ich immer das Gefühl gehabt hatte, ihn zu kennen.

Ich öffnete meine Aussteuertruhe und tastete ganz nach unten, zu den Souvenirs, die ich in Zeitungspapier eingeschlagen hatte, als ich von meiner Reise zurückgekehrt war. Nicht lange, und ich hatte gefunden, was ich suchte: die Seite aus der Chicago Tribune, die ich in der Kutsche auf dem Weg vom Bahnhof nach Hause gelesen hatte.

Ich breitete sie auf dem Boden aus und glättete sie mit der Hand.

Ein zweiundzwanzigjähriges Mitglied einer der berüchtigten Clubs in South Side wurde kürzlich wegen Mordes an Micky Callahan verhaftet.

Wegen Mordes verhaftet.

Eine Träne tropfte neben die Zeitungsseite. Und dann noch eine und noch eine. Ich nahm die Zeitung, drückte sie an meine Brust und schluchzte hinein. Ich weiß nicht, wie lange ich dasaß, die Zeitungsseite in der Hand, und weinte. Doch plötzlich fing ich an, wie irre zu lachen. Der einzige Mensch, von dem ich gedacht hatte, dass er genau wie ich sei, hatte sich als Mörder entpuppt. Der einzige Mensch, der mir je zugetraut hatte, Konfekt zu kreieren.

Trotz der schrecklichen Tatsache, dass er ein Clarke war, hatte

Charlie nie versucht, meinen Traum zu zerstören … nur die Firma meines Vaters.

Ich blickte erneut in das Gesicht, das ich trotz all meiner Pläne und wider alle Vernunft so lieb gewonnen hatte. Dann kauerte ich mich auf dem Fußboden zusammen, zog die Knie an die Brust und fing wieder an zu weinen.

»Lucy?« Die Stimme meiner Mutter. Eine sanfte Berührung an meiner Schulter.

Ich öffnete die Augen, doch alles schien dunkel zu sein.

»Lucy?«

Ich rappelte mich zum Sitzen auf. Dabei rutschte die Zeitung von meinem Gesicht zu Boden und ich fand mich auf dem Fußboden meines Zimmers wieder. Neben mir kniete meine Mutter.

Ich blinzelte im hellen Sonnenlicht, das durch das Fenster fiel.

»Was um Himmels willen …?«

»Ich …« Ich knüllte die Zeitung zu einem Ball zusammen und schob sie hinter mich in dem Versuch, den Beweis für die Vernichtung einer winzigen, kindischen Hoffnung zu verstecken, von der ich nicht einmal wusste, dass ich sie gehegt hatte. Dann fuhr ich mir mit der Hand über die Augen, um die Spuren getrockneter Tränen wegzuwischen. »Ich muss eingeschlafen sein.«

»Sieht ganz so aus.« Sie sah mich forschend an. »Ich wollte dich zu unseren Nachmittagsbesuchen holen, aber du willst dich bestimmt zuerst frisch machen.« Sie half mir aufzustehen, doch als ich ins Badezimmer gehen wollte, legte sie mir eine Hand auf den Arm. »Ich weiß, dass der Hochzeitstag immer näher rückt. Es ist völlig normal, sich da ein bisschen …«

»Es wird keine Hochzeit geben.«

Sie runzelte die Brauen. »Manche Dinge sollte man lieber nicht …«

»Mr Arthur hat unsere Verlobung gelöst.«

»Mr Arthur? Aber …«

Ich spürte, wie mir eine Träne über die Wange rann.

»O Lucy …«

Sie wollte mich in die Arme nehmen, doch ich wich zurück. »Wenn du nichts dagegen hast, möchte ich lieber allein sein.«

Als sie fort war, versteckte ich die Zeitung ganz unten in der Truhe und schlug den Deckel zu. Dann ging ich ins Badezimmer, um die letzten Spuren meiner Tränen fortzuwaschen.

Wie dumm ich gewesen war!

Das Beste und Sicherste, was ich jetzt tun konnte, war zu vergessen, dass es Charlie Clarke je gegeben hatte. Dass er der Mann auf dem Ball und der Freund bei der Veranstaltung auf dem Flugplatz gewesen war. Mich so weit wie möglich von ihm fernzuhalten. Doch als ich geschlafen hatte, hatte der Zeitungsartikel auf meine tränenverschmierten Wangen abgefärbt. Und als ich jetzt in den Spiegel schaute, starrten mich Charlie Clarkes Augen an.

Wir besuchten Mrs John Dunnert, Mrs Edward Dunnert und Mrs Hiram Dunnert – deren Empfangsnachmittage aus familiären Gründen und purer Bosheit alle auf demselben Tag lagen. Mit einer zu reden war ermüdend. Doch zu versuchen, nacheinander mit allen dreien höfliche Konversation zu treiben, war mörderisch. Vor allem, wenn Charlie Clarke sich dauernd in meine Gedanken schlich. Als wir in die Olive Street zurückfuhren, fragte ich Mutter, ob ich die letzten Blocks zu Fuß gehen durfte.

»Von hier?«

»Es ist doch nicht weit.«

»Ganz allein?«

»Mir passiert schon nichts.«

Die Sorge um mich grub tiefe Falten in ihre Stirn. Sie legte ihre Hand auf meine. »Bist du dir sicher?«

»Ja.«

Ich war noch keine zehn Schritte gegangen, als ein dunkelgrünes Auto an den Straßenrand rollte und mit quietschenden Bremsen neben mir hielt. Charlie Clarke sprang heraus.

Ich trat einen Schritt zurück und schob meinen Muff vor, sodass die Beine und der Schwanz des armen Fuchses zwischen uns wippten. »Rühren Sie mich nicht an!«

Er ging neben mir her, die Hände erhoben, die Handflächen nach außen gedreht. »Ich muss mit Ihnen reden.«

Ich drehte mich um und ging weiter.

Er brauchte nicht lange, um mich einzuholen. Diese verfluchte Mode mit ihren engen Röcken! Wenn doch nur eine Straßenbahn gekommen wäre! Ich wäre bis zum Forest Park gefahren, wenn es sein musste. Ich blickte über die Schulter zurück, doch es war keine Straßenbahn in Sicht.

»Ich … ich will doch nur, dass Sie mich verstehen.«

»Was soll ich verstehen? Dass Sie einen armen Mann getötet haben? Ich habe den Zeitungsartikel gelesen, Charlie. Bleiben Sie mir vom Leib.« Warum hatte ich auch allein nach Hause gehen wollen?

»Ich habe niemanden getötet.«

»Wenn Sie mich bitte entschuldigen wollen, ich muss nach Hause. Ich werde erwartet. Meine Mutter wartet auf mich.«

»Lucy …« Er legte eine Hand auf meinen Arm.

Ich zog ihn zurück. »Sie können nicht … Sie können kein Lügner und Mörder und ein … und ein Clarke sein und sich einfach in die Herzen der Menschen hineinreden. Und in ihre Träume. Sie können nicht so tun, als ob Sie ganz nett sind. Und fürsorglich. Und … ein vollendeter Gentleman.«

Warum weinte ich nur schon wieder? Charlie Clarke war meine Tränen nicht wert.

»Ich habe niemanden getötet. Ich wurde nur wegen Mordverdachts festgenommen und …« Er nahm seinen Hut ab und drehte ihn zwischen den Händen. »Aber ich hätte ihn genauso gut getötet haben können. Sein Name war Micky Callahan und er war mein Freund seit … schon immer. Ich habe ihn nicht getötet, aber ich war dabei, als er starb. Ich habe zugesehen. Ich habe alles gesehen und nichts unternommen.«

»Warum?« Warum wollte ich ihm so sehr glauben? Wann hatte ich so tiefe Gefühle für ihn entwickelt?

»Warum? Weil ich anscheinend keine andere Wahl hatte. Ich war sieben Jahre alt, als mein Vater uns eines Tages verließ, ohne sich zu verabschieden. Ich verpflichtete mich einem schäbigen Gangster, weil das die einzige Möglichkeit war, ein bisschen Geld zu verdienen. Ich habe selbst nie jemandem etwas getan. Ich habe nur … ich glaube, ich habe es nur anderen leichter gemacht, Unrecht zu tun.«

Ich wusste nicht mehr, was ich glauben sollte. »Was wollen Sie mir eigentlich sagen, Charlie?«

»Ich …« Er knetete wieder seinen Hut und warf mir einen traurigen, forschenden Blick zu. »Ich weiß es nicht.«

»Soll ich jetzt sagen, dass alles wieder in Ordnung ist? Dass … dass mir egal ist, was in Chicago passiert ist? Wollen Sie das?« Ich konnte nicht fassen, dass ich einen kurzen Moment, nachdem Mr Arthur fort war, geglaubt hatte, dass Charlie Clarke … alles sein könnte, was ich mir je erhofft hatte!

»Ich …«

»Wie soll das gehen?« Wie konnte das jemals wieder gut werden?

»Ich dachte nur … ich hatte gehofft, dass Sie mich verstehen würden. Aber jetzt weiß ich, dass ich zu viel erwartet habe.« Er glättete die Krempe seines Huts und setzte ihn wieder auf. »Tut mir leid, dass ich Ihre Zeit verschwendet habe.«

Als ich weiterging, versuchte er nicht, mich aufzuhalten.

Ich musste unbedingt etwas tun. Irgendetwas, das Mr Arthurs Durchbrennen und die Enthüllung von Charlie Clarkes wahrer Natur weniger schrecklich machte.

Ich hatte mich in allen beiden so jämmerlich getäuscht. Genau so wie in meinem Haselnusskonfekt.

Und das war noch nicht einmal das Schlimmste. Am schlimmsten war es gewesen, Mutter von der gelösten Verlobung zu erzählen. Ich hatte versagt bei dem Versuch, Süßigkeiten zu kreieren, und ich hatte auch dabei versagt, eine gute Partie zu machen.

Ich band eine Schürze um und nahm einen Topf heraus. Dann stand ich sinnend vor dem Kühlschrank. Karamell oder Fudge?

Weder noch.

Es musste etwas Zähes sein. Etwas, in das ich meine Zähne graben konnte.

Ein Buttertoffee-Kaubonbon.

Ich nahm ein Stück Butter aus dem Kühlschrank und ein bisschen Vanilleextrakt aus dem Schrank. Dann holte ich braunen und weißen Zucker, Essig und Ahornsirup aus der Speisekammer und schob das Salzfässchen näher zum Herd. Ich gab Zucker, Essig, Sirup und eine Prise Salz zusammen mit etwas Wasser in den Topf und fing an zu rühren.

War das …?

Ich hielt inne und blickte zur Hintertür. Ich glaubte, etwas gehört zu haben. Aber … nein, doch nicht. Ich machte weiter, schob den Topf auf den Herd und sah zu, wie die Mischung unter meinem Rühren aufkochte und Blasen warf, und stellte mir vor, wie sich die Zutaten miteinander verbanden. Schon bald waren kein weißer und kein brauner Zucker mehr übrig; das Ganze war zu einem weichen, seidigen, glänzenden Sirup geschmolzen. Es überraschte mich immer wieder, wie sich die verschiedenen Zutaten verbanden und etwas ganz Neues ergaben. Ich fügte die Butter hinzu und rührte weiter.

Dann maß ich Vanille ab und goss die Masse in eine Pfanne.

Aber – da war es wieder. Ein Knarren von der hinteren Veranda.

Ich stellte mich neben das Fenster, sodass man mich nicht sehen konnte, zog den Vorhang beiseite und spähte hinaus.

Es war nichts zu sehen.

Ich ließ den Vorhang wieder fallen, ging zu meiner Pfanne zurück und strich die Masse glatt. Vielleicht hatte ich mir das Geräusch nur eingebildet. Ganz bestimmt hatte ich es mir nur eingebildet.

Doch da war es schon wieder.

Ich nahm das Nudelholz aus der Schublade, ging zur Tür und rüttelte am Griff. »Ich höre Sie da draußen! Wenn Sie nicht verschwinden, komme ich raus!«

Das würde ich natürlich nicht tun, doch wer immer dort draußen war, brauchte das ja nicht zu wissen.

Schweigen.

Ich stand neben der Tür und wartete. Als ich nichts hörte, zog ich wieder den Vorhang zur Seite. Plötzlich presste sich ein Gesicht ans Fenster und eine Hand drehte am Türknauf, sodass ich aufschrie.

»Ich bin es nur, Lucy.«

»Sam!«

»Lass mich rein. Es ist eiskalt hier draußen.«

»Sam Blakely …!« Ich konnte die Tür nicht öffnen, so sehr zitterten meine Hände.

»Mach auf, Lucy!«

»Ich … ich kann nicht.« Ich brach in Tränen aus. Ich konnte den Riegel nicht bewegen.

»Ich wollte dich nicht erschrecken.« Er sprach durch das Fenster mit mir.

»Das hast du aber!«

»Das wollte ich wirklich nicht!«

»Du willst nie irgendetwas! Du warst immer so nett, so hilfsbereit und so … so immer da! Und jetzt, wo ich dich wirklich brauche, bist du es nicht!« Ich wischte an den Tränen herum, die mir über die Wangen liefen.

»Lucy. Mach die Tür auf.«

»Wenn ich es nur könnte!«

»Pass auf … jetzt.« Er zog die Tür zu sich hin und presste sie dabei an den Rahmen. »Jetzt versuch's noch mal.«

Ich gab dem Riegel einen Schubs und er glitt zur Seite.

Sam stieß die Tür auf und trat ein.

»Was hast du denn da draußen gemacht?« Ich umklammerte immer noch das Nudelholz.

»Ich habe gar nicht mitbekommen, wie spät es schon ist … ich musste nachdenken. Und das konnte ich nicht im Haus.« Er sah mich an und blickte dann zur Pfanne hinüber. »Darf ich?«

»Es ist noch nicht fertig.«

»Egal.«

Er tauchte einen Löffel in die Pfanne. Die Masse zog lange, karamellfarbene Fäden. Er kratzte sie mit den Zähnen vom Löffel und leckte dann an den Resten, die noch am Silber klebten. »Weißt du, Lucy, die Dinge ändern sich. Ich gehöre nicht dir. Ich meine, ich helfe dir gern und alles, aber ich gehöre dir nicht.«

Er hätte mich nicht schlimmer beleidigen können, wenn er mich geschlagen hätte. »Ich weiß, dass du mir nicht gehörst.«

»Und ich möchte dich nicht enttäuschen.«

»Wie solltest du mich enttäuschen?«

»Ich … ich bin hierhergekommen, um nachzudenken. Ich wollte allein sein. Ich muss ein paar Sachen für mich klären.«

»Vielleicht … vielleicht kann ich dir dabei helfen?«

Er errötete. »Nein. Ich glaube nicht … ich meine … es ist nett, dass du mir das anbietest und alles, aber ich glaube nicht, dass du es verstehen würdest.«

Warum glaubten denn bloß alle, ich würde sie sowieso nicht verstehen?

»Ich muss gehen.« Er trat hinaus auf die Veranda und zog die Tür hinter sich zu.

Ich schob den Vorhang beiseite und blickte ihm nach, wie er in der Dunkelheit verschwand. »Was um Himmels willen …?«

Mutter saß in ihrem Zimmer, als ich die Küche verließ und ins Bett gehen wollte. Sie winkte mir von ihrem Tisch aus zu, als ich die Eingangshalle betrat.

»Möchtest du über Mr Arthur sprechen?«

»Nein.«

Sie kam zu mir, nahm meine Hand vom Geländer und zog mich in den Salon. »Es tut mir so leid, Lucy.«

Wenigstens hatte sie nicht das Licht angemacht. Ich konnte ihr Gesicht kaum erkennen und hoffte nur, dass sie meines ebenfalls nicht sah.

»Solche Herzensangelegenheiten tun so schrecklich weh.«

Herzensangelegenheiten?

»Du denkst jetzt vielleicht, dass du nie mehr lieben wirst, aber das wirst du.«

»Wieder lieben?«

»Ich weiß, dass es zu früh ist, darüber zu sprechen, aber ich möchte dir sagen, dass es besser wird. Du bist noch so jung. Du hast noch genügend Zeit für die Liebe.«

»Ich bin nicht ... es ist mir egal ... ich habe ihn nicht geliebt, Mutter. Ich wollte ihn nicht ... nicht ... deswegen. Ich wollte ihn, weil er etwas für uns hätte tun können. Weil er uns hätte helfen können.«

Sie trat einen Schritt zurück und sah mich an, als hätte sie mich noch nie gesehen. »Du hast ihn nie geliebt?«

»Was hast du denn gedacht, warum ich seinen Antrag angenommen habe?«

»Ich dachte ...«

»Du wolltest es doch, oder? Dir lag doch so viel daran, dass ich eine gute Partie mache?«

»Ja! Natürlich wollte ich, dass du eine gute Partie machst. Aber ich wollte es um deinetwillen, nicht um unsertwillen. Die Firma ist am Ende. Es besteht keine Hoffnung mehr, sie noch zu retten. Ich wollte nie ...« Sie schien den Rest des Satzes hinunterzuschlucken. Dann seufzte sie.

»Du hast nicht einmal versucht, sie zu retten, Mutter. Du willst sie einfach nur verkaufen.«

»Ich weiß, dass der geschäftliche Erfolg der größte Wunsch von dir und deinem Vater ist, aber ich habe aufgegeben. Ich habe schon vor langer Zeit aufgegeben. Mach nicht den gleichen Fehler wie ich. Die

Firma ist deine Seele nicht wert. Sie ist nicht einmal deine Träume wert. Konfekt ist nicht alles, Lucy.«

»Aber etwas. Konfekt ist etwas. Ich wollte das Mädchen sein, das Bonbons macht und ihre Familie rettet. Und dann wollte ich das Mädchen sein, das Mr Arthur heiratet und seine Familie rettet. Aber jetzt habe ich weder Fancy Crunch noch einen Verlobten. Und ich weiß noch nicht einmal, wie ich mich selbst retten soll!«

44

Charlie

Trotz Lucys Gefühlen mir gegenüber stand ich zu meinem Wort. Ich erzählte im Club herum, dass Alfred ihr das Herz gebrochen hatte. Und dann sorgte ich am Samstagabend im Country Club dafür, dass es auch wirklich alle mitbekamen.

Lucy Kendalls Herz war wieder frei und wartete darauf, erobert zu werden.

Sie hatte zwar keinen Zweifel daran gelassen, dass sie mich nicht wollte – und wie konnte ich ihr das verübeln? – doch ich wollte trotzdem versuchen, ihr zu helfen. Ihre Meinung über mich tat zwar weh, doch ich sah darüber hinweg. Was hatte ich auch anderes erwartet? Außerdem hatte ich Alfred und Evelyn zusammengebracht, deshalb war ich ihr etwas schuldig.

Sie wirkte allerdings nicht im Geringsten dankbar.

Sie sah mich nicht einmal an. Erst als ich mein Gespräch mit dem Sohn irgendeines Richters beendet hatte, kam sie zu mir und pikste mir mit ihrem Fächer in die Brust. »Haben Sie mit Mr Whitley über mich geredet?«

Ich widerstand dem Drang, ihr den Fächer wegzunehmen und ihn zu zerbrechen. »Ich habe ihm gesagt, dass Sie nach einer Gelegenheit suchen, Ihr gebrochenes Herz wieder zu kitten.«

»Ich wäre Ihnen sehr dankbar, wenn Sie sich da raushalten würden.«

Das würde ich ja, wenn ich nicht bereits so tief darin verwickelt wäre. Wenn ich mir nicht so sehr wünschte, den Blick der Kränkung und des Verrats aus ihren Augen löschen zu können. »Ich habe Alfred versprochen, Ihnen zu helfen.«

»Aber da kannte er Sie nicht. Und jetzt lassen Sie mich bitte allein.«

Schlimmer hätte sie mich gar nicht treffen können. »Was? Mit all denen?« Ich deutete mit dem Kinn in Richtung des Tischs mit den Erfrischungen, an dem mehrere der begehrtesten Junggesellen der Stadt herumlungerten.

»Mit all denen!«

Da stand sie und starrte mich an und plötzlich merkte ich, dass etwas nicht stimmte. Irgendetwas klang nicht richtig. Die Gespräche um uns herum wurden nicht in normaler Lautstärke geführt. Es war mehr ein Zischen als ein Summen.

Ich war es gewöhnt, dass die Menschen mich misstrauisch anstarrten oder mir heimliche Seitenblicke zuwarfen. Doch heute Abend ging es nicht um mich. Heute galten all die Blicke und das abfällige Lächeln und das Flüstern Lucy.

Der Auftrag, den Alfred mir erteilt hatte, war wohl doch schwerer, als ich gedacht hatte.

Ich warf Lucy einen Seitenblick zu.

Sie war rot geworden. Und unter ihren kühnen, stolzen Brauen flackerte die Kränkung.

Ich bot ihr meinen Arm.

Sie sah ihn an – und dann nahm sie ihn. Und als wir da standen und die Blicke der starrenden Menge erwiderten, kam Winnie Compton und gesellte sich zu uns.

Am Montagmorgen rief mein Vater mich wieder zu einer Besprechung in die Fabrik.

»Wir müssen über deine Strategie reden. Diese Woche liefern wir bereits aus, deshalb müssen wir die Preissenkung auf nächste Woche verschieben.«

»Die Preissenkung …« Ich erinnerte mich nur vage daran.

»Richtig. Die Preissenkung: drei Cent statt fünf. Damit schlagen wir Fancy Crunch, wenn sie nächste Woche nur noch vier Cent kosten.«

Fancy Crunch senkte die Verkaufspreise? »Aber wenn sie es nicht schon getan haben … woher weißt du dann, dass sie es tun werden?«

Er lächelte. »Sagen wir es mal so: Ich habe einen Informanten.«

»Lucy!« Endlich hatte ich sie eingeholt. Ich hatte die Hälfte der Gäste der Handelskammer beiseitestoßen müssen, um ihr nach draußen zu folgen.

Sie drehte sich nicht einmal um. »Ich habe Ihnen bereits für Ihre Hilfe am Samstagabend gedankt. Jetzt möchte ich wirklich nicht weiter mit Ihnen reden.«

»Sie müssen aber. Hören Sie wenigstens zu.«

»Ich möchte Ihnen auch nicht zuhören.«

Ich zog ihren Arm durch meinen und zerrte sie die Straße entlang. »Schön. Ich rede und Sie hören nicht zu.«

Sie stolperte in dem Versuch, mit mir Schritt zu halten. »Lassen Sie …«

»Sie haben einen Spion in Ihrer Firma.«

Sie blieb so plötzlich stehen, dass ich auf den glatten Sohlen meiner neuen Schuhe fast um sie herumgekreiselt wäre. »Einen was?«

»Einen Spion. Irgendjemand informiert meinen Vater über Ihre Pläne.«

Ihre Augen wurden groß, dann verengten sie sich misstrauisch. »Und warum sollten Sie mir das erzählen?«

»Ich habe in meinem Leben eine Menge Leute im Stich gelassen und mit angesehen, wie sie verletzt wurden, aber ich will nicht, dass Sie dazugehören. Wenn jemand meinem Vater Ihre Geheimnisse erzählt, muss dieser Jemand Ihnen sehr nahestehen. Ich glaube nicht … das klingt nicht … kurz, es ist gefährlich.«

»Was für Geheimnisse?«

»Die Preissenkung, die Sie für nächste Woche geplant haben.«

Sie entzog mir ihren Arm und trat einen Schritt zurück. »Das ist sehr clever von Ihnen.«

»Das mit dem Spion herauszufinden?« Das fand ich auch.

»Nein! Ihr Versuch, mir meine Pläne zu entlocken.«

»Das versuche ich doch gar nicht! Ich versuche, Sie zu beschützen.«

»Ich brauche Ihren Schutz nicht. Ich kann sehr gut auf mich selbst aufpassen.«

Warum musste sie nur so halsstarrig sein? »Nein, können Sie nicht. Weil jemand aus Ihrem engsten Kreis ein Verräter ist.«

»Selbst wenn das stimmt, was kümmert Sie das? Wenn Sie glauben, ich hätte vergessen, was Sie wirklich im Schilde führen, irren Sie sich. Warum sollten Sie mich warnen?«

»Weil …«

Sie hob eine Braue.

»Weil ich … weil ich Sie mag, Lucy. Wissen Sie das denn nicht?«

Den Bruchteil einer Sekunde wurden ihre Augen weich. Doch dann blinzelte sie. Als sie sie wieder öffnete, waren sie stahlblau. »Ich muss zugeben, dass ich Sie auch einmal sehr geschätzt habe.«

»Geschätzt? Ich rede nicht von schätzen! Ich liebe Sie!«

»Wie kann es zwischen uns Liebe geben, Charlie? Worauf soll sie sich gründen? Auf Ihr falsches Spiel oder meine schmutzigen Tricks? Neben der Tatsache, dass Sie nicht der Mensch sind, als der Sie sich dargestellt haben …«

»Ich habe nie …«

»… selbst wenn ich Sie lieben würde, wie könnte ich es denn je zugeben? Wissen Sie, was mich das kosten würde? Es wäre ein Verrat von … ein Verrat meiner selbst und aller Dinge, die ich mir je gewünscht habe. Sie bitten mich, alles aufzugeben, was mir wichtig ist, so zu tun, als ob nichts davon noch zählte. Und das kann ich nicht!«

45

Lucy

»Lucy! Warten Sie …«

Ich ging weiter und ignorierte Charlies Rufe und meine glühenden Wangen.

Ein Spion. Ich hätte lachen sollen, so grotesk war das. Doch irgendwie stellten sich bei dem Gedanken meine Nackenhärchen auf.

Im Weggehen gelobte ich mir, nicht zurückzuschauen. Diese Genugtuung würde ich Charlie nicht geben. Glaubte er, durch Liebesschwüre seine wahren Absichten verschleiern zu können?

Diese Schlange!

Eine Schlange, ja, das war er!

Liebe! Er hatte wirklich eine komische Art, sie zu zeigen. Er benutzte seine angeblichen Gefühle, um irgendeinen geheimen Plan zu verschleiern. Nur … Standard war zum gleichen Zeitpunkt mit einer neuen Verpackung auf den Markt gekommen wie wir. Und woher wussten sie, dass wir eine Preissenkung planten?

Nachdenklich ging ich weiter.

Wahrscheinlich hatte er mit einem unserer Arbeiter gesprochen. Ja, das musste es sein. So musste es gewesen sein. Nur so hatte er es erfahren können. Denn wenn es wirklich einen Spion bei uns gäbe, hätte er es mir niemals gesagt. Wenn es einen Spion gäbe, dann lagen doch alle Vorteile bei ihm. Außer … Mr Blakely war ziemlich redselig. Vielleicht hatte er in der falschen Gesellschaft darüber gesprochen.

Aber trotzdem … warum sollte Charlie es mir erzählen? Das ergab alles keinen Sinn. Es sei denn, es gab wirklich einen Spion.

Es gab keinen Spion.

Das war unmöglich.

Verfluchter Charlie Clarke, der mir solche Gedanken in den Kopf setzte!

Plötzlich erblickte ich ein Stückchen vor mir Sam. Endlich jemand, mit dem ich reden konnte, jemand, der mich verstand! Ich ging schneller, um ihn einzuholen.

Er bog um die Ecke.

Ich wich einer Schar Frauen aus, die vor einem Schaufenster standen, und eilte ihm nach. Als ich ebenfalls um die Ecke bog, packte mich jemand am Arm.

»Verzeihung!« Ich wollte meinen Arm wegziehen, doch dann sah ich, dass mich Charlie Clarkes Hand festhielt.

»Sehen Sie!« Er deutete mit dem Kinn nach vorn zu Sam.

Sam war bei einem Mädchen stehen geblieben und nahm gerade eine Notiz und eine Tasche von ihr entgegen. Er faltete den Zettel auf. Las ihn. Legte eine Hand an ihre Wange und schob den Zettel in seine Tasche. Er sah aus, als ob …

»He, Sie da!«

Sam und das Mädchen drehten sich gleichzeitig um, als Charlie sie anrief. Und beide wurden rot. Er ging zu ihnen hin. »Zeigen Sie mir das mal!«

Sam trat vor und stellte sich zwischen Charlie und das Mädchen.

»Zeigen Sie es mir.« Charlie streckte die Hand aus. »Wir haben gesehen, dass Sie etwas in die Tasche gesteckt haben, Blakely. Her damit.«

Sam runzelte die Stirn. »Was mein Mädchen mir schreibt, geht Sie überhaupt nichts an.«

»O doch, das tut es sehr wohl, wenn Sie sich mit meinem Dienstmädchen über Firmengeheimnisse austauschen.«

Firmengeheimnisse? »Sam?« Woher kannte er das Dienstmädchen der Clarkes?

»Das tun Sie doch, oder nicht? Informationen über City Confectionery an Standard verkaufen?« Charlie rang einen Moment mit Sam, dann trat er mit dem Zettel in der Hand zurück. Er entfaltete ihn und begann laut vorzulesen: »Mein liebster Samuel …« Seine Ohren waren rosa, als er ihn wieder zusammenfaltete und ihn Sam zurückgab. »Tut mir leid.«

Sam zuckte die Achseln und steckte ihn wieder ein, doch seine Wangen brannten und seine Augen schleuderten Blitze.

»Wenn Sie keine Geheimnisse weitergeben und nicht spionieren … was haben Sie dann in der Tasche?«

Sam beugte sich um Charlie herum und gab mir die Tasche.

Das Dienstmädchen der Clarkes schob ihren Arm durch Sams. »Royal Taffy, gemischt mit Fancy Crunch.«

Ich griff in die Tasche und reichte sie weiter an Charlie. Dann steckte ich mir vorsichtig eine kleine Portion dieser neuen Mischung in den Mund und schloss die Augen, als eine wahre Symphonie aus Aromen und Konsistenzen in meinem Mund explodierte und sich vermischte.

Charlie starrte auf die Mischung in seiner Hand, als wüsste er nicht so recht, was er damit anfangen sollte.

Ich stieß ihn mit dem Ellbogen an. »Versuchen Sie's!«

Er nahm ein Stück Royal Taffy und steckte es in den Mund.

»Nein. Sie müssen sie zusammen probieren«, meinte das Mädchen und machte es ihm vor.

Er schob ein Fancy Crunch hinterher. Als er zu kauen begann, hoben sich seine Brauen.

»Sehen Sie?« Sam bot dem Mädchen von der Mischung an.

»Und was soll das alles?« Charlie deutete auf die Tasche.

Sam nickte. »So wie Lucy sich wegen Ihnen anstell…«

»Ich stelle mich nicht wegen ihm an!« Ehrlich nicht!

Sam sah mich mit zusammengezogenen Brauen an.

»Und ob!«

»So wie sie sich mit Ihnen anstellt, dachte ich, dass es ihr nicht gefallen würde, wenn ich Royal Taffy esse.«

»Und so wie Sie gegen City Confectionery intrigieren …« Das

Mädchen hatte ihre Hand in Sams Hand geschoben, während sie sich an Charlie wandte.

War das das Mädchen, das Sams Taschentuch bestickt hatte? Ich wusste nicht so recht, ob mir das gefiel. »Also ist keiner von euch beiden ein Spion?« Wenn sie die Geheimnisse nicht verraten hatten, wer war es dann?

»Spion?« Das Mädchen machte große Augen, dann fing sie an zu lachen. »Ein Spion? Ich?«

»Du dachtest …?« Sams Stimme war so hoch, dass sie beinahe quietschte. »Du hast wirklich gedacht, dass ich dich verraten würde, Lucy?«

»Nein. Nein! Das habe ich nie gedacht. Charlie hat es gedacht.«

Als er sich zu Charlie umdrehte, schien sein gekränkter Blick eine Entschuldigung zu verlangen.

Charlie hob eine Hand. »Sie haben sich verdächtig verhalten … und Jennie hat sich herumgetrieben.«

»Miss Harrison.« Sam legte dem Mädchen einen Arm um die Schultern.

»Miss was?«

»Miss *Harrison*. Für Sie bitte Miss Harrison.«

»Oh. Richtig. Also Miss Harrison.«

Das war ja alles schön und gut, aber eine Frage musste noch beantwortet werden. »Wenn du es nicht warst, Sam … wer ist es dann?«

»Wer ist was? Wovon redest du überhaupt?« Sam sprach jetzt mit mir.

»Irgendjemand in der Fabrik hat Informationen über unsere Verpackungsänderung und die Preisreduzierung an Standard weitergegeben.«

»Bist du sicher?«

Charlie antwortete für mich. »Ja.«

Ich wollte nicht glauben, dass ein Freund mich verraten hatte, doch wer konnte es sonst gewesen sein? »Sam? Bist du ganz sicher, dass du mit niemandem über unsere Pläne gesprochen hast?«

»Nein, habe ich nicht. Ehrenwort.«

Charlie gab Sam die Tasche zurück. »Nicht einmal mit Jen… Miss Harrison?«

Das Mädchen sah mich an, in ihren Augen stand Sorge. »Ich habe nie etwas über Ihre Pläne gehört, bis jetzt.«

Aber wenn Miss Harrison nichts gesagt hatte und Sam nichts gesagt hatte, wer war es dann?

Meine Begegnung mit Sam und Jennie hatte meine Sorgen und Charlies Befürchtungen nicht beschwichtigen können. Ich glaubte ihm jetzt. Es musste ein Spion am Werk sein. Ich war froh, dass es nicht Sam war, aber wenn er es nicht war, wer war es dann?

Sein Vater?

Mrs Hughes?

Der Kutscher?

Auf einmal hatte ich Angst, mit den Menschen allein zu sein, denen ich immer vertraut hatte. Die Woche über verbrachte ich weniger Zeit in der Gesellschaft der anderen und mehr Zeit mit meinem Vater. Und wann immer Mutter jemanden brauchte, der mit ihr zusammen die Bücher durchsah, fand sie in mir ein williges Opfer.

46

Charlie

»Was ist denn?«, flüsterte Lucy. Wir standen am Abend des Valentinstages in der Hotellobby, wo sie auf Mr Byers wartete, der ihr ein Glas Limonade holen wollte.

Hatte ich sie wieder angestarrt? Ich blinzelte. »Ich habe einen Plan.«

»Ja? Was denn?« Sie musterte die Leute, während sie höchst undamenhaft an den Fingernägeln kaute. »Wahrscheinlich wäre es besser, wenn man uns nicht zusammen sieht.«

»Passen Sie auf: Sie könnten Folgendes tun. Erzählen Sie jedem, der Ihnen einfällt, dass Sie vorhaben, etwas völlig anderes mit der Firma zu versuchen. Etwas so anderes, dass, wer immer der Spion ist, er sofort mit der Neuigkeit zu meinem Vater rennt.«

»Was zum Beispiel?«

»Zum Beispiel ...« Was zum Beispiel? »Ihre Mutter versucht, die Firma zu verkaufen ...«

»Und ich versuche sie zu retten. Das beschreibt alles, was seit meiner Rückkehr im September geschehen ist. Und fast jeder, auf den es ankommt, weiß davon.«

»Dann darf es nicht um den Verkauf oder die Rettung der Firma gehen. Vielleicht ...« Ja, was vielleicht? »Vielleicht ... könnten Sie sagen, dass die Firma etwas völlig anderes produzieren soll.«

»Gut ...« Sie sah mich an.

»Etwas wie ... ich weiß nicht ... Reifen!«

»Reifen?«

»Für Autos. Oder Flugmaschinen. Oder Fahrräder.«

»Reifen?«

»Na, mit Bonbons waren Sie ja nicht sehr erfolgreich ...«

Eine Minute lang fürchtete ich, dass sie mich mit dem scharfen, spitzen Fächer stechen würde, den sie immer dabeihatte und wild damit herumfuchtelte, doch dann seufzte sie resigniert auf und wurde ruhiger. »Gut.«

»Und zwar machen Sie es folgendermaßen: Sie erzählen jedem Einzelnen von einem Reifen für einen anderen Zweck. Sobald mein Vater mir dann etwas von speziellen Reifen erzählt, sage ich es Ihnen.«

»Und …?«

»Und dann wissen wir, wer der Spion ist – ausgehend von dem, was Sie den einzelnen Personen erzählt haben.«

»Aber … ich weiß doch nicht, wer es ist. Wem soll ich also davon erzählen?«

Das war eine gute Frage. »Wie viele Personen kämen in Frage?«

»Sam ist es nicht.«

»Nein.« Wenigstens darüber waren wir uns einig.

»Es könnte sein Vater sein.«

Das war schon mal einer.

»Oder … der Kutscher?«

»Klar. Damit wären es zwei.«

»Vielleicht … Mrs Hughes? Unsere Köchin? Die weiß alles. Sie hat schon immer alles gewusst.«

»Gut.«

Sie blickte über meine Schulter und biss sich auf die Lippen.

»Wär's das?«

Sie zuckte die Achseln. »Ich weiß nicht. Es könnte jeder von ihnen sein. Oder auch keiner!« In ihren Augen stand Angst. »Ich hoffe, es ist keiner von ihnen.«

»Also erzählen Sie jedem etwas anderes. Und dann … Sie müssen sicher sein, Lucy. Gibt es wirklich nicht noch andere? Es muss jemand sein, der Ihnen sehr nahe steht. Jemand, der hört, wenn Sie über die Firma reden.«

»Das gilt für alle. Beides.«

Dann musste es einer von ihnen sein. Byers kam mit Lucys Limonade zurück. »Wenn mein Vater mir sagt, was er gehört hat, wissen wir Bescheid.«

»Sie machen was?« Ich war nicht sicher, ob ich meinen Vater richtig verstanden hatte. Nach einer Woche voller Konzerte und Theateraufführungen und Bälle und ständigem Raus-in-die-Kälte- und wieder Rein-ins-Warme-Gehen bei dem kalten Winterwetter hatte ich mir eine tüchtige Erkältung zugezogen.

Er beugte sich vor. »City Confectionery hofiert einen deutschen Käufer. Ich habe keine Ahnung, was da vorgeht! Ich dachte, es sei alles entschieden. Und jetzt, nach der langen Zeit und unseren Bemühungen, wollen sie an einen Europäer verkaufen.«

»Warum?«

»Woher soll ich das wissen? Ich war doch der, der ihnen einen Gefallen getan hat. Und jetzt müssen wir ihnen ein besseres Angebot machen!«

»Deutsche? Bist du ganz sicher?«

»Warum sollte ich nicht ganz sicher sein?«

Ein deutscher Käufer? Lucy hatte nichts von Deutschen gesagt. Hätte sie es mir nicht gesagt, wenn es deutsche Interessenten gäbe? Was war aus den Reifen geworden? Und warum konnten die Kendalls nicht ein einziges Mal tun, was man von ihnen erwartete?!

Ich schickte ihr trotzdem eine Nachricht und bat sie, mich am folgenden Nachmittag im Drugstore auf der Locust Street zu treffen. Und nur für den Fall, dass ein Spion meine Nachricht abfing, wartete ich schon draußen vor der Tür auf sie. Als sie aus der Kutsche ausstieg, schob ich meinen Arm durch ihren und ging mit ihr die Straße hinunter.

»Ich dachte, Sie hätten gesagt, dass wir uns im Drugstore treffen sollen.«

»Ja, das habe ich.«

»Sie sagten, es sei wichtig.«

»Das ist es.«

»Warum gehen wir dann in die andere Richtung?«

»Weil Sie den Kutscher verdächtigt haben, oder nicht?«

Ihre Augen wurden ganz rund, dann nickte sie. »Was haben Sie gehört?«

»Mein Vater hat gesagt, Sie haben ein Angebot von einem deutschen Käufer …?«

Ihre Brauen zogen sich einen Moment zusammen und glätteten sich wieder, während alle Farbe aus ihrem Gesicht zu weichen schien.

»Wir hatten uns ja auf Reifen geeinigt, doch das klang allzu komisch, deshalb wollte ich es Ihnen sagen.«

Sie nickte. Dann schüttelte sie den Kopf. »Es stimmt, dass ich es gesagt habe, aber es stimmt nicht, dass wir einen deutschen Käufer haben.«

»Also …? Wer ist es? Wer ist unser Spion?«

»Ich weiß … nicht. Ich bin nicht sicher. Ich habe nur einer einzigen Person von den Deutschen erzählt.« Ihre Brauen zogen sich erneut zusammen, als versuchte sie, zu einer Entscheidung zu kommen. »Es stimmte nicht, als ich es gesagt habe, und es stimmt auch jetzt nicht. Ich wollte nur … ich wollte nur ein wenig Zeit schinden, Charlie. Ich will die Firma nämlich wirklich nicht verkaufen.«

»Ich weiß, dass Sie das nicht wollen. Aber Sie müssen mir sagen, wer der Spion ist.«

»Ich wollte nur …«

»Schon gut, Lucy. Das spielt keine Rolle. Wichtig ist, dass wir jetzt Bescheid wissen.«

»Ich wollte … ich hatte gehofft …«

»Wer ist es!«

»Meine Mutter.«

Ihre …? Ihre Mutter? »Sind Sie sicher?«

Sie nickte.

Aber wie konnte es ihre Mutter sein? »Und Sie haben das mit den Deutschen wirklich keinem anderen erzählt?«

»Nein. Wem hätte ich es sagen sollen? Aber wenn es meine Mutter ist … wie kann das sein, Charlie? Wie kann es meine Mutter sein? Und was sollen wir jetzt tun?«

Was sollten wir tun?

Ich sagte Lucy, dass ich mir etwas überlegen würde. Es wäre nicht gut, wenn ich meinen Vater direkt zur Rede stellte. Ich befürchtete, dass er dann nur alles abstreiten würde. Außerdem hatte ich das Gefühl, dass Lucy es von meinem Vater und von ihrer Mutter selbst hören musste. Und die einzige Möglichkeit, das zu erreichen, war, die beiden zusammenzubringen.

Ich überredete meinen Vater, am nächsten Tag mit mir zusammen im Club zu essen, und bat Lucy, sich mit ihrer Mutter ebenfalls dort zu verabreden. Wir beide trafen uns schon eine Viertelstunde früher.

Sie zitterte.

»Ist alles in Ordnung?«

»Ja.«

»Nein. Ist es nicht.«

»Wenn Sie jetzt auch noch nett zu mir sind, Charlie, breche ich in Tränen aus. Das Beste, was Sie im Moment für mich tun können, ist, etwas ganz Gemeines zu sagen.« Sie sah mich erwartungsvoll an.

»Ich … ich kann nicht.«

Ihre Gesichtszüge schienen zu erschlaffen. »Bitte.«

Das Flüstern traf mich mitten ins Herz. »Sie sind die widerspenstigste und streitsüchtigste Frau, die ich je kennengelernt habe.«

Einer ihrer Mundwinkel hob sich.

»Und die schönste.«

»Charlie.« Ihre Lippen verzogen sich zu einem zittrigen Lächeln und sie streckte eine behandschuhte Hand nach mir aus.

»Wenn Sie keine Kendall wären …« Ich beugte mich vor und nahm ihre Hand.

Da kam ihre Mutter in den Speisesaal. Lucy versteifte sich und entzog mir ihre Hand.

Ich drückte sie noch einmal kurz, bevor ich sie losließ.

Mein Vater kam fünf Minuten später und ich führte ihn an den Tisch, an dem die Kendalls saßen. Als wir uns näherten, nickte Mrs Kendall uns zu. Lucy guckte bloß. Wenn ich nicht gewusst hätte, wie verängstigt sie war und wie verraten sie sich fühlte, wäre ich nie darauf gekommen.

»Ich glaube, Sie kennen sich.« Ich strahlte Lucys Mutter an.

Vater nahm die Zigarre aus dem Mund. »Ist schon eine ganze Weile her.«

Lucy versuchte ebenfalls zu lächeln, doch das Lächeln reichte nicht bis zu ihren Augen. »Warum setzen Sie sich nicht zu uns?«

Ich zog einen Stuhl heraus und setzte mich, bevor irgendjemand widersprechen konnte. Mein Vater blieb stehen. Er blickte zu einem Tisch in einer Ecke hinüber. »Ich glaube nicht …«

Ich sah zu ihm hoch. »Du und Mrs Kendall müsst viel zu besprechen haben. Wo doch diese geheimnisvollen Deutschen ein Angebot für City Confectionery unterbreiten wollen.«

Mrs Kendall blieb der Mund offen stehen, doch sie schloss ihn rasch wieder.

Mein Vater räusperte sich. »Ich finde, du solltest vor den Damen nicht über geschäftliche Dinge reden, Charles.«

»Bitte, denken Sie sich nichts dabei, Mr Clarke.« Lucys Blick war vernichtend. »Meine Mutter hat ganz bestimmt keine Bedenken, in Ihrem Beisein über das Geschäft zu reden.«

»Lucy …?« Mrs Kendalls Stimme klang bittend.

»Du warst es, oder etwa nicht? Wir wussten, dass es einen Spion in der Firma geben musste, und das warst du.« Lucys Augen baten ihre Mutter, es abzustreiten.

Doch Mrs Kendall seufzte nur. »Ja, das stimmt.«

»Aber warum?«

47

Lucy

Es gab nur eine Möglichkeit, wie das Ganze einen Sinn machte. »Hast du … versuchst du, uns an Standard zu verkaufen?«

Mutter widersprach nicht. Ja, sie schien beinahe froh, die Beschuldigung zu hören. Ihre Augen blitzten. »Wer sollte unsere Firma denn sonst kaufen wollen?«

»Aber – Standard?«

Sie schob das Kinn vor. »Ja. Standard Candy Manufacturing!«

»Du hättest *unsere Firma* an Mr Clarke verkauft?«

»Ich habe sie ihm schon einmal verkauft. Ich dachte damals, jetzt sei es endlich vorbei. Doch dann fing dein Vater mit der neuen Fabrik an …«

»Moment mal.« Charlie zeigte mit dem Finger auf seinen Vater. »Moment. Dieser Gefallen, von dem du immer geredet hast …«

Sein Vater hatte eine Zigarre aus seiner Jackentasche gezogen und rollte sie zwischen den Fingern. »Na ja, schau her …«

»Es hat keinen Sinn, es zu leugnen, Warren.«

Warren? Mutter hatte ihn Warren genannt? Als ob sie … Freunde wären?

»Es war ein geschäftliches Abkommen, damals, vor zehn Jahren.« Mr Clarke sah meine Mutter aus dem Augenwinkel an, während er sprach.

Mutter nickte. »Ich arrangierte alles so, dass er die Firma bekam.«

Arrangierte alles? »Sie haben sie gestohlen!«

»Gestohlen?« Mr Clarke lachte. »Edith hat die Verträge für mich aufgesetzt. Ich brauchte sie nur zu unterschreiben.«

Lügen! Warum sagten sie nicht die Wahrheit? »Hört auf, wie Freunde zu tun!« Ich musste es zu laut gesagt haben, denn die Gäste an den anderen Tischen drehten sich zu uns um. Ich wiederholte es leiser: »Hört auf.«

Mr Clarke blinzelte. »Aber deine Mutter hat mir einen großen Gefallen getan!«

»Und deshalb habe ich ihn letztes Jahr im Sommer, als ich sah, dass es deinem Vater nicht besser geht, um Hilfe gebeten. Die Firma wäre längst verkauft, wenn nicht du, als du aus Europa zurückkamst, alles aufgeboten hättest, um den Verkauf zu verhindern.«

»Aber …«

»Und wenn du nicht die Deutschen kontaktiert hättest.«

»Das habe ich doch gar nicht!« Wenigstens hatte ich die Genugtuung, Verwirrung in ihren Augen zu sehen. »Das habe ich erfunden.«

Ihr Mund wurde schmal. »Damit hast du lediglich das Unausweichliche hinausgeschoben. Ich habe Warrens Angebot bereits angenommen. Durch deine Verzögerungstaktik hast du nur bewirkt, dass die Firma eine schlechtere Verhandlungsbasis hat.« Sie blickte zu ihm hinüber. »Es tut mir leid. Ich wollte dir eine Firma bieten, die dein Geld wert ist, und jetzt …«

Mr Clarke sah mich an. »Zur Zeit meines Angebots, im letzten Sommer, war es ein fairer Preis. Aber dann haben Sie gedroht, Ihrem Vater alles zu erzählen, und darauf bestanden weiterzumachen …« Er starrte auf seine Zigarre hinunter. »Und jetzt habe ich in einen völlig überzogenen Preis eingewilligt. Je länger ich warten musste, desto wichtiger war es mir, endlich alles über die Bühne zu bringen. Deshalb war Ihre Mutter einverstanden, mir zu helfen, indem sie mir von Ihren Plänen erzählte.«

Meine Mutter griff nach meiner Hand. »Es war immer mein sehnlichster Wunsch, die Süßigkeitenfabrik endlich los zu sein. Dein Vater hätte eine gute Stelle in der Bank deines Großvaters bekommen können, dann wäre er heute noch gesund. Er könnte jetzt Direktor sein. Wir hätten vom Vandeventer Place fortziehen können. Und … und *ich* hätte mit dir nach Europa fahren können! Du hättest mich lieben können.«

Ich blickte zu dem Mann hinüber, der einst eine so große Rolle in meinem Leben gespielt hatte. Jetzt wirkte er plötzlich gar nicht mehr so furchterregend. Ich drehte mich wieder um und sagte leise: »Ich habe dich immer geliebt, Mama.«

Sie fing an zu weinen. »Das ist das erste Mal, dass du mich so nennst, seit du zurückgekommen bist. Wusstest du das? Ich habe dich mit meiner Schwester nach Europa geschickt in dem Wissen, dass diese Reise dich mir noch weiter entfremden wird. Dass danach noch mehr zwischen uns steht. Aber wie hätte ich es dir verweigern können? Wie hätte ich dir diese Möglichkeit, mehr zu erleben, dich weiterzuentwickeln, nehmen können!«

Warum war ich nie gut genug für sie gewesen, so wie ich war?

»Glaub mir, Lucy. Alles, was ich getan habe, habe ich für dich getan.«

Ich stand auf. »Aber du hast uns verraten. Uns beide.«

»Euch verraten! Ich habe nur versucht, für dich und deinen Vater zu sorgen. Du hast nicht einen Funken Verstand! Bonbons bringen dir auf Dauer weder Kleidung noch Nahrung.«

»Du hast uns nie verstanden.«

Sie warf erschöpft die Hände hoch. »Nein, das habe ich nicht. Ich habe nie verstanden, worum es eigentlich geht.«

»Es geht um Geld«, sagte Charlies Vater mit fester Stimme.

Charlie und ich drehten uns zu ihm um. »Nein, das stimmt nicht!«

»Es geht um … um Träume«, widersprach Charlie seinem Vater beinahe aggressiv. »Und um eine Welt, die für einen kurzen Moment vollkommen ist.«

Mr Clarke schüttelte den Kopf, als er mich ansah. »Irgendwie wird sich alles zum Guten wenden. Wenn mir City Confectionery erst gehört, übereigne ich die Firma Charles. Ich sehe, dass Sie gewisse Gefühle für ihn haben. Vielleicht wird er sogar den Namen beibehalten.«

Es wäre netter gewesen, wenn er mich geschlagen hätte. Ich schloss die Augen vor diesem Verrat, dem schlimmsten, den ich je erlebt hatte. Ich hatte gewusst, dass Charlie mein Feind war. Ich hatte gegen ihn gekämpft in dem Wissen, dass wir beide nicht gegen unsere Väter ankamen, doch nun, da ich wusste, dass er mir wegnehmen wollte, was mir gehörte, konnte ich ihn nie wieder ansehen. »Charlie?« Ich hoffte, er würde mir sagen, dass es nicht stimmte. Dass sein Vater sich irrte.

»Es war nicht meine Idee.«

»Sie werden also wirklich …«

»Ich habe es nie gewollt. Es war seine Idee. Lucy, Sie müssen mir glauben …«

Ich lief aus dem Saal und versuchte mit aller Kraft, das Schluchzen zu unterdrücken, das in meiner Kehle aufgestiegen war.

Zu Hause floh ich ins Zimmer meines Vaters. Ich konnte nicht anders. Mein eigenes Zimmer wirkte so verlassen und einsam. »Es ist vorbei. Mutter hat die Firma verkauft.« Es hatte keinen Sinn, es noch länger vor ihm geheim zu halten. Tränen liefen mir über die Wangen. Ich zog meine Handschuhe aus und wischte sie mit einem der ledernen Finger beiseite.

»Sie hat es mir schon gesagt.«

»Ich habe es versucht, Papa. Ich habe wirklich versucht, die Firma zu retten.«

»Ich wüsste nicht, wie du etwas daran hättest ändern können.«

»Ich habe versucht, eine neue Süßigkeit zu erfinden, und wollte es schaffen, dass die Leute mehr Fancy Crunch kaufen. Und dann habe ich versucht, Alfred Arthur zu heiraten. Aber nichts davon hat geklappt!« Nichts, was ich versucht hatte, hatte irgendetwas bewirkt.

»Ich weiß, Zuckerfee.« Er breitete die Arme aus und ich kniete mich neben sein Bett und suchte Zuflucht in ihnen.

»Ich wollte die Firma für dich retten.«

»Das weiß ich. Aber jetzt wird es Zeit, sie loszulassen.«

»Ich habe es versucht. Ich habe es versucht, aber du hattest recht, was mich betrifft.« Das tat am meisten weh. »Ich bin keine gute Confiseurin. Ich bin in gar nichts gut.«

»Nicht gut? Du bist besser, als ich es je war.«

»Aber … aber du hast immer gesagt … du hast gesagt, du willst nicht, dass ich Süßigkeiten mache.«

Er beugte sich vor und strich mir die tränenverklebten Haare von der Wange. »Ich habe immer gesagt, dass ich dich nicht in der Fabrik haben will. Weil ich wusste, was du dir damit antun würdest, nicht, weil du nicht gut warst. Du bist mir zu ähnlich. Ich wollte nicht, dass du alles vermasselst, so wie ich. Du hast alles Talent der Welt, aber auch Talent verhindert nicht, dass Zucker verbrennt, wenn man ihn zu lange auf dem Herd lässt.«

Tiefe Furchen der Müdigkeit hatten sich um seinen Mund eingegraben. Ich hatte ihn mit meinen Sorgen überanstrengt. Ich hatte vergessen, dass es ihm nicht gut ging. »Ich wollte doch nur, dass du stolz auf mich bist.«

»Ich war immer stolz auf dich.«

Jetzt weinte ich wirklich. »Das ist nicht fair.«

»Das Leben ist nicht fair, Lucy. Es ist nicht fair, dass ein Moment der Unachtsamkeit Biskuit in Zwieback verwandeln kann. Aber beides kann man gebrauchen.«

»Was machen wir jetzt?«

»Wir verkaufen die Firma, so wie letztes Mal. Soll sich ein anderer Sorgen darum machen.«

»… letztes Mal?«

»So wie wir sie auch beim ersten Mal an die Clarkes verkauft haben. Wir haben es schon einmal getan, wir können es wieder tun.«

»Aber du hast immer gesagt, dass er sie gestohlen hat. Hat er sie denn nicht gestohlen?« Hatte Charlie wirklich die ganze Zeit die Wahrheit gesagt?

Er legte seine Hand auf meine. »So hat es sich für mich angefühlt, Zuckerfee. Stell dir vor, wie ich zur Arbeit ging, in meine eigene Firma, und mir anhören musste, dass ich nicht mehr das Recht hatte, dort zu sein. Dass ich nicht mehr meine eigenen Bonbons machen durfte. Es fühlte sich an wie … wie … wie wenn ich zusehen müsste, wie Zucker verbrennt. Du kannst nichts tun, um es aufzuhalten, und auch anschließend nichts Gutes mehr daraus machen. Du kannst überhaupt nichts mehr tun.«

»Also hat er sie dir nicht gestohlen?«

»Es hat sich so angefühlt.« Er starrte mit leerem Blick über meine Schulter und das bisschen Farbe, das er noch im Gesicht gehabt hatte, war verschwunden.

»Du musst dich ausruhen, Papa.«

Er zuckte zusammen. »Was?«

»Ausruhen. Du musst dich ausruhen.«

»Ich hatte in den letzten Monaten viel Zeit zum Nachdenken. Deine Mutter hatte immer recht, was mich betraf. Und du kannst gegen Warren Clarke sagen, was du willst, aber er hat mehr aus Royal Taffy gemacht, als mir je gelungen ist. Ich kann ihm keine Vorwürfe machen, weil er aus meinen Fehlern profitiert hat. Er hat die Firma verdient.«

Ich versuchte zu lächeln, doch es gelang mir nicht. Wie konnte er sagen, dass ein Clarke irgendetwas verdiente? Ich verließ den Raum, ging durch die Halle in mein Zimmer, hockte mich auf den Fußboden in die Ecke, dort, wo mein mit Seide bezogener Stuhl gestanden hatte, und weinte.

Wenn Vater tatsächlich einen Vertrag geschlossen hatte, dann hatte Mr Clarke keine Schuld daran, dass wir Royal Taffy verloren hatten. Es war Mutters Schuld.

Alles, was ich für wahr gehalten hatte, war eine Lüge gewesen.

Irgendwann in der Nacht wachte ich frierend auf. Ich saß aufrecht im Bett, die Hand auf die Brust gepresst, und lauschte nach dem Geräusch, das mich aufgeweckt hatte. Während ich wartete, erfolgte eine donnernde Explosion. Sie erschütterte die Fenster und warf ein blendendes Licht durch die zugezogenen Vorhänge, das das gesamte Zimmer erhellte.

Ich sprang auf und zog die Vorhänge zurück. Der Himmel über

den Dächern der Häuser auf der anderen Straßenseite war glühend rot.

Noch während ich dastand, hörte ich eine weitere Explosion und sah Flammen vor dem Nachthimmel auflodern. Ich legte eine Hand vor die Augen, um sie vor dem blendenden Licht zu schützen. Es kam aus südlicher Richtung, genau von der Stelle, wo sich der Schornstein von Standard Manufacturing in den Himmel erhoben hatte.

Nur … dass er jetzt nicht mehr da war.

Eine böse Ahnung bedrückte mich, als ich am nächsten Morgen aus dem Haus schlüpfte. Ich hatte die ganze Nacht versucht, mir einzureden, dass die Explosion nichts mit Standard zu tun hatte.

Es war mir nicht gelungen.

Ich nahm die Straßenbahn zur Grand Avenue und ging dann Richtung Süden, den Hut tief in die Stirn gezogen, den Pelzmantel eng um mich gewickelt. Am blassen Himmel hingen Rauchsäulen. Je weiter ich kam, desto beißender wurde die Luft. Es roch nach verbranntem Zucker. Als ich schließlich an die Kreuzung der Magnolia und Nebraska kam, sah ich, dass meine Befürchtungen begründet gewesen waren. Vor mir lagen die geschwärzten Ruinen von Standard Candy, im Morgenlicht qualmten noch die Überreste. Ich hatte gehofft, dort zu sein, bevor die anderen aufgestanden waren, doch trotz der Tatsache, dass heute Sonntag war, hatte sich bereits eine Menschenmenge versammelt, um das Schauspiel zu betrachten.

Feuerwehrleute liefen herum und löschten die Flammen, die immer wieder in den verkohlten Trümmern aufflackerten.

Charlie war auch da. Er stand neben seinem Vater und starrte stumm auf das verbrannte Chaos. Plötzlich ging ein knarrendes Ächzen durch das Gebäude. Ein Feuerwehrmann rief etwas. Die Menge wich zurück und sah zu, wie die letzten Stützen einbrachen und in die rauchenden Ruinen stürzten.

Eine berauschende Euphorie stieg in meinem Herzen auf, bis mir die Worte von Winnie Compton einfielen: *»Du bist gemein und herrschsüchtig und egoistisch.«* Sie hatte völlig recht gehabt. Das war ich.

Ich lief davon, zurück nach Norden. Die ersten vier Blocks rannte ich, so schnell ich konnte, doch dann musste ich stehen bleiben und keuchend nach Atem ringen.

Als ich zu Hause ankam, schürte Mrs Hughes gerade das Feuer.

»Du bist aber früh auf. Hast du von der Aufregung letzte Nacht gehört? Es klang wie der Vierte Juli!«

»Ich habe es gehört.« Ich ging an ihr vorbei in die Halle.

»Möchtest du Frühstück?«

Ich hatte keinen Hunger.

»Du bist gemein und herrschsüchtig und egoistisch … du bist nie nett gewesen.«

Winnie hatte recht gehabt. All das war ich gewesen. War ich noch immer. Was ich beim Anblick der rauchenden Ruinen empfunden hatte, war Triumph gewesen, nicht Mitleid. Doch es war kein Sieg. Die Clarkes waren nicht die Bösewichte in dieser Geschichte. Das war mein Vater.

Und ich.

Wir waren zwei vom gleichen Schlag, wie zwei gleiche Bonbons, die andere für ihr Versagen verantwortlich machen wollten. Ich kam mehr nach meinem Vater, als ich mir je gewünscht hatte. Doch jetzt erkannte ich endlich die Wahrheit. Meine Mutter war die Heldin der Familie. Sie war die Einzige von uns dreien, die immer auf dem festen Boden der Tatsachen geblieben war, die sich nie zu Lügen, Betrügen und Sabotage herabgelassen hatte … bis ich sie dazu gezwungen hatte.

Ich ging heute Morgen nicht mit zur Kirche, unter dem Vorwand, dass ich mich nicht gut fühlte. Doch es sprachen ohnehin alle nur über das Feuer. Mutter erzählte mir davon, als sie nach der Kirche zu mir heraufkam. Und Sam redete mittags, als er mit seinem Vater zu uns zum Essen kam, über nichts anderes. Bis dahin hatten meine Nerven mich aus meinem Zimmer hinunter in den Salon getrieben. Ich ertrug es nicht, noch länger mit meinen Gedanken allein zu sein.

»Es ist alles völlig niedergebrannt. Du solltest es sehen, Lucy!«, flüsterte er mir zu, als wir beim Nachtisch waren.

Ich hatte es gesehen.

»Ich glaube nicht, dass sie es wieder aufbauen können.«

Das hatte ich doch gewollt, nicht wahr? Ich hatte gewollt, dass *Standard* zerstört wurde.

»Es ist richtig unheimlich, nicht?«

»Was?«

»Das Feuer. Als hätte Gott deine Gebete erhört oder so was.«

Als Sam und sein Vater gegangen waren, schlüpfte ich in meinen Pelzmantel und ging zur Tür. Ich brauchte … irgendetwas.

Ich brauchte es, nicht mehr ich selbst zu sein. Ich brauchte eine Veränderung.

Da ich keinen Ort wusste, wo ich hingehen konnte, ging ich einfach die Straße hinunter, fort vom Vandeventer Place. Und noch bevor ich es recht begriff, schritt ich die Stufen zur Kirche hinauf.

Nicht, dass es mir ein Bedürfnis gewesen wäre, mit Gott zu reden.

Das hatte ich erfolgreich zu vermeiden versucht, seit ich zu meiner Reise aufgebrochen war. In all den vielen Kirchen, die ich in Europa besichtigt hatte, in allen Kathedralen, die ich gesehen hatte, hatte ich es mir zum Prinzip gemacht, das Göttliche zu ignorieren. Wenn Gott mir eine solche Leidenschaft und ein solches Talent für etwas gegeben hatte, das auszuüben mir nicht erlaubt war, dann, so hatte ich beschlossen, verdiente er meine Aufmerksamkeit nicht. Und schließlich hatte sich herausgestellt, dass meine Leidenschaft fehlgeleitet war und dass ich überhaupt kein Talent für das Erfinden von Süßigkeiten besaß.

Alles, was ich für seine Schuld gehalten hatte, war in Wirklichkeit meine eigene gewesen.

Oben auf der Treppe blieb ich stehen. Da mir nicht einfiel, wo ich sonst hingehen sollte, öffnete ich die Tür und ging hinein. Dann setzte ich mich in die letzte Bank; ich hatte nicht das Recht, weiter vorn, näher bei Gott zu sitzen. Nicht, bevor ich ein paar Dinge richtiggestellt hatte.

48

Charlie

Ich hatte geglaubt, in der Kirche ein bisschen Ruhe und Frieden finden zu können. Zu Hause war alles so trostlos. Das Feuer war gleichsam ein Sinnbild für mein ganzes Leben bis zum jetzigen Zeitpunkt. Alle meine Hoffnungen, alle meine Träume, all mein leidenschaftliches Bemühen waren umsonst gewesen.

Mrs Kendall und mein Vater. Wer hätte das gedacht?

Vielleicht hätte ich meine Bemühungen mehr darauf konzentrieren sollen, Lucy und ihrer Firma zu helfen, statt sie zu zerstören. Zumindest hätte ich dann eine ehrenhafte Sache unterstützt.

Vater hatte geschworen, den Brandstifter zu finden, wer immer es gewesen war, doch ich kannte die Fabrik und wusste, dass es tausend Möglichkeiten gab, wie ein Feuer hatte ausbrechen können, ohne dass Brandstiftung im Spiel war.

Ich hörte, wie die Kirchentür aufging. Einen Augenblick später sah ich überrascht, dass Lucy in die Bank gegenüber von meiner glitt. Ich wollte etwas sagen, doch dann sah ich, dass ihr Tränen über die Wangen liefen.

Früher hatte ich einmal versucht, diese Tränen zu trocknen, doch jetzt hatte ich nicht mehr das Recht dazu. Nicht, nachdem sie mich mit solchem Entsetzen und einer solchen Enttäuschung angesehen hatte und aus dem Club fortgerannt war.

Sie stützte die Ellbogen auf die Bank vor ihr, faltete die Hände und legte schluchzend ihren Kopf darauf. »Ich kann nicht mehr!«

»Ich auch nicht.«

Sie sprang mit einem Schrei auf. »Charlie Clarke.« Ihr Protest war nicht sehr laut und auch nicht sehr nachdrücklich. Im Gegenteil, sie wirkte müde. Ausgelaugt.

»Tut mir leid.«

»Sind Sie … sind Sie mir gefolgt?«

Ich musste lächeln. »Nein. Kann ein Mann denn nicht einmal privat mit Gott reden? Nicht, dass es was nützen würde. Mit ihm zu reden, meine ich.«

Ihr liefen immer noch Tränen über die Wangen.

Ich zog ein Taschentuch heraus, rutschte die Bank entlang und reichte es ihr über den Gang. »Sieht aus, als hätten Sie doch noch gewonnen. Wir sind am Ende.«

Das schien sie nicht aufzumuntern. »Was werden Sie jetzt tun?«

Ich zuckte die Achseln. »Etwas anderes. Nach Westen gehen.« Irgendwohin gehen, wo mich keiner kannte. Einen Ort finden, wo ich … ganz neu anfangen konnte.

»Wissen Sie, wie es passiert ist?«

Ich schüttelte den Kopf. »Mein Vater glaubt, es war Brandstiftung, aber meiner Ansicht nach war es ein Funke von den Maschinen.« Ich verließ meine Bank und setzte mich neben sie. »Stimmt etwas nicht?«

Sie wandte den Kopf ab. »*Sie* fragen *mich*, ob etwas nicht stimmt? Wo Ihre Firma – Ihre ganze Zukunft – verbrannt ist?«

Ich streckte die Hand aus und drehte ihr Kinn zu mir.

»Können Sie nicht mal dann gemein sein, wenn Sie das Recht dazu haben?« Eine Träne lief ihr über die Wange. »Ich habe Ihnen so furchtbare Dinge vorgeworfen. Dabei habe ich selbst viel, viel Schlimmeres getan – ich bin viel böser gewesen, als Sie je waren. Sie haben zugesehen, wie jemand gestorben ist. Ich wollte, dass Sie vernichtet werden. Ich bin aktiv geworden! Sie wurden nur verdächtigt, ein Verbrecher zu sein; ich wäre einer gewesen, wenn ich nur die geringste Möglichkeit dazu gehabt hätte. Ich war so egoistisch und gemein und … einfach nur schrecklich. Und es tut mir so leid. Sie haben nichts davon verdient. Und Ihr Vater auch nicht. Zehn Jahre lang habe ich ihn gehasst, weil er unsere Fabrik gestohlen hat, und dabei war es gar nicht so.«

»Das Gleiche gilt für mich. Ich dachte, nachdem er uns verlassen hatte, dass meinem Vater nichts an mir liegt. Ich dachte, er hätte mich nie geliebt. Hat er aber doch. Ich habe ihn so viele Jahre gehasst … und jetzt … kann ich es nicht mehr.«

Sie putzte sich mit meinem Taschentuch die Nase. »Aber jetzt haben Sie ihn … und alles andere.«

»Ich hatte es. Aber es ist vorbei mit Royal Taffy. Es gibt kein Taffy mehr.«

»So schwer ist es doch nicht zu machen.«

Ich schüttelte den Kopf. »Es wurde in großem Stil hergestellt. Und jetzt, ohne die Maschinen …«

»Kann er denn keine neuen kaufen?«

»Klar, könnte er. Wird er auch. Die Versicherung wird für den Schaden aufkommen, aber die alten Maschinen waren … alt.«

»Lassen Sie sie doch nachbauen. Kann die Firma, die sie gebaut hat, denn nicht die gleichen wieder bauen?«

»Die Firma gibt es nicht mehr. Also müssten wir neue Maschinen ausfindig machen. Andere.« Hat mein Vater jedenfalls gesagt. »Andere Maschinen, andere Größen.«

»Sie würden sicher auch gute Taffys machen«, beharrte sie.

»Aber woher sollen wir wissen, welche Mengen an Zutaten wir genau brauchen? Wenn die Trommeln und Fässer andere Größen haben …«

»Das steht doch im Rezept.«

»Keiner weiß, wo das ist. Und als ihr Vater Royal Taffy erfunden hat, hat er keine Maschinen benutzt. Er hat mit Töpfen und Herden und Menschen gearbeitet.«

Lucy richtete sich auf und zog die Brauen zusammen. »Wie haben Sie es denn bis jetzt ohne Rezept gemacht?«

»Keine Ahnung.« In diese Dinge hatte ich noch keinen Einblick gehabt. »Alle machten einfach, was sie immer gemacht haben. Ich nehme an … jetzt, da alles kaputt ist … Moment mal! Meinen Sie, Ihr Vater hat noch irgendwo …«

Sie schüttelte den Kopf. »Er hat das Rezept nicht mehr. Außerdem hat er gesagt, er würde nie mehr Royal Taffy machen. Und jetzt kann er es auch nicht mehr.«

»Aber vielleicht kann er sich erinnern. Vielleicht kann er es Ihnen sagen und …«

»Er kann ja nicht mal aufstehen. Wie soll er da eine Ladung Toffee-Masse machen können? Ganz zu schweigen von den fünf oder sechs Anläufen, die es bräuchte, bis die Mischung wieder stimmt.«

»Ich wünschte mir nur … wenn wir herausfänden, wie man es macht …«

Lucy stand ganz abrupt auf und drückte sich an mir vorbei, das Taschentuch an ihr Gesicht gepresst. »Es tut mir leid, Charlie. Alles.«

Ich hatte mich von Nelson zur Kirche fahren lassen, doch jetzt schickte ich ihn nach Hause. Ich wollte zu Fuß zurückgehen. Auf halbem Weg hatte ich eine Idee. Es war nur ein Schuss ins Blaue, aber vielleicht funktionierte es ja. Als ich zum Vandeventer Place kam, bog ich ab. Ich musste mit Lucy reden.

Das Mädchen öffnete mir und ließ mich ein. Nicht lange, und Lucy erschien oben an der Treppe. Als sie herunterkam, sah ich, dass sie nicht mehr weinte, doch ihre Augen waren noch immer gerötet. Sie hörte sich meinen Plan an und blinzelte, als wüsste sie nicht recht, was ich eigentlich wollte. »Was soll ich?«, fragte sie.

»Sie sollen das Rezept für Royal Taffy herausfinden. Ich weiß, dass Sie es können. Bitte! Sie haben mir einmal gesagt, Sie könnten alles machen. Und sogar besser, als es vorher war.«

»Ich weiß nicht, Charlie …«

»Wissen Sie nicht, wie man Toffee macht?«

Sie sank in sich zusammen. »Sie haben doch meinen letzten Versuch, eine Süßigkeit zu erfinden, gekostet.«

Ich nahm ihre Hand. »Bitte, Lucy. Ich weiß, dass Sie es können. Ich brauche Sie. Ich bitte Sie. Ungeachtet Ihrer persönlichen Gefühle mir und Standard gegenüber … Sie sind unsere einzige Hoffnung. Sie können alles retten. Sie können mich retten.«

Die letzten Worte schienen zu ihr durchzudringen. »Ich versuche es.« Sie straffte die Schultern und schob das Kinn vor. »Ich tue mein Bestes. Für Sie.«

Ich hätte sie am liebsten in die Arme genommen und geküsst, doch sie hatte sich bereits einverstanden erklärt, mir einen Gefallen zu tun, und ich brachte es nicht fertig, zwei von ihr zu verlangen.

49

Lucy

Mein Herz stolperte kurz bei Charlies Worten, dann fing es an, wie rasend zu schlagen. Toffee machen? Ich hatte schon immer Toffee machen wollen, aber genau das hatte man mir verboten, als mein Vater die Firma verloren hatte.

Als Charlie wieder fort war, schickte ich den Kutscher in die Fabrik, um Sam zu holen. Während ich auf ihn wartete, suchte ich sämtliche Zutaten zusammen, die ich brauchte. Als er kam, war alles bereit.

»Ich brauche deine Hilfe, Sam.«

»Lucy, ich musste Jennie versprechen, nichts Illegales mehr zu tun. Ich will nicht …«

»Ich werde dich nicht darum bitten, etwas zu stehlen. Du sollst gegen kein Gesetz verstoßen. Ich will nur …« Ich wollte, dass es wieder so war wie früher. »Hilfst du mir, eine Süßigkeit zu machen?«

Sein Gesicht hellte sich auf. »Karamell?«

»Nein. Toffee.«

»Toffee?« Er sprach das Wort ganz langsam aus, als sei es eine Falle. »Du meinst … wie …«

»Ja. Wie Royal Taffy.«

Vaters Rezept war eine Mischung aus Buttertoffee und gezogenem Toffee gewesen. Es hatte den köstlich-cremigen Geschmack von Ersterem und die zähe Textur von Letzterem. Um das richtige Mischverhältnis herauszubekommen, würde ich ziemlich viel experimentieren müssen. Ich mischte Zucker, Wasser und Essig in einem großen Topf. Als es kochte, fügte ich Butter hinzu. Dann goss ich die Masse in eine gebutterte Pfanne und streute ein bisschen Vanillearoma darüber. Als sie genügend abgekühlt war, um sie anzufassen, rieb ich mir die Hände mit Butter ein, nahm die Masse und gab sie Sam.

Er starrte sie einen Moment an und wollte sie mir dann zurückgeben. »Das sieht nicht wie Royal Taffy aus.«

»Du musst es ziehen. Erinnerst du dich nicht?« Ich deutete auf ein paar Haken, die vor Jahren an den Wänden angebracht worden waren.

Er legte die Masse über einen der Haken und zog sie in die Länge. Dann legte er das lange Band in einer Schlaufe erneut über den Haken – und so zog er und legte eine Schlaufe und zog und legte eine Schlaufe, bis die Masse fester wurde und eine hellere Farbe bekam. Inzwischen war sie auch kühl genug, dass wir sie kosten konnten.

Ich kreuzte die Finger hinter dem Rücken, hob ein Stückchen an den Mund, schloss die Augen und biss ab.

Es schmeckte nicht wie Royal Taffy. Falscher Geschmack, falsche Mischung. »Wirf es weg.«

»Wirf …? Was? Warum?« Er kaute bereits auf einem großen Stück, während er sich mit dem Hemdsärmel den Schweiß von der Stirn wischte.

»Wirf es weg. Es ist nicht richtig.«

Ich machte fünf Varianten Toffee an diesem Nachmittag, veränderte die Mengen an weißem und braunem Zucker, fügte bei dem einen mehr, bei dem anderen weniger Butter hinzu, doch sie waren alle falsch. Die Konsistenz hatte ich schließlich herausgefunden, aber nicht den Geschmack. Royal Taffy besaß etwas, das meinem Toffee fehlte. Eine Süße, die mir nicht gelang. Es lag nicht am Zucker. Ich versuchte, mehr hinzuzufügen, doch damit machte ich es nur noch schlimmer.

Am nächsten Morgen war ich wild entschlossen, das fehlende Element zu finden. Die Konsistenz war perfekt. Mehr als perfekt. Wenn ich nicht gekostet hätte, hätte ich schwören können, dass ich Royal Taffy hergestellt hatte. Doch der letzte Beweis lag im Geschmack, und der gelang mir nicht.

Es sah richtig aus, es fühlte sich richtig an, es roch sogar richtig.

Doch irgendetwas fehlte und ich musste herausfinden, was. Echten Royal Taffy zu machen, war die einzige Möglichkeit, Charlie zu beweisen, wie leid mir alles tat.

Als ich beim Frühstück saß, hörte ich, wie jemand die Küchentür zuwarf.

Sam!

Ich entschuldigte mich bei Mutter und ging nach draußen, ihm nach. »Sam – ich brauche heute Morgen wieder deine Hilfe. Ich möchte mehr …«

»Nein! Kein Toffee mehr!«

»Aber ich brauche dich wirklich, Sam. Ich kann die Masse nicht selbst ziehen.«

Er nahm den Hut ab. »Ich habe anderes zu tun, als Toffee zu ziehen. Ich werde dafür bezahlt, meine eigentliche Arbeit zu machen.«

»Bitte, Sam. Ich bin verzweifelt.«

»Meine Arme schaffen das nicht mehr! Und ich muss noch die Boxen ausmisten; das hätte ich schon gestern tun sollen. Ich bin keine Maschine, Lucy, ich bin ein Mensch.«

Damit setzte er seinen Hut wieder auf und marschierte mit hoch erhobenem Kopf Richtung Stall.

Ich ging wieder in die Küche. Früher oder später musste er ins Haus kommen. Dann würde ich ihn noch einmal bitten, mir zu helfen.

Ich schälte ein paar Möhren und Kartoffeln für Mrs Hughes. Danach suchte ich wieder die Zutaten für Toffee zusammen und fing von vorn an.

Ich bin keine Maschine.

Das stimmte. Nur eine Maschine wurde nie müde, Toffee zu ziehen. Als Kind, als mein Vater noch mit Süßigkeiten experimentierte, war ich immer schnell müde geworden.

Damals war es mir wie Zauberei erschienen, zu sehen, wie die Toffeeklumpen aus den Kupferkesseln gehoben wurden und die Arbeiter sie zu langen Strängen zogen. Obwohl ich meine Hände mit Butter einrieb, bevor ich das Toffee anfasste, blieb immer ein wenig

Teig an den Händen kleben, den ich dann ableckte und dabei die Mischung aus salzigem Schweiß und der köstlichen Süßigkeit genoss.

Als ich an diese Zeit zurückdachte, in der es meinem Vater noch gut gegangen war, spürte ich, wie ich unwillkürlich lächelte. Ich schloss die Augen und konnte das Ergebnis unserer gemeinsamen Arbeit förmlich auf der Zunge schmecken.

Plötzlich riss ich die Augen auf. Das war es! Sam hatte recht. Er war ein Mensch, keine Maschine. Da lag das Problem. Ich trat auf die hintere Veranda. »Sam!«

Diesmal hörte ich keine Schritte als Reaktion auf mein Rufen. Keine Antwort auf mein Bitten.

Ich trat von der Veranda hinunter in den Hof. »Sam?«

»Ich komme nicht, Lucy.« Das kam von der Hausecke.

»Sam – ich habe das Problem gelöst. Du musst mir helfen!«

»Jennie wartet auf mich. Ich habe ihr gesagt, dass ich eine Limonade mit ihr trinken gehe. Ich komme später, dann helfe ich dir.«

»Aber – das ist wichtiger! Ich brauche dich!«

Er spähte aus der Ecke zu mir herüber. »Mir ist nichts wichtiger als meine Jennie.«

Seine Jennie? »Was soll ich dann machen?«

»Auf deiner langen Reise bist du doch auch bestens ohne mich zurechtgekommen. Du schaffst das schon.« Und damit verschwand er.

Enttäuscht und entschlossen drehte ich mich auf dem Absatz um und lief wieder ins Haus. Ich brauchte Hilfe, und zwar sofort. Ich rannte nach oben und holte meinen Hut.

»Lucy?« Mutter rief mir nach, als ich zur Vordertür lief. »Dein Vater! Sei nicht so laut!«

»Ich muss etwas erledigen. Ich bin gleich zurück!« Ich schloss die Tür mit dem Fuß und streifte die Handschuhe über.

Ich folgte Sam zum Haus der Clarkes. Er ging außen herum zur Hintertür, ich schritt die Treppe zur Vordertür hinauf. Dann klopfte ich. Ein Butler öffnete mir. Ich legte meine Karte auf das Silbertablett, das er mir entgegenhielt, dann betrat ich die Halle.

»Mr Clarke, bitte. Mr *Charlie* Clarke.«

Er runzelte die Brauen, führte mich aber trotzdem in einen Salon, verbeugte sich und ging. Ich setzte mich auf einen Stuhl und schaute mich im Zimmer um. Ich hatte Vandeventer Place immer für die allervornehmste Adresse gehalten, doch während ich da saß, erkannte ich, dass die Zeit und der Fortschritt sich gegen unsere Gegend verschworen und sie weit hinter sich gelassen hatten. Die Häuser hier am Portland Place waren doppelt so groß und elegant.

Es dauerte fünfzehn Minuten, bis Charlie kam. Ich verfolgte jede einzelne Minute auf der großen Kaminuhr.

»Lucy?«

Gott sei Dank! Ich hatte schon gedacht, er könnte womöglich nicht zu Hause sein. »Ich brauche Ihre Hilfe.«

»Ich stehe zu Ihren Diensten.«

»Kommen Sie mit. Und bitte, ziehen Sie sich etwas an, um das es nicht schade ist, wenn es schmutzig wird.«

»Ich soll also …?«

»Hier.« Ich reichte ihm zwei Blätter Zellophanpapier, die ich mit süßer Butter eingerieben hatte. »Wickeln Sie sich die um die Hände und dann ziehen Sie das Toffee von diesen beiden Haken.« Ich deutete mit dem Kinn auf die Haken, da ich bereits beim Abmessen der Zutaten war, um einen weiteren Teig zu bereiten.

»Ich weiß nicht, wie.« Er stand da und sah mich an, als hätte ich ihn gebeten, über den Mond zu springen.

»Dann haben Sie nichts in der Süßwarenherstellung verloren, Charlie Clarke!« Ich nahm ihm das Zellophan ab, hob den Klumpen Toffee hoch und legte ihn um einen der Haken. Dann zog ich, mit aller Kraft. Er streckte sich zu einem langen Seil, das ich wie ein Lasso schwang, sodass er sich in einer weiteren Schlaufe um den Haken legte. »So. Das müssen Sie tun, bis die Farbe heller wird.« Ich ließ das Toffee hängen und gab ihm das Zellophan.

»Das sieht nicht allzu schwierig aus.«

Zehn Minuten später schnaufte und keuchte er und wischte sich mit dem Ärmel den Schweiß von der Stirn. »Sagen Sie, dass es fast fertig ist.«

»Es ist fast fertig.«

»Sagen Sie mir auch die Wahrheit?«

»Nein.«

»Jetzt verstehe ich, warum wir diese Arbeit von Maschinen machen lassen. Wie lange noch?«

»Noch ein paar Mal ziehen.«

Er zog ein Mal. Zwei Mal.

»Jetzt noch drei Mal.«

»Wenn Sie mir nicht einen so großen Gefallen täten, würde ich jetzt gehen.«

Ich ließ ihn noch ein paar Minuten ziehen und unterbrach ihn dann mittendrin. »Fertig.« Ich stellte mich auf die Zehenspitzen, nahm die Masse von den Haken, legte sie auf den Tisch und glättete sie. Und dann schnitt ich Stücke in der Form von Royal Taffys zu. Ich wünschte mir so sehr, dass der Geschmack dieses Mal stimmte! »Versuchen Sie mal.«

»Wollen Sie nicht zuerst?«

Ich schüttelte den Kopf. Ich hatte zu viel Angst, dass ich das schmeckte, was ich mir zu schmecken wünschte, und nicht das, wonach es wirklich schmeckte.

Er biss hinein und zog. Das Toffee streckte sich zu einem langen Strang. Er schloss die Augen und kaute genüsslich. Ein Ausdruck des Triumphs erschien auf seinem Gesicht, gefolgt von Erleichterung. Er öffnete die Augen. »Sie haben es geschafft!« Er reichte mir den Rest des Stücks.

Ich nahm einen Bissen.

Es fühlte sich richtig an.

Ich kaute. Schluckte.

Es schmeckte auch richtig!

»Ich habe es geschafft!«

Er jubelte und umarmte mich. Einen Moment lang genoss ich das Gefühl, seine Arme um mich zu spüren, doch dann schob ich ihn fort. Ich verdiente seinen Dank und seine Bewunderung nicht. Ich verdiente überhaupt nichts.

Ich schickte Charlie mit dem Versprechen nach Hause, dass ich das Rezept aufschreiben würde. Nachdem ich die Mengen, mit denen ich gearbeitet hatte, wieder und wieder geprüft hatte, schrieb ich das Verhältnis der einzelnen Zutaten auf. So wäre der Geschmack immer derselbe, egal wie groß die Maschinen waren.

Vor dem Abendessen ging ich noch zu meinem Vater.

Er lächelte, als er mich sah, und legte das Buch beiseite, in dem er gelesen hatte. »Ich hatte früher nie viel Zeit für Bücher.« Sein Lächeln war beinahe entschuldigend.

»Das ist schon das dritte, das ich dich diese Woche lesen sehe.«

Er hielt es hoch, damit ich den Umschlag lesen konnte. *Tom Swift und sein Luftschiff.* »Man kann kaum aufhören.« Er legte das Buch auf sein Nachttischchen, neben eine Karaffe mit Wasser. »Du scheinst viel zu tun zu haben, Zuckerfee.« Sein Blick war auf mein Ärmelbündchen gerichtet.

Ich blickte herunter und sah ein Stückchen Toffee daran kleben.

»Ich habe etwas angestellt, Papa. Ein paar Sachen gesagt. Und jetzt weiß ich nicht, wie ich es wieder in Ordnung bringen soll.«

»Ein Zuckerguss überdeckt viele Sünden.«

Ich wünschte, es wäre so einfach. »Aber was, wenn … wenn ich zu weit gegangen bin? Was, wenn ich etwas wirklich *Schlimmes* getan habe? Wenn ich nicht bereit war, zu vergeben und Menschen Verständnis entgegenzubringen, die es wirklich verdient haben?«

»Nun … wenn der Zucker erst mal hart geworden ist, kannst du ihn nicht mehr weich zaubern.«

Nein. Zwischen mir und Charlie konnte es nicht mehr so werden wie früher und zwischen mir und meiner Mutter auch nicht.

»Glaubst du, dass ein Mensch so schlimm sein kann, dass man ihm nie vergeben kann?«

Er seufzte. »Nun … ich weiß nicht. Gott zum Beispiel kann alles vergeben.«

»Glaubst du das? Wirklich?«

»Sie sagen, dass er uns liebt. Liebe und Vergebung gehören zusammen, finde ich.«

»Ich habe nie … ich meine … wie kann man wissen, was Gott tut? Was, wenn alles, was geschieht, einfach keinen Sinn ergibt? Wenn mein Verhalten oder das, was ich getan habe, beim besten Willen kein gutes Ende finden kann?«

»Ein guter Confiseur kann aus allem etwas machen, oder? Dass du Zucker und Butter hast, bedeutet noch lange nicht, dass du Karamell machen musst. Warum machst du nicht einfach etwas anderes? Und außerdem, wer sagt, dass Karamell besser ist als Krokant?«

Aber ich liebte Karamell. Ich beugte mich vor und küsste ihn auf die Stirn. Mein lieber, süßer Papa. Früher konnten Süßigkeiten alle meine Probleme lösen.

»Du runzelst die Stirn.«

»Nicht alles hat mit Bonbons zu tun.« Ich hatte lange Zeit gewünscht, dass Charlie kein Clarke wäre. Jetzt wünschte ich mir zum ersten Mal, keine Kendall zu sein.

An diesem Abend, als alle schon schlafen gegangen waren, stellte ich noch eine zweite Mischung her. Ich schuldete den Clarkes mehr als nur ein Rezept. Das Rezept für Royal Taffy gehörte von Rechts wegen sowieso ihnen. Wenn ich mein Verhalten wirklich wiedergutmachen wollte, schuldete ich ihnen mehr. Etwas Richtiges. Etwas von mir selbst. Und wie mein Vater immer sagte, ein Zuckerguss überdeckte viele Sünden.

50

Charlie

Am nächsten Tag stand Lucy schon wieder vor unserer Tür. Sie legte mir zwei in Zellophanpapier gewickelte Päckchen in die Hand. »Ich möchte, dass Sie von jedem Päckchen ein Stück kosten und mir sagen, welches besser schmeckt.«

»Ein Stück von …?« Ich schaute auf die Päckchen hinunter.

»Es sind Toffeeriegel.«

Als ich wieder hochsah, kaute sie auf ihrer Unterlippe. »Jetzt gleich?«

»Bitte.«

Ich führte sie in den Salon, legte die Päckchen auf das Teetischchen und öffnete sie. Der Inhalt von beiden sah aus wie Royal Taffy. »Die haben wir doch schon gestern probiert. Sie sind gut. Sie sind perfekt.«

»Versuchen Sie einfach von jedem eins.« Sie faltete die Hände und sah aus, als wünschte sie sich nur noch, irgendwo anders zu sein.

Ich nahm ein Stückchen aus dem ersten Päckchen und biss ab. Es schmeckte wie Royal Taffy. »Sehr gut. Wenn Sie sich Sorgen machen, ob alles richtig …«

»Mache ich nicht. Es ist richtig. Aber … würden Sie bitte auch das andere probieren?«

Ich nahm ein Stück aus dem zweiten Päckchen und kostete. »Es ist …« Es war irgendwie knusprig innen.

Sie sah mich mit solcher Angst an. Und mit solcher Hoffnung.

Ich mochte es. Ich mochte es sogar sehr. »Es ist noch besser. Es ist tatsächlich noch besser als das erste.«

Einen Moment lang blitzte Triumph in ihren Augen auf, doch das war gleich wieder vorüber. »Das sagen Sie nur so.« Sie flüsterte, als könnte sie es nicht über sich bringen, mir zu glauben.

»Tu ich nicht. Es ist besser.« Es war wirklich besser. Es hatte etwas Neues, Frisches und Knuspriges. Daneben wirkte das Royal Taffy meines Vaters alt und langweilig.

»Was ist denn hier los?« Mein Vater kam in den Salon. Sein Blick fiel auf Lucy.

Sie holte tief Luft, als sie ihn sah. »Ich habe eine Süßigkeit erfunden und glaube, sie ist sogar noch besser als Royal Taffy.«

Er grunzte. Doch dann streckte sie ihm ein Stückchen hin und er nahm es. Als er hineinbiss, zogen sich seine Brauen zusammen. Dann nickte er.

»Sie müssen das Talent Ihres Vaters geerbt haben. Aber wie wollen Sie so was in Ihrer kleinen Küche herstellen? Die Zeiten haben sich geändert. Die Leute wollen mehr, schneller.«

»Ich will es nicht herstellen. Ich schenke es Ihnen. Sie können es produzieren, sobald Ihre Fabrik wieder aufgebaut ist.« Sie nahm ein Stück Papier aus der Tasche und legte es auf den Tisch, neben die Päckchen.

Mein Vater griff danach. »Lassen Sie mal sehen.«

Ich hielt seine Hand fest. »Das geben Sie ihm nicht, Lucy!«

Sie blinzelte, doch sie nahm es wieder. »Aber es gehört ihm. Sie haben mich gebeten, es für ihn zu machen.«

»Es gehört Ihnen. Sie haben das Rezept von Royal Taffy wiedergefunden. Wenn Sie nicht wären, hätten wir gar nichts.«

Mein Vater deutete auf das Rezept, das sie in der Hand hielt. »Es gehört mir. Von Rechts wegen gehört es mir. Ich habe einen Vertrag dafür unterzeichnet.«

Ich nahm ihr das Rezept weg. »Aber Sie haben das Rezept verändert, Lucy. Sie haben es verbessert. Sie könnten großen Erfolg damit haben. Das ist die Süßigkeit, auf die Sie gehofft haben.«

Mein Vater schnaubte. »Es ist vielleicht anders, aber ich bezweifle, dass es besser ist.«

Ich winkte Jennie, die gerade durch die Eingangshalle ging. »Kommen Sie doch bitte kurz zu uns, Miss Harrison. Ich möchte Sie etwas fragen.«

Sie sah mich an und ich dachte schon, sie würde sich weigern, doch dann kam sie herein.

»Sagen Sie mir bitte, welche dieser beiden Süßigkeiten Ihnen besser schmeckt.« Ich gab ihr ein Stück von jedem der beiden Toffees, vom Originalrezept und von Lucys neuer Kreation.

Sie kostete beide.

»Ich mag das zweite lieber.«

Ich lächelte. »Vielen Dank, Miss Harrison.« Dann lächelte ich Vater an. »Das war Lucys Toffee.«

»Das bedeutet überhaupt nichts. Es ist immer noch ein Royal Taffy.«

Jennie sah ihn befremdet an. »Nein, Sir, das ist es nicht.«

»Doch, das ist es. Also.« Er wandte sich an Lucy. »Geben Sie mir das Rezept.«

»Nein, tun Sie's nicht!« City Confectionery gehörte zwar inzwischen uns, doch mit diesem neuen Rezept konnte Lucy eine eigene Firma gründen.

»Sie schuldet es mir.«

Ich wandte mich an meinen Vater. »Sie schuldet dir gar nichts. Du bist aus einem Leben weggelaufen und hattest das Glück, in ein anderes hineinzulaufen. Du hast nie hart arbeiten müssen, um etwas zu erreichen. Aber Lucy hat gearbeitet. Wenn du dieses Rezept haben willst, wirst du dafür bezahlen müssen. Dieses Mal wirst du etwas aufgeben müssen, um zu kriegen, was du willst.«

Lucy trat von uns beiden zurück. »Ich schulde es ihm.« Sie sah mich an. »Und Ihnen, Charlie. Hier.« Sie ging an mir vorbei zur Tür und gab meinem Vater im Vorbeigehen das Rezept.

Mein Vater schob es in seine Tasche und schlenderte durch den Salon in die Halle. »Komm schon, Charles. Machen wir uns an die Arbeit. Wir müssen eine Fabrik wiederaufbauen. Und eine neue Süßigkeit herstellen. Kommst du?«

»Ich … ich weiß nicht.« Der Butler öffnete Lucy die Tür.

Mein Vater blieb stehen. Drehte sich um. »Ich kann hier stehen und mich bis in alle Ewigkeit entschuldigen, doch das wird nichts an dem ändern, was geschehen ist, und es wird auch nichts wiedergutmachen. Ich kann dir die Zeit, die wir getrennt waren, nicht zurückgeben – und das werde ich bedauern, bis ich sterbe. Und du kannst von mir denken, was du willst, aber auch das wird nichts ändern. Können wir uns darauf einigen, dass ich ein Feigling war, als ich meine Verantwortung auf deine Schultern gelegt habe? Und ich will dir noch sagen, dass ich stolz darauf bin, wie du für die Familie gesorgt hast, und stolz darauf, dass du der Mann geworden bist, der du bist.«

»Du bist … stolz auf mich?«

»Das war ich immer. Und ich bin zu alt, um neu anzufangen. Ich brauche dich, Sohn.« Er streckte die Hand aus.

»Weißt du, wir wollten nie, dass du ein anderer bist. Wir wollten dich ganz einfach so, wie du warst. Wir wollten, dass du bei uns bist.«

»Es tut mir leid.« In seinen Augen standen Tränen. »Du wirst nie wissen, wie leid es mir tut.«

Weil ich es nicht mehr ertrug, ihn anzusehen, legte ich einen Arm um ihn. Und dann, endlich, gab er mir, was ich mir immer von ihm gewünscht hatte: eine Umarmung. Durch den Tränenschleier vor meinen Augen konnte ich meinen Vater nicht sehen, doch eins musste ich ihm sagen: »Wenn du einverstanden bist, bleibe ich bei dir. Und helfe dir. Mit allem.«

Die nächsten Tage ging ich hinter meinem Vater und Mr Gillespie her über den Platz, an dem die Fabrik gestanden hatte, und wir planten den Wiederaufbau. Ich machte ihnen klar, dass das, was geschehen war, nie wieder passieren durfte.

»Sämtliche Maschinen, die für den Arbeitsablauf benötigt werden, müssen nebeneinanderstehen. So wie sie gebraucht werden.«

»Das war doch schon immer so.« Mein Vater wollte meine Bedenken beiseitewischen.

»Nein, war es nicht. Das war nie so.«

Er blieb stehen und sah mich an. »Was meinst du damit?«

»Ich meine, dass die Kinder den Sirup in Karren von einer Seite des Gebäudes auf die andere und wieder zurückfahren mussten.«

Seine Brauen zogen sich zusammen. »Nicht sehr effizient.«

»Nein. Und wir werden auch keine Kinder mehr beschäftigen.«

»Warum nicht? Sie haben doch gute Arbeit geleistet.«

»Sie sind nicht sehr effizient. Und außerdem ist es nicht richtig. Wenn wir neue Maschinen bestellen, sorgen wir dafür, dass keine kleinen Hände mehr gebraucht werden, um sie zu bedienen.«

»Aber das hat die Kosten niedrig gehalten. Wir brauchen ihnen nicht so viel zu zahlen wie einem Erwachsenen.«

»Wir sollten sie gar nicht mehr einstellen. Wenn ich bleiben soll, musst du darin einwilligen. Wir sollten überhaupt keine *Angestellten* haben. Wir machen Süßigkeiten, Himmel noch mal! Wir sollten wie … wie eine Familie sein!«

»Familie!«

»Zumindest sollten wir unsere Angestellten so behandeln.« Mr Kendall mochte seine Firma in den Ruin getrieben haben, doch für die Angestellten von City Confectionery gehörte ihr Chef in den siebten Zuckerwattehimmel. Wenn ihm etwas in seinem Leben gelungen war, dann war es die Art, wie er seine Arbeiter behandelt hatte. »Es gibt viele Fabrikjobs in dieser Stadt. Die Leute sollen zu uns kommen, weil sie es wollen, nicht weil sie müssen.«

Vater kaute ein Weilchen auf seiner Zigarre herum, doch schließlich gab er nach. »Du scheinst dir ja schon alles zurechtgelegt zu haben.«

»Hab ich.« Hatte ich tatsächlich. Alles bis auf eins. Ich wusste nicht, was ich ohne Lucy tun sollte.

51

Lucy

»Da ist jemand, der zu Ihnen möchte, Miss. Im Salon.« Die Stimme des Dienstmädchens vor meiner Schlafzimmertür unterbrach mich beim Packen.

»Sagen Sie ihm, dass ich verhindert bin.« Das war gar nicht mal gelogen. Ich half Mutter, das Haus zu räumen. Ich hatte Frieden mit ihr geschlossen. Letztlich hatte sie die ganze Zeit recht gehabt: Die Süßigkeiten waren nicht gut für uns gewesen, für keinen von uns. Und so ließen wir sie und St. Louis hinter uns. Wir würden nach Denver ziehen. Der Arzt war der Ansicht, dass das trockene Klima dort meinem Vater guttun würde.

In der Fabrik wurde Inventur gemacht für den Verkauf an Mr Clarke; Ende der Woche sollte er die Papiere zum Unterzeichnen erhalten. Es war zwar schon der erste März, doch durch die gute Zugverbindung und mit häufigen Pausen hofften wir, Vater bis Ostern in ein neues Heim bringen zu können.

Die Schritte des Mädchens verklangen, als sie wieder in die Halle hinunterging. Ich nahm die Schärpe der Königin der Liebe und Schönheit und knüllte sie zu einem Ball zusammen. Der Herbst hatte so vielversprechend begonnen, doch wenn ich je etwas getan hatte, um diesen Titel zu verdienen – inzwischen verdiente ich ihn ganz bestimmt nicht mehr. Ich stopfte die Schärpe in einen Koffer und legte ein Paar Handschuhe darauf.

Dann öffnete ich meine Aussteuertruhe und betrachtete meine Souvenirs aus Europa. Mein Skizzenbuch von den Alpen und die Ansichten von Florenz. Die Spitzendeckchen, die ich in Brüssel gekauft hatte. Wie lange her das alles schien! Wie jung war ich damals gewesen. Ich fing an, ein paar Taschentücher oben drauf zu legen, doch dann überlegte ich es mir anders und holte ein paar von den Spitzendeckchen wieder heraus. Ich würde sie Winnie schenken. Der Freundin, die ich nie gewürdigt und geachtet hatte – und die sich als die wahrste Freundin erwiesen hatte, die ich je besaß.

Die Schritte kehrten zurück. Sie blieben vor meiner Tür stehen. »Der Gentleman sagt, dass er Sie sehen möchte.«

»Ich möchte aber wirklich nicht.«

»Aber, Miss Lucy …«

»Bitte, schick ihn weg.«

Das Mädchen sah mich lange an. Sie öffnete den Mund, als wollte sie etwas sagen, doch dann schloss sie ihn wieder und machte auf dem Absatz kehrt. Danach blieb sie eine ganze Weile weg und als sie schließlich wiederkam, hatte sie eine andere Bitte. »Ihre Mutter wünscht Sie unten zu sehen, Miss.«

Ich rappelte mich seufzend vom Fußboden hoch. Meine Frisur befand sich in Auflösung, doch das war mir egal. Auf dem Weg nach unten pflückte ich ein paar Staubflusen von meinem Rock. Beim Packen hatte ich mir geschworen, mir gleich nachher einen Mopp zu holen und mein Zimmer vom Staub zu befreien.

»Ja, Mama?«

Ich bog um die Ecke und sah Charlie Clarke neben ihr am Tisch sitzen. Sie lächelte ihn an.

Er erhob sich etwas steif. Sein Haar war mit Gel zurückgestrichen, sein Kragen enorm hoch und seine Schuhe auf Hochglanz gewienert. Sein Anzug war … makellos. Er sah aus wie das Abbild eines perfekten Gentlemans.

Ich dagegen sah wie das perfekte Dienstmädchen aus. Wenn ich doch nur Zeit gehabt hätte, alle Staubflusen von meinem Rock zu entfernen!

»Miss Kendall.« Charlie lächelte mich mit seinem strahlenden Grübchen-Lächeln an.

Ich kämpfte darum, mich nicht davon berühren zu lassen. »Mr Clarke.«

»Lucy, komm her. Setz dich zu uns.« Mutter wies auf einen Stuhl neben Charlie. »Mr Clarke ist mit einem Vorschlag zu uns gekommen.«

Charlie hatte sich zu mir umgedreht, als ich mich setzte. »Der Wiederaufbau hat begonnen; wir bestellen bereits neue Zutaten. Doch als ich Ihr Rezept las, fiel mir eine Zutat auf, die wir noch nie bestellt haben.«

Ich widerstand dem Drang, an meinen Nägeln zu kauen. Ich wollte nicht über Zucker nachdenken und auch nicht über Toffee. Die Herstellung von Süßigkeiten lag endgültig hinter mir.

»In Ihrem Rezept wird Fancy Crunch als Zutat aufgeführt.«

»Ich habe alle meine Lieblingssachen hineingetan.« Ich hatte gedacht, dass es wohl meine letzte Chance war, ein Rezept zu erfinden, und hatte die beste Süßigkeit machen wollen, die meine Fähigkeiten hergaben.

»Und dabei stellten wir fest, dass wir keine Maschine haben – noch nie hatten, in der wir Nüsse glasieren können.«

Nein. In unserer Fabrik hatten wir immer alles von Hand gemacht. Ich blickte zu Mama hinüber. Sie lächelte noch immer. »Ich nehme an … Sie sind hier, um unsere Glasierpfannen zu kaufen?« War das der Vorschlag, weshalb er gekommen war? »Ich glaube nicht, dass sie für Ihre Zwecke ausreichen … und außerdem dachte ich, dass sie mit dem Verkauf sowieso an Sie fallen, aber …«

»Nein.«

Ich sah ihn an. »Nein? Dann …?«

»Ich bin hier, um einen Vertrag mit City Confectionery zu unterzeichnen. Sie sollen für uns Nüsse glasieren.«

»… Was?«

»Ich möchte, dass City Confectionery für uns Fancy Crunch herstellt. Exklusiv. Wir brauchen alles, was Sie haben, um unsere neue Süßigkeit in den Mengen herzustellen, die wir benötigen. Es wird unser neuer Verkaufsschlager werden, deshalb sind wir bereit, Ihnen tausend Dollar dafür zu zahlen.«

Tausend Dollar! Ich griff nach Mamas Kontobuch und stellte rasch ein paar Berechnungen an. Dann sah ich sie an.

Sie lächelte noch immer.

»Pro Woche.«

»Pro Woche!«

Ich rechnete nach und rechnete noch einmal nach. Es konnte nicht stimmen. »Sind Sie … ganz sicher?«

»Ja. Das hatte ich jedenfalls *gehofft* zu bezahlen.«

»Das kann nicht stimmen.«

»Natürlich kann es das.«

»Aber die Fabrik gehört Ihnen doch. Sie haben sie von uns gekauft. Wir haben nur noch nicht endgültig unterschrieben.«

Er zuckte die Achseln. »Wenn Sie darauf bestehen.« Er zog schwungvoll einen Stapel Papiere aus seiner Jackentasche und legte ihn auf den Tisch, direkt vor Mama.

»Was ist das?« Ich griff nach den Papieren, doch meine Mutter zog sie weg und begann, sie durchzublättern.

»Royal Crunch wird produziert, sobald wir anfangen können, und zwar nach Ihrem Rezept. Und dafür brauchen wir glasierte Nüsse.«

»City Confectionerys Fancy Crunch. Das müssen Sie auf das Einwickelpapier schreiben. Wenn Sie unsere Nüsse verwenden, müssen Sie das auch angeben.« Mutters Stimme klang fest. »Und Sie müssen wissen, dass wir nach Denver umziehen werden.«

»Aber … aber …«

Ich begriff überhaupt nichts mehr. Ich blickte zu meiner Mutter hinüber. »Du hast doch gesagt, wir wollen nichts mehr mit Süßigkeiten zu tun haben. Du hast gesagt, das bringt nichts als Ärger. Und ich bin völlig einig mit dir!«

Sie blickte von den Papieren auf. »Ich habe es satt, zu knausern und zu knapsen, um zurechtzukommen. Ich habe es satt, von meinem Mann und meiner eigenen Tochter ignoriert zu werden. Aber ich weiß auch, dass ich keinem von euch einen Gefallen tue, wenn ich vor eurer Nase euren Traum verkaufe.«

Charlie legte eine Hand auf meinen Arm. »Ich wusste, dass Sie umziehen, aber ich hatte gehofft …« Er sah mich mit einem Blick an, unter dem ich rot wurde. Dann räusperte er sich. »Unter anderem hatte ich gehofft, dass Sie Ihre Firma, statt sie zu verkaufen, an mich vermieten würden.«

Meine Mutter las den Vertrag und machte sich Notizen am Rand. »Da muss ich mich mit meinen Anwälten beraten.«

Charlie nickte. »Ich hoffe, das werden Sie tun.«

Ich fürchtete mich beinahe, zu sprechen. Und vor allem fürchtete ich mich, zu hoffen. »Vermieten … Sie meinen, wir könnten …«

»Wir würden Partner sein.«

Partner!

»Falls meine Vergangenheit dem nicht im Weg steht. Ich bin nicht stolz auf den Menschen, der ich in Chicago war.«

»Und ich bin nicht stolz auf das, was ich gesagt und getan habe, seit Sie in die Stadt gekommen sind. Könnten wir vielleicht die Vergangenheit vergessen und einfach … anfangen zu arbeiten?«

Er sah mich an; in seinen Augen stand tiefes Bedauern. »Nein.«

»Nicht?«

Charlie schüttelte den Kopf. »Wie soll das gehen?«

Alle meine Hoffnungen, die Freude, die ich empfunden hatte, als ich ihn sah, fielen in sich zusammen.

»Ich finde nicht, dass wir die Vergangenheit vergessen sollten, die uns an diesen Punkt gebracht hat. Aber vielleicht …« Er schwieg und in seinem Gesicht erschienen die Grübchen.

»Ja?«

»Vielleicht könnten wir uns daran erinnern und weitergehen?«

»Aber … sind Sie sicher, Charlie? *Meine* Süßigkeit? Sie wollen meine Süßigkeit verkaufen?« Ich wagte kaum, es zu glauben.

»Im ganzen Land. Es ist die beste Süßigkeit, die jeder, der sie gekostet hat, je gegessen hat.«

»Aber ich habe versucht, Ihre Firma zu ruinieren, Charlie. Und ich habe versucht, Sie zu verletzen.«

»Letzteres ist Ihnen gelungen.«

»Es tut mir so leid.«

Er lächelte ein Lächeln, das mich förmlich dahinschmelzen ließ. »Mir tut es auch leid.«

»Ich wollte nur …«

»Gewinnen. Ich weiß. Das wollte ich auch. Aber ich habe festgestellt, dass es etwas Süßeres gibt, als zu gewinnen.« Charlie nahm meine Hand und zog mich vom Stuhl hoch.

»Was ist das?«

»Du.« Er beugte sich vor, um mich zu küssen, und legte seine Hände um mein Gesicht.

Es gab eine Zeit, in der ich es nie zugegeben hätte, aber er hatte recht. Es gab etwas Süßeres, als zu gewinnen. Ich legte meine Hände um seine Handgelenke in dem Versuch, einen Anker für die Gefühle zu finden, die durch meinen Kopf wirbelten.

»In diesem Punkt hier kann Mr Clarke uns doch sicher noch etwas entgegenkommen!« Mama beugte sich über den Vertrag und kreuzte eine Stelle im Text an.

»Das kann er ganz bestimmt.« Charlie blinzelte mir zu.

Ich unterdrückte ein Lachen. Und dann erhob ich mich auf die Zehenspitzen und schloss die Augen, und er beugte sich zu mir herunter für einen weiteren Kuss.

Nachwort der Verfasserin

Die Süßwarenindustrie ist ein überraschend ernstes Geschäft, ja gelegentlich ist es sogar ein brutales Geschäft. Rezepte kann man sich nicht patentieren lassen und auch kein Copyright darauf erwerben. Deshalb blühte in diesem Geschäftszweig von Anfang an die Spionage. Die Entführung von Auslieferungsfahrzeugen, der Diebstahl von Rezepten und andere Missetaten waren durchaus nicht unüblich.

Um die vorletzte Jahrhundertwende erlebte dieser Industriezweig eine nie da gewesene Entwicklung von dem anonymen Penny-Bonbon, das in einer privaten Küche zubereitet wurde, hin zu Marken-Süßigkeiten, die in gigantischen Fabriken hergestellt und in großem Stil vermarktet werden. Und er erlebte den Umschwung von den Praktiken der großen Geschäftsmagnaten des 19. Jahrhunderts und ihren Nachfolgern im 20. Jahrhundert, von schweißtreibender Fabrikarbeit und Gesetzen für die Rechte der Arbeiter. Im Jahr 1914 war Arkansas der erste Staat, der ein Gesetz zur Kinderarbeit erließ. Es dauerte eine Weile, doch bis 1938 waren solche Gesetze im ganzen Land eingeführt.

Süßigkeiten waren der große Gleichmacher in der amerikanischen Gesellschaft, einer der ersten Luxusartikel, der auch den unteren Gesellschaftsschichten zugänglich war. Sie waren damals nicht nur eine Leckerei, sondern eine Errungenschaft. In einer Ära, in der eine Süßigkeit in ganz wörtlich verstandenem Sinn ein Stück des amerikanischen Traums war.

Die Süßwarenindustrie hat stets eine große Vielfalt von Leckereien angeboten, doch dabei wurde in Amerika alles, was mit Haselnüssen zu tun hatte, stets verschmäht, so wie es in Europa nie zu einer wahren Wertschätzung der Erdnüsse gekommen ist.

Flugmaschinen waren echte Sensationen, als man sie erstmals am Himmel sah. Um 1910 wussten fast alle, die Zeitung lasen, dass diese

Maschinen tatsächlich fliegen konnten, doch wie der ungläubige Apostel Thomas glaubten sie es erst dann wirklich, wenn sie es selbst gesehen hatten. Welch ein Wunder das gewesen sein muss! Am 11. Oktober 1910 war Teddy Roosevelt auf dem Kinloch Field in St. Louis der erste Präsident der Vereinigten Staaten, der in einem Flugzeug flog.

Als ich mir diese Geschichte ausdachte, war ich zuerst nicht ganz sicher, wo ich sie ansiedeln sollte. Irgendetwas in mir flüsterte St. Louis, obwohl ich die Stadt damals noch gar nicht kannte. Doch als ich anfing zu recherchieren, erkannte ich rasch, dass mein Unterbewusstsein klüger war als ich. Zur damaligen Zeit repräsentierte St. Louis alles, was in Amerika groß und herrlich und verheißungsvoll war. Die Stadt war der perfekte Schauplatz für meine Geschichte. Diejenigen meiner Leser, die St. Louis kennen, wissen, dass ich den Veiled-Prophet-Ball nicht erfunden habe. Hundertdreißig Jahre lang wurde auf diesem Ball eine Königin der Liebe und Schönheit gekrönt. Dieses Ereignis sollte ursprünglich mit Thanksgiving zusammenfallen, doch in jüngerer Zeit fand es im Dezember statt. 1910 wurde Lucy Norvell zur Königin der Liebe und Schönheit gekrönt. Ich möchte an dieser Stelle darauf hinweisen, dass ich den Namen meiner Lucy wählte, lange bevor ich dies herausfand.

Mr Jacob Mahler beherrschte die Ballsäle von St. Louis bis in die Zwanzigerjahre des 20. Jahrhunderts hinein. Seine Tanzschule sorgte dafür, dass mehrere Generationen der vornehmen Gesellschaft der Stadt die erforderliche Übung auf dem gesellschaftlichen Parkett erwarben. Über dreißig Königinnen der Liebe und Schönheit wuchsen unter seinen wachsamen Augen heran.

Die unabhängige Frau und alleinstehende Mutter sind keine Erfindungen der modernen Gesellschaft. Die Geschichte ist voll von Geschichten über Frauen, die von ihren Ehemännern verlassen wurden und lernen mussten, ohne sie zurechtzukommen; so zum Beispiel, wenn ihre Männer aus Krankheitsgründen oder wegen anderer Schicksalsschläge ihren Pflichten nicht nachkommen konnten. Wir malen uns gern aus, dass die Menschen in der Vergangenheit immer alles richtig machten, doch das hat noch nie gestimmt. Schon die erste Familie, die historisch belegt ist, war eine zerrüttete Familie.

Immer, wenn wir uns für besser als andere halten, kommt es zu großen Ungerechtigkeiten und Vorurteilen. Meistens jedenfalls, wie Winnie Compton gesagt hat: »*Wir sind alle gleich darin, dass wir denken, wir sind nicht gleich, und wir alle irren uns in diesem Punkt. Es geht um Gott … und darum, was er getan hat. Es geht nicht um uns. Es ist niemals um uns gegangen. Weil wir nämlich nicht gut genug sind und es auch nie sein werden.*«

Dank

Ich danke meiner Agentin Natasha Kern und meinen Lektoren Dave und Sarah Long, die von Anfang an begeistert waren von der Idee, ein Buch über Süßigkeiten zu schreiben. Und ich danke der weisen Person, die die perfekte Lösung für mein größtes Charakterproblem vorgeschlagen und dabei unabsichtlich eines der Themen des Romans entdeckt hat: Maureen Lang, meiner ersten Leserin und Freundin, die mich während meiner fieberhaften Schreibtätigkeit unermüdlich unterstützt hat. Dank auch an Erin Fryman, die alle meine Fragen über die Herstellung von Süßigkeiten beantwortet hat. Und natürlich meinem Mann Tony, dessen Liebe süßer ist als jede Süßigkeit.

Siri Mitchell

Der erste Ball der Clara Carter

Paperback, 13,5 x 20,5 cm, 400 Seiten
Nr. 395.274, ISBN 978-3-7751-5274-7

New York 1890: Die Reichen und Mächtigen genießen einen nie dagewesenen Luxus. Der Star der Saison ist die 17-jährige Clara Carter. Sie hat einen Winter Zeit, den begehrtesten Junggesellen der Stadt an sich zu binden. Ist sie bereit, ihre eigenen Pläne dafür aufzugeben?

Julie Klassen

Das Geheimnis des Tanzmeisters

Paperback, 13,5 x 20,5 cm, 512 Seiten
Nr. 395.563, ISBN 978-3-7751-5563-2

England, 1815: Der junge Tanzlehrer Alec zieht ins kleine Beaworthy. Dort hat Lady Amelia das Tanzen verboten. In Amelias Tochter, der schönen und widerspenstigen Julia, findet Alec zwar eine Verbündete. Doch alte Geheimnisse bringen den Dorffrieden ins Wanken.

Julie Klassen

Die Tochter des Hauslehrers

Paperback, 13,5 x 20,5 cm, 480 Seiten
Nr. 395.488, ISBN 978-3-7751-5488-8

Hoch über der Steinküste Cornwalls, in Ebbington Manor, wird Emmas Vater der neue Hauslehrer. Emma kennt die vier Söhne des Barons schon aus früherer Zeit, doch als sie auf die Spur merkwürdiger Ereignisse kommt, muss sie entscheiden, wem sie trauen kann.

Julie Klassen

Die Magd von Fairbourne Hall

Paperback, 13,5 x 20,5 cm, 480 Seiten
Nr. 395.443, ISBN 978-3-7751-5443-7

Um der Heirat mit dem skrupellosen Neffen ihres Stiefvaters zu entgehen, taucht Margaret Macy in Fairbourne Hall als Dienstmädchen unter. Allerdings hat sie nicht mit der harten Arbeit gerechnet. Und ausgerechnet der Hausherr entpuppt sich als früherer Verehrer.

Bitte fragen Sie in Ihrer Buchhandlung nach diesen Büchern!
Oder schreiben Sie an: SCM Hänssler, D-71087 Holzgerlingen;
E-Mail: info@scm-haenssler.de; Internet: www.scm-haenssler.de